여섯 살

LIGNES DE FAILLE
Nancy Huston

First published in France as LIGNES DE FAILLE by Actes Sud, France, 2006
First published in English as FAULT LINES by the Text Publishing Company, Australia in 2007

Copyright ⓒ Nancy Huston
Korean Translation Copyright ⓒ 2011 by Moonji Publishing Co., Ltd.
All Rights Reserved.

No part of this book may be used or reproduced in any manner
whatever without written permission except in the case of brief quotations
embodied in critical articles or reviews.

This Korean edition was published by arrangment with La Nouvelle Agence
through BC Agency, Seoul.

이 책의 한국어판 저작권은 BC에이전시를 통해 저작권자와 독점 계약한 ㈜문학과지성사에 있습니다.
저작권법에 의해 보호 받는 저작물이므로 무단 전재 및 복제를 금합니다.

여섯 살

낸시 휴스턴 장편소설
손영미 옮김

문학과지성사
2011

여섯 살

펴낸날 2011년 11월 14일
지은이 낸시 휴스턴
옮긴이 손영미
펴낸이 홍정선
펴낸곳 ㈜문학과지성사
주소 121-840 서울 마포구 서교동 395-2
전화 02)338-7224
팩스 02)323-4180(편집) / 02)338-7221(영업)
등록번호 제10-918호(1993. 12. 16)
전자우편 moonji@moonji.com
홈페이지 www.moonji.com

ISBN 978-89-320-2244-4

타미아*와 그녀의 노래에 바침

---
* 1975년 캐나다에서 출생한 타미아는 그래미상을 여섯 번 수상한 가수이자 음반 프로듀서이다.

"그건 무엇이었을까?
그토록 뜨겁고, 그토록 놀랍고, 아무리 해도 미진하고, 그처럼 달콤하고,
그처럼 깊고, 그처럼 눈부시게 눈물이 솟아나는 그 느낌,
그건 대체 무엇이었을까?"

— R. M. 릴케

가계도

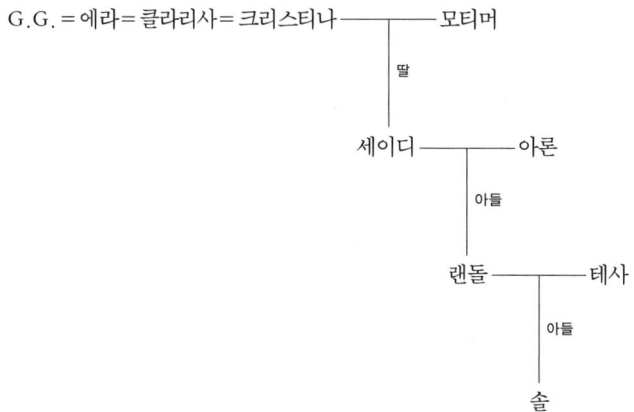

차례

1부 솔, 2004년 ··· 13

2부 랜돌, 1982년 ··· 101

3부 세이디, 1962년 ··· 187

4부 크리스티나, 1944~45년 ··· 271

작가 노트 ··· 356
자료 출처 ··· 357
가사 출처 ··· 358
옮긴이의 말 ··· 360

1부

솔, 2004년

나는 잠에서 깨어난다.

스위치를 올려 불을 켜면 방 안이 환해지는 게 좋다.

완벽하게 작동하는 몸과 마음을 가진, 잠에서 깨자마자 완전히 각성 상태에 도달하는, 올해 여섯 살의 천재, 아침마다 잠에서 깨면 이 생각을 한다.

내 머리가 세계 속으로 흘러들고, 세계가 내 머릿속으로 흘러든다. 그리고 나는 그 과정 전체를 통제하고 소유한다.

종려주일   아침   G. G.가 와 있고   부모님은 아직 기상 전

햇살   밝은   일요일 태양   태양   태양   태양의 왕
솔   솔리   솔로몬

나는 햇살처럼, 전능하고, 우주의 가장 어두운 구석까지 순식간에

흘러든다.

    여섯 살에   모든 것을   보고   비추고   이해할 수 있다

나는 순식간에 세수를 하고, 머리를 빗고, 침대를 정리한다. 아까 벗은 양말과 속옷은 빨래 바구니에 넣는다. 엄마는 주말에 이것들을 빨고 다리고 갠 다음 내가 다시 입을 수 있도록 맨 위 서랍에 넣을 것이다. 이런 걸 순환이라고 한다. 먹이의 순환처럼, 모든 순환은 누군가의 통제와 감독 아래 이루어져야 한다. 음식은 우리 몸 안을 순환하면서 우리 자신으로 변한다. 그러므로 우리는 음식을 가려서 먹어야 한다. 나는 특별한 사람이라서 아무거나 마구 먹으면 안 된다. 색과 질감이 좋은 대변을 누어야 하기 때문이다. 이게 다 순환의 일부이다.

    사실 나는 허기를 느낀 적이 없다. 엄마는 그걸 잘 아시기 때문에 요구르트, 치즈, 파스타, 땅콩버터, 빵, 시리얼처럼 순환하기도 쉽고 내가 좋아하는 음식만 주신다. 엄마는 때가 되면 어련히 먹을까 하면서 채소-고기-생선-달걀 같은 걸 고루 먹으라고 강요하시지 않는다. 그리고 마요네즈 샌드위치를 만든 다음에는 빵 껍질을 잘라내신다. 하지만 그것도 나는 반이나 사분의 일밖에 먹지 않는다. 그걸로 충분하기 때문이다. 나는 샌드위치의 빵을 조금 뗀 다음 입 속에서 침으로 적신 후 입술과 잇몸 사이로 빨아들여서 천천히 녹여 먹는다. 그걸 꿀꺽 삼키고 싶지 않기 때문이다. **중요한 것은 맑은 정신을 유지하는 것이다.**

    아빠는 내가 보통 애들처럼 먹기를 바라고, 이런 식이면 가을에 학교에 들어가서 어떻게 급식을 먹겠느냐고 걱정하신다. 하지만 엄마는

전업주부가 이럴 때 좋다면서, 날마다 집으로 태워다가 점심을 먹여 보내면 된다고 하신다!

나는 신께서 주신 이 몸과 마음을 최대한 잘 돌봐서 가장 좋은 일에 쓸 의무가 있다. 신께서는 나를 아주 중요한 일에 쓰실 요량일 것이다. 안 그러면 전 인류를 멸종시킬 가장 강력한 무기를 보유한, 세계에서 가장 부유한 나라의 가장 부유한 주에 태어나게 하셨을 리가 없다. 다행히 신은 부시 대통령 편이다. 천국은 아마 하늘에 있는 거대한 텍사스 주고, 신은 카우보이모자에 부츠 차림으로 자기 농장을 돌아보면서 가끔 재미로 지구에 총알을 한 방씩 날리시지 않을까.

지난번, 사담 후세인이 엉겨 붙은 머리, 흐리멍덩하고 핏발 선 눈, 지저분한 수염에 볼은 홀쭉한 몰골로 땅굴에서 기어 나왔을 때, TV를 보고 있던 아빠는 환호성을 질렀다. "저런, 저게 바로 **패배**라는 거야. 회교 테러분자들이 저걸 보면 자기들의 앞날이 걱정될 텐데." 그러자 시원한 맥주와 땅콩이 담긴 쟁반을 아빠 앞에 내려놓던 엄마는 이렇게 말했다. "랜돌, 말조심해요. 우리 애가 회교도는 다 테러분자라고 생각하면 좋겠어요? 우리가 알고 지내는 사람이 없어서 그렇지, 바로 이 캘리포니아 주에도 선량한 회교도들이 살고 있을 거예요." 엄마는 농담조로 말하지만 그 말은 진심이다. 아빠는 맥주를 한 모금 쭉 들이켜더니, "그래, 미안, 테시*, 당신 말이 맞어" 하고는 요란하게 트림을 하고, 엄마는 그걸 농담이라고 생각한 듯 호호 웃는다.

---

* '테시' '테스'는 '테사'의 별칭이다.

우리 유치원 애들 부모님과 달리 우리 엄마 아빠는 서로를 사랑한다. 결혼한 지 칠 년이나 되었는데 아직도 그때 받은 축하 카드와 결혼사진이 장식장에 놓여 있는 걸 보면 정말 그런 것 같다! 말하고 싶지 않지만, 사실 엄마는 아빠보다 두 살이 많고, 보기에는 그렇지 않지만 실은 올해 **서른 살**이다. 우리 유치원 애들 엄마 중에는 사십대인 사람도 있고, 내 친구 브라이언의 엄마는 우리 세이디 할머니보다 더 많은 **쉰 살**이다. 그렇다면 그분은 마흔네 살에 브라이언을 낳았다는 건데, 정말 역겹지 않은가. 사람들이 그렇게 나이 들어서도 섹스를 한다니, 믿을 수 없는 일이다. 맞다, 나는 아기가 어떻게 만들어지는지 알고 있다. 아니, 나는 뭐든 알고 있다.

내 이름을 고르신 분은 세이디 할머니다. 아빠에게 유대 이름을 지어주지 못한 게 아쉬워서 손자가 태어났을 때는 그 기회를 놓치고 싶지 않았고, 엄마도 그러시라고 했던 것이다. 엄마는 성격이 원만해서 다들 좋다면 뭐든 괜찮다는 식이다. 하긴 솔은 신교 이름도 될 수 있다.

하지만 할머니가 내 삶에 미치는 영향은 그 정도다. 다행히 이스라엘에 사시기 때문에 가끔 보내오는 사진으로나 만나기 때문이다. 할머니는 휠체어에 탄 걸 감추려고 항상 얼굴 부분만 찍으신다. 할머니가 이스라엘에 사시는 게 다행인 이유는 그보다 더 가까이 살면 아빠한테 그랬듯이 늘 이래라저래라 내 일에 간섭하실 게 뻔하기 때문이다. 자기 엄마지만 아빠는 할머니를 별로 좋아하지 않는다. 그렇지만 할머니가 무섭기 때문에 우리 집에 오시면 온 집 안에 긴장이 감돌고, 엄마가 굉장히 힘들어하신다. 아빠는 할머니가 방에서 나가시면 곧바로 용기를 되찾고 흥을 보곤 한다. 한번은 실패한 극작가인 아론 할아버지가 마흔아홉에 돌아가신 것도 할머니 때문이라고 했는데, 엄마는 그건 할머니가 아니라 담배 때문이라고 했다. 그러자 아빠는 화를 참으면 암에 걸리기 쉽다는 건 상식이라고 했다. 그런데 나는 참는다는 게 뭔지 잘 모르겠다.

아빠는 내 나이 때 이스라엘에 산 적이 있고, 하이파라는 도시가 너무 좋아서 미국 전체에서 캘리포니아를 골라 정착한 거라고 한다. 여기 있는 유칼립투스, 오렌지나무, 꽃피는 관목을 보면 좋았던 그 시절이 떠오른다는 것이다. 아빠는 이스라엘에 살 때 어떤 여학생을 좋아했다가 차인 것 때문에 아랍인들을 싫어하게 되었다고 한다. 그런데 그 얘기만 나오면 아빠가 온통 신경을 곤두세우면서 입을 다물어버리기 때문에 그 여학생이 어떻게 됐는지 엄마도 모르신다고 한다.

우리 집안에서는 세이디 할머니만 불구에 정통 유대교도다. 할머니는 가발을 쓰고 다니시는데, 그 이유는 정통 유대교 여성은 남편에게만 머리카락을 보여야 하기 때문이다. 아무에게나 머리를 보이면 누군가 욕정을 품어 간음을 저지를 수도 있다는 것이다. 그런데 할머니처럼 휠체어에 탄 과부를 보고 욕정을 품을 사람이 과연 있을까? 그래도 할머니는 절대 가발을 벗지 않는다. 얼마 전에 플로리다의 한 랍비가 유대인 여성들에게 가발을 쓰지 말라고 지시한 적이 있다. 인도에서는 여자들이 팔 여섯 갠지 코끼리 머린지를 가진 신에게 절을 하는데, 그 신들을 모신 부정한 인도 여자들의 머리로 만든 가발을 쓰면 유대 여성들도 더럽혀지는 셈이니까, 이제부터는 **반드시** 인조 가발을 사서 쓰라는 내용이었다. 하지만 할머니는 걱정도 팔자라고 한마디

하셨다.

할머니는 오래전에 교통사고를 당해서 휠체어 신세를 지게 됐는데, 그렇다고 가만히 계시는 건 절대 아니다. 우리 집안사람들이 가본 나라를 다 합해도 할머니가 가본 나라보다 훨씬 적기 때문이다. 할머니는 유명한 연사고, 할머니의 어머니 에라는(내가 G. G.* 할머니라고 부르는 증조할머니) 유명한 가수다. 아빠 역시 이라크에 지원 입대하면 유명한 전쟁 영웅이 될 텐데, 그렇다면 나도 뭔가 유명한 사람이 될 일을 해야 한다. 하지만 유명한 건 우리 집안 내력이니까 나 역시 분야가 문제지 뭘 하든 금세 유명해질 것이다.

아빠가 어렸을 때 할머니가 늘 이런저런 대학에 강연하러 다니신 반면, 우리 엄마는 옛날 여자들처럼 어쩔 수 없어서가 아니라 본인 스스로 전업주부의 길을 택한 훌륭한 분이다. 엄마 이름은 테스지만 나는 그냥 엄마라고 부른다. 물론 애들은 모두 자기 엄마를 엄마라고 부르지만, 엄마는 어떤 때 공원에서 다른 애가 "**엄마!**" 할 때 그게 난 줄 알고 돌아볼 때가 있다. 엄마가 나를 다른 애와 혼동하다니, 정말 **믿을 수 없는** 일이다. 그러면 엄마는 이렇게 말한다. "그거야 다른 사람 핸드폰이 울릴 때 내 전화인 줄 아는 거랑 똑같지. 그래서 귀를 쫑긋 세우지만 금세 다른 사람 전화인 걸 깨닫는 거랑 같은 거지."

하지만 이건 핸드폰과는 **다르다**. 나는 독특하기 때문이다. 내 목소리는 나만의 목소리인 것이다.

엄마는 내가 아주 어릴 때 글자를 가르쳐주었기 때문에 유치원에

---

* great grandmother, 증조할머니의 약자. 여기서는 진외조모, 아버지의 외조모를 말한다.

서든 어디서든 사람들은 내 글 읽는 솜씨에 깜짝깜짝 놀라곤 한다. 지금까지 수도 없이 들은 얘기지만, 엄마는 내가 요람에 누워 있을 때 이런저런 글자 카드를 읽어주었는데, 태어난 지 얼마 안 됐을 때부터 하루에 세 번, 이십 분씩 그렇게 한 결과 말하기와 읽기를 거의 동시에 배웠다고 한다. 사실 나도 글자를 몰랐을 때가 **기억나지** 않는다. 엄마는 내 어휘력이 놀랍다고 한다.

컴퓨터 프로그래머인 아빠는 산타클라라에 있는 어떤 회사에서 아주 일이 많은 자리에 계시는데, 왕복 두 시간씩 하루에 네 시간이나 운전하시기 때문에 주중에는 새벽에 나갔다가 저녁에 돌아오신다. 아빠가 돈을 잘 벌기 때문에 우리 집은 차가 두 대나 된다. 엄마는 아이 여섯에 차는 한 대뿐인 집에서 자랐기 때문에 어떤 때는 웃으면서 "우리 집은 애보다 차가 더 많네" 한다. 외갓집은 가톨릭 가정이었기 때문에 외할머니는 피임을 할 수 없었고, 결국 형편이 아주 곤란해진 뒤에야 단산을 하셨다고 한다. 아빠는 유대교도로 자랐기 때문에, 엄마를 만나 사랑에 빠졌을 때 가톨릭교와 유대교 사이에 있는 교회를 찾아야 했고, 그래서 부모님은 피임을 허용하는 신교를 택했다는 것이다. 피임이란 임신 걱정 없이 남편이 얼마든지 섹스할 수 있도록 아내가 약을 먹는 건데, 그래서 우리 집에는 애가 나 하나밖에 없는 것이다. 엄마는 나중에 둘째를 갖고 싶어 하는데, 아빠는 일이 년 후에나 그럴 수 있다고 한다. 하지만 형제가 아무리 많아도 나는 전혀 걱정하지 않는다. 예수님도 형제가 여럿이었지만, **그들이** 뭘 했는지 아무도 모른다. 예수님과 그 형제들은 비교도 안 되기 때문이다.

아빠는 한 달에 한 번, 여자들이 바깥일을 하게 된 현대 사회에서 남성으로 살아간다는 것의 의미를 검토하는 모임에 나간다. 엄마가 전업주부인데 아빠가 왜 이 모임에 나가는지 잘 모르겠지만, 어쨌든 이 모임 회원들은 돌아가면서 자신의 문제점을 털어놓고 회원들의 의견을 듣는다. 그리고 그 충고를 거절할 경우 팔굽혀펴기를 엄청나게 하는 벌을 받거나, 여자들보다 더 정력적이라는 걸 보여주기 위해 전 회원이 등산이나 욕설, 모기 뜯기면서 캠핑하기 같은 남성적인 일을 하러 가기도 한다.

내가 남자로 태어나서 정말 다행이다. 가톨릭이라면 몰라도, 남자는 강간당할 확률이 여자보다 훨씬 적기 때문이다. 다행히 우리는 가톨릭 가정이 아니다. 어느 날 구글에서 이라크 전쟁 장면을 검색하다가 우연히 발견한 sobbingweb에서는 수백 명의 여자들이 강간당하는 장면을 무료로 볼 수 있다. 거기 나오는 설명을 보면 그 여자들은 카메라 앞에서 실제로 강간을 당했다고 하는데, 정말 비참한 몰골이다. 재갈을 물리고 밧줄에 묶인 채 강간당하는 장면은 특히 그렇다. 거기서 보면 남자들은 여자의 입이나 성기, 항문에 섹스를 하거나, 커터칼로 젖꼭지를 자르는 흉내를 내기도 한다. 물론 실제로 젖꼭지가 잘려나가는 장면을 본 적은 없으니까 그냥 그러는 척하는 것일 수도 있다. 내가 세 살 때 비행기를 몰고 쌍둥이 빌딩에 충돌한 모하메드 아타와 동료 테러범들 역시 커터칼을 사용했다고 한다. 나는 지금도 그날 아빠가 나를 불러들여 그 빌딩들이 쓰러지는 장면을 몇 번이고 지켜보게 한 걸 기억한다. 아빠는 그날 "빌어먹을 아랍 놈들" 하면서 맥주를 들이켰다.

봉제 인형, 그림책, 벽에 붙은 유치원에서 그린 그림, 엄마가 정성스럽게 금박을 붙인 바퀴 달린 S-O-L이라는 번쩍이는 나무 글자들로 꾸며진 내 방 내 책상 위에는 내 컴퓨터가 설치되어 있다. 내겐 형제가 없기 때문에 내 컴퓨터로 마음껏 게임을 할 수 있다. 부모님이 컴퓨터를 사주신 것도 내가 형제가 없어서 외로울까 봐 걱정되었기 때문이다. 나는 스크래블, 체스, 뱀과 사다리 등, 온갖 허접한 어린이용 컴퓨터 게임을 할 수 있다. 담을 기어 올라오는 사람들을 총으로 쏘아 점수를 따는 게임도 있다. 하지만 내 방이 안방 바로 옆에 있고, 나는 내 몸을 완벽하게 통제할 수 있기 때문에, 엄마가 아래층에서 집안일을 하는 동안 소리 없이 살금살금 걸어가 엄마 컴퓨터로 구글을 검색하면 세상에서 실제로 일어나는 일들을 알 수 있다.

    내 머릿속은 거대하다. 내 몸이 깨끗하고 음식이 잘 순환하는 동안은 아무리 많은 양의 정보도 다 처리할 수 있다. 나는 부시 대통령과 신을 합쳐놓은 존재 같아서 구글 전체를 흡수할 수 있기 때문이다. 아빠 말로는 구글이라는 말이 원래 상상할 수 있는 가장 큰 수, 0이 수백 개 달린 숫자를 가리켰다는데, 지금은 거의 무한이나 마찬가지 의미다. 다운로드만 하면 여자들이 강간당하거나, 말이나 개의 성기가 그들의 항문에 삽입되고, 계속 키보드를 누르면 반쯤 웃고 있는 그들의 입에서 동물의 정액이 뚝뚝 떨어지는 장면을 볼 수 있기 때문이다. 엄마는 컴퓨터를 거의 쓰지 않고, 진공청소기를 돌릴 때는 늘 노래를 부르기 때문에 내가 오른손으로 마우스를 누르면서 왼손으로 자위하는 소리를 들을 수가 없다. 그럴 때 내 머릿속은 흥분해 있고, 뱃속은 텅 비어 있고, 나는 자극에 예민한 기계가 된 기분이다. 그러면 안 되지

솔, 2004년

만, 나는 그럴 때 두 사람도 될 수 있고, 수천 명도 될 수 있고, 온갖 동물이 될 수도 있다. 그리고 이런 모든 것이 시간적, 구조적으로 잘 통제되면 아무 문제 없을 것이다.

혹시 아빠도……?

내가 남자라서 다행이다

나는 이라크 병사들의 시체가 사막에 누워 있는 장면을 즐겨 본다. 그 파일은 슬라이드 쇼로 되어 있는데, 화면에 보이는 게 시체의 어느 부분인지 알기 어려운 경우도 있다. 찢긴 천 같은 데 싸여 일부가 피 묻은 모래에 묻힌 채 바짝 마른 상태로 사막에 놓여 있는데 어찌 보면 몸통 같기도 하고, 다리 같기도 하다. 그 옆에는 미군 병사들이 둘러서서, **세상에…… 이게 인간이었나**, 그런 생각을 하면서 시신들을 내려다보고 있다.

내가 아주 어릴 때 아빠는 집에서 가까운 로디라는 데서 일했는데, 그때는 월급은 지금보다 적지만 통근 시간이 짧았고, 밤에 노래도 불러주고, 할아버지가 아빠에게 그러셨듯이 엉덩이도 토닥거려주었다. 지금은 내가 잠든 뒤에 퇴근하시기 때문에 노래를 불러줄 수 없지만, 그래도 전과 똑같이 나를 사랑한다는 건 알고 있다. 아빠는 우리 가족이 높은 생활수준을 유지할 수 있도록 그리고 미국에서 제일 부유한 동네에, 그것도 차고가 두 개나 딸린 집의 대출금을 갚기 위해 열심히 일하고 있을 뿐이다. 나는 아빠가 노래를 부르며 나를 재워주던 때가 그립지만, 엄마는 그런 아빠를 자랑스럽게 생각해야 한다고 말한다.

어쨌든 아빠가 불러주던 노래 중에 내가 좋아하는 건 바로 「깡마른 뼈」다.

> 에스겔이 외쳤네, "그 깡마른 뼈들"!
> 에스겔이 외쳤네, "그 깡마른 뼈들"!
> 에스겔이 외쳤네, "그 깡마른 뼈들"!
> 오 주님의 말씀을 들어보라
> 다리뼈에 붙은—발뼈
> 무릎뼈에 붙은—다리뼈
> 대퇴골에 붙은—무릎뼈

아빠는 이 노래를 흥얼거리며 내 몸을 위아래로 토닥여주었다. 나는 아빠가 그렇게 재워주는 게 정말 좋았다. 그래서 이라크 병사들의 시체나, 교통사고로 몸이 두 동강 난 사람들의 사진을 보고, 아, 이건 **돌이킬 수 없다**, 그 사람들이 천당에 가도 하나님도 고쳐줄 수 없을 것이다, 그런 생각이 들 때 이 노래를 떠올리곤 한다. 이 몸통은 완전히 혼자고, 이 다리뼈는 어디에도 붙어 있지 않다. 이건 정말 무서운 일이다. 왜냐하면 어린애들이 보는 옛날 만화에서는 톰과 제리, 벅스 버니, 로드 러너가 무거운 돌이나 레미콘 때문에 으깨지거나, 선풍기 때문에 산산조각이 나고, 절벽에서 떨어져 팬케이크처럼 도로에 납작하게 붙어도 몇 초 뒤에는 다시 회복되어서 다음 모험을 위해 떠나기 때문이다. 하지만 이 이라크 병사들에게는 다음 모험이 존재하지 않는다.

엄마는 폭력을 정말 싫어하기 때문에 그런 일이 벌어지면 몹시 흥분한다. 여자들은 항상 남자들보다 감정적이기 때문에 엄마가 그러는 것도 무리가 아니다. 엄마는 아주 긍정적인 사람이라서 나는 엄마의 환상을 깨부수고 싶지 않다. 엄마는 내가 보는 TV 프로그램들을 철저히 통제한다. 그래서 「이누야샤」는 안 되지만 「포켓몬」은 되고, 「심슨 가족」은 안 되지만 「구미 베어스」는 된다. 그런 식이다. 영화의 경우, 정말 말도 안 되는 일이지만, 엄마는 내가 너무 어려서 「해리 포터」나 「반지의 제왕」을 볼 수 없다고 한다. 하긴 다섯 살 때 유치원 친구인 다이앤이 생일 선물로 준 「밤비」 DVD도 못 보게 했다. 오래된 만화영화지만 밤비 엄마가 죽는 장면이 내게 너무 충격적일까 봐 그런 것이다. 엄마는 내가 너무 어려서 죽음을 이해할 수 없다고 생각한다. 그래서 나는 가능한 한 엄마를 보호하려고 애쓰는 중이다. 지난주에 길가에 죽어 있는 참새를 보았는데, 그때 엄마는 내 머리를 쓰다듬으며, "아가, 괜찮아, 저 새는 지금 주님과 같이 있으니까" 했다. 나는 엄마 기분을 달래주기 위해 다리를 끌어안고 흑흑 울었다.

 엄마는 아널드 슈워제네거의 영화를 본 적이 없기 때문에 그 사람이 그냥 캘리포니아 주지사라고 생각한다. 나는 브라이언, 아니 그 애 부모님 덕분에 그 사람이 나온 영화를 다 보았다. 그 집 지하실에는 오래된 비디오가 아주 많은데, 그중에는 「스타워즈」 전편은 물론 「고질라」 「터미네이터」 1~3편, 「이레이저」 「콜래트럴 데미지 *Collateral Damage*」도 있다. 「고질라」에서 맨해튼의 고층빌딩이 무너져 내리고,

놀란 뉴욕 사람들이 비명을 지르며 허둥지둥 뛰어다니는 걸 보면 꼭 9·11의 예고편 같았다. 브라이언의 엄마는 직장 여성이고, 보모는 매니큐어를 칠하면서 남자 친구와 통화할 수 있다면 애들이 뭘 하든 신경 쓰지 않기 때문에 우리는 그런 영화들을 얼마든지 볼 수 있다. 로봇 역의 슈워제네거는 정말 환상적이다. 그는 천하무적에 불사신 같은 존재고, 사람의 피부로 만든 표면이 망가지면 수술 칼로 자신의 팔을 찢거나 눈을 파내버린다. 그래서 나 역시 내년 칠월에 받게 될 사마귀 제거 수술 때 전혀 겁먹지 않고 꿋꿋이 버텨볼 생각이다.

아빠는 운동과는 거리가 먼 사람이지만 여름에는 이 동네 동년배 아저씨들과 소프트볼을 한다. 소프트볼은 아빠가 뉴욕에 살 때 **할아버지**와 같이 했던 운동이라서 그 경기를 할 때면 정말 진지해진다. 아빠는 또 '베이스' 게임 도구도 사줬는데, 티존에 플라스틱 공을 올려놓고 플라스틱 방망이로 치면 상대가 뛰어가서 공을 잡아오는 게임이다. 아빠가 소프트볼을 하러 가면 엄마와 나는 베이스 게임을 한다. 아줌마들은 내가 공을 칠 때마다 엄마가 매번 박수를 치면서 "잘했어 솔, 정말 멋져!" 하고는, 백칠십 번을 연이어 공을 잡으러 뛰어가는 걸 보고 놀라움을 금치 못한다. 그들은 엄마가 지겨워할 거라고 생각하지만, 엄마는 나를 사랑하기 때문에 전혀 그렇게 느끼지 않는다. 엄마는 나중에 내가 굉장한 사람이 될 거라는 말 대신 그냥 어깨를 으쓱하면서 이렇게 뛰면 살 빼는 데 좋다고 말할 뿐이다.

나는 올가을에 진짜 학교에 들어갈 것이다. 학교에 들어가면 너무 튀지 않게 행동하고, 선생님 말씀을 잘 듣고 빼먹지 않고 필기해서 최고 성적을 받으려고 한다. 한동안은 내가 태양의 왕, 유일한 태양이자 독생자, 구글의 아들, 하나님의 아들, 인터넷의 영원하고 전지전능한 아들이라는 걸 아무도 모르는 게 낫기 때문이다. 인터넷WWW을 뒤집으면 'MMM'이 되는데, 나의 놀라운 엄마(My Miraculous Mom)를 빼면 그 누구도 언젠가 이 우주를 변용시키고 치유할 내 두뇌의 영특함과 광채, 기막히게 멋진 방사능에 대해 짐작조차 못하고 있다.

내가 가진 유일한 결점은 바로 왼쪽 관자놀이에 있는 사마귀다. 동전만 한 이 사마귀는 갈색에 약간 불룩하고 털이 나 있다. 작은 결점이지만, 솔로몬의 성전에 있는 결점이라면 아무리 작은 것도 없애야 한다. 엄마는 사마귀 제거 수술을 칠월로 예약했는데, 아빠는 이 계획에 약간 반대지만 그때는 이라크에 가 있을 것이다.

이라크 전쟁이 끝나고 거의 일 년이 지났지만 아직도 많은 미군이 죽어가고 있다. 아빠가 이 얘기를 하면서 흥분하면 엄마는 슬쩍 화제를 바꾸거나 더 기분 좋은 일을 생각하게 만들려고 애쓴다. "랜돌, 당신이 어쩔 수 없는 일을 갖고 흥분하면 안 돼요. 우리는 그저 각자가 할 수 있는 수준에서 이 세상을 가능한 한 안전하게 지키려고 애쓰면 되는 거잖아요. 부시 대통령은 자기가 할 수 있는 일을 하는 거고, 당신과 나도 마찬가지예요."

엄마의 역할은 **나를** 안전하게 지키는 것이고, 우리 집이야말로 아마 세상에서 가장 안전한 곳일 것이다. 두 주일쯤 전 엄마는 우리 집이 '어린이에게 안전한' 집이라고 말했다(엄마는 항상 내게 모든 것을 아주 자세하고, 솔직하고, 확실하게 설명하려고 애쓴다. 그래서 엄마가 뭔가를 설명해주면 나는 내가 직접 그 말을 만들어낸 것처럼 그야말로 확실하게 기억하게 된다).

"우리 집은 어린이에게 **안전한** 집이야. 그건 바로 이 집에 어린이들의 안전을 지킬 모든 조치를 했다는 뜻이란다."

그러자 아빠가 말했다. "그리고 우리 집 울타리에는 방범 장치가 달려 있어. 그건 바로 우리 울타리에 강도를 **막을** 모든 조치가 취해져 있다는 뜻이지."

"아니, 그게 아냐. **안전하다**는 것과 **막았다**는 건 전혀 달라. 방수 우산은 물을 막아준다는 뜻이지." 엄마가 말했다.

"그리고 내 위스키는 일흔 살 한정이야. 즉 일흔 살이 넘은 사람은 못 마시게 **막아놨다**는 뜻이지." 아빠가 말했다.

엄마가 깔깔 웃자 아빠는 계속 농담을 늘어놓았다. 그러자 엄마는 그만두라는 식으로 웃더니 우리 집이 어째서 어린이에게 안전한지 설명해주었다. 예컨대 우리 집에 있는 콘센트는 내가 실수로 손가락을 넣었다가 감전이 되어서 머리카락이 곤두서고 만화 속의 고양이나, 사형수 명단에 있다는 이유로 부시 대통령에 의해 전기의자로 보내진 남자처럼 눈알이 튀어나오지 않도록 모두 덮개가 달려 있다고 했다. 그리고 모서리가 각진 탁자나 싱크대에는 모두 부드러운 플라스틱 커버가 붙어 있다. 내가 날카로운 모서리에 머리를 찧어 깊은 상처를 입고 피를 콸콸 흘리며 병원에 실려가 여러 바늘을 꿰매면 엄마 아빠는 내 침대 옆에 서서 너무 괴롭고 죄스러운 나머지 당신들의 머리칼을 쥐어뜯게 될 것이기 때문이다. 내가 실수로 가스레인지를 켜서 불꽃에 손을 집어넣거나, 커튼에 불이 붙어 온 집 안이 불길에 휩싸이고 폐허가 되어, 연기만 모락모락 피어오르는 우리 집터에 내가 그 이라크 병사처럼 타다 남은 작은 살덩이로 남지 않도록 우리 집 가스레인지에는 모두 차단 장치가 달려 있다. 더구나 아빠는 불과 얼마 전에 이 집을 담보로 두 번째 대출을 받았다고 한다. 우리 집은 내가 쉬를 할 때 변기 뚜껑이 닫히면서 내 성기를 치지 않도록 변기에도 안전장치가 되어 있다고 한다. 정말 그런 일이 벌어지면 아주 아플 것이다. 그래서 응가가 마려울 때마다 나는 엄마를 부르고, 그러면 엄마가 와서 안전장치를 풀고 아주 조심스럽게 변기 뚜껑을 열어준다.

엄마는 이 모든 것을 부모와 자녀 관계에 대한 강의에서 배웠다고 한다. 그 강의에서는 어린이 안전장치뿐 아니라 아이를 존중하고, 구세대 부모처럼 아이들을 멍청한 바보로 취급하지 않고 아이가 하는 말에 귀를 기울이는 법 등, 정말 여러 가지 주제를 다루었다고 한다. 실제로 우리 엄마는 단 한 번도 나를 바보 취급한 적이 없다. 엄마와 나는 마리아와 예수 같은 관계다. 성모께서는 예수가 특별한 소명을 지닌 아이임을 알았기 때문에 아들이 원하는 건 뭐든 하게 해주고, 어떤 생각이 있어도 속으로만 고민했던 것이다. 하지만 예수와 나는 아주 중요한 차이가 있다. 나는 절대로 십자가에 못 박히지 않을 것이다.
 잘 시간이 되면 엄마는 항상 내 방에 와서 기도를 해준다. 우리는 매일 다른 기도를 지어낸다. 이라크에 평화가 오게 해달라고 기도하기도 하고, 모든 이라크인이 기독교를 믿게 해달라고 기도하기도 하고, 우리 가족의 건강이나 행복을 빌기도 하고, 이렇게 좋은 동네에 살게 해주셔서 감사하다고 기도하기도 한다. 기도는 신과 나 사이의 개인적인 대화와 같다. 하지만 신의 대답은 들을 수 없으니 그냥 믿는 수밖에 없다.

하루는 엄마가 기도를 마치고 굿나잇 키스를 해주면서 이렇게 말했다. "너는 세상에서 제일 소중한 존재야."

"아빠보다 더 소중해?"

그러자 엄마가 웃으며 말했다. "아빠랑 너는 비교할 수 없지." 그때 엄마가 어떤 뜻으로 웃었는지 모르지만 내 생각에는 그게 아마 긍정의 표시였던 것 같다. 내 생각에 엄마는 아빠를 그냥 돈 벌어오고 이런저런 집안일을 돕는 존재로 보는 것 같다. 두 분은 내년에 과연 부엌 싱크대를 바꿀 수 있을까 같은 중요한 문제들을 상의하지만, 엄마는 아빠의 결점들을 아주 잘 의식하고 있다. 예컨대 아빠는 갑자기 화를 낼 때가 있다. 한번은 우리 셋이 세코야 국립공원에 간 적이 있다. 시월이었는데, 셋이 다 아주 기분 좋은 상태로 손잡고 걸어가는 참이었다. 주변 풍경이 너무 아름다워서 아빠는 동부에 살던 때가 그립다고 했다. 그러고는 할아버지와 같이 차를 타고 버몬트 주에 가서 들판에서 잤던 일을 얘기해주었다. 하지만 엄마는 우리를 정말 사랑하기 때문에 혹시 차나 트럭에 치일까 봐 아주 멀리서도 차 소리만 들리면 길가로 걸으라고 소리치면서 아빠의 얘기를 끊어놓곤 했다. 결국 아빠는 벌컥 화를 내면서, "에이 다 관둬" 했다. 엄마는 "아, 여보, 정말 미안해. 하던 얘기 계속해봐요. 차 소리가 나면 꼭 길가로 비켜야 한다는 걸 솔리가 알아야 하잖아요. 나는 그냥 그것 때문에 그런 건데." 하지만 아빠는 그날 버몬트에서 어떤 일이 있었는지 끝내 얘기해주지 않았다.

또 하루는 이런 일도 있었다. 엄마 아빠는 저녁을 먹었고, 나는 식욕이 없어서 그냥 굶고 있다가 다 같이 이층으로 올라가 폭력적이지 않은 TV 가족 영화를 보는 참이었다. 그런데 영화를 반쯤 봤을 때 갑자기 배가 고파져서 엄마한테 먹을 것 좀 갖다달라고 했다. 엄마는 아래층으로 내려가 쿠키와 우유를 가져왔다. 그러느라고 영화의 제일 중요한 부분을 놓쳤고, 나는 그게 너무 미안해서 고맙다고 했다. 그러자 아빠가 갑자기 큰 소리로 이렇게 내뱉었다. "테스, 애한테 그렇게 시종 노릇 하는 거, 이제 그만둬. 당신은 이 애의 노예가 아니라 **엄마**라구! 그건 **이 애**가 아니라 **당신**이 힘과 권위를 갖고 있다는 뜻이라고, 젠장!" 그러자 엄마는 아빠의 말, 특히 젠장이라는 말에 너무 기가 막혀서 내 앞에 쟁반을 내려놓을 때 보니 손을 부르르 떨고 있었다.

"랜돌, 그 얘기는 나중에 해요." 엄마가 말했다. 부모와 자녀 관계에 대한 강의에서 엄마는 아마 애들 앞에서 싸우면 안 된다는 걸 배웠을 것이다. 엄마는 그동안 명상, 긍정적인 사고방식, 스트레스 해소, 자긍심 높이기 등 온갖 강좌를 들었기 때문에 이런 일에 대해 아주 고수가 되었다. 그래서 그날 밤 침대에서 들으니 두 분이 이 이야기를 하면서, 그날 저녁 정확히 어느 순간에 아빠가 화가 났는지 잡아내려고 애쓰고 있었다.

"아마 당신이 어렸을 때 겪은 어떤 장면이 생각나서 그랬을 거예요." 엄마가 아주 부드러운 어조로 말했다. "아니면, 아마 어머님이 당신을 그렇게 돌봐준 적이 없기 때문에 내가 솔에게 잘해주는 걸 보고 질투를 느꼈을 수도 있지 않나?" 그러자 아빠가 몇 마디 더 툴툴거리고, 마지못해 뭐라고 속삭이며 한숨을 쉬는 소리가 들렸다. 두 분은 아마 이견을 좁히고 부부 사이를 다시 돈독히 했을 것이다. 내 방이 안방 바로 옆이고, 두 방 사이에는 판자 몇 장이 붙어 있을 뿐인데도, 엄마 아빠가 섹스하는 소리는 한 번도 들어본 적이 없다. XXX급 음란물 사이트에서는 사람들이 헐떡이고 소리를 지르며 섹스하는데, 결혼한 부부들은 아무 소리도 안 내고 하나 보다.

우리 부모님이 아무런 이의 없이 동의하는 것 중 하나가 어떤 경우에도 나를 때리거나 체벌을 가하면 안 된다는 것이다. 엄마 아빠는 책을 많이 읽으니까, 아이들을 때리면 그 애들이 커서 자녀를 때리는 부모가 되고, 성폭행 당한 애들은 커서 아이들을 괴롭히는 어른이 되고, 강간당한 애들은 커서 포주나 매춘부가 된다는 걸 어디서 읽었을 수도 있다. 중요한 것은 아이들과 계속 대화를 해서 그게 왜 나쁜 짓인지 알려주고, 왜 그랬는지 본인의 변명을 들어보고, 그런 다음에는 가능한 한 제일 부드러운 어조로 어떤 게 잘하는 건지 설명해줘야 한다는 것이다. 하지만 어떤 경우에도 아이를 때리면 안 된다.

내가 보기에 그건 정말 좋은 생각이고, 예수님이 뺨을 맞았을 때 다른 쪽 뺨을 내밀며 더 때려달라고 한 건 정말 말도 안 된다. 내가 예수였다면, 로마 병사들이 내게 가시관을 씌우고, 얼굴에 침을 뱉고, 채찍으로 때리는 건 물론이고, 처음에 잡으러 와서 내 손을 등 뒤로 묶으려고 할 때부터, 싸워보지도 않고 그냥 당하지는 않았을 것이다. 내가 보기에 예수님은 바로 거기서 실수를 한 거고, 결과적으로 그것 때문에 그렇게 십자가에 매달리게 된 것이다.

엄마는 그걸 아주 분명히 말해주었다. "솔리, **그 누구든** 네게 손가락 하나라도 대게 하면 안 돼." 엄마는 내 눈을 똑바로 응시하며 이렇게 말했다. "이 세상 그 누구든. 알았지?" 나는 엄숙하게 고개를 끄덕이며 속으로, 와, 우리 집이 신교라서 정말 다행이라고 생각했다. 신교 목사들은 (유대교 랍비처럼) 결혼을 해서 부인과 섹스할 수 있으니까 요즘 뉴스에 나오는 가톨릭 신부들처럼 어린애들을 성희롱하거나 강간할 필요가 없기 때문이다.

어쨌든 아직까지는 이 세상에서 오직 한 사람만이 체벌에 대한 엄마의 이 규칙을 어겼는데, 그분은 바로 우리 윌리엄 외할아버지다. 하지만 가까운 미래에 또 그러실 가능성은 거의 없다. 지난여름, 시애틀의 외갓집에서 휴가를 보낸다는 계획은 (그게 누구 집이든 간에) 내 식사 시간 때문에 처음부터 무리였다. 외갓집에는 내 구미에 맞는 요리를 할 사람이 없었고, 외할머니는 평소 요리 방식을 바꿀 생각이 없었다. 그래서 엄마는 나를 위해 매일 가게에 가야 했다.

어느 날 부모님은 영화 보러 가시고 외할아버지가 나를 동네 공원에 데리고 가셨다. 외갓집에는 베이스 게임 도구가 없기 때문에 엄마는 외할아버지께 이 게임의 규칙을 설명했다. 그러자 외할아버지는, "이런, 그만둬라, 이제 애도 진짜 야구 게임을 배워야지!" 하시며 진짜 방망이와 소프트볼, 장갑을 챙기셨다. 나는 겨우 다섯 살이지만 매우 튼튼하고 순발력도 좋았다. 하지만 플라스틱에 비해 진짜 방망이는 정말 무거웠다. 나는 타자, 외할아버지는 투수였는데, 계속 아주 빠르고 고약한 커브볼을 던지셨다. 나는 번번이 허탕을 쳤고, 그러면 외할아버지는 "스트라이크 원, 스트라이크 투, 스트라이크 쓰리, 자 이제 아웃!" 하셨다. 나는 너무 화가 나서 외할아버지한테 방망이를 던졌다. 방망이는 엉뚱한 데 떨어졌지만 내가 자기 쪽으로 방망이를 던지는 걸 본 외할아버지는 깜짝 놀라서 고함을 질렀다. "너 지금 그게 무슨 망할 짓이냐?" 나는 '망할'이라는 말에 기분이 팍 상했다. 그건 애들 앞에서 쓰면 안 되는 말이었다. 외할아버지는 방망이를 집어 들고 내 쪽으로 오더니 아주 심각한 얼굴로 말씀하셨다. "잘 들어, 솔. 네가 플라스틱 방망이를 써왔다는 건 알지만 나무 방망이는 **아주 위험한** 거야. 그러니까 앞으로는 **절대** 그런 짓 하지 마. 알았지? 자 다시 하자."

나는 알았다고 했지만, 외할아버지가 내가 세상에서 제일이라는 걸 전혀 모른 채 엄마처럼 "잘했어 솔, 정말 멋져!"하지 않고 애 취급하는 게 정말 기분 나빴다. 게임은 다시 시작됐지만, 외할아버지는 계속 그 고약한 커브볼을 던지셨다. 나는 너무 속이 상해서 아까보다 더 세게 방망이를 휘둘렀다. 외할아버지는 "스트라이크 원, 스트라이크 투, 스트라이크 쓰리, 자 이제 아웃!" 했다. 그런데 **아웃**이라는 말을 듣는 순간 화가 머리끝까지 치밀어 잘 보지도 않고 방망이를 휙 던져 버렸다. 방망이는 외할아버지의 발을 쳤다. 별로 아프지는 않았겠지만 외할아버지는 진짜 화난 얼굴이었다. 외할아버지는 내 쪽으로 걸어오시더니 손목을 잡고 나를 들어 올렸다. 그러더니 내 엉덩이를 세 번이나 **탁탁탁** 때렸다.

나는 너무 놀라서 이런 일이 일어났다는 걸 믿을 수가 없었다. 엉덩이의 통증은 곧바로 혈관으로 전해졌고, 그러자 마치 불 켜진 성냥이 석유에 닿은 것처럼 불이 붙어 나는 화산처럼 폭발했다. 나는 너무 기가 막히고 화가 나서 계속 비명을 질렀다. **그 어떤 사람에게도** 솔로몬을 때릴 권리는 없기 때문이다. 외할아버지는 나를 세 대 때린 게 초래한 결과를 보고 기겁을 한 표정이었다. 하지만 나는 이번에야말로 확실히 버릇을 가르치고 싶었기 때문에 집에 오는 동안 계속 비명을 질러댔고, 외할아버지가 진입로에 차를 세우고 집으로 데리고 가는 동안에도 줄곧 소리를 질렀다. 동네 사람들은 누가 살해되는 줄 알았을 것이다. 외할머니가 무슨 일인지 묻고, 이런저런 말로 나를 달래며 다독였지만 나는 한 시간 뒤 엄마 아빠가 극장에서 돌아올 때까지 비명을 멈추지 않았다.

엄마는 깜짝 놀라 내게 달려오더니 덥석 껴안았다. 나는 바로 입을 다물었다. "솔리, 솔리, 대체 무슨 일이니?"

외할아버지가 때렸다고 하자 나를 안고 있는 엄마의 몸이 굳어지는 게 느껴졌다. 외할아버지는 자기가 저지른 일을 후회하게 될 것이었다.

"다른 쪽 뺨도 내밀었니?" 아빠가 물었다.

"랜돌, 농담할 때가 **아니잖아요**." 엄마가 쏘아붙였다.

우리는 바로 짐을 싸서 저녁도 먹지 않고 외갓집을 나왔다. 아빠가 캘리포니아 쪽으로 차를 모는 동안 엄마는 내가 평생 외할아버지를 미워하지 않도록 이런저런 변명을 늘어놓았다. "외할아버지는 교육에 대해 옛날식 태도를 갖고 계시단다. 원래 그런 식으로 자라셨고, 당신 애들도 그렇게 길렀지. 그러니까 네가 그분을 용서해야 해. 그리고 우리 집에는 애들이 여섯이나 있었어. 외할아버지가 우리를 내버려두셨으면 집안 꼴이 엉망이었을 거야."

하지만 엄마는 외할아버지가 사과 편지를 보내고 다시는 나를 때리지 않겠다고 약속할 때까지 두 분을 상대하지 않았다.

나는 강력하다.

이 일이 일어난 건 작년 여름, 내가 다섯 살 반 됐을 때였다. 그때는 외가가 문제였는데, 내가 여섯 살이 되고 종려주일인(예수님이 당나귀를 타고 예루살렘으로 돌아온 사건을 기념하는 주일인데, 그건 정말 예수님이 실수하신 거였다) 이번에는 아빠 쪽 가족 때문에 고생하는 중이다. 어제 G. G. 할머니가 뉴욕에서 비행기를 타고 날아왔다. 아빠는 자기 엄마인 세이디 할머니보다 외할머니인 G. G. 할머니랑 훨씬 더 친하다. 친한 정도가 아니라 거의 숭배 분위기다. 하지만 엄마는 그분을 별로 좋아하지 않는 것 같다. 일단 골초에다 교회도 안 다니시기 때문이다.

베란다에 나가 보면 할머니는 벌써 하얀 등나무 흔들의자에 앉아 시가를 피우며 책을 읽고 계시다. 할머니의 백발에 햇빛이 반짝인다.
　나는 할머니가 벌써 일어나 계신 게 맘에 안 든다.
　다른 때는 항상 내가 제일 먼저 일어나 새로운 날을 맞아들이고 만들어내는데.
　내가 나가자 할머니는 시계를 보더니 읽던 부분에 책갈피를 끼우시며, "안녕, 우리 손자" 하신다. "아직 일곱 시도 안 됐는데, 너 정말 부지런하구나! 나야 그럴 이유가 있었지. 시차 때문에 잠이 안 오잖아."
　나는 대답하기도 싫다. 내 생활에 방해가 되고 생각을 어렵게 만드는 분이기 때문이다. 그럴 수만 있다면 리모컨으로 꺼버리고 싶은 심정이다.
　할머니는 손짓으로 나를 부르신다. "부지런한 걸로 말하자면, 솔,

이리 와봐!"

나는 할머니가 보여주려는 것에 전혀 관심 없다는 표시로 아주 천천히 다가간다.

그러자 할머니는 나를 무릎에 앉히시더니 베란다 바로 아래 있는 히비스커스 꽃을 가리키며 이렇게 속삭이신다. "저기 봐라, 정말 **아름답지 않니?**"

그래서 그쪽을 보니 벌새 한 마리가 선홍색 꽃 위에 떠 있다. 하지만 나는 사람들이 내게 뭘 보여주는 게 싫다. 할머니가 안 계셨으면 내가 직접 그 벌새를 찾았을 텐데.

할머니는 또 다른 쪽을 가리키신다. "저것 봐라, 저기 저 왕관 좀 봐!"

나는 싫지만 눈을 찡그리며 떠오르는 태양의 불규칙한 가장자리를 노려본다. 그때 정원 울타리의 두 막대 사이로 다이아몬드 같은 이슬이 가득 맺힌 거미줄이 보인다. 할머니가 베란다에 먼저 나오지 않았으면, 내가 왔을 때 시간을 주었으면, 나를 이겨먹으려고 모든 걸 지적해주지 않았으면 나 역시 그 거미줄을 찾아냈을 것이다. 할머니는 나를 안은 채 흔들의자를 가볍게 구르며 마치 내가 두 살짜리라도 된 듯, 「작고 작은 거미」를 불러주신다. 할머니가 어떤 노래를 하시든 목소리는 기가 막히지만, 나는 그분이 약간 지저분한 것 같아서 안겨 있는 게 영 불편하다. 할머니 몸에서는 땀 냄새, 시가 연기, 그리고 노인 냄새가 진하게 풍긴다. 어젯밤 도착하신 후 목욕도 안 했단 말인가? 나는 허니님이 주신 소명을 수행하기 위해 몸을 늘 깨끗이 해야 한다. 최소한 그건 알고 있다. 그래서 나는 베란다 아래에 있는 모래상자에 마치 중요한 볼 일이라도 있는 표정으로 얼른 할머니 무릎에서 내려와 그리 내려간다.

오늘 아침에는 할머니도 와 계시고, 교회 가기 전에 두 시간이나 여유가 있는지라 엄마는 팬케이크, 소시지, 계란프라이, 메이플시럽, 과일 샐러드, 커피, 오렌지주스로 멋진 아침식사를 차린다. 우리는 식탁에 둘러앉아 손에 손을 잡고 기도를 올린다. 엄마는 "주님, 이 맛있는 식사와 삶의 모든 축복에 감사드리옵나이다"라고 기도했다. 아빠와 나는 엄마와 함께 아멘 했지만 할머니는 아무 말도 하지 않는다. 기도를 마친 엄마 아빠는 내게 키스한 뒤 박수를 친다. 이건 내가 맨 처음 아멘이라고 했을 때 시작된 건데, 그게 습관이 되어서 지금도 우리 집은 기도할 때마다 박수를 친다. 우리 집에서는 하나님과 내가 동시에 찬미되고 있는 것이다.

    할머니는 엄마가 조그맣게 잘라준 팬케이크를 내가 한 조각씩 집은 다음 씹는 게 아니라 입술과 잇몸 사이에서 천천히 굴린 뒤 삼키는 걸 보고 놀라신 것 같다. 그 사이사이에 나는 내 방에 올라갔다 내려오기도 한다.

    "솔, 그냥 식탁에 앉아서 먹으면 안 될까?" 내가 계단 쪽으로 가는 걸 보고 할머니가 물으신다.

    그러자 엄마가 얼른 끼어든다. "아, 아니에요. 솔은 늘 음식에 까다로운 편이거든요. 돌아다니면서 먹는 거에 신경 쓰지 마세요. 아무 문제 없답니다. 고르게 먹이려고 애쓰고 있으니까 너무 염려 마세요."

    "걱정하는 게 아니라, 그냥 솔이랑 같이 먹으면 좋을 것 같아서 그런 거야."

"솔은 편식이 심해요. 그런데 이 사람이 애가 원하는 대로 다 해주니까 당최 고치려 들질 않아요." 아빠가 말한다.

그러자 엄마가 말한다. "랜돌, 남들 앞에서 그렇게 말해도 되는 거예요?"

그 순간 나는 내 방 문을 닫았고, 다시 내려와 보니 어른들은 다른 얘기, 즉 내 사마귀 얘기를 하고 있다. 엄마가 이번 여름에 사마귀 제거 수술을 할 거라고 얘기했는지, 할머니는 충격에 휩싸인 표정이다.

할머니는 포크를 내려놓으며 이렇게 묻는다. "수술로 제거한다고? 겨우 여섯 살인데? 대체 왜?"

그러자 엄마가 아주 상냥하고 차분한 어조로 대답한다. "랜돌이 이 반점을 다룬 거의 모든 웹사이트를 조사해봤는데, 아주 **여러 가지 이유**로 지금 제거하는 게 좋다는 판단을 내린 거예요."

그러자 할머니가 아빠에게 묻는다. "하지만 랜돌, 설마…… 설마 네 처가 그러도록 내버려둘 생각은 아니겠지? 네 작은 박쥐 반점은 어때? 네 엄마가 그 반점을 없애줬으면 했니?"

이 박쥐는 아빠가 어렸을 때 하던 게임과 관련이 있는데, **아빠의 왼쪽 어깨에 있는 박쥐 모양 반점**은 이 게임을 할 때 아빠에게 얘기도 들려주고 충고도 해주었다고 한다. G. G. 할머니도 왼팔이 접히는 부분에 반점이 있다. 이 반점은 오랫동안 우리 집안에 내려온 유전적 특징인데, 사람마다 몸의 다른 부분에 생기고, 한 세대를 걸러서 나오기도 한다. 예컨대 세이디 할머니는 몸에 반점이 없다.

"죄송해요, 하지만 이건 비유의 문제가 아니에요. 두 분이 반점에 대해 특별한 감정을 갖고 있다는 거 저도 알아요. 그게 두 분 사이에 존재하는 비밀스러운 연결 같은 거라는 사실, 저도 알고 있어요. 하지만 솔의 경우는 전혀 달라요. 현실적으로 생각해보면 지금 그 사마귀를 제거해줄 이유가 몇 가지 있어요. 첫째, 사마귀가 아주 눈에 띄고 특히 얼굴에 있기 때문에 학교 들어갔을 때 그것 때문에 놀림을 당할 수 있다는 거죠. 설사 다른 애들이 안 놀려도 솔 본인이 괜히 창피해서 열등감을 느낄 수 있어요. 둘째, 두 분과 달리 솔의 경우는 이게 **생활에 불편을 끼치는 사마귀**라는 사실이에요. 관자놀이와 뺨 사이에 있기 때문에 십 년쯤 후 솔이 면도를 하게 되면 면도날에 매일 긁히게 된다는 거죠. 셋째, 가장 중요한 이유는 바로 이 사마귀가 피부암으로 변할 수 있다는 거예요. 이 얘길 꺼내긴 싫지만, 시아버님이 암으로 돌아가셨잖아요. 그런 가족력을 보면 솔이 피부암에 걸릴 확률이 더 높아지는 거죠. 아까 말씀드렸듯이, 이 문제에 대해 정말 많은 연구를 하고 그런 결론을 내린 거예요. 전문가들의 의견도 많이 들어봤는데, 그래서 내린 결론은 **그런 위험을 미연에 막자**는 것이에요."

그러자 할머니는 "그렇구나" 하신다.

아빠가 설명을 덧붙였다. "깎아내기와 파내기, 두 가지 방법이 있대요. 파내는 쪽이 상처는 더 깊지만 나중에 피부암이 생길 확률이 거의 없대요. 그래서 그걸로 할 생각이에요."

그러자 할머니가 또 "그렇구나" 하신다.

아빠는 약간 달래는 어조로 말을 잇는다. "하지만 **우리 둘의 반점은 아무 문제 없어요.** 솔리도 자기 사마귀에 대해 별 생각 없을 거예요, 그지, 솔?"

"생각 있는데."

"그래? 어떤 생각인데?"

"부정적인 생각요. 나는 사마귀가 있는 게 싫어요."

"보셨어요?" 엄마가 의기양양한 어조로 이렇게 말한다. "그게 넷째 이유네요! 그래서 칠월 초에 수술 예약을 해놓았고, 그러면 여름방학 동안 상처가 아물 시간이 있으니까 구월에 아무 걱정 없이 학교에 들어갈 수 있어요."

G. G. 할머니는 눈길을 떨군 채 **루트** 비슷한 소리를 내면서 왼팔 안쪽의 사마귀를 어루만진다.

"뭐라고 하셨어요?" 엄마가 묻는다.

"난 내 반점이 너무 좋아서 이름도 붙여줬단다. 루트라고." 할머니가 빙긋 웃으며 말씀하신다. 엄마는, 봐요, 정말 이상해지셨어요, 하는 표정으로 짧지만 의미심장하게 아빠에게 눈짓을 한다. 그러자 아빠는 입 다물어, 하는 표정으로 엄마를 노려본다. 이런 건 절대 보고 싶지 **않았기** 때문에 나는 얼른 내 방으로 올라갔다.

다시 부엌으로 내려가보니 분위기가 바뀌어 있다. 교회에 갈 시간이기 때문이다. 엄마는 아빠에게 설거지를 도와달라고 하고, 아빠는 아무 말 없이 그릇들을 치우고 있다.

열 시 반에 우리는 아빠 차에 올라탄다. 아빠는 아주 부드럽게 차를 진입로에서 뺀 다음 교회를 향해 출발한다. 나는 뒷좌석에 앉아 안전벨트를 맨다. 양쪽에 가로수가 늘어선 아름답고 평화로운 거리를 우리 차가 천천히 달리는 동안 아빠가 이야기를 해준다. "내가 네 나이쯤 됐을 때 몇 주일 동안 아버지랑 둘이서만 지낸 적이 있단다. 엄마는 늘 그랬듯이 어딘가 여행하고 계셨는데, 할머니와 할머니 친구분까지 우리 네 명이 일요일에 센트럴파크로 소풍을 가게 됐지."

그러자 엄마가 말했다. "얘기 중에 미안하지만 랜돌, 당신 지금 정지 신호에 완전히 멈추는 게 아니라 속도만 줄이고 있는 거 알아요?"

"그때 얼마나 좋았던지! 그래서 며칠을 일요일이 되기만 손꼽아 기다렸지. 그런데 준비를 다 해놓고 집을 나서려는 순간 비가 억수로 쏟아지는 거야."

"여보, **정지** 신호에서는 **정지**해야죠, 안 그래요?" 엄마가 운전대를 잡고 있는 아빠의 손을 부드럽게 어루만지며 이렇게 말한다. "솔이 운전 규칙을 안 지켜도 된다고 생각하기를 바라는 건 아니죠?"

아빠는 한숨을 쉬며 엄마가 시키는 대로 한다. 하지만 거리가 끝나고 정지 신호가 있을 때마다 아빠는 당신 말대로 하고 있다는 걸 보여주기라도 하듯 브레이크를 아주 세게 밟는다.

"그래서 소풍을 못 간 거예요?" 아빠가 아까 그 얘기를 계속하도록 내가 묻는다.

"아니, 아니…… 바우어리 가에 있는 할머니 댁에 가서 마룻바닥에서 도시락을 먹었지!"

그러자 엄마가 얼굴을 찡그리며 이렇게 묻는다. "**마룻바닥**에서요? G. G.가 어떻게 살림하는지 아니까 하는 말이지만, 그날 점심은, 아, 그러니까, 먼지가 상당히 섞였을 것 같네요?"

그러자 아빠가 아주 세게 브레이크를 밟았다가 그보다 더 세게 액셀을 밟으며 대답한다. "정말 기가 막힌 점심이었어! 사실은 내가 평생 먹은 점심 중에서 가장 맛있는 점심이었지."

그러자 몇 초 뒤 엄마가 이렇게 말한다. "그랬을 수도 있죠. 그런데 G. G.한테 우리 집 안에서는 담배 좀 참아달라고 말해주면 안 돼요?"

그러자 아빠가 말한다. "집 안에서는 안 피우시잖아! 담배 피울 때는 밖으로 나가시던데."

"제가 알기로는 베란다도 우리 집의 일부예요. 그뿐 아니라 G. G.는 솔이 있는 데서도 담배를 피우시거든요. 아이가 연기를 흡입하면 폐가 망가질 수 있어요."

그러자 아빠가 더 큰 도로로 나가면서 엄마 이름을 불렀다. 거리가 끝날 때마다 정지 신호가 있고, 그때마다 아빠가 브레이크와 액셀을 하도 세게 밟아 멀미가 날 지경이었기 때문에 큰 도로로 나오자 마음이 놓였다. "테스, 에라 할머니는 이 세상에서 내가 제일 좋아하는 분 중 하나야. 그러니까 그분이 어쩌다 한 번 우리 집에 오셨을 때 당신이 진심으로 잘해드리면 **정말 좋겠어**. **삼 년**에 한 번쯤밖에 안 오시잖아."

그러자 엄마가 금방이라도 눈물이 맺힐 듯한 표정으로 말한다. "아, 상당한 시간과 돈을 들여 재료를 사 오고 한 시간이나 걸려서 만든 그 엄청난 아침식사가 자기가 생각하는 환대의 수준에는 맞지 않았다는 거예요?"

"물론 맞지, 물론 맞아. 미안해, 여보."

"에라 할머니 얘기만 나오면 당신은 내가 어떻게 해도 맘에 안 드는 눈치예요. 그 양반이 무슨 여신이라도 되나……"

"미안하다고 했잖아. 사과할게. 내가 어떡하면 좋겠어? 차 세우고 무릎이라도 꿇을까?"

바로 그 순간 우리는 교회에 도착했고, 아빠는 차를 세웠다.

"솔직히 말해서, 랜돌, 당신이 무릎을 꿇을 대상은 제가 아니라 하나님이에요. 왜 할머니가 오시면 아내에게 그렇게 불퉁거리게 되는지, 심각하게 기도하고 생각 좀 해봐요."

"G. G. 할머니는 왜 교회에 안 다녀요?" 느리지도 빠르지도 않은 속도로 교회로 들어가는 사람들 뒤를 따라가면서 내가 묻는다. 길가에는 흰색, 보라색 팬지꽃이 피어 있고, 그 옆으로는 푸른 잔디밭이 펼쳐져 있다. 이런 게 바로 내가 좋아하는 구조라는 것이다.

"그분은 하나님을 믿지 않으니까 그렇지." 아빠는 할머니가 코카콜라보다 펩시를 더 좋아한다고 말하듯 아무렇지도 않게 이렇게 말한다. 하나님을 믿지 않는다는 건 말도 안 되는 소리 같은데, 엄마 얼굴을 보니 이따 집에 갈 때 우리가 이 이야기를 안 했으면 하는 표정이다.

하나님은 어디나, 정말 어디나 계신데, 어떻게 안 **믿**을 수가 있을까?

   그 분이 바로 권능
   최초의 시동자 창조주 절대적인 원천
   부풀고 폭발하는 모든 것의 비밀
   잔디밭에 피어 있는 아주 작은 민들레부터
   여자 얼굴에 온통 정액을 내뿜는 흥분한 말의 성기까지
   폭발하기 직전 펄펄 끓는 화산의 마그마로부터
   원자탄의 버섯구름까지
   이 모든 것이 하나님 하나님 하나님

이 에너지, 이 열림과 술렁임
이 **물질의 움직임**

종려나무 가지를 들고「호산나! 저 높은 곳의 호산나!」를 부르며 제단으로 나아가는 동안 나는 이런 생각을 한다. 하나님은 권능이시고, 이브가 지혜의 나무에서 열매를 따 먹었기에 우리는 모두 죄인이다. 그리고 오늘날 이 지혜의 나무는 바로 수억 개의 가지를 사방으로 내뻗고 있는 인터넷이다. 우리는 계속 그 열매를 따 먹고, 그렇게 얻는 속된 지식을 이용해 점점 더 많은 죄를 짓고 있다. 그래서 우리에게는 늘 예수님이나 부시, 슈워제네거 같은 정화자가 필요한데, 그런 정화자가 되기 위해서 나는 악에 대해 속속들이 알아야 한다.

그들은 올리벳 산에서 내려와
승리의 종려나무 가지를 흔들며
크고 맑은 소리로 노래하고
환호하는 사람들 사이를 걸어갔네!

이 노래를 들으니 사막에 널려 있던 이라크 병사들의 잘린 사지와 살덩이가 생각나고, 그 생각을 하니 강간당하는 여자들이 떠오른다. 그걸 생각하자 발기가 되어 나는 성가집으로 아래를 가리고 설교 듣는 내내 자위를 한다. 그러자 나중에는 온갖 이미지들 때문에 정신이 혼미해질 지경이다. 어떤 날은 밤에 내 방에 있으면—영광, 찬양, 공경을—내가 거품을 문 말이나 기관총, 터지는 폭탄 같은 느낌이 든다—

구원의 주님, 왕, 당신께. 그러면 뱃속에서 힘이 솟아 지칠 때까지 자위를 하게 된다. 설교가 끝난 후 엄마 아빠는 이리저리 밀려다니는 신도들 사이를 지나며 "안녕하세요?" "만나서 반가워요" "부활절 주일에 봬요" "날씨가 정말 **좋죠?**" 하면서 악수를 나눈다.

오후에는 날씨가 정말 덥다. 나는 레고를 들고 내가 좋아하는 베란다 아래 모래상자로 내려간다. 엄마에게 내가 컴퓨터 게임에 중독된 건 아니라는 걸 보여주기 위해 일부러 그런 것이다. 엄마는 내가 게임을 너무 해서 머리가 이상해질까 봐 걱정한다. 그런데 얼마 후 아빠와 G. G. 할머니가 베란다로 나와 파라솔 밑에 자리를 잡는다. 나는 들키지 않고 두 사람이 하는 얘기를 들을 수 있다. 나는 사람들이 하는 얘기를 몰래 엿듣는 걸 좋아한다. 그럴 때 정말 많은 것을 알게 되고, 그걸로 나중에 사람들을 깜짝 놀라게 할 수 있기 때문이다.

"랜, 새 직장은 어때?" 할머니가 물으신다.

"아, 얘기할 게 뭐 있나요? 컴퓨터 프로그램이라는 게······" 아빠가 왠지 편치 않은 어조로 대답한다.

"금전적으로는 무슨 이득이 있는 거니?"

"그게, 그렇죠. 장기적으로 볼 때 저축에 칠 퍼센트 이자가 붙는 셈이에요."

"아, 그렇구나······ 같이 일하는 사람들은 어떤데?"

"다 괴짜들이죠 뭐."

"아, 그건 좀 그렇구나······"

"모든 사람이 예술가가 될 수는 없잖아요?"

"그렇지, 맞는 말이야."

"하지만 월급도 많고, 승진 기회도 좋고, 남의 도움 없이 솔을 동부의 일류 대학에 보낼 수 있다는 게 뿌듯하기도 하고 그래요."

"남이라면, 네 엄마 말야?"

"물론이죠."

"세이디는 어떻게 지내?"

"똑같아요…… 전보다 더하다면 더하고."

"어쩌면 좋아."

"맞아요. 할머니는 언제 보셨어요?"

"랜돌, 사실은 기억이 안 나. 거의 십오 년은 된 것 같아…… 그 끔찍한 책을 출판한 뒤로는 안 봤거든ㅡ 그게 언제였지?"

"1990년요.『나치 베이비, 자장자장』…… 아버지가 돌아가시기 몇 달 전에 나왔기 때문에 기억이 나요."

"그 책 때문에 죽을 지경이었지."

그러더니 두 사람 다 하하 웃는다. 마티니나 진토닉을 마시는 것 같다.

잠시 후 할머니가 물으신다. "그럼 걔는 아직도 그러고 있니?"

"네, 그러고 있어요."

"세상에."

"할머니는 어떠세요? 그동안 어떻게 지내셨어요?"

"난 잘 지냈어. 특별히 힘든 것 없이, 전반적으로 보면 아주 잘산 거야."

"전반적으로란 말씀 하지 마세요, 아직 젊으시잖아요. 이제 겨우— 보자— 예순다섯 되셨죠?"

"응, 예순다섯하고 반 년 됐지."

"에이, 그럼 앞으로도 **수십 년** 더 남았어요! 그리고 뵙기에도, 아, **마흔일곱** 반 정도밖에 안 돼 보이세요."

"고맙다. 하지만 요새는 늙었다는 게 실감이 나. 두어 달 전에 상당히 심각한 심장마비가 왔었고, 이도 다 빠졌거든."

두 사람은 동시에 하하 웃는다.

"그래서 노래를 그만두신 거예요? 공연 중에 틀니가 빠질까 봐 걱정이 돼서?"

둘은 또 하하 웃는다.

"아니, 그건 아냐! 목소리가 나빠져서 그만둔 거야…… 하지만 괴롭지는 않아. 얼마 전에 내 두 손을 맞잡고 이렇게 중얼거렸단다. 잘 들어, 에라, 너는 그동안 엄청나게 많은 음반을 녹음했고, 전 세계를 돌며 공연했고, 돈도 많이 벌었고, 사람들에게 감동도 주었어. 그러니까 이제는 인생을 진정으로 즐길 일만 남았다. 읽고 싶은 책을 읽고, 좋아하는 이들을 만나고, 메르세데스와 함께 아주 잠깐씩밖에 못 본 멋진 나라로 여행을 가고 그렇게 살자…… 이렇게 말했지."

"메르세데스 일은 정말 죄송해요." 아빠가 말한다.

"조심해라, 랜."

"뭘요?"

"**미안하다**는 말 너무 자주 쓰지 말라고. 어젯밤 도착한 뒤로 네가 그 말 하는 걸 수십 번 들었거든. 그건 위험한 습관이야. 네 영혼에 안 좋아."

"테스는 많은 문제에 대해 아주 개방적인 편인데, 동성애에 대해서는 왠지……"

"할머니들이 손잡고 있는 걸 보면 솔이 상처받을까 봐 그런 게지?"

"죄송해요, 할머니."

"봐, 내 말이 맞지? 그 말 쓰지 말라니까!"

두 사람은 또 웃는다. 이윽고 할머니가 시가에 불을 붙이는 냄새가 난다.

잠시 후 할머니 목소리가 들린다. "솔리 말인데, 뉴욕을 떠나오기 전에 그 애 선물을 사러 갔거든. 44번가에 있는 장난감 가게에서 구경을 하다가 아주 웃기는 일이 있었지…… 네 처가 애 안전에 아주 목을 매잖아. 그래서 장난감을 볼 때마다 이거 괜찮은지, 아주 신경이 쓰이더라구. 이 학은 예쁘긴 한데 솔이 이 후크를 삼키면 내장에 걸려서 복부 출혈이 일어날 것이고…… 이 화학실험 세트는 아주 멋진데 폭발할지도 모르고 또 입에 넣으면 위험한 독성이 있는 물건들이 들어 있고…… 음, 이 전기자동차는 참 좋은데 사고로 감전될 수 있고…… 흠, 결국 그 가게에 있는 모든 장난감이 우리 증손자를 공격하거나 죽일 수 있는 치명적인 무기로 변할 수 있더라구. 그래서 선물 사는 걸 포기하고 빈손으로 온 거야."

두 사람은 박장대소한다.

나는 약간 화가 난다. 그 장난감 중에서 하나라도 사오실 것이지.

나는 아빠와 할머니 앞을 지나 집으로 들어간다. 엄마는 체다 치즈와 같이 먹을 당근, 샐러리, 순무, 방울토마토, 납작하게 썬 버섯, 크래커와 소스로 차린 전채 접시를 준비하고 있다. 나는 치즈 한 조각을 씹으며 냉장고에서 식빵 한 장을 꺼내 먹는다. 엄마는 내가 저녁을 굶으리란 걸 눈치챈다.

"엄마, 할머니가 의치 끼고 계신 거 알았어요?"

"물론이지. 주무시기 전에 의치를 빼서 유리잔에 담가두시잖아."

"오, 웩…… 왜 이가 다 빠진 거예요?"

"어렸을 때 못 먹어서 그러신 것 같아."

"부모님이 먹을 걸 잘 안 주신 거예요?"

"아…… 얘기하면 긴데…… 난민촌 같은 데 계셨던 것 같아…… 그때 얘긴 잘 안 하시더라고."

그렇다면 사람들은 G. G. 할머니처럼 의치를 끼울 수도 있고, 세이디 할머니처럼 가발을 쓸 수도 있고, 가짜 속눈썹이나 가짜 가슴을 달고 다닐 수도 있다…… "그럼 가짜 심장도 끼울 수 있나?" 내가 소리 내어 물었다.

"뭐라고? 심장 이식 수술 말이니? 다른 사람의 심장을 받는 거 말이지? 그래, 그럴 수도 있지."

"가짜 발도?"

"요즘은 거의 뭐든지 이식할 수 있으니까."

"그렇다면 뇌도 이식할 수 있나?"

"흠, 그건 잘 모르겠는데. 그건 안 될걸."

"영혼은 어떨까?"

"아니, 그건 안 되지." 엄마는 타원형 접시에 야채를 멋진 햇살 모양으로 늘어놓으며 대답했다. "솔리, 그건 절대 안 돼. 네 영혼은 너와 하나님께만 속하는 거야. 영원히."

나는 느낄 수 있다　　솔의 영혼 내 영혼은 영원불멸이다　　수천, 수만의 구글 중
이 세상을 바꿀 하나의 영혼

성주간*이 끝나 G. G. 할머니가 뉴욕으로 돌아가시고 우리는 다시 평소의 생활로 돌아간다. 어느 날 브라이언 집에서 돌아와 보니 엄마가 아주 화난 눈치다. 아무 일도 안 하고 있는 걸 보면 몹시 화가 나 있는 것 같다. 엄마는 거실에 그냥 앉아 계신다. 나는 잘 다녀왔다고 말하며 엄마 볼에 입을 맞춘다. 엄마는 울고 난 것 같은 얼굴로 말없이 나를 껴안아준다.

"뭐 하고 계세요?"

"아빠가 돌아오시길 기다리고 있어." 엄마가 전에 없이 힘없는 어조로 대답한다. "네 방에 올라가서 놀고 있어, 알았지? 배고프면 말하고."

"알았어요." 나는 아무 걱정 말라는 어조로 이렇게 대답한다.

아빠 차가 진입로로 들어오는 소리가 들리자 나는 얼른 발끝으로 살금살금 계단참에 나가 귀를 기울인다.

"랜돌, 당신도 봤어요?" 엄마가 아주 긴박한 어조로 속삭인다.

"응, 응, 봤어······"

"너무 **끔찍해요**! 정말 **끔찍하지** 않아요? 신문들이 어떻게 그런 사

---

* 부활절 전의 일주일.

진들을 **찍어낼** 수 있는지!"

"맞아, 하지만…… 테스, 전쟁은 전쟁이야…… 저녁은 어떻게 됐어?"

"**전쟁은 전쟁**이라? 그게 무슨 말이에요, **전쟁은 전쟁**이라니? 이건 전쟁이 아니에요! 이건 몇 명의 정신병자들이…… 사람들을 짐승처럼 취급한 사건이라고요…… 어떻게 그런 짓을 할 수 있어요?"

"테스, 사람이 스트레스를 받거나 극도로 겁에 질리면 거의 무슨 짓이든 할 수 있는 거야."

"당신, 이런 짓들에 대해 어떻게 감히…… 변명을 할 수가 있어요?"

엄마가 신문을 휘두르는 소리가 들린다. 아빠 면전에 휘두르고 있는 걸까.

"테스, 괜찮으면 이 얘기는 그만하는 게 어떨까? 오늘 열네 시간이나 일했는데 집에 오자마자 당신이 소리 지르는 걸 듣고 있어야겠어? 대체 저녁은 어디 있는 거야? 아니면 온 식구가 우리 아들처럼 거의 굶고 살자는 거야?"

엄마가 소파에 털썩 엎어지는 소리가 들린다.

"저는 못 먹어요." 쿠션에 얼굴을 묻고 울먹이는지 엄마 목소리가 아주 작게 들린다. 그러더니 얼굴을 들고 명확하게 말한다. "그런 사진들을 보고도 배가 고파요? 정말 구역질이 나요! 미국 군대가……"

"미국 군대에 대해서 한 마디라도 나쁜 소리 하면 가만 두지 않을 거야." 아빠가 성큼성큼 부엌으로 가서 냉장고를 확 열며 이렇게 말한다.

다음 날 아침, 엄마가 드라이어로 머리 말리는 소리를 듣고, 나는 인터넷에 들어가 아부 그라이브의 사진들을 구경한다. 엄마가 드라이를 하면 최소한 십 분은 시간이 있기 때문이다. 아랍인들은 서커스 단원들처럼 몇 겹으로 쌓여 있는데, 체격이 크고 완전히 벌거벗고 있다는 게 다르다. 사진에는 벌거벗은 아랍인들이 많이 나와 있는데, 피부가 검지도 희지도 않고 약간 금갈색이다. 미군들은 이 벌거벗은 아랍인들과 같이 사진 찍고, 약 올리고, 개줄로 묶고, 서로 항문에 섹스하게 하거나, 전기 충격을 주며 아주 즐거워하는 눈치다. 그걸 보자 딱딱하게 발기가 되었지만 시간이 없기 때문에 자위를 할 수는 없다. 엄마가 드라이어를 끄자마자 나는 컴퓨터를 끈다. 엄마가 욕실에서 나왔을 때 나는 이미 내 방으로 돌아가 운동화를 신고 유치원으로 떠날 준비를 마친 상태다.

유치원에서　　나는　　나의 엄청난 지능과　　엄청난 계획과
엄청난 힘을　　아무도 짐작할 수 없도록 늘 조심한다

집에 돌아온 뒤 나는 플레이모빌 인형들을 갖고 베란다 아래로 내려가 린디 잉글랜드*같이 헐떡이고 비웃으면서 아부 그라이브 사진에서 본 것처럼 층층이 쌓아올리고, 전기 충격을 주고, 항문에 섹스하게 한다.

---

* 이라크에 파병된 미군 병사로 2004년 이라크 포로들을 학대하는 사진이 공개돼 불명예 제대했다.

나는 아빠가 이라크전에 참전할 기회가 없다는 게 안타깝다. 전쟁은 일 년 전에 끝났지만 부시 대통령은 아직도 테러 위험이 도사리고 있으니 미군이 현지에 남아 이라크 정부가 테러리스트들을 없애는 걸 도와야 한다고 말한다. 그러던 중 닉 버그*가 참수당하는 사건이 일어난다. 나는 엄마 아빠의 얘기가 아니라 전혀 예상치 않은 방식으로 이 일을 알게 된다. 어느 날 아침 나는 전에 이라크 병사들의 절단된 시신과 개들에게 강간당하는 여자들 사진을 봤던 사이트에 들어갔다가 그 사진들 바로 옆에 "닉 버그 참수 비디오를 보려면 여기를 누르시오"라는 문구를 본다. 그 부분을 누르니 "경고: 이 동영상에는 아주 생생한 장면들이 들어 있음!"이란 문구가 보인다. 나는 생생하다는 게 뭔지 몰랐지만 어떤 일이 일어나는지 아주 자세히 볼 수 있다는 뜻인 것 같아 얼른 누른다. 첫 장면에서는 주황색 유니폼을 입은 닉 버그가 한 무리의 아랍인들과 탁자 앞에 앉아 있다. 다음 순간 그중 한 명이 일어나 닉 버그 뒤로 가더니 칼로 그의 목을 벤 다음 머리칼을 잡고 그의 머리를 쳐들어 보인다.

이 비디오를 보면 정말 눈알이 튀어나오는 느낌이다. 「클론의 습격」에서 C-3PO가 공장 기계에 목이 잘렸다가 R2-D2에 의해 다시 붙게 된 아주 웃기는 사건과는 전혀 다르다. 닉 버그가 천국에 가면 하나님이 그의 목을 다시 붙여주실지 엄마한테 물어보고 싶지만, 내가 이런 걸 안다는 사실을 들키면 안 되기 때문에 그럴 수도 없다.

---

* 미국인 기술자로 2004년 이라크 무장단체에 납치돼 참수되었다.

"아빠, 군대는 언제 가세요?"

그러자 아빠는 TV 소리를 죽이더니 나를 번쩍 들어 무릎에 앉힌 뒤 얼굴을 마주본다. 어차피 TV에서는 광고만 나오는 중이다.

"너 이거 알아, 솔?" (아빠한테서 맥주 냄새가 난다.)

"뭐요?"

"비밀 하나 알려줄까?"

"네."

"진짜 **중요한** 비밀인데?"

"알려주세요!"

"좋아, 잘 들어. 아빠는 지금 스물여덟 살이라 신병 훈련을 받기에는 좀 나이가 많아. 하지만 아빠가 일하는 회사 자체가 전쟁에 관련된 일을 많이 하기 때문에 내가 굳이 군대에 갈 **필요는** 없단다. 걱정 마, 솔리, 난 이미 전쟁에 **개입**되어 있으니까. 다른 사람들도 나만큼 열성적으로 자기 역할을 하면 아랍인들의 테러는 몇 달 안에 끝장날 거야. 내 말 꼭 기억해라."

바로 그때 야구 경기가 다시 시작된다. 아빠는 한 손에 맥주를 들고 다른 손으로 리모컨을 집어 든다. 우리의 대화는 거기서 끝이 난다.

날씨가 점점 더 더워지고 있다. 시간이 휙휙 지나가고 있으니 내가 수술 받을 날도 금방 다가올 것이다. 수술에 대해 엄마와 아주 긴 시간 얘기를 나누었고, 부분 마취와 수술 과정에 대해 아주 여러 번 들었지만, 그래도 왠지 꺼림칙하다. 하지만 엄마가 처음부터 끝까지 내 옆에 계실 거니까 괜찮을 것이다. 수술하는 동안 나는 아주 의젓하게 행동할 것이다. 슈워제네거가 눈 하나 깜짝하지 않고 칼로 자기 살을 찌를 수 있다면, 나도 이를 악물고 수술을 참아낼 수 있다. 나는 아무런 고통도 느끼지 않을 것이다.

유치원에서 거창한 학기말 파티가 열린다. 엄마는 초콜릿칩 쿠키를 마흔여덟 개나 구웠고, 유치원은 모든 사람의 생일인 듯 풍선과 리본으로 화려하게 꾸며졌다. 부모들을 보니 이 아이들을 만드느라 섹스하는 장면이 떠올라 기분이 이상하다. 하지만 우리 유치원 애들 중에는 양부모랑 살거나, 엄마가 G. G. 할머니처럼 레즈비언이어서 아빠는 정자 기증만 한 경우도 있다. 엄마는 내가 레즈비언이 뭔지도 모르는 줄 아신다.

파티가 진행되는 동안 밀너 선생님이 내 우수한 성적에 대해 칭찬을 늘어놓는데도 나는 겸손한 미소를 띤 채 엄마에게 여기저기 구경시켜주는 작은 소년처럼 행동한다. 하지만 다른 한편으로는 아주 높은 곳에서 모든 걸 파악하는 엄청난 지성으로 이 초라하고 왜소한 인간들이 아주 오만한 얼굴로 레모네이드를 마시고 쿠키를 씹으면서 떠들어대는 걸 내려다보는 신 같은 존재이기도 하다. 그렇게 보면 이 유치원은 미국은 물론 캘리포니아에서도 아주 작은 점 같은 존재에 불과하다. 지구 또한 태양과 비교하면 점 하나에 지나지 않는다. 그런 식으로 생각하면 은하수 자체가 저 멀리 있는 아주 작은 점일 뿐이다……

엄마는 일 년 동안 내가 그린 그림들이 담긴 큰 폴더를 차 짐칸에 싣는다. "솔리, 넌 그림 솜씨가 정말 대단해, 그거 알지?" 엄마가 나를 뒷좌석에 태우고 안전벨트를 매주며 이렇게 말한다. "밀너 선생님 말씀으로는 네가 너희 반에서 제일 영리하대…… 밀너 선생님이……"
 선생님의 칭찬 덕분에 엄마는 기분이 정말 좋다. 엄마의 노력이 결실을 보았다고 생각하는 것이다. 나는 이미 특출하지만, 이건 나중에 내가 이룰 성공에 비하면 그야말로 아무것도 아니라는 걸 엄마와 나 둘 다 잘 알고 있다. 수술이라는 작은 고비만 잘 넘기면 아무 문제없을 것이다. 이것 때문에 약간 걱정이 되긴 하지만, 수술이 끝나면 나는 다시 위대한 운명의 행진을 계속할 수 있을 것이다.

 수술은 오늘이다. 오늘이 바로 그날이다. 엄마가 나를 가볍게 흔들어 깨울 때 오늘은 좀 다른 날이라는 느낌이 든다. 다른 날 아침에는 머릿속이 빛으로 넘치면서 온 세상을 가득 채우곤 했는데 오늘은 그냥 방 한구석에 웅크리고 있는 느낌이다.
 이른 시간—일곱 시 십오 분—이지만 아빠는 벌써 출근하셨다. 아빠가 시리얼 그릇에 쪽지를 붙여놓았다. "마음속으로 너랑 같이 있을게. 솔, 이를 악물고 수술에 임해. 사랑해. 아빠가." 다들 이 수술이 아무것도 아니라고 했지만, 어른들은 웬만한 일로는 애한테 이를 악물라고 하지 않는다. 그렇다면 이건 보통 일이 **아닌데**, 과연 **어떤 식으로** 심각한 건지, 그게 궁금하다.
 병원으로 가는 동안 엄마와 나는 단 한 마디도 나누지 않는다. 엄마도 꽤 긴장해 있거나, 아니면 이 수술의 **심각성**에 압도된 듯하다. 흑색종 흑색종 흑색종 이 말이 엄마 머릿속을 빙빙 돌아다니는 소리가 들리는 것 같다. 이름은 멋진데 실은 끔찍한 존재. 내가 네 살쯤 됐을 때 엄마가 이런 말을 했다. "흑색종은 뱀의 독처럼 림프계를 타고 림

프선으로 퍼질 수 있고, 거기서부터 몸의 나머지 부분으로 옮겨갈 수 있지. 이걸 **전이**라고 해. 그런 일이 벌어지면 넌 죽게 돼. 그래, 솔, 하나님이 왜 이런 일이 벌어지게 놔두시는지는 모르겠지만, 아이들도 암으로 죽을 수 있단다." 하지만 다시 생각해보자. 나는 그런 걸 미리 막아주는 예방 수술을 받을 테니 죽지 않을 것이고, 전이나 흑색종도 없을 것이다. 아빠는 엄마가 앞으로 일어날 일에 미리미리 대비하는 사람이라는 걸 감사히 여기라고 말한다. 나도 그렇게 생각한다. 하지만 나는 누가 내 살을 칼로 찢는 수술이라는 게 싫다.

"전신마취가 나을 것 같니?"

"아니!"

(모든 것을 보는 솔의 의식은 한순간도 잠들면 안 된다.)

옷 벗기. 내가 아주 작게 느껴진다. 수술하기 전 화장실에 가서 보니 내 성기가 정말 작고 쪼그라져 있다. 의사와 간호사들이 나를 마치 잘 아는 애처럼 대하는 게 아주 싫다. 흰색 고무장갑, 하늘색 수술 마스크. 의사는 나를 눕히더니 침대 한쪽을 올린 뒤 내 머리를 한쪽으로 돌려놓는다. 나는 이런 식으로 취급받는 게 싫고, 사람들이 나를 실험실의 원숭이처럼 이리저리 돌리는 게 정말 싫다. 이제 마취할 차례. 마취는 느낌이 없다는 뜻이다. 솔로몬의 관자놀이('성전'이라는 뜻도 있음)에 바늘이 꽂히고, 볼을 포함해서 머리 한쪽이 완전히 마비되는 느낌이 든다. 방 저쪽에 서 있던 엄마가 나를 향해 씩 웃어 보인다. 하지만 눈에는 두려움이 가득하다.

"이 수술은 아무것도 아냐. 아주 쉬운 일이지." 의사가 말한다.

그가 내 살에 칼을 박는다. 간호사가 피를 닦아낸다.

"이 부분을 좀더 깊게…… 파내야겠어…… 반점 전체를 제거해야 하니까…… 알지? 이건 프랑스인들 말마따나 코에 손가락을 박고도 할 수 있는 수술이야."

간호사가 킥킥 웃는다.

"그러시면 안 되죠!" 엄마가 말한다.

"아니, 아니, 그게 아니라, 말이 그렇다는 거죠. 오래전에 파리에서 공부할 때 들은 말이에요."

"흠, 정말 무례한 표현이네요. 제 아들 앞에서는 그런 말씀 삼가주셨으면 좋겠어요."

"알겠습니다. 이제 거의 끝났어요."

피가 볼을 따라 흐르는 게 느껴진다. 간호사가 피를 닦아낸다.

나의 피   관자놀이를 따라 흐르는   솔의 피

머리에 뚫린 구멍

총으로 머리를 쏘는 시늉을 할 때 손가락을 대는 바로 그 자리가 수술 부위

아빠 말로는 오래전에 G. G. 할머니의 남편이 그렇게 자살하셨다고 한다

뇌가 부엌 바닥 사방에 흩어졌다는 말

하지만 내 뇌는 두개골 안에 들어 있다

내 뇌는 이 관자놀이에 난 구멍으로 나오지 못한다

내 뇌는 엄청나게 빠른 속도로 머리를 굴리고 있다   정신을 차리고 모든 걸 정확히 계산하고   아주 간단한 것까지 모두 기억할 것

의사가 수술실을 나간다. 엄마는 내 손을 꼭 쥐고 씩씩하게 견뎌줘서 자랑스럽다고 말한다. 엄마에게 웃어 보이고 싶지만 얼굴 왼쪽이 모두 마비되어 있어서 반쪽밖에 웃을 수 없다.

어느 정도 시간이 흐르자 감각이 돌아오는데, 그 감각이라는 게 바로 **고통**이다. 나는 아프다고 하지도, 투덜대지도 않는다. 이건 하나의 시련이고, 나는 이 정도는 멋지게 이겨낼 수 있다.

저녁때 식사가 나왔는데, 부드러운 감자, 요구르트, 사과 소스 등, 모두 싱겁고 부드러운 거라서 거의 다 먹을 수 있다. 식사 후에 디저트를 먹고 있는데 아빠가 오신다. 하지만 아빠는 여기 있는 것 같지 않다. 투명한 존재 같고, 병원에 아빠의 홀로그램이 나타난 것 같은 느낌이다. 몸은 여기 있지만 실은 몇 광년 떨어진 곳에 있는 것 같아서, 아빠가 떠나자 오히려 마음이 편하다.

그날 밤 엄마는 병실 한쪽에 있는 보호자용 침대에서 잔다. 간호사들이 내가 잘 수 있도록 진통제를 갖다준다. 몇 시간 동안 아주 곤히 잤지만, 깨어보니 여전히 아프다. 하지만 나는 아무 말 하지 않는다.

그날 오후 우리는 집으로 돌아온다. 간호사들이 어떻게 해야 상처가 아무는지 엄마에게 아주 자세히 설명해준다. 엄마는 진피, 표피, 피부 세포가 아주 빠르고 **정연하게** 분열해서 내 수술 때문에 생긴 상처 같은 환부를 치유하는 과정을 설명해준다. 하지만 그 분열이 **아무렇게나** 진행되면 그게 바로 암이다. 엄마는 붕대를 떼고 소독약으로 조심스럽게 내 상처를 닦는다. 내가 엄마는 세상에서 제일 훌륭한 간호사라고 하자, 엄마는 내가 세상에서 제일 잘 참는 환자라고 말한다. 나는 아주 힘들게 웃어 보인다.

엄청나게 심한 고통이 연일 이어진다. 꼭 십자가에 매달린 기분이다.

수술한 지 나흘째 되는 날, 붕대를 갈아주던 엄마가 아빠를 불러들인다. 환부를 본 아빠의 얼굴이 하얗게 질린다. 상처가 낫는 게 아니라 염증이 생겨 나빠지고 있다. 엄마가 그렇게 소독약을 발랐는데 어떻게 이런 일이 벌어졌는지 모르지만, 상처에 세균이 들어간 것이다. 세균들은 살아 있는 살에 번식하면서 그 부분을 부패시키는 아주 미세한 생명체인데, 지금 내 상처에는 그것들 때문에 괴저가 생겼다.

"고름은 세균들이 파괴한 세포들이야. 사람도 여러 인종이 있듯이 세균에도 여러 종류가 있단다." 엄마가 설명해준다.

"맞아, 테러리스트 세포들이 너를 공격하고 있는 셈이지. 이런 문제를 일으키는 게 시아파인지 다른 파인지, 조직검사를 해봐야 되겠다……" 아빠가 말한다.

"여보!" 엄마가 소리친다.

"걱정 마. 그 녀석들을 확실히 끝장내줄 테니까." 아빠가 대답한다.

"박멸시켜야 돼." 내가 말한다.

"맞아, 그래야지. 방탄 항생제를 보내서 이 녀석들을 혼내주자고."

결국 두번째 수술을 하게 됐다.

이번에는 전신마취를 한다. 불빛이 사라지고, 태양이 없어지고, 한낮에 솔*이 소멸되어버린다. 마취에서 깨어나자 엄마가 나를 내려다보고 있다. 나는 몇 초 동안 공황 상태에 빠진다. 내가 누군지 기억나지

---

* Sol은 Solomon의 약칭이지만, 이탈리아어로 '태양'을 뜻하기도 한다.

않았기 때문이다. 정말 끔찍한 느낌이다. 하지만 얼마 후 기억이 돌아온다.

이번에는 병원에서 이틀 밤을 잔다. 경과를 지켜봐야 하기 때문이다. 퇴원할 때 엄마는 자기 팔만큼이나 긴 처방전을 받는다.

기분이 정말 안 좋다. 여름방학이 이렇게 흘러가고 있고, 칠월 중순인데 나는 주로 침대에 누워 있거나 멍한 상태로 집 안을 돌아다니고 있다. 정신적으로 아직 완전히 회복된 게 아니라서 이런저런 구글 사이트에 들어가거나 자위하고 싶은 마음도 없다.

머리가 지끈거린다.

엄마는 나를 또 병원에 데리고 간다. 엄마가 괴사라는 말을 가르쳐 준다. 박테리아의 작용이 너무 강해서 내 관자놀이의 피부 조직이 일부 죽었다고 한다.

"그래서 이번에는 이식을 할 거야."

"그게 뭔데요?"

"흠, 피부 조직이 죽은 그 부분이 눈에 잘 띄는 데잖아. 그래서 눈에 덜 띄는 부분에서 살아 있는 조직을 떼다 거기 붙이는 거야."

"어느 부분요?"

"폐하의 엉덩이올시다." 아빠가 부러 농담조로 대답한다. 하지만 엄마 아빠 둘 다 정말 괴로운 얼굴이다.

의사는 다시 나를 전신마취시켰고, 깨어나 보니 온몸이 아프고, 머리도 삭발한 데다, 열도 높았다. 퇴원은 일주일 후에나 가능하다고 한다.

대통령 선거전에서 존 케리가 조지 W. 부시를 이기려고 애쓰고 있다. 하지만 우리는 대통령 선거 운동에 거의 신경을 못 쓰고 있다. 우리 집에서는 내 건강 문제가 유일한 화젯거리다. 식전 기도와 저녁 기도 때 엄마는 내가 빨리 낫게 해달라고 기원한다. 일요일 아침 아빠는 집에 남아 나를 돌보고 엄마는 혼자 교회에 나가 내 회복을 빌지만, 나는 정말 우울한 상태다. 아빠는 애초에 엄마가 이 수술을 추진했다는 사실에 화가 나 있고, 엄마는 세이디 할머니한테 이 일을 알린 것 때문에 아빠에게 몹시 화가 나 있다. 할머니는 너무 걱정이 된 나머지 이스라엘에서 미국까지 오겠다고 하신다.

"랜돌, 솔직히 나 자신도 지금 아주 힘들어요. 그래서 말인데, 어머님과 한 지붕 아래서 얼마나 버틸 수 있을지 걱정이네요. 제 기분이 최고일 때도 어머니가 계시면 왠지 초조하던데. 얼마나 계실 생각이래요?"

"나도 몰라. 가는 표는 예매 안 하신 것 같아." 아빠가 말했다.

"안 하신 것 **같다니**요? 그게 무슨 말이에요? 예매를 하신 거예요, 안 하신 거예요?"

"그러니까, 안 하셨다는 것 같아. 근데 그게 어때서?"

"아, 이를 어쩌면 좋아······."

아빠는 보통 때는 세이디 할머니와 그저 그런 사이지만, 지금은 다른 사람이 할머니를 공격하고 있기 때문에 재빨리 감싸고 나선다.

"테스, 어머님은 인맥이 정말 넓으셔. 캘리포니아 주의 명사들을 많이 알고 계신다고. 우리한테 좋은 변호사를 소개해주실 수도 있어."

"변호사라니?"

"우리 아들이 살해되고 있는데 내가 가만히 앉아서 당할 것 같아? 그 의사 내가 완전히 망쳐놓을 거야. 망할 자식. 망할 자식!"
"여보!"
"미안해, 테스. 정말…… 도저히…… 견딜 수가 없어."
남자는 절대 우는 모습을 보이면 안 되기 때문에 아빠는 얼른 밖으로 나간다. 「터미네이터 2」에서 슈워제네거는 우는 건 인간적인 일이라고 했는데.

요즘 나는 자고 있을 때가 많고, 자다 깨면 기분이 진짜 별로다. 세이디 할머니가 오신다는 것도 부담스럽다. 할머니는 내가 얼굴도 모르는 자기 아버지, 극작가로 성공하지 못하고 요절한 남편, 할머니가 대놓고 줏대 없는 여피라고 부른 아들 등, 자기 삶의 일부였던 남자들보다 훨씬 나은, 위대한 천재가 되기를 바라신다. 나도 물론 할머니 소원대로 훌륭한 사람이 되고 싶지만, 아플 때보다 건강할 때 오시면 더 좋을 것 같다. 요즘 내 모습을 보시면 내가 인류의 구원자가 될 거라고 믿기 힘드실 것 같다.

아빠가 샌프란시스코 공항에서 세이디 할머니를 맞아 차 짐칸에 휠체어를 접어 싣고, 아주 오래 계실 것 같아 우리 모두의 가슴을 철렁하게 한 여러 개의 대형 여행가방을 싣고 돌아온다. 엄마와 나는 집 앞에 나와 손을 잡은 채 아빠가 할머니 휠체어를 밀고 올라오는 걸 지켜본다. 아빠는 몸이 불편하신 할머니를 위해 진입로 한쪽을 개조했다. 할머니는 지난번에 오셨을 때보다 살이 더 쪄서 진입로가 그 무게 때문에 삐걱거리는 소리가 들린다. 할머니는 부엌에 들어오시자마자 내 쪽으로 휠체어를 돌리더니 와보라고 손짓하신다. 나는 머리에 붕대를 감고 있고, 잠옷 바지 속 엉덩이에도 붕대를 붙이고 있지만 가능한 한 의젓한 얼굴로 할머니께 다가간다.

"솔로몬! 이것 봐, 할머니가 선물 가져왔다!"

할머니는 핸드백 안을 뒤지더니 박엽지로 싼 선물을 꺼낸다. 풀어 보니 블랙 벨벳에 금실로 별과 우주선, '스타워즈'라는 단어가 수놓인 아주 예쁜 유대 모자다.

"솔로몬, 어서 써봐. 네 아빠가 쓰던 거야. 랜돌, 기억나니? 네 성년식 때 준 건데, 그때는 네가 새로 나온「스타워즈」비디오에 완전히 빠져 있었거든. 자 봐, 꼭 새것 같지? 정말 놀랍지 않니!"

"제가 자주 안 썼다는 것같이 들리네요." 아빠가 중얼거린다.

"솔로몬, 어서 써봐! 너한테 맞나보자!"

"그런데 어머니, 어머니 마음은 알지만 저희는 신교 교회에 다니는데요." 엄마가 세이디 할머니를 어머니라고 부르는 걸 들으면 정말 이상하다. 세이디 할머니는 엄마의 엄마가 아닌데, 그냥 다정하게 그렇게 부르는 것이다.

"아가, 어서 써봐." 할머니는 엄마 말은 무시한 채 이렇게 말한다. 이럴 때는 어째야 좋을지 난감하다. 그래서 아빠를 보니 아빠는 엄마가 자기를 보고 있지 않은 걸 확인한 뒤 아주 살짝 고개를 끄덕인다. 그래서 나는 유대 모자를 써본다. 내게는 너무 크지만 붕대를 완전히 가려준다.

"멋진데!" 세이디 할머니가 확신에 찬 어조로 말씀하신다. "정말 딱 맞구나. 이건 독이 아냐. 이 모자 때문에 솔이 유대교를 믿게 되진 않을 거야. 이스라엘에 사는 할머니가 준 기념품이니까 그냥 쓰고 싶을 때 쓰게 놔둬라. 됐지?"

엄마는 자기 손을 내려다본다.

"그래도 된다는 뜻이니?"

"랜돌이 괜찮다면 괜찮겠죠." 엄마가 작은 소리로 말한다.

"난 괜찮아." 아빠는 단 네 글자로 엄마와 할머니의 의견 충돌을 막아서 다행이라는 어조로 이렇게 말한다. "이제 그만 올라가라. 잘 시간이 지났어."

나는 얼른 방으로 올라간다. 평소 같으면 계단참에서 어른들 얘기를 엿들었을 텐데 오늘은 너무 지쳐서 그럴 기운도 없다.

그날부터 집안 분위기가 완전 살얼음판이다. 아빠는 종일 회사에 가 있고, 엄마와 할머니가 줄곧 한 집 안에 있으면서 사사건건 충돌하기 때문이다. 엄마는 나를 돌보고, 장보기, 요리, 집안일을 해야 하는데, 이제 거기에 불구의 정통 유대교도인 할머니를 위해 음식을 포함한 온갖 시중을 추가로 들어야 한다.

세이디 할머니는 여러모로 대단하신 분이다. 아빠가 어릴 때는 할머니도 체중 감량 프로그램에 등록해서 살을 빼곤 했는데, 교통사고를 당한 뒤에는 살빼기를 포기해서 지금처럼 크고 어찌 보면 아주 당당한 몸매로 바뀌었다는 말을 아빠한테서 들은 적이 있다. 할머니는 다른 일도 그렇지만 식사 때도 정말 열심히 드신다. 성격도 당당하셔서, 생각하는 바를 아주 크고 명확하게 표현하신다. 이층 내 방에 있어도 할머니가 말씀하시는 게 아주 똑똑히 들리는데, 엄마의 대답은 모기 소리 같다.

"정말 완전 바보 같은 짓이었구나—그런데 대체 누가 그러자고 한 거야?"

"얼마를 들여서 이 수술이라는 걸 했니? 뭐라고? 다시 말해봐!!!"

……매일 그런 식이다. 엄마와 세이디 할머니의 유일한 공통점은 아빠에 대한 사랑인데, 그 사랑의 내용은 전혀 다르다. 둘이 아빠에 대해 얘기하는 걸 들으면 모르는 사람은 그게 전혀 다른 **사람들**에 대한 얘기인 줄 알 것이다.

그리고 물론 내 문제도 있다.

세이디 할머니는 매일 아침 여덟 시 정각에 나를 베란다로 불러내 꼬박 두 시간 동안 「구약성서」를 낭독해주시는 것으로 그 사랑을 표현하신다.

"아이가 하루하루를 계획성 있게 보내도록 지도해야 할 것 아니니!" 엄마가 두 시간은 너무 길다고 하면 할머니는 이렇게 소리치신다. "겨우 여섯 살짜리 애를 아무 때나 기분 내킬 때 먹든, 자든, TV를 보든 제가 하고 싶은 대로 하게 놔둔다는 건 정말 끔찍한 일이야! 그러면 저 애 머리가 완전 물렁해져서 학교 들어갔을 때 다른 애들보다 잘하기 힘들다구!"

할머니가 성경책을 읽어주실 때 정말 지루한 부분이 나오면 나는 얼굴에 **잘 듣고 있어요**를 화면보호기처럼 깔고 **가끔 고개를 끄덕이며** 머릿속으로 다른 사이트를 클릭한다. 그런데 성서의 어떤 이야기들은 폭력과 분노, 파괴와 복수로 가득 차 있다. 내가 특히 좋아하는 건 데릴라의 배신에 격분한 삼손이 성전의 기둥들을 밀어 건물을 무너뜨려서 자기 자신을 포함해 모든 사람을 죽게 만드는 부분이다. "요즘 이스라엘에서 벌어지는 자폭 테러 같아요!" 나는 할머니 나라에 대해 나도 아는 게 있다는 걸 뻐기고 싶어서 이렇게 말한다. 하지만 할머니는 발끈하며 "무슨 소리! 그거랑은 전혀 다르지!" 하면서 다시 읽기 시작하신다.

두 주일쯤 지나자 할머니는 성경 낭독도 계속하면서 히브리어도 공부시키면 어떠냐고 하신다. 엄마는 그건 절대 안 된다고 한다.

"저는 애가 히브리어 하는 거 싫어요."

"왜 싫어? 시간도 때우고, 또 아주 아름다운 언어라고. 랜돌한테 물어보면 알지—그 애는 히브리어 정말 좋아하는데!"

"랜돌이요?"

"그래—기억나? 네가 결혼한 남자 말야."

"랜돌이 **히브리어를** 해요?"

"기가 막히네. 그 애가 여섯 살 때 하이파에 일 년간 살았던 건 아니?"

"물론 알죠."

"거기서 히브루 레알리*에 다닌 것도 알고?"

"네……"

"그때 선생들이 일본어로 가르쳤을 것 같아? 뉴욕에서 히브리어를

---

* 1913년 이스라엘 하이파에 설립된 사립학교.

딱 한 달 배우고 그 학교 입학시험에 붙은 애라고! 그때는 정말 영특했지—기가 막히게 **영특**했어. 그렇게 자랑스러울 수가 없었는데."

"그랬군요."

엄마는 할머니 생각을 알기 때문에 이런 얘기를 들으면 몹시 속이 상한다. 할머니는 아빠가 아직 유명한 사람이 못 된 게 엄마 탓이라고 생각할 뿐만 아니라, 어떻게 그토록 영특한 아들이 평생 미국 서해안에서만 살아온 데다 대학도 안 다니고, (세이디 할머니는 두 개 국어를 완벽하게 말하고 다른 나라 말도 몇 개는 간단한 대화가 가능한데) 외국어 역시 하나도 모르는 여자랑 결혼했는지 도저히 이해를 못한다는 걸 엄마도 알기 때문이다. 하지만 그동안 들어온 스트레스 해소와 인간관계에 대한 강좌들 덕분에 엄마는 그럭저럭 평정을 유지한다.

엄마는 부아를 참으며 이렇게 말한다. "어머니, 그때 랜돌이 히브리어를 배운 건 잘한 것 같아요. 하지만 어머니는 저희 집 손님이세요. 저희 집은 신교 집안이고 영어를 사용하잖아요. 솔이 외국어를 배울 때가 되면 할아버지, 할머니가 아니라 저희가 결정할 거예요. 죄송하지만 그 점은 유념해주셨으면 좋겠어요."

그러고는 휙 돌아서서 집 안으로 들어간다.

얼마 후 베란다가 너무 더워지니까 할머니는 집 안으로 들어가 또다시 엄마한테 말을 건다. 할머니가 사람들에게 즐겨 얘기하는 주제 중 하나는 바로 제2차 세계대전에 대한 책이다. 할머니는 20세기 중반에 일어난 이 사건에 대해 온갖 통계자료를 대가며 하루 종일 얘기하실 수도 있다.

"정말 더 이상은 참기 힘들 것 같아요." 어느 날 밤 자리에 들면서 엄마가 떨리는 목소리로 아빠한테 이렇게 말한다. "그 얘기만 안 하시면 안 될까요? 왜 그 케케묵은 역사 얘기를 나한테 하고 또 하셔야 되냐고요?"

늘 그랬듯이 아빠는 이번에도 할머니와 엄마 사이를 부드럽게 하려고 백방으로 노력한다. "테스, 그게 엄마 전공 분야잖아. 아리안 족 이론의 발생 단계에 대해서는 엄마가 세계적인 권위자라는 거 잘 알지? 우리한테는 케케묵은 역사지만 엄마한테는 뼈에 사무치는 일이고, 바로 **어제** 일어난 일이라고. 자기 **어머니**가 겪은 일이니까, 제발 이해 좀 해줘……"

"랜돌, 이해는 해요. 하지만 우리 부엌은 강연장이 아니잖아요. 지금 저는 그것 말고도 생각할 게 한두 가지가 아니라고요. 예컨대 우리 **아들의 건강** 같은 거. 그래서 1940년대에 나치가 이십만 명의 동유럽 어린이들을 납치했다든가, 생명의 꿈인지 뭔지 하는 그 끔찍한 센터에만 계속 집중하기는 **정말** 힘들다고요……"

"**생명의 꿈**이 아니라 **생명의 샘**(Lebensborn)이야."

"그까짓 게 뭐면—!"

엄마가 심한 말을 차마 안 하고 넘어간 게 더 의미심장하게 들린다. 이 언쟁이 끝난 뒤 내 방 바로 옆에 있는 안방에서는 아주 무거운 침묵이 흘렀고, 두 분 다 결국 잠든 것 같다. 나 역시 곧 잠이 든다.

엄마가 정말 돌아버릴 것 같다고 하자 아빠는 하루 휴가를 내서 샌프란시스코에 있는 다른 병원에 나를 데리고 간다. 엄마가 좀 쉴 수 있도록 아빠는 할머니도 모시고 간다.

새로 만난 의사 말로는 환부는 어지간히 나았지만, 상처가 완전히 사라지긴 어려울 것 같다고 한다. 원래 있던 사마귀보다 지금 상처가 훨씬 더 눈에 띄는데.

정말 충격적인 소식이다.

솔의 몸에 이렇게 눈에 띄는 결점이 남게 되다니, 정말 충격이다.

돌아오는 차 안에서 나는 안전벨트를 풀고 뒷좌석에 누워 눈을 감는다.

하나님…… (하나님에게 화가 나 있기 때문에 뭐라고 해야 할지 잘 떠오르지 않는다.)

부시 대통령 각하, 십일월에 재선되시면 좋겠어요.

슈워제네거 지사님, 제게 이런 짓을 한 의사의 심장을 빼버리셨으면 좋겠어요. 아빠가 그 의사를 고소한다고 하는데, 그러려면 돈도 많이 들고 시간도 엄청 오래 걸린대요. 지사님이 오셔서 평소처럼 얼른 처치해주시면 좋겠어요.

아빠와 할머니는 내가 잠든 줄 아는지 앞좌석에서 조용하게 이야기를 나눈다. 나는 귀를 쫑긋 세우고 두 분의 말을 엿듣는다. 기밀 사항이지만 드디어 아빠가 이란의 평화 유지 사업에 어떻게 기여하고 있는지 정확히 알게 된 것이다. 스물여덟 살에 늙어버린 사람도 엄마한테 잘 보이고 싶은 마음은 마찬가지고, 그 엄마가 자기를 네비쉬라고 생각하면 기분 나쁜 법인가 보다. 네비쉬란 할머니가 가르쳐준 히브리어로서, 0, 하찮은 사람, 무녀리, 즉 줏대 없는 여피라는 뜻이다.

"텔런talon이 현대전의 양상을 바꿔놓을 거예요." 아빠가 말한다.

"누구의 재능(talent) 말이냐?" 세이디 할머니가 묻는다.

"재능이 아니라 탤런이요. 새로 개발된 전쟁용 로봇 이름이에요."

"전쟁용 로봇? 랜돌, 너 **그걸로** 벌어먹고 사는 거야? 네가 전쟁용 로봇을 만들어?"

"아, 제가 직접 만드는 건 아니고요. 본사는 동부, 매사추세츠 월섬에 있는데, 스코틀랜드, 스위스, 프랑스 등 여러 곳에 있는 세계적인 로봇 연구소들하고 제휴를 맺고 있어요—실은 독일에도 몇 군데 있고…… 실리콘밸리에서는 우리 회사만 그 기술의 일부를 개발하도록 선택되었어요."

"회사는 관심 없고, 그 탤런 얘기나 해봐."

"진짜 이름은 SWORD(검)인데, 무기 정탐 탐지 시스템의 준말이에요. 멋지죠?"

"어떤 일을 **하느냐** 그게 중요하지."

"알고 보면 정말 대단한 기계예요. 「스타워즈」에서 튀어나온 것 같은 그런 건데, 인간의 장점은 모두 갖추고 단점은 전부 **뺀** 무기랄까."

"어떤 단점 말이니?"

"일단, 죽지 않는다는 거죠. 즉 부인이 과부가 되어 흐느껴 울고 애들에게 평생 연금이 나가고, 그럴 필요가 없죠. 시신 가방을 본 사람들이 미군 전사자 수를 들먹이며 떠들고 그럴 일도 없고요."

"그렇겠네."

"두번째 장점은 인간이 느끼는 신체적·심리적 욕구가 없으니까 비용이 절약된다는 거예요. 음식, 섹스, 외상 후 심리 상담 같은 걸 제공할 필요가 없죠. 세번째는, 이 로봇들은 기동성 좋고, 가차 없고, 정확하다는 거예요. 군인들이 로봇에 달린 카메라로 적들을 보기 때문에 조이스틱으로 이 녀석들을 조종하면서 정확히 조준해서 사격하게 만들 수 있거든요. 네번째 장점은, 인정사정 안 본다는 거예요. 이 로봇들은 고향에서 기다리는 여자 친구도 없고, 적을 인간으로 볼 일도 없고, 로봇 자신의 인간성에 대해 고민할 필요도 없다는 거죠…… 간단히 말하면 이 로봇들은 분노, 두려움, 연민, 후회 같은 **감정이 전혀 없기 때문에** 전투에서 훨씬 유리해요."

일단 얘기를 시작하자 아빠는 이 로봇들의 장점을 수십 가지라도 늘어놓을 기세다. 하지만 세이디 할머니가 말을 끊는다.

"그만둬!" 할머니가 소리치신다. 내가 깰까 봐 작은 소리로 하셨지만, 화가 머리끝까지 나신 것 같다. "그만해! 랜돌, 지금 네가 묘사한 게 뭔지 알기나 해?"

아빠는 자기가 묘사한 게 뭔지 잘 알고 있기 때문에 할머니의 질문에 뭔가 복선이 깔려 있으며 사실은 질문이 아니라는 걸 눈치채고 답이 나오기를 기다린다. 할머니는 바로 그 답을 알려주신다.

"네가 묘사한 건 바로 완벽한 나치당원이야. 완벽하고, 강인하고, 아무런 감정이 없는 사내. 네가 묘사한 건 루돌프 헤스 같은 그런 사람이야. 아우슈비츠에서 가스실을 운영한 그 사람 말이다. 감정을 없애라. 감정은 부드럽고, 여성적이고, 혐오스러운 것. 적을 인간이 아니라 해충으로 보고, 너 자신을 기계로 보라는 그런 말이지. 네가 받은 명령에 집중하라, 아니 그 명령 자체가 돼라—죽여라, 죽여라, 죽여라, 그 말이야."

"엄마, 그건 나치뿐 아니라 모든 군대가 다 그래요. 길가메시*부터 린디 잉글랜드까지, 세계의 모든 군인은 그걸 배운다고요. 엄마가 좋아하는 이스라엘군은 달랐을 것 같아요? 샤론 총리**가 이스라엘 군대를 사열할 때는, '신사숙녀 여러분, 팔레스타인인들은 여러분과 똑같은 인간이라는 걸 기억하세요. 그러니까 라말라***에 폭탄을 투하할 때는 그게 남자든, 여자든, 애들이든, 희생자 한 사람 한 사람을 가엾게 여겨야 합니다'라고 말할 것 같아요……?"

"이스라엘군 얘기는 그만해, 랜돌! 아주 오래전에 그 얘기는 다시 안 하기로 했잖니. 하지만 **로봇**이라니!"

내 심장이 스네어드럼처럼 요동치고 있다. 나는 아빠가 이라크 놈들을 죽일 로봇 군인들을 파견하는 데 일조하고 있다는 게 정말 자랑스럽다. 아빠가 전쟁에 **개입**되어 있다고 했을 때, 나는 그게 이렇게 최전선에서, 첨단기술을 이용한 최고 수준의 개입을 뜻하는 줄은 몰랐다. 무기화된 로봇들이, 총 맞은 아랍인들이 피투성이가 되어 모래 속에서 꿈틀대는 것도 전혀 아랑곳하지 않은 채 그들을 쏘아 죽이는 광경을 상상하니 몇 달 만에 내 성기가 딱딱해지고 있다. 나는 담요를 덮고 부드럽게 자위를 한다. 이는 내가 회복되고 있다는 뜻이다. 그런 다음 나는 잠에 빠져든다.

로봇들이 시내 전역에서 아이들을 납치한 뒤 뇌를 꺼내 작동하는 모습

---

* 기원전 2700년경 바빌로니아 지역에 있었던 고대국가 우루크의 왕으로 『길가메시 서사시』의 주인공이다.
** 아리엘 샤론(Ariel Sharon, 1928~): 이스라엘의 군인·정치가. 이스라엘의 국방장관과 총리를 역임했다.
*** 이스라엘 웨스트뱅크에 있는 팔레스타인 도시.

을 살피고 있다. 병원은 뇌를 잃고 두개골이 텅 빈 아이들로 넘쳐난다. 우리는 뇌는 없지만 어떤 기계에 연결되어 있어서 몸은 살아 있다. 내가 생각할 능력을 영원히 상실했다는 걸 알면서도 엄마는 날마다 나를 보러 병원에 온다. 나는 엄마를 볼 수도 있고, 알아볼 수도 있지만, 말은 할 수 없다. 하지만 그게 별로 괴롭게 느껴지지 않는다.

잠에서 깨어보니 우리는 집에 거의 다 왔고, 아빠는 처음에 하던 얘기를 다시 하고 있다.

"산타클라라가 시월에 로봇에 관한 대규모 국제학술대회를 주최할 거예요. 그래서 준비 모임 때문에 제가 다음 달에 유럽에 가야 돼요."

"유럽 어딘데?" 아빠가 진입로로 들어가 차를 세우는 동안 세이디 할머니가 물으신다.

"아까 얘기한 그런 데요. 프랑스, 스위스, 독일……"

"그럼 팔월에 독일에 간다고?"

"네, 독일에서는 프랑크푸르트, 켐니츠, 뮌헨, 그렇게 세 군데예요."

"그럼 팔월에 **뮌헨**에 가는 거야?" 할머니가 이렇게 묻자, 아빠는 뭔가 복선이 있다는 걸 알고 입을 다문다. 아빠가 차 시동을 끄자 새들이 지저귀고 멀리서 개 짖는 소리만 들려온다.

"랜돌, 그거 알아?" 한참 뒤에 할머니가 이렇게 물으신다. "**그거 알아?** 온 가족이 너를 만나러 뮌헨에 모일 거야."

"무슨 말씀인지……"

"정말이야."

"엄마, 그게 무슨 말씀이세요?"

"정말이야. 아주 기가 막힌 생각이야. 잘 들어봐. 엄마도 모시고 갈 거야."

"설마……"

"정말이야. 할머니를 모시고 간다고. 할머니의 언니인 그레타 할머니가 뮌헨에 사시는데 지금 위독하시대. 나한테 편지를 하셨는데, 어떻게 해서라도 동생을 보고 싶다고 하시더라고. 비용은 내가 다 낼 거야."

"죄송하지만 엄마 그건 무리예요. 할머니가 가실 리 없어요. 육십 년 전에 떠나온 이후로 한 번도 안 가신 독일을 가시겠어요?(할머니가 유럽에서 유일하게 공연 안 하신 나라가 독일이잖아요) 그 언니라는 분도 육십 년 동안 안 만났고, **엄마** 역시 십오 년이나 안 만나셨잖아요!"

"십사 년."

"맞아요, 십사 년. 좋아요. 고맙지만 저는 사양할래요, 엄마. 이런 유의 가족 심리극은 정말 제 취향에 안 맞아요."

"하지만 랜돌, 잘 생각해봐! 네 처한테도 아주 좋을 거야. 지금까지 미국 밖으로는 한 발짝도 안 나가봤다며. 솔로몬도 마찬가지지! 머리카락이 다시 자라고 학교 입학할 때까지 남은 여름방학 동안 집 안에 갇혀 지내느니 이런 **모험**을 해보면 얼마나 좋겠니! 그러면 너희들 때문에 겪은 이 모든 고난을 다 잊게 될 거야. 그레타 이모 역시…… 랜돌, 이모가 내 연구를 도와주셨단다. 그동안 신세를 많이 졌어. 지난 이십여 년 동안 이모와 연락을 취해왔는데, 지금은 암으로 **위독**한 상태야. 그런데 그분의 가장 간절한 소망이 **돌아가시기** 전에 동생을 만나는 거라고…… 너로 말할 것 같으면, 너는 어차피 뮌헨에 가야 한다며. 그렇다면 뭐가 문제니? 그렇잖아, 뭐가 문제냐고?"

할머니의 이 제안 때문에 집안이 발칵 뒤집힌다.
    토요일인 다음 날 아침, 식구들이 투표를 한다. 엄마랑 나는 **찬성**, 아빠는 **반대**여서 투표 결과는 3 대 1이 된다. 그렇다면 G. G. 할머니가 반대표를 던져도 찬성 쪽이 이기는 것이다.
    "그건 문제가 아니지! 할머니가 반대하시면 뮌헨에 **안 가시는** 거니까 다른 사람들도 갈 필요 없는 거지." 아빠가 지적한다.
    "그렇지 않아요!" 엄마와 내가 동시에 소리친다.
    "그래도 독일 구경도 하고 할머니 언니도 만날 수 있잖아요. 유럽에 친척 있는 사람이 별로 흔하지 않은데." 엄마가 덧붙인다.
    "랜돌, 이 문제를 해결하는 방법은 딱 하나야. 할머니한테 전화 걸어보면 되잖아." 세이디 할머니가 말씀하신다.
    "**엄마**가 하세요. 엄마가 생각하신 거니까 직접 걸어보세요."
    "말도 안 돼. 얘기한 지 너무 오래돼서 전화하면 내 목소리도 못 알아보실 거야."
    "엄마, 할머니를 뮌헨에 모시고 가려면 언젠가는 얘기를 해야 하잖아요. 그렇다면 지금 전화해서 얘기하는 게 제일 좋아요."
    "랜돌, 네가 얘기하는 게 좋을 것 같아. 너는 할머니랑 항상 가깝게 지냈잖아."
    "하지만 저는 이 계획에 **반대라잖아요**! 할머니를 설득하고 싶어 하는 쪽은 **엄마고**!"
    "그것도 그러네. 좋아…… 하지만 시차 때문에 지금은 안 돼. 뉴욕은 지금 아침 여섯 시거든."

"아니거든요. 뉴욕은 우리보다 세 시간이 느린 게 아니라 빨라요. 지금 거기는 낮 열두 시예요. 전화 걸기 딱 좋은 시간이네."

"세상에, 정말 그렇구나. 좋아, 알았다구." 얼굴이 빨개진 할머니가 이렇게 말씀하신다.

할머니는 우리가 안 듣는 데서 통화하려고 휠체어를 굴려 손님방으로 들어가신다. 그러고는 평소보다 작은 소리로 G. G. 할머니와 통화를 하신다. 그래서 목소리는 들리지만 얘기 내용은 알아들을 수가 없다. 우리는 남의 전화를 엿듣는 것처럼 보이고 싶지 않다. 엄마가 자리에서 일어서며, "랜돌, 설거지 좀 도와줄래요?" 하자, 아빠는 펄쩍 뛰듯이 일어서면서 "좋아" 한다.

"솔, 우유 더 먹을래?" 엄마가 묻기에 "아니요" 하자 엄마는 내가 한 모금밖에 안 마신 우유를 싱크대에 쏟아버린다. 한 입만 먹었어도 내 입에서 나온 균이 그 잔 전체에 퍼졌을 수 있기 때문이다. 최근에 세균 때문에 일어난 일들을 보면 늘 조심하는 게 좋다.

"너 큰 거 할래?" 엄마가 응가 할 거냐고 묻는다. 그래서 순순히 화장실 쪽으로 가는 참인데 세이디 할머니가 침실에서 나와 내 앞에 휠체어를 세우신다. 너무 놀라서 말문이 막힌 채 멍한 눈빛으로 앉아 계신다.

"어떻게 됐어요?" 아빠가 식기세척기 문을 좀 거칠게 열며 이렇게 물었다. "할머니는 뭐래요?"

세이디 할머니는 눈을 깜박이시더니 전에 한 번도 들은 적 없는 아주 조용한 목소리로 "**찬성**이래. 할머니도 좋으시대" 하신다.

엄마와 나는 "만세, 만세!" 하고, 아빠는 부엌 한가운데 멍하니 선 채 작은 소리로 "그럴 리가, 그럴 수는 없어" 한다.

그로부터 불과 삼 주일 후, 우리는 비행기를 타고 있다.

백만 번이나 컴퓨터 게임에서 영화에서
    인터넷에서 친구의 게임기나 플레이스테이션에서
    나는 하늘을 날았다
        떨어지고 솟아오르고
은하수 안에서 부드럽게 빙빙 돌고
단추 하나로 우주선들을 폭파시키고
그것들이 폭파하면서 발하는 붉은 빛이 잠깐 동안 내 얼굴에 비치는 걸 느끼며……

하지만 실제 비행은 기분 나쁘게 충격적이다

점점 커지는 엔진 소리와 뱃속까지 울리는 진동이 정말 무섭다. 나는 엄마가, "미안하지만 너무 아프구나" 하면서 피할 정도로 엄마 손을 꽉 쥐고 있다. 이륙하는 순간에는 그보다 더 무섭다. 몸이 꽉 조여지며 의자에 납작 붙을 것 같고 머리도 욱신거린다. 주변 사람들은 아무렇지도 않은지 책도 보고, 얘기도 하고, 창밖도 내다보는데, 내 안에서는 비명이 터져 나올 것 같다. 온몸을 굳혀 내 안에 숨어 있으려고 하지만 가슴이 터질 것 같다. 비행은 정말 **고문**이다. 배가 들썩이면서 금방 토할 것 같다. 엄마, 엄마, 어떻게 나한테 이런 일이 일어나게 놔둘 수 있어요? 예수님도 십자가에 못 박히실 때, 아버지, 아버지, 왜 저를 버리셨나이까? 하시지 않았던가.

"이런! 여기, 이거 써라." 엄마가 자기 앞좌석 주머니에서 흰 봉투를 꺼내 입구를 벌리더니 내 입 아래 대준다. 그렇다면 저들은 사람들이 비행기를 타면 멀미하는 게 당연하다는 걸 알고 미리 종이봉투를 준비해둔 걸까? 사람이 음식을 먹을 때는 절대 토하려고 먹는 게 아닌데. 구토는 일종의 혼돈으로서, 신이 관심을 갖기 전의 우주와 비슷한 상태다. 나는 멀미로 덜덜 떨며 식은땀이라는 게 뭔지 정확히 알게 된다. 하지만 아침을 한 입도 안 먹었기 때문에 실제로 토하지는 못한다. 엄마는 내 이마를 호호 불어준다. 그리고 한참 지나니 약간 나아지긴 했지만 이런 일을 **세 번이나 더** 겪어야 한다니, 기가 막힐 뿐이다. 뉴욕에 도착해 G. G. 할머니와 같은 비행기를 탈 거니까, 독일로 가는 길에 두 번, 미국으로 돌아올 때 두 번, 모두 **네 번을 이륙해야** 하는 셈이다.

비행은 완전 악몽이고, 비행기가 흔들릴 때마다 사람들 앞에서 엄마 손을 부여잡는 꼴을 보이는 것도 싫고, 그저 빨리 내리고 싶을 뿐이다. 귀를 먹먹하게 하는 소음과 진동, 수백 명의 승객이 내뿜는 체취와 입 냄새, 빽빽 우는 아기들, 소변을 누려고 줄 서 있는 뚱뚱한 독일 여자들, 웃을 때마다 눈가에 주름이 잡히는 승무원들, 내가 손가락으로 딱 소리를 내면 이 모든 게 순식간에 사라지고 곧바로 독일 땅에 내리게 되면 정말 좋겠다.

뉴욕에 도착한 후, 세이디 할머니와 G. G. 할머니가 아주 오랜만에 만났는데, 서로 껴안고, 한숨짓고, 눈물을 글썽이며 지나간 일들을 설명하는 TV 속의 재회 장면과는 사뭇 다르다. 두 분은 비행기 안에서 만난다. 뉴욕에 착륙하긴 했지만 갈아타는 게 아니기 때문에 비행기 밖으로 나갈 수가 없다. 게다가 세이디 할머니는 마비된 다리 때문에 백발이 성성한 자기 어머니가 입구에 들어서는 것을 보고도 일어설 수가 없다. 할머니는 그냥 팔을 번쩍 드셨고, 그러자 G. G. 할머니가 우리를 보고 다가와 차례로 인사를 하신다. 만난 지 십사 개월이 됐든 십사년이 됐든, 볼에 가볍게 입을 맞추는 게 할머니의 인사다. 그러고는 저 뒤에 있는 할머니 자리로 가 앉으신다. 곧이어 이륙의 악몽이 다시 시작된다.

그런데 비행기가 구름 위로 올라서자 두려움은 없어졌지만 말할 수 없이 무료하다. 엄마가 영화 프로를 체크해봤는데, 「브리짓 존스의 일기」라서 어른들만 볼 수 있다. 내가 인터넷에서 본 아부 그라이브나 강간 사이트에는 이 영화보다 훨씬 더 충격적인 장면이 많을 것이다. 하지만 엄마한테 그런 얘기를 하면 정말 상처 받을 것 같아 나는 아무말도 하지 않는다. 엄마는 뮌헨과 그 근처 관광지에 대한 책을 읽고 있다.

세이디 할머니는 미리 코셔 음식을 주문하셨는데, 그게 정확히 무슨 뜻인지는 모르지만 유대인들이 먹는 음식인 것 같다. 엄마는 아주 작은 소리로 감사 기도를 올린 다음 식판의 음식을 전부 먹는다. 공짜로 나온 것이니 맛있게 먹어줘야 한다는 것이다. 게다가 대서양을 건너는 게 이번이 처음이기 때문에 엄마는 아주 흥분한 상태다. 나는 기내식은 절대 먹을 수 없지만, 아빠가 이미 유럽에 가 있어서 간섭할 사람이 없기 때문에 엄마는 내가 먹을 수 있는 부드러운 간식거리를 준비해왔다. 그래서 나는 허기가 지면 언제든 땅콩버터 샌드위치나 치즈, 바나나 같은 것을 꺼내서 잇몸에 대고 녹인 다음 죽처럼 만들어 삼킨다. 어려운 일이지만 이 음식이 소화기 전체를 막아 위로 나오지 않고, 소화 기관을 따라 천천히 내려가 잘생긴 대변으로 나오기를 바랄 뿐이다.

비행기가 대서양을 건너는 밤 시간 동안 엄마는 세이디 할머니를 두 번 화장실에 모시고 간다. 그건 여간 복잡한 일이 아니다.

뮌헨에 내리자 사람들이 전부 내가 모르는 독일어로 떠들고 있다. 그게 너무 기분 나쁘고 답답해서 나는 엄마 팔에 매달린 채 엄마와 세이디 할머니의 대화에 집중한다. 나는 여전히 전능한 존재지만, 이 거대한 현대식 공항에서는 평범한 어린애처럼 행동하며 멍한 표정을 지어야 한다. 드디어 개찰구 유리문을 나가자 아빠가 억지스러운 미소를 지으며 우리를 기다리고 있다. 그건 아빠가 앞으로 다가올 며칠을 두려워하고 있다는 뜻이다. 아빠는 한 손으로 큰 여행가방을 끌고, 다른 손으로 세이디 할머니의 휠체어를 밀고, 한쪽 귀로 엄마의 얘기를 듣고, 다른 쪽 귀로는 세이디 할머니의 말씀을 듣고, 그러면서 동시에 사랑하는 G. G. 할머니가 제대로 따라오고 계신지, 어린 내가 잘 오고 있는지 살피면서 방금 공항에서 렌트한 차 쪽으로 우리를 데리고 간다.

나는 뒷좌석 엄마와 G. G. 할머니 사이에 앉고, 세이디 할머니는 도로 표지판을 못 읽는 아빠를 위해 지도를 들고 앞자리에 앉으신다.

"빨리요—여기서 어디로 가야 돼요, 왼쪽?"

"오른쪽! 오른쪽! 오른쪽!" 독일어를 잘 아는 세이디 할머니가 소리치신다.

"제기랄!" 아빠가 마지막 순간에 아슬아슬하게 차를 오른쪽으로 확 틀며 소리친다.

"랜돌, 그게 어느 나라 말이에요?" 하지만 엄마의 이 농담은 잘 먹히지 않는다.

"제기랄! 당신이 운전해볼래?" 아빠가 소리친다.

엄마는 얼굴이 빨개지며 입을 다문다.

도로 표지판이 독일어로 되어 있는 건 나도 맘에 안 든다. 내 앞에서 문들이 탁탁 닫히는 것 같은 느낌이다. 하지만 세이디 할머니한테 여쭤보기는 싫다. 일단 내가 모르는 걸 남에게 들키기 싫고, 내가 어른이 되면 세상 모든 사람이 영어를 쓰게 될 것이고, 만약 그렇게 안 되면 내가 그런 법을 만들 것이다. 미국과 다른 독일의 모습에 피부가 간질거리고, 내 상처는 유대 모자로 가렸어도 아직 보기 흉하다. 그래서 나는 초라해진 내 모습을 가다듬고, 나야말로 전 세계에서 가장 영특한 여섯 살 소년이라는 걸 기억하려고 애쓴다. 그런데 비좁은 차 안에서 어른들 사이의 불편한 대화를 듣고 있자니 그게 쉽지가 않다. 하지만 얼마 후 엄마가 기운 내라는 듯 내 손을 꼭 잡아준다.

드디어 뮌헨에 도착해 호텔로 가는 길에 세이디 할머니가 각 빌딩의 건립 연대, 세계대전 때 연합군의 폭격을 받은 동네 등에 대해 거창하게 설명하신다. 하지만 어디를 봐도 정말 멋지고 깨끗하기 때문에 그런 내용이 실감나지는 않는다. G. G. 할머니는 두 손을 잡았다 놓았다, 손가락을 꼬았다 풀었다 하신다. 그러고 보면 할머니는 독일에 도착한 이후 단 한 마디도 안 하신 것 같다. 나는 곁눈질로 할머니를 살핀다. 할머니는 괴로운 듯한 표정으로 앞만 똑바로 보고 계신데, 단번에 폭삭 늙으신 것 같다.

"기억나는 건물이 있어요?" 계속 온갖 것을 설명하던 세이디 할머니가 이렇게 묻는다.

차 안의 다른 사람들은 뮌헨에 와본 적이 없기 때문에 이 질문은 G. G. 할머니께 드린 것일 텐데, 할머니는 아무 대답이 없다. 그저 폭삭 늙은 모습으로 가녀린 손가락을 꼬았다 폈다 하며 앞만 똑바로 보고 계시다.

호텔에서 자보는 건 처음인데, 세이디 할머니는 자기가 이 여행을 제안하고 모든 비용을 대겠다고 큰소리를 치고도 돈을 아끼느라 싸구려 호텔을 잡았고, 우리 세 식구를 전부 한 방에서 자게 했기 때문에 기분이 별로다. 할머니들도 한 방에 묵고 계신데, 그게 얼마나 어색할지, 나는 알고 싶지도 않다. 호텔 식당의 음식은 정말 별로였다. 거의 모든 요리가 최악(worst)이라고 써 있다. 'wurst'라고 스펠링도 좀 다르고, 세이디 할머니 말씀으로는 그게 소시지를 가리킨다는데도(엄마는 그 말을 듣고 깔깔 웃었다), 그걸 보니까 식욕이 없어져서 껍질 부분을 잘라낸 흰 빵만 한 장 먹었다. 할머니 말씀으로는 독일어로 "나는 전혀 신경 안 쓴다"*라고 하려면 무화과가 아니라 소시지에 신경 안 쓴다고

---

* 영어로 "I don't care a fig." 여기서 fig는 '작은 분량'을 뜻하지만 '무화과'라는 뜻도 있다.

해야 한단다. 아빠도 그 말을 듣고 껄껄 웃는다. 그런데 내가 보기에 이건 정말 말도 안 되는 얘기다. 사람이 어떻게 소시지에 신경을 쓸까?

세이디 할머니는 G. G. 할머니께 "엄마" 하면서 말을 걸었다(G. G. 할머니는 식사 주문할 때 말고는 아직 한 마디도 하시지 않았다). 세이디 할머니 같이 연세 많은 분이 "엄마"라고 하니까 이상했지만, 일단 지금은 할머니께 잘 보이고 싶고, 또 아직까지 한 마디도 하시지 않은 걸 보면 기분을 풀어드릴 필요가 있기 때문에 그러신 것 같다. "엄마, 조니 버벡에 대한 노래 가르쳐준 거 기억하세요? 자기 소시지 기계에 빠져서 소시지 고기가 된 남자 얘기 말이에요. 그 노래가 어떻게 시작되더라?"

"참으세요!" 그런 노래를 들으면 내가 충격을 받거나 체할까 봐 엄마가 얼른 할머니를 말리고 나선다.

하지만 G. G. 할머니는 아무 대답 없이 맥주를 홀짝거리며 식탁보만 보고 계신다. 왜 그러시는지는 아무도 모른다.

"그리고 비너wiener가 뭔지 물어보셨잖아요?"

G. G. 할머니는 여전히 묵묵부답이다.

"솔리야, 너 비너가 뭔지 아니?" 세이디 할머니가 이번에는 나한테 물으신다.

"모르는데요."

"그건 핫도그야." 아빠는 이게 왜 우스운지 아는 듯 환하게 웃으며 대답한다.

"그게 아니지. 그건 빈Wien 사람이란 뜻이야!" 세이디 할머니가 소리치고, 아빠와 같이 신나게 웃으신다. 할머니가 또 물으신다. "그럼 솔리, 햄버거hamburger는 뭔지 아니?"
"맥도날드에서 파는 거요." 내가 맥없이 대답한다.
"그게 아니지. 그건 함부르크 사람이란 뜻이야."
이번에도 할머니와 아빠가 신나게 웃는다.
"다음이 뭐더라…… 랜돌, 세번째 게 뭐였지?"
다행히 아빠는 그 세번째 농담을 기억하지 못했고, 대화도 대충 끝이 난다.
G. G. 할머니는 저녁 내내 한 마디도 안 하신다.

나는 정말 곤하게 잔다.

아침에 또 소동이 벌어진다. 나는 부드럽고 따뜻하게 찐 계란을 좋아하는데, 이 형편없는 호텔에서는 차갑고 딱딱한 계란만 주기 때문이다. 엄마가 주방에 가서 부탁을 해보지만, 독일어를 모르기 때문에 아무 소용 없었다. 그래서 이번에는 세이디 할머니한테 같이 가달라고 하지만, 이미 열심히 식사하고 계시던 할머니는 큰 소리로 거절한다. "애 버릇 그렇게 들이지 마. 배고프면 어떤 계란이든 다 먹게 돼 있어. 배가 안 고프면 투덜거릴 필요도 없잖아."
주방에 다녀온 엄마는 내게 어깨를 들썩해 보이며 미안하다고 한다. 나는 우리 엄마를 모욕하는 이 사람들 때문에 너무 화가 나서 직접 내 계란을 요리해 먹을 수 있을 것 같은 기분이다.

수십 년 전에 헤어졌고 현재 위독하시다는, G. G. 할머니의 언니는 안타깝게도 뮌헨 시내가 아니라 차로 두 시간 걸리는 원래의 고향 마을에 살고 계시다고 한다. 가슴이 철렁한 소식이다.

"그렇게 멀리 간단 말이에요?" 내가 엄마한테 투덜거린다.

"우리가 싫다고 해도 어쩔 수 없잖니." 엄마가 대답한다.

"난 아침마다 두 시간씩 운전해 출근하는데." 아빠가 말한다.

"랜돌, 그건 전혀 다른 얘기죠. 아이에게 두 시간은 훨씬 길게 느껴진다고요."

"그건 아니지. 나한테도 끝없이 길게 느껴지거든."

우리는 어제 탔던 대로 다시 차에 앉는다. 내 왼쪽에는 G. G. 할머니, 오른쪽에는 엄마가 앉으신다. 시내를 빠져나가는 데 정말 오래 걸렸지만, 드디어 차는 푸른 들판을 지나간다.

"오스트리아 국경 쪽으로 직진하면 돼. 알프스에 있는 베르히테스가덴이 이 바로 남쪽에 있다고. 알지? 히틀러가 좋아했다는 바바리아의 보루라는 데 말야. 히틀러와 그 졸개들이 이 산속에 기가 막힌 지하 벙커들을 팠대잖아. 거기다 수십 년 버틸 만큼의 샴페인, 시가, 음식, 옷 들을 꽉꽉 쟁여놨대……! 그런데 그 벙커들을 지금 특급호텔로 개조하고 있다는 거 아니니." 세이디 할머니가 말씀하신다.

"그럼 여기서 조금만 가면 슈워제네거의 고향이겠네요?" 엄마는 지리 공부한 걸 자랑할 기회가 온 게 기뻐서 이렇게 묻는다.

"글쎄, 에미 네가 거인이면 조금만 가도 되겠지! 슈워제네거의 고향은 여기서 동남쪽으로 백오십 마일이나 가야 있거든." 할머니가 차분하게 대답하신다.

"아, 이 차 안의 **누군가**는 모든 걸 알고 있으니 다행이네!" 아빠가 말한다.

"아냐, 아냐, 에미의 말도 일리가 있어. 슈워제네거 가문은 나치 성향이 아주 강했거든." 세이디 할머니가 곰살갑게 말한다.

하지만 엄마는 할머니가 **그** 얘길 시작하는 게 못마땅한지 전혀 못 들은 척하면서 G. G. 할머니께, "이곳을 지나가니 기분이 묘하시죠?"라고 묻는다. 그러더니 작은 소리로, "이런, 잠드셨네!" 한다.

G. G. 할머니는 머리가 뒤로 젖혀져 입이 벌어져 있고, 약간 코를 고신다. 나는 할머니가 순간순간 더 늙어가신다는 느낌을 떨쳐버릴 수 없다. 가까이서 보니 할머니는 피부가 수백만 개의 잔주름으로 뒤덮인 투명한 흰 양피지 같고, 전에는 몰랐는데 몸 역시 너무 마르고, 가늘고, 작아서 무슨 유령이나 죽은 제비 같다. 혹시 할머니가 이미 돌아가신 거라면? 하지만 코 고는 소리를 들으면 살아 계신 건 맞다. 그래도 나는 할머니에게서 멀리 떨어져 엄마의 팔을 부여잡는다. 하나님, 우리 엄마는 제발 늙지 않게 해주세요, 하나님, 우리 엄마는 언제나 젊고 아름답게 지켜주세요—

내 머릿속에서는 모든 게 이상하게 느껴진다   모든 게 붕 떠 있는 것 같고, 녹아내리는 것 같고   내가 여기 있는 것 같지 않고 아무도 내게 신경 쓰지 않고   우리는 계속 차를 달리고 있다

내가 얼마나 더 가야 되냐고 묻자 엄마는 불교식 요가 클래스에서 듣고 온 것 같은 대답을 해준다. "얼마나 더 가야 되냐고 묻지 말고, 네가 지금 거기 **있다고** 생각해봐. 이건 네 실제 삶의 실제 순간이라고!

이 순간을 들이켜야 해! 저 아름다운 풍경을 보라고!"

나는 억지로 밖을 내다본다. 완만하게 경사진 목초지와 풀밭, 소들, 트랙터들, 외양간과 농가들, 더 많은 목초지와 더 많은 소, 외양간들. 도시 아이들에게 시골을 보여주기 위해 동물원에 만들어놓은 저 바보 같은 모형 농장들처럼, 모든 게 아주 작아 보인다. 고속도로도 캘리포니아의 고속도로들보다 작아 보인다. 나는 숨을 깊이 들이쉰 다음, 내가 정말 여기 있다는 걸 확인하기 위해 양손으로 내 무릎을 꽉 조여본다.

지금까지만 놓고 보면 이번 여행은 그야말로 왕짜증이다.

차가 G. G. 할머니의 어릴 적 고향으로 들어서는 순간 G. G. 할머니가 깨어나신다. 할머니는 꼭 나처럼 잠에서 깨자마자 완전 말짱한 상태가 되어, 눈에 졸린 기색 하나 없이 곧바로 아주 기민한 모습으로 바뀐다.

그런데 차 안의 다른 사람들도 G. G. 할머니처럼 갑자기 말이 없어진다. 열 개의 입술이 꼼짝 않고 있는 동안 아빠는 차를 천천히 몰아 그 동네 한가운데로 들어간다.

그런데 어느 순간 갑자기 세이디 할머니가 뒷좌석으로 손을 뻗어 G. G. 할머니의 손을 잡았다. 그리고 더욱 놀라운 것은 G. G. 할머니도 딸의 손을 잡더니 부드럽게 어루만지고 있다는 것이다.

이윽고 G. G. 할머니가 입을 여신다. "됐어, 랜돌, 여기서 왼쪽으로 돈 다음 주차하면 돼. 저게 바로 그 건물이거든."

우리는 짐칸에서 휠체어를 꺼내 세이디 할머니를 앉히고 차 문을 잠그는 등, 한참 부산을 떤다. 길 가던 사람들이 우리가 서커스단이라도 되는 양 빤히 쳐다본다. 가발을 쓴 불구 여인, 백발의 마녀, 「스타워즈」 유대 모자를 쓴 어린 소년이 영어로 떠들고 있었으니 그럴 법도 하지만, 나는 우리가 그렇게 특이해 보이는 게 정말 싫었다. 할 수만 있다면 그 사람들 눈에 레이저를 쏘아 우리를 볼 수 없게 만들고 싶다. 아무튼 한참이나 부산을 떤 끝에 우리는 드디어 건물로 들어간다.

환한 밖에서 안으로 들어가니 복도가 칠흑같이 어두웠지만, 세이디 할머니는 맨 앞에서 아주 빠른 속도로 휠체어를 밀고 간다. 나는 엄마 손을 잡고 그 뒤를 따라간다. 엄마가 허리를 굽히더니, "모자를 벗는 게 좋을 것 같아" 하고 속삭인다. G. G. 할머니는 아빠 팔을 잡고 걷고 있다. 평소와 달리 오늘은 천천히, 아주 천천히 걷고 계셔서 두 분만 한참 뒤에 오다가 결국 멈춰 서신다.

"무슨 일이에요?" 이미 복도 끝 엘리베이터 앞에 가 계신 세이디 할머니가 소리친다.

"심장이 너무 빨리 뛰어서 그러신대요. 약 드셔야 되니까 잠깐만 기다리세요." 아빠가 대답한다.

"물론 기다려야지. 기다릴 테니 천천히 와." 세이디 할머니가 말씀하신다.

G. G. 할머니는 가방에서 작은 약병을 꺼내시더니 두어 개를 손바닥에 쏟은 뒤 입에 넣고 기다린다. 그러더니 잠시 후 고개를 끄덕이고 다시 아빠의 팔을 부여잡는다.

우리는 3W라는 명패가 붙은 문 앞에 모여 있다. 세이디 할머니는 이 중요한 순간을 더욱 인상 깊게 만들려는 듯 우리 각자의 눈을 깊이 들여다보더니 초인종을 몸으로 꾹 누른다.

잠시 후, 열쇠 몇 개가 돌아가는 소리가 들리더니 몸집이 거대한 할머니가 문간에 나타난다. 세이디 할머니가 독일어로 말을 하고, 그쪽에서도 독일어로 대답한다. 오후 내내 독일어를 듣고 있으면 죽도록 지겨울 것 같다는 생각을 하는 참인데, 세이디 할머니가 통역을 해주신다. "오늘 오후에는 간호사가 안 와서 제대로 대접하긴 힘들지만, 식탁에 점심이 차려져 있으니 먹으라고 하시네. 이 분이 그레타 할머니란다." 할머니 성함을 모르는 사람은 없는데.

그레타 할머니가 또 독일어로 뭐라고 하자 G. G. 할머니가 갑자기 큰 소리로 외치신다. "오늘 대화는 영어로 하자."

그러더니 아빠의 팔을 놓고 드라마틱하게 앞으로 나서신다. 우리는 모두 비켜선다.

나이 든 두 자매가 육십 센티미터 정도 거리를 두고 서로 마주보고 있다. 두 분은 닮은 데가 없다. 그레타 할머니는 붉고 통통한 볼과 턱에 깊은 주름이 파인 우악스러운 이목구비에 긴 흰 머리를 땋은 채, 진분홍 트레이닝복 차림의 뚱뚱한 몸으로 G. G. 할머니를 향해 두 팔을 내밀고 계시다.

"크리스티나!" G. G. 할머니께 에라 말고 다른 이름이 있다니 나로서는 놀라울 뿐이다. 하지만 다른 사람들은 눈 하나 깜짝 안 하는 걸 보면 G. G. 할머니가 독일에 사실 때는 그 이름을 쓰셨나 보다. "크리스티나!" 그레타 할머니가 살 속에 파묻힌 듯한 눈에 눈물을 글썽이며 또다시 이름을 부르신다.

그런데 G. G. 할머니는 그레타 할머니의 품 안으로 뛰어드는 게 아니라 팔목을 꼭 잡더니 영어로 간곡하게 속삭이신다. "이제 안으로 들어가자."

"그래, 어서." 그레타 할머니가 약간 외국인 같은 영어로 대답한다. "미안해, 다들 어서 들어와. 도로에 먼지가 많으니 신발들은 벗고."

세이디 할머니가 나머지 사람들을 소개하고, 그레타 할머니는 우리들과 차례로 악수를 하신다. 할머니는 내 관자놀이에 난 상처를 보더니 W자 모양으로 이마를 찡그리신다.

"사고로 다친 거니?" 할머니는 자기 관자놀이를 가리키며 이렇게 물으신다.

"아, 그거 아무것도 아니에요." 어른들 네 사람이 동시에 이렇게 대답하고 하하 웃는다. 하지만 나는 이게 왜 웃을 일인지 이해가 되지 않는다.

식탁에는 안쪽이나 가장자리에 기름이 붙은 얇게 썬 고기, 피클과 순무, 맵게 양념한 계란, 냄새가 강한 치즈, 양파를 넣은 감자샐러드, 딱딱한 검은 빵 등, 내가 먹지 못할 음식이 잔뜩 차려져 있다…… 다행히 엄마가 아까 들어올 때 부엌에 있는 켈로그 콘플레이크 상자를 봤던지 그레타 할머니께 그걸 좀 달라고 하셨다. 아빠가 남들 앞에서 내 식사 습관을 트집 잡을 리는 없다고 생각한 것 같다.

우리는 엄마의 제안으로 감사 기도를 올린다. 엄마는 육십 년 만에 두 할머니가 기적적으로 다시 만나신 것을 하나님께 감사드린다. 하지만 우리를 여기까지 끌고 오신 세이디 할머니조차도 이 재회에 별 감흥이 없는 것 같다. 그리고 기도가 끝난 후 아무도 내게 입 맞추거나 박수를 쳐주지 않으니 이 여행 전체가 큰 실수로 느껴진다. 엄마가 식사 끝날 때까지 자리에 앉아 있으라고 했기 때문에 나는 콘플레이크를 한 알씩 떠먹고 있다. "솔, 여긴 우리 집이 아니니까 정말 예의 바르게 행동해야 돼." 나는 부지런히 방 안을 살핀다. 이 거실 겸 부엌은 어린 여자애가 갖고 노는 인형의 집 같다. 수놓은 쿠션, 도일리, 크리스털 그릇, 작은 조각상, 꽃무늬 벽지, 사진 액자, 그림 등, 방 안은 정말 빈 곳이 하나도 없을 정도로 이런저런 물건으로 꽉 차 있다. 나는 틴에이지 뮤턴트 닌자 터틀로 변신해 이것들을 척척 가르고 여기서 탈출하고 싶다. 아니, 슈퍼맨으로 변하는 게 더 낫겠지? 그냥 두 팔을 쳐들고 휙 날아올라 지붕을 뚫고 푸른 창공으로 날아가버리면 되니까. 산소! 산소가 필요해!

"여태 여기서 살고 있었구나." G. G. 할머니가 말씀하신다.

"그래, 여기서 애들도 낳고 길렀지."

잠시 침묵이 흐른다. G. G. 할머니는 그 아이들에 대해서는 물어보실 게 없나 보다.

"학교는 문 닫은 것 같더라."

"아, 아주 오래전에 그랬어. 칠십년대부터 살림집들로 개조됐어. 엄마가 돌아가신 뒤부터 그렇게 된 것 같아."

G. G. 할머니는 이번에도 아무런 대답을 하시지 않는다. 그럴 거면 왜 독일에 오신 걸까? 언니를 만나 옛날 일을 돌아보고 얘기하는 게 싫다면 왜 애초에 같이 오겠다고 하셨을까? 자기 가족에 대해 그레

타 할머니가 무슨 얘기를 해도 G. G. 할머니는 별 반응을 보이시지 않는다.

"당국에 우리 가족을 고발해서 그 뮬릭이라는 미국 여자가 너를 데려가게 만든 게 누군지 알아냈어…… 바로 우리 옆집에 살던 베베른 부인이었어. 생각나? 남편이 공산당 당원이었잖아……"

G. G. 할머니는 이번에도 묵묵부답이시다.

"아빠가 일 년간 러시아에 잡혀 있다 돌아오신 게 1946년이었어."

세이디 할머니는 그레타 할머니가 G. G. 할머니의 무례한 행동에 신경 쓰지 않고 얘기를 계속하시도록 열심히 고개를 끄덕이신다. "엄마가 너랑 요한이 영원히 사라졌다고 하자 아빠는 밤새 우셨어. 아빠는 교사로 복직하셨다가 그 뒤에 교장이 되셨고, 1960년대에 시장이 되셨다가 은퇴하셨어. 하지만 할아버지는…… 거기서…… 너도 알지, 그 병원에서, 끝내 못 돌아오셨어……"

나는 뚱뚱하고 붉은 얼굴의 그레타 할머니가 하시는 얘기를 한 마디도 빼지 않고 듣고 있다가 머릿속에 기억해둔다. 나는 이 세상 모든 것을 알아야 하기 때문이다. 하지만 지금은 할머니가 무슨 얘기를 하고 계신지 통 알 수가 없다. 그리고 그레타 할머니가 주로 자기한테 얘기하고 있는데도 G. G. 할머니는 들은 척도 않고, 놀랍게도 지금 식사 중인데도 시가에 불을 붙이신다. 하지만 여긴 우리 집이 아니기 때문에 엄마도 감히 말리지 못한다.

잠시 침묵이 흐르는 동안, 여기 도착한 때부터 계속 맥주를 홀짝여 온 아빠가 살짝 트림을 한다. 엄마는 이 무례한 행동에 화가 나서 탁자 밑에서 아빠를 발로 찬다.

"크리스티나, 네 가수 활동은 잘 알고 있어. 네 음반은 다 갖고 있단다. 저기 봐!" 그레타 할머니가 여동생의 침묵을 깨려는 듯 주제를 바꿔본다.

할머니가 전축을 가리키자 G. G. 할머니만 빼고 모두 그쪽으로 고개를 돌린다. 또다시 침묵이 흐르고, 세이디 할머니가 분위기를 좀 띄워보려고 다른 얘기를 꺼내신다.

"그레타 이모, 정말 잔인하세요. 이 돼지고기 요리들, 정말 맛있어 보여요!" 할머니가 장난스럽게 말씀하신다.

"이런, 일부러 그런 건 아니란다." 그레타 할머니가 깜짝 놀라 대답하신다.

"에이, 농담이에요. 다른 것도 많은데요 뭐." 세이디 할머니가 감자샐러드를 또 한 번 듬뿍 떠 담으며 이렇게 대답하신다.

"크리스티나, 돼지 간 소시지 좀 더 줄까?" 그레타 할머니가 묻자 G. G. 할머니는 시가를 흔들며 "난 됐어" 하신다. 그러자 그레타 할머니는 우리를 웃기려는 듯 큰 소리로 말씀하신다. "이 빼빼 마른 애가 한때는 서커스의 뚱보 가수가 되고 싶어 했다는 거 아니?" 이미 그 얘기를 수없이 들었던 엄마 아빠는 그냥 예의상 웃는 척한다. 나도 여러 번 들은 얘기였다. 세이디 할머니는 입에 음식을 잔뜩 넣은 채 이렇게 말씀하신다. "그럼 나도 지원할 수 있겠네요?" 그러자 할머니의 육중한 몸매를 보며 다들 킥킥 웃는다. 할머니가 저 요정처럼 작고 마른 에라 할머니 몸에서 나왔다는 게 믿어지지 않는다.

"시계는 없어졌나 봐?" G. G. 할머니가 갑자기 이렇게 묻는다. "바로 저기…… 저쪽에 정말 예쁜 시계가 있었는데……"

그러자 잠시 침묵이 흐른다. 그런데 이번에는 그 침묵이 예사롭지 않은 것 같아서 엄마와 나는 눈길을 주고받는다.
"기억 안 나? 할아버지가 부수신 거……"
"아…… 할아버지가 부수셨다고? 아니, 잊어버렸어."
"어떻게 그럴 수가 있니? 어떻게…… 그날 할아버지가 모든 걸 부수셨잖아…… 정말 생각 안 나……?"
"미안, 기억이 안 나. 그동안 다른 삶을 너무 많이 살았나봐. 어렸을 때 일어난 일들은, 글쎄…… 잘 기억이 안 나…… 그리고 내가 언니보다 어렸다는 거 잊지 마. 언니는 그때 아마―열 살이었지? 난 겨우 여섯 살 반이었어. 차이가 크지."
"그래, 맞아." 그레타 할머니가 이렇게 말하며 접시를 물리고 자리에서 일어서신다. "테사, 미안하지만 커피 좀 끓일래? 난 좀 누워야겠어."
그런데 걸어가시던 그레타 할머니가 비틀거리더니, 두 발짝 뗀 후 다시 비틀거리신다. 다들 어찌할 바를 모른다. 세이디 할머니는 일어날 수가 없으니 할머니를 도울 수 없고, 나머지는 처음 보는 사람들이라 할머니의 몸에 손을 대기가 망설여지는 것이다. 이윽고 에라 할머니가 자리에서 일어서신다.
"언니, 내가 도와줄게." 그러더니 두 할머니가 같이 절룩절룩 방을 나가신다.
"정말 예쁜 그릇이네요!" 엄마가 아주 조심스럽게 그릇장에서 앙증맞은 꽃무늬 커피잔을 꺼내 들며 이렇게 소리친다.
"그래, 정말 예쁘지 않니? 물론 드레스덴에서 온 거지." 세이디 할머니가 말씀하신다.

할머니와 엄마는 계속 이런 얘기를 나눈다. 여자들은 어쩌면 그렇게 **이게 예쁘고, 저게 귀엽고, 그게 정교하고, 또 저것은 어쩌고** 하면서 끊임없이 수다를 떠는지, 그러고도 돌아버리지 않는 게 놀라울 뿐이다. 하지만 커피 마시는 시간에는 식탁에 앉아 있지 않아도 되기 때문에 나는 화장실에 가려고 복도로 나온다.

오늘 대변은 완벽한 모양이다. 딱 미사일 모양에, 딱딱하지 않지만 단단하다. 나는 힘을 주면서, 인터넷과 구글을 하고 싶어 미칠 지경이다. 이 촌동네 사람들은 인터넷에 대해 **들어본** 적도 없을 것이다.

양말 신은 발로 복도를 걸어 부엌으로 돌아가면서 전자시계를 보니 다행히도 벌써 세 시 십오 분이다. 엄마가 아까 네 시쯤 떠난다고 했으니까 삼십 분 후면 엄마의 소매를 잡아당기며 **엄마가 그랬잖아, 엄마가 약속했잖아**, 하면서 화난 척할 수 있을 것이다.

복도를 걸어가면서 이런 말을 하는 내 목소리를 상상하는데 바로 그 순간 G. G. 할머니가 그 말을 하시는 게 들린다. "언니가 그랬잖아. 언니가 약속했잖아!"

그레타 할머니가 독일어로 대답하는 소리가 들린다.

침실 문이 약간 열려 있어서 안을 들여다보니 믿을 수 없는 일이 벌어지고 있다. 두 할머니가 인형을 붙들고 싸우신다! G. G. 할머니가 너무 화가 나서 잔뜩 구겨진 얼굴로 빨간 벨벳 드레스를 입은 아주 낡은 인형을 껴안고 계시다.

"이건 내 인형이야! **언제나** 내 거였어. 그리고, 그게 아니더라도,

이 인형이 내 게 **아니었어도**, 언니가 **약속했잖아!**"

 이번에도 그레타 할머니는 독일어로 대답을 하신다. 완전히 기진맥진한 목소리다. 할머니는 침대 쪽으로 걸어가더니 삐걱 소리가 날 정도로 푹 쓰러지신다. 그러고는 한숨을 푹 내쉬고 더 이상 움직이시지 않는다.

 G. G. 할머니는 여전히 인형을 안은 채 침대 발치로 걸어가신다. 그러고는 한참 동안 언니를 내려다보고 계신다. 하지만 이쪽으로 등을 돌리고 계시기 때문에 아쉽게도 할머니의 표정은 볼 수가 없다.

2부

랜돌, 1982년

올봄 나는 생전 처음으로 한 해의 형체를 느꼈다. 나무에 잎이 돋아나기 시작했을 때 나는 작년 봄 나뭇잎이 돋아나던 일을 기억하면서 **아, 이게 일 년이라는 거구나,** 하는 깨달음에 경이감을 느꼈다.

계절마다 신나는 게임이 있다. 봄에는 도로가 건조하니까 공기놀이를 할 수 있다. 가운뎃손가락의 손톱이 으깨질 정도로 공기를 세게 던진다. 공깃돌들이 부딪치는 소리는 정말 듣기 좋다. 중앙 마당에서 같은 건물에 사는 애들과 잡기놀이 하는 것도 재미있다. 놀이터의 정글짐에서 노는 것도 괜찮고, 평행봉에 두 다리로 매달리는 것도 좋다. 평행봉에서 손을 번갈아 잡으며 처음부터 끝까지 가보는 것도 신난다. 작년에는 중간에 갑자기 힘이 빠져서 뚝 떨어지곤 했는데, 올해는 팔에 힘이 생겼다. 여름에는 센트럴파크에서 아빠와 야구를 한다. 어깨가 아리도록 공을 던지고 또 던지면, 아빠는 그중 몇 개를 잡는다. 아빠는 운동을 잘 못하기 때문에 놓치는 공이 많고, 놓쳐도 다른 아빠들처럼 잽싸게 잡아오는 게 아니라 슬슬 뛰어가서 집어온다. 그래서 나는 재미없지만 아빠는 좋아하는 것 같다. 그다음에는 아빠가 던지고 내가 받을 차례다. 지금은 글러브가 너무 큰데 가을에 학교 들어갈 때는 내 사이즈로 사주신다고 한다. 공이 두툼한 가죽 손바닥에 탁 닿으면 나는 얼른 두터운 손가락을 접어 공을 쥐며, "아빠, 아웃!" 한다. 그러다 지치면 야구장으로 가서 철조망에 손가락을 껴 올라선 다음 어른들이 진짜 야구공으로 경기하는 걸 구경한다. 내가 철조망 뒤에서 구경하는 이유는 공이 내 이를 칠까 봐 엄마가 너무 걱정하기 때문이다. 정말 이상한 걱정이지만 이미 내 젖니 중 앞니들이 빠져서 송곳니까지 빠지면 안 되기 때문에 엄마가 걱정하는 것도 이해는 된다. 송곳니까지 빠지면 끝장이기 때문이다.

가을에는 커다란 낙엽더미 속을 뛰어 통과할 수도 있고, 그 안에서 뒹굴 수도 있다. 그럴 때 낙엽더미는 바삭거리고 버석거리는 쿠션 같다.

겨울은 눈싸움의 계절이다. 눈덩이가 목덜미를 탁 친 뒤 옷 속에서 녹아 흘러내리기 시작할 때의 그 차갑고 따끔하고 즐거운 느낌이란. 다른 사람 등에 올라타서 그 애들 얼굴에 눈을 비비고, 가쁜 숨을 몰아쉬며 밀치고, 씨름하고, 쥐어박기도 하고, 눈사람도 만들고, 다른 애들을 눈 속에 묻거나 내가 묻힐 수도 있다. 캣스킬 산에서 썰매를 탈수도 있다. 썰매가 휙휙 소리를 내며 진짜 빨리 달리면 귀가 웅웅대고, 눈덩이에 부딪힐 때 썰매의 나무 부분이 끽끽대고, 다칠 것 같지만 실제로는 다치지 않는다. 그런 때는 그냥 눈 더미 위로 휙 넘어지면 된다. 썰매가 갑자기 멈춰 설 때면 여러 사람의 몸이 부딪히면서 쿵 하고 요란한 소리가 난다. 사람들은 안도감으로 휘청대며 일어서서는 비틀거리며 웃음을 터트린다.

*

나는 노는 게 제일 좋다. 놀 때는 완전히 몰두할 수 있기 때문이다. 그런데 다른 일을 할 때는 내가 제대로 하고 있는지 늘 걱정이 된다.

한 가지 명심할 일은 앞으로 사람을 그릴 때 몸통을 빼놓으면 절대 안 된다는 것이다. 작년 봄에 유치원에서 그린 그림들을 집에 갖고 온 적이 있다. 내가 볼 때는 다 잘 그린 것 같았는데, 엄마는 보자마자 "그런데 랜돌, 몸통은 어디 있니? 몸통을 빼고 그렸잖아!" 했다. 그림들을 보니 정말 몸통이 없고 손발이 전부 머리에서 직접 나와 있었다. 그래서 다음 주에 또 몇 장을 그려서 금요일에 집으로 갖고 왔다. 그런데 가방에서 그림들을 꺼내는 순간 나는 **이번에도** 몸통을 빼놓고 그렸다는 걸 깨달았다! 똑같은 실수를 또 했다는 게 믿어지지 않았다. 나는 나 자신에게 너무 실망해서 그 그림들을 엄마한테 보여주지도 않았다. 내가 멍청하다고 생각하실까 봐 걱정됐기 때문이다.

부모님은 있는 그대로의 우리 모습을 사랑하겠지만, 우리가 어릴 때는 배울 게 진짜 많고, 우리가 많은 것을 배울수록 부모님은 우리를 (**어쩌면**) 더 사랑할 수도 있다. 그리고 이런 과정은 우리가 대학 졸업장을 갖다드릴 때 끝날 것이다. 아무나 우리 부모님처럼 대학에 들어가는 건 아니다. 두 분은 버나드 버룩에서 만났는데, 그때 아빠는 극작가였고, 엄마는 역사학도였지만 연극 동아리에 가입해 「거울 나라의 앨리스」에 출연했다고 한다. 그 연극에서 엄마는 도마우스, 아빠는 트위들 덤으로 출연했다는데, 아빠는 원래 체구도 땅딸막하고 재미있으니까 그 역할에 잘 어울렸을 것이다. 하지만 엄마가 도마우스라니, 상상이 안 간다. 딱 부러지는 말투로 모든 사람에게 명령을 내리고, 걸핏하면 "저 자의 목을 쳐라" 하고 소리 지르는 하트의 여왕이라면 몰라도, 언제나 기운이 넘치고 신경질적인 엄마가 게으르고, 졸리고, 산만해서 계속 꾸벅꾸벅 졸고 미친 모자 장수와 삼월 토끼가 이 접시 저 접시로 옮겨놓는 도마우스로 나오다니, 정말 믿기 어려운 일이다…… 어쨌든 두 분은 그렇게 만나서 사랑에 빠졌다. 부모님들이 서로 사랑에 빠지는 걸 상상하면 정말 이상한 기분이 든다. 학교 애들하고도 얘기해보고, 친구 집에 놀러가서 그 부모님들을 보고도 얘기해봤는데, 어떤 부모들은 사랑에 빠지는 모습이 상상이 가지만 우리 부모님이 서로 사랑에 빠지는 건 영 상상이 안 된다. 아빠는 아주 느긋한 성격이고, 엄마는 정말 불같은 성격인데, 두 분이 대체 상대방의 뭘 보고 반한 걸까? 둘이 결혼하면 어떻게 살 거라고 생각했을까? 어떻게 서로 어울릴 거라고 생각할 수 있었을까?

부모님은 전혀 어울리지 않는다. 두 분은 요즘 거의 매일 싸우는데, 싸우는 이유 중 하나가 유대인 문제다. 아빠보다 엄마가 그 문제에 훨씬 관심이 많은데, 이건 생각해보면 정말 이상한 일이다. 유대인으로 태어난 건 엄마가 아니라 아빠이기 때문이다. 엄마는 결혼할 때 고

집을 부려 유대교로 개종했고, 아빠는 종교에는 전혀 관심 없었지만 엄마를 정말 사랑했기 때문에 그 의식에 참석했다고 한다. 그런데 유대교에서는 아빠가 아니라 엄마의 혈통을 중시하는지라, 엄마가 유대인이 아니어도 개종을 했기 때문에 나도 유대인이 된 것이다. 엄마의 개종에 찬성해준 대신 아빠는 내가 태어났을 때 이름을 지을 수 있었는데, 두 분은 랜돌이라는 내 이름을 갖고도 싸운다. 아빠는 세상을 떠난 자기 친구의 이름을 따서 내 이름을 지었는데, 엄마는 그건 유대 이름이 아니라고 불평한다. 그러면 (아론이라는 유대 이름을 가진) 아빠는 지난 이천 년 동안 유대인들이 당해온 일들을 생각하면, 유대 이름을 지어서 굳이 자기가 유대인임을 밝힐 필요는 없다고 응수한다. 그보다는 상황이 좀더 분명해질 때까지 앞으로 몇천 년 동안은 유대인임을 과시하지 않는 게 낫다는 것이다. 그럴 때 엄마는 이스라엘에 가보면 유대인들이 자신의 정체성을 숨기지 않고, 다들 자기가 유대 이름을 가진 걸 자랑스럽게 생각한다고 말한다. 그러면 아빠는 자기는 원시인이 되어 동굴로 돌아가는 것이 싫듯이, 이스라엘로 돌아가는 것도 싫다고 말한다. "그편이 훨씬 더 진짜지. 안 그래? 왜 기원전 4000년까지만 돌아가는데? 기원전 4000년이 뭐 어때서? 그보다 좀더 거슬러 올라가서 소라나 조개로 돌아가거나 아예 바닷속으로 돌아가는 게 낫지 않나? 그때는 사람들이 좀더 사이좋게 지냈을 거고, 칵테일 파티도 더 멋있었을 텐데 말야……" 아빠가 그렇게 말하면 엄마는 방에서 나가버린다. 유대인들은 소라나 조개 같은 걸 먹지 않기 때문이다. 이건 그냥 우리 부모님이 티격태격할 때 나오는 많은 주제 중 하나일 뿐이다.

오늘 밤 강연이 있는 엄마는 안방에서 화장을 하고 있다. 나는 복도에 엎드려 딩키 장난감을 갖고 노는 척하면서 몰래 엄마를 엿보고 있다. 엄마는 먼저 립스틱을 바른 다음 입술을 맞비비고, 앞으로 몸을 숙여 앞니에 립스틱이 묻었는지 확인한다. 그런 다음 머리를 매만지고 고개를 까닥인 뒤, 원고를 집어 오더니 다시 앉아서 빗을 마이크처럼 잡고 목소리를 가다듬는다. 그러고는 거울에 비친 자신에게 미소를 지어 보인 다음 강연을 시작한다. "신사 숙녀 여러분." 하지만 목소리가 맘에 안 드는지 "제기랄" 한 다음, 빗으로 자기 입을 톡 때린다. 빗에 립스틱이 묻어나자 엄마는 더 크게 "제기랄" 한 뒤 클리넥스로 얼룩을 닦고 아까와 다른 어조로 "신사 숙녀 여러분, 오늘 이렇게 많은 분들을 뵙게 되어 정말 기쁩니다······." 한다. 그러더니 거울 속의 자기가 청중인 양 가끔 쳐다보면서 원고를 중얼중얼 읽으며 남은 시간을 계산하려고 시계를 체크한다. 강연 내용은 들리지 않지만 원고를 읽어갈수록 엄마가 점점 더 흥분하는 것 같아 걱정이 된다. 너무 초조한 나머지 그만 들으려고 딩키 장난감을 복도 저쪽으로 굴린 다음 그쪽으로 간다. 그런데 한참 뒤에 와보면 엄마는 여전히 원고를 읽고 있고, 아까보다 더 화가 난 기색이다. 이윽고 엄마가 화장실로 가더니 약장에서 알약 몇 개를 꺼내 먹는다. 엄마는 세면대를 붙잡고 그 거울에 비친 자기 얼굴을 보더니, 한 번에 한쪽씩 자기 뺨을 아주 세게 때린다. 나는 엄마가 그러는 게 싫어서 정말 애처로운 목소리로 "엄마······." 한다. 엄마는 소스라치게 놀라더니 화난 얼굴로 돌아선다. 그래서 나는 더 애처로운 어조로 "엄마······ 저 배 아파요" 한다. 그러자 엄마는 내게 오더니 "이런, 가엾어라" 한다. 그 어조가 맘에 든다. "어서 가서 누워 있어. 아빠한테 약차 만들어주라고 할게. 나는 삼십 초 안에 나가야 하거든."

한번은 꿈에 엄마가 일하고 있는 책상 쪽으로 가서 소매를 잡아당겼는데, 엄마는 고개도 돌리지 않은 채 아주 냉랭한 목소리로 이렇게 말했다. "안 돼, 저리 가. 내 말 들었지? 나는 너를 낳고 싶지 않았어. 다시는 나 귀찮게 하지 마." 하지만 엄마가 실제로 그렇게 말한 적은 없다.

다른 애들과 달리 나는 엄마보다 아빠와 더 많은 시간을 보낸다. 아빠는 요리도 잘하고, 다행히 직업이 극작가라서 집에서 일을 한다. 아빠 작품 중에 무대에 오른 것도 있지만, 크게 히트한 작품은 아직 하나도 없다. 그렇지만 언젠가는 히트작이 나올 것이고, 아빠의 재능도 마침내 인정받게 될 것이다. 그런데 아빠는 이미 나이가 꽤 많다. 엄마는 스물여섯 살인데 아빠는 거의 마흔이다. 엄마는 전국의 대학들을 돌며 악의 문제에 대해 강연을 한다. 악을 전공한다는 건 좀 이상하고, 나도 그걸 어떻게 설명해야 할지 모르겠다. 그래서 아줌마들이 엄마 직업을 물으면 그냥 역사를 가르치면서 박사 과정에 다닌다고 한다. 그러면 아줌마들은 더 이상 아무 말도 못한다. 하지만 엄마가 의사가 되려는 건 아니기 때문에 그게 무슨 뜻인지 나도 잘 모른다.

 어쨌든 특이하게도 우리 집은 엄마가 돈을 벌어오고, 그 결과 아빠와 나 둘이서만 집에 있을 때가 참 많다. 엄마가 출장을 가면 물론 보고 싶긴 하지만, 아빠랑 둘만 있으면 엄마가 싫어하는 일들을 얼마든지 할 수 있기 때문에 참 좋다. 아빠와 나는 '신사협정'을 맺어서 엄마한테는 그런 사실을 완전 비밀로 한다. 우리는 썻고 싶을 때 썻고, 저녁을 먹으면서 TV를 보고, 콜라를 마시고, 음식에 케첩을 듬뿍 뿌려 먹고, 암을 유발할 수 있다고 해서 이제 중국집에서도 안 쓰는 조미료 같은 것도 넣어 먹는다.

아빠가 요리하는 냄새가 난다. 냄새는 **정말 좋지만**, 엄마 아빠가 또 싸울 게 뻔해서 걱정이다. 아빠는 베이컨과 계란을 요리하고 있는데, 엄마는 우리가 유대인답게 돼지고기로 만든 음식은 먹지 않기를 바란다. 엄마는 개인적으로는 돼지를 좋아하고, 어릴 때는 뭘 몰라서 미국이 쿠바를 침공할 때 수천 마리의 돼지를 보낸 줄 알았기 때문에, 그 얘기가 나오면 지금은 웃지만, 유대인의 율법을 지키고 싶어 한다. 그런데 아빠는 율법을 직접 만드는 걸 더 좋아한다.

아빠가 해준 얘긴데, 옛날에 어떤 가난한 사람이 밥 사 먹을 돈이 없어서 매일 아침 식당 앞 벤치에 앉아 좋아하는 베이컨 냄새를 실컷 맡곤 했다. 그런데 이걸 눈치채고 심술이 난 식당 주인이 어느 날 양은 접시를 들고 나와 그에게 말했다. "우리 식당 베이컨 냄새를 즐겼으니 돈을 내야지." 그러자 가난한 사람이 호주머니에서 동전을 꺼내 접시에 떨어뜨렸다. 그런데 동전이 쨍그랑 하고 떨어지자 곧바로 집어 들더니 호주머니에 넣는 것이었다. "그게 돈 낸 거야?" 식당 주인이 이렇게 묻자 가난한 사람은 빙긋 웃으며 말했다. "내가 보기엔 공정한 것 같은데. 나는 당신 음식 냄새를 맡고 당신은 내 돈 소리를 들었잖아!"

아빠는 이 가난한 사람에 대해 또 다른 얘기를 해주곤 한다. 어느 날 이 사람이 휴스턴 가에 있는 카츠 델리 앞에서 구걸을 하고 있는데,

지나가던 뚱뚱한 사업가가 그 사람의 비참한 몰골이 가엾어서 모자에 오 달러 지폐를 넣어준다. 그런데 몇분 후 다시 그곳을 지나면서 보니 가난한 사람이 델리 안에서 훈제연어와 크림을 양껏 먹고 있었다. 깜짝 놀란 사업가는 델리 안에 들어가 그에게 물었다. "지금 뭐 하는 거요? 내가 준 오 달러를 훈제연어와 크림을 먹느라 단번에 써버리다니!" 그러자 가난한 사람이 신사를 쳐다보면서 이렇게 말했다(아빠는 그 사람 목소리를 너무도 멋지게 흉내 낸다). "돈이 없을 때도 훈제연어와 크림을 못 먹고, 돈이 있을 때도 훈제연어와 크림을 못 먹으면, **대체 언제 훈제연어와 크림을 먹으라는 거죠?**" 아빠는 이 얘길 할 때마다 껄껄 웃지만, 엄마는 전혀 웃지 않는다. 그 뚱뚱한 사업가와 마찬가지로 엄마도 사람은 돈을 낭비하면 안 된다고 생각할 것이다.

방에서 나와 보니 엄마는, 엄마가 내게 들려주곤 하던 얘기에 나오는 바로 그 골렘 같은 얼굴로 식탁에 앉아 있다.

"랜돌, 베이컨이랑 계란 줄까?" 아빠가 물었다. 그래서 나는 단번에 "주세요" 했다. 내가 그런 데는 두 가지 이유가 있다. 그 음식이 정말 먹고 싶었고, 아빠를 기쁘게 해줄 수 있기 때문이다. 그런데 그걸 안 먹겠다고 할 때는 한 가지 이유, 즉 엄마를 기쁘게 해줄 수 있다는 것밖에 없다. 그런데 아침에 방에서 나오자마자 이런 갈등을 겪지 않아도 된다면 훨씬 더 좋을 것이다.

"당신은 우리 아들을 돼지로 만들고 있어요." 아빠가 내 접시에 음식을 덜어주는 걸 보며 엄마가 이렇게 말한다. 그 말을 듣자 하트의 여왕이 앨리스가 안고 있는 아기를 돼지로 변신시키는 장면이 떠올랐다. 어쩌면 엄마들은 자기 품 안에서 꿈틀대는 지저분한 아기를 보면서,

'이게 대체 어디서 온 걸까?' 하고 생각할 수도 있다. 어쩌면 엄마는 내가 어릴 때 못난 나를 보면서 바로 그런 생각을 했을 수도 있다.

"아, 세이디, 그런 말이 어딨어?" 아빠가 설마 진심은 아니겠지, 하고 묻는 듯 웃음 섞인 상냥한 목소리로 대꾸한다. 아빠는 엄마만큼 싸우는 걸 좋아하지 않고, 언성을 높인 적도 없다.

"너 세수했니?" 엄마가 물었을 때 나는 그냥 했다고 한다. 계란프라이가 식으면 맛이 없기 때문이다. "손 보여줘 봐." 나는 손바닥을 위로 해서 두 손을 내민다. 실은 어젯밤 자러 갈 때 씻은 뒤로는 손을 씻은 적이 없기 때문에 거짓말한 걸 엄마한테 들킬까 봐 가슴이 철렁한다. 그런데 자는 동안에 어떻게 손이 더러워질 수 있는지 모르겠다. 엄마는 내 손을 잡더니 뒤집어본다.

"랜돌, 너 또 손톱 씹었구나."

"세이디, 아침 먹게 애 좀 내버려둬. 손톱이야 다시 자라잖아."

"**손톱이야 다시 자란다고!**" 엄마는 발끈해서 아빠에게 소리친다. 덕분에 나는 앉아서 몇 입 먹을 수 있다. "**손톱이야 다시 자란다고!**"

"섹시 세이디, 뜨거운 커피 더 줄게." 이건 (번역해보면) 1982년 칠월 초에 아름다운 여름 아침을 시작하는 데에는 별로 좋은 대사가 아니니, 다르게 시작해보면 어떠냐는 뜻이다.

엄마는 컵을 내밀어 새 커피를 받더니, 고맙다는 말까지 한다. 내 앞에서 예의 바르게 행동하고 싶어서 그런 것이다.

"랜돌, 오늘은 뭐 할 거니?" 엄마가 묻는다. 친구들과 어울려 놀면서 끝없이 긴 하루를 마음대로 보내는 그 뿌듯함 이외에는 아무 계획도 없었던 어린 시절의 여름방학을 엄마는 잊어버린 걸까?

그런데 미처 대답하기 전에 아빠가 나를 구해준다. "아, 랜돌은 걱정 마. 성경 공부, 독서 수업, 아홉 시에서 열 시 사이에 있는 체육 등등, 아주 바쁘거든." 아빠가 정겨운 어조로 말한다.

그러자 엄마가 말한다. "아론, 제발 참아줘. 당신의 그 못 말리는 유머 감각, 열 번 중 한 번이라도 참아주면 정말 좋겠어."

엄마가 일어서며 의자를 뒤로 밀자 마룻바닥에 긁히는 소리가 요란하다. 나는 엄마가 화난 채 나가는 게 싫어서 불분명하지만 달래는 어조로 말한다. "아냐, 엄마, 정말 걱정하지 마. 오늘 나 할 거 많아. 방도 치워야 되고, 오후에는 배리 집에 초대 받았거든."

"흠, 그렇다면 다행이네." 엄마는 현관의 전신거울에 자기 모습을 비춰보며 이렇게 대답한다. "오늘은 밖에 나가지 마라. 오후에 삼십오 도까지 올라간대."

나는 마지막 남은 바삭바삭하고 짭짤한 베이컨 조각을 얼른 집어 삼키고 손을 빨아 먹는다. 그런데 저쪽을 향해 있던 엄마가 거울로 나를 보고 이렇게 말한다. "손가락으로 먹으면 안 되지!" 하지만 자기 앞머리를 예쁘게 하려고 들었다 놨다 하는 일에 열중해 있어서 기계적으로 하는 말일 뿐이다. 엄마는 자기 모습이 맘에 안 들면 밖에 나가지 않기 때문에 어떤 때는 정말 오랫동안 몸치장을 한다. 나로서는 그게 이해가 안 간다. 다들 엄마가 정말 예쁘다고 하는데 본인만 아니라고 믿기 때문이다. 엄마는 이번에는 거울 속의 옆모습을 보면서 혹시 배쪽이 불룩한지 살펴보고 있다. 엄마는 날씬한데도 뚱뚱해 보일까 봐 늘 걱정한다. 아빠는 엄마가 S라인이라고 하는데, 나도 그 말에 완전히 동감이다. 엄마는 또다시 앞머리를 만지고 있다. 아, 드디어, 엄마가 준비를 마친 모양이다. "오케이, 잘 있어. 이따 보자." 엄마는 손으로 키스 흉내도 내주지 않고 문을 나선다.

아빠는 안도의 한숨을 내쉰다. 아무 소리도 안 내지만 그게 느껴진다. 엄마가 방에 들어올 때마다 긴장이 감돌고, 엄마가 나가면 금세 느긋한 분위기로 바뀐다. 그건 사실이다. 나는 엄마를 정말 **사랑**하고, 아주 좋은 분이라고 생각하지만, 어떻게 해야 엄마가 더 편하고 행복해질지 알 수가 없다. 아마 아빠도 나와 똑같은 생각일 것이다. 아빠와 나는 식탁 위로 이런 뜻의 눈길을 주고받는다. 이윽고 아빠는 나직이 휘파람을 불며 아침 먹은 설거지를 하고, 나는 방에 올라가 옷을 입는다.

아빠는 엄마가 다른 사람에게도 엄하지만, 엄마 자신에게 특히 가혹하다고 한다. 그건 탁월해야 한다는 목표가 있기 때문인데, 우리로서는 그저 더 탁월해지려고 노력하면 될 뿐, 그것에 대해 너무 걱정할 필요는 없다고 한다. 최소한 나는 점점 나아지고 있고, 사람 그릴 때 몸통을 빼놓지 않으려고 애쓴다.

나는 침대를 정리하고 작은 곰인형 마빈을 평소처럼 내 베개에 기대놓는다. 전에 엄마가 마빈을 버린 적이 있다. 유치원에서 돌아와 보니 마빈이 내 책상 밑에 있는 쓰레기통에 들어가 있어서 정말 깜짝 놀랐다. "누가 마빈을 버렸어?" 나는 화도 나고, 내가 늦게 왔으면 영영 못 찾았을 거라는 생각에 속이 타서 엉엉 울며 이렇게 소리쳤다. 엄마는 미안했던지 나를 껴안고 사과하면서 너무 낡고 초라해서 버린 거라고 설명했다. "그래서 마빈을 **좋아하는** 건데!" 내가 대답했다. 엄마의 사과를 들으니 기분은 훨씬 나아졌지만, 엄마와의 대결에서 이번에는 내가 이겼다는 게 좋아서 계속 울먹였다. 양손으로 마빈을 잡고 엄마에게 내밀자 엄마가 또다시 미안하다고 했다. 하지만 내 말은 사실이었다. 나는 정말 마빈이 낡고 초라해지고, 앞발에 들고 있던 심벌즈가 깨지고, 걷게 만들 때 감는 등에 달린 태엽이 떨어지고, 황갈색 구슬눈이 찌그러지고 흐려져서 반쯤 실명한 것같이 보이기 **때문에** 사랑한다. 그런데 내가 마빈을 사랑하는 가장 중요한 이유는 바로 엄마가 그를 버린 이유, 즉 에라 할머니가 어렸을 때 갖고 놀던 곰인형이기 때문이다.

엄마 아빠가 에라 할머니 문제로 자주 다투기 때문에 외할머니는 우리 집에서는 아주 조심스러운 화제다. 아빠랑 나는 외할머니를 정말 좋아하는데, 엄마는 외할머니에 대해, 좋게 말하면 아주 모순된 감정을 갖고 있다. 우리 집에는 외할머니의 음반이 다 갖춰져 있고, 내가 에라라는 유명 가수가 바로 우리 외할머니라고 하면 다들 깜짝 놀란다. 외할머니를 보면 별로 늙은 것 같지 않고, 특히 화장한 뒤 조명을 받으며 무대에서 노래하는 걸 보면 정말 젊어 보이신다. 외할머니는 이제 겨우 마흔네 살인데다 몸매도 날씬하고, 유연하고, 명랑하시다. 그런 외할머니의 어렸을 때 희망이 서커스의 뚱보 여가수였다니 정말 우습다. 무대에서 공연하실 때 보면 외할머니는 어린애나 무게가 없는 요정 같고, 목소리는 정말 묘하고 특이하다. 외할머니는 가수와 반주자를 여러 명 거느리고 있고, 다들 같이 연습하고, 여행하고, 공연하지만, 다른 공연자들은 실은 보조다. 중요한 순간에는 주 조명 속에서 밝은 색 금발이 마치 요정의 왕관처럼 빛나는 가운데, 외할머니 혼자 무대 중앙에서 공연을 하고, 수천 명의 관중이 그런 외할머니의 모습을 지켜보면서 탄식하듯 흐르는 그녀의 환상적인 노래에 귀를 기울인다.

외할머니와 나는 둘 다 몸에 둥근 갈색 점이 있기 때문에 특히 더 친밀감을 느낀다. 외할머니는 팔꿈치 안쪽, 나는 목 아랫부분, 더 정확히 말하면 목과 왼쪽 어깨 사이에 있다. 어느 주말, 바우어리 가에 있는 외할머니 댁에 갔을 때 점을 비교해본 적이 있다. 외할머니는 그 점이 노래를 할 수 있게 도와준다고 하셨고, 나는 점이 작고 털이 복슬복슬한 박쥐처럼 내 어깨에 앉아 고민이 있을 때마다 좋은 충고를 해준다고 말했다. 그러자 외할머니는 박수를 치면서, "랜돌, 그거 정말 멋지다. 그 박쥐와 끝까지 같이하기 바랄게. 약속해" 하셨다. 그래서 나는 그러겠다고 했다.

외할머니는 정말 **다정**하시다.

엄마는 그런 외할머니를 왜 그렇게 싫어할까? 외할머니가 너무 성공해서 유명해진 게 샘나고 사람들이 너무 좋아해서 그럴까? 엄마는 외할머니가 몽상가에다, 모래가 아니라 구름에 머리를 박은 엉뚱한 타조이고, 현실 속에 사는 사람들의 절박한 상황을 모른다고 생각하는 것 같다. 엄마는 지구상에서 벌어지는 온갖 전쟁과 기아를 다 꿰고 있는데, 외할머니 집에는 TV도 없다. 엄마는 또 외할머니가 그렇게 여러 사람과 자는 게 부도덕하다고 생각한다. 나는 그렇게 부도덕하게 사는 게 정말 멋져 보이는데. 그 시대에는 아주 특이한 일이었겠지만 엄마는 자기 친아버지를 본 적이 없다. 그것은 냉정히 말하면 엄마가 서녀라는 뜻인데, 사람들을 그렇게 부르면 안 되니까 그냥 사생아라고 부르는 게 낫겠다. 어릴 때 엄마는 피터라는 새아빠랑 살았는데, 그분은 일요일마다 모퉁이만 돌면 나오는 카츠 델리에 엄마를 데려가곤 했다.

그런데 어느 날 야넥이라는 사람이 찾아왔고, 외할머니가 그 사람이랑 살겠다며 피터를 내쫓는 바람에 엄마는 깊이 실망했다고 한다. 야넥은 같이 살기 정말 힘든 사람이었다. 엄마가 말을 해도 잘 듣지도 않았고, 영어도 거의 못하는 데다, 만날 손톱을 씹고, 이를 갈고, 어떤 때는 며칠씩 방문을 걸어 잠근 채 말없이 버티기도 했다. 정말 믿기 힘든 일이지만 그 사람은 그러다 결국 엄마네 부엌에서 자살을 하고 말았다. 다행히 그때 엄마는 고작 열 살이었기 때문에 그 시간에 학교에 있었고, 그래서 부엌 타일에 묻은 그 사람의 피와 뇌를 보지 못했다. 그 일이 있은 후 엄마와 외할머니는 바우어리 가로 이사 갔고, 그 후 온갖 남자들이 들어와 살았지만, 지금은 어떤 여자와 살고 계시다. 그런 걸 사람들은 동성애라고 한다. 엄마는 어린 내가 동성애를 보면 혼란스러워할까 봐 요즘은 그 집에서 절대 못 자게 한다.

나는 오전 내내 TV를 본다. 엄마가 알면 펄펄 뛰겠지만 아빠는 내버려 둔다. 아빠는 영리한 사람들은 세상의 어리석음에 대해 전부 알아야 한다며 TV를 보게 해준다. 하지만 엄마에게는 비밀이다. 오늘 오전에는 볼 만한 프로가 많은 편이다. 「가필드」「G. I. 조」, 그리고 내가 좋아하는 「스타워즈」가 모두 나왔다. 아빠도 가끔 와서 같이 보는데, 자기가 십대에 만화로 읽은 것들이라면서 웃곤 한다.

오후가 되자 집 안이 완전 찜통이다. 아빠가 동네 수영장이나 가자기에 안에 수영복을 입고 밖으로 나간다. 밖은 정말 오븐같이 덥고 아스팔트가 녹는 냄새가 난다. 나는 아빠 손을 잡고 길을 건너는 게 좋다. 일이 년 후면 내가 너무 커서 그렇게 하기 힘들 것 같다. 그래서 그 전에 많이 하려고 애쓰는 중이다.

　수영장은 온갖 인종, 온갖 나이대의 애들이 너무 많이 몰려와서 물을 튀기고, 벽이 울릴 정도로 크게 소리 지르고 있어서 약간 겁나지만, 아빠가 나를 안고 물로 들어간 뒤에는 아무렇지도 않다. 아빠는 나를 깊은 쪽으로 데리고 가더니 자기 어깨에서 뛰어내리라고 한다. 그런데 몇 번 그러고 나자 구조대원이 호각을 불더니 그건 규정에 어긋난다고 주의를 준다. 아빠는 규정을 별로 철저히 지키지 않는데, 나는 그게 맘에 든다. 아빠는 규정이란 **지키라고** 있는 게 아니라 **갖고 놀라고** 있는 것이고, 위험이 전혀 없는 삶은 죽음이나 마찬가지라고 한다. 한참 뒤 아빠는 수영장에서 나간다. 젖은 머리가 약간 벗겨진 두피에 달라붙고, 허연 피부가 늘어져 있어서, 더 젊고 늘씬하고 까무잡잡한 아빠들에 비하면 좀 보기 싫지만, 그래도 나는 신경 안 쓴다. 나는 우리 아빠가 세상에서 제일 좋기 때문이다. 아빠는 어깨에 수건을 두르고, 친절한 냄비라고 부르는 자기 배를 안은 채 얕은 쪽에서 노는 나를 지켜보고 있다. 나는 수영은 못하지만 코와 입으로 숨을 들이쉬면서 몸을 구부렸다가 내쉬면서 올라가고, 다시 내려가는 걸 좋아한다. 나는 귀에 울리는 물소리, 내 동작의 박자와 가벼움, 무심함에 팔려 몇 시간이고 놀 수 있을 것 같은 느낌이다. 하지만 그렇게 한참 놀다 보면 아빠가 와서 나를 안으며 이제 일하러 갈 시간이라고 말한다.

　돌아가는 길에 아빠는 나를 집에서 가까운 배리네 집 앞에 내려주고, 나는 거기서 오후 내내 논다. 배리 집에는 「G. I. 조」 「우주의 지배자」 등, 온갖 전쟁 게임이 다 있고, 갖고 놀기에 딱 좋은 진짜 같은 기관총도 있다. 배리 엄마는 에라 할머니의 팬이기 때문에 내게 항상 잘

해주신다. 그래서 우리에게 시리얼뿐 아니라 젤로 레몬 가루도 주시는데, 우리는 그걸 손바닥에 놓고 핥아 먹는다. 우리 엄마가 그 가루를 봤으면 발암 물질이라고 절대 못 먹게 했을 것이다. 여섯 시에 아빠가 와서 나를 태우고 장을 보러 간다. 우리는 흰살 생선과 거기 어울리는 화이트 와인을 사 갖고 집으로 간다. 그 와인이 엄마 기분을 풀어주면 좋겠다. 하지만 일곱 시에 돌아온 엄마의 얼굴을 보니 어떤 와인을 아무리 많이 줘도 별로 풀어질 것 같지 않은 표정이다. 그래서 나는 방에 올라가 플레이모빌 인형들을 가지고 전쟁놀이를 한다. 반전론자인 엄마는 내가 대부분의 남자처럼 폭력적인 인간으로 자라는 걸 원치 않기 때문에 군인 인형은 갖고 놀지 못하게 한다.

"아론, 사람들은 이것에 대해 전혀 **모르고** 있어." 듣기에도 무서운 어조로 엄마가 말하는 게 들린다. "수용소에 대해서는 알지만 이건 **모르고 있다고.**" 아빠가 대답하는 건 못 들었지만 엄마 목소리가 또 들린다. "**이십만 명** 이상의 아이들이 납치됐다고! 강탈된 거지! 동유럽 아이들이 강제로 집을 떠났다고……" 그 말을 듣자 정말 무서운 생각이 들었다. 그때 내 몸의 박쥐 반점이 입으로 폭발음을 내면서 레고를 헬리콥터, 폭격기, 지대공미사일로 변신시키면 엄마의 목소리가 안 들릴 거라고 충고한다. 그렇게 하자 정말 효과가 있다.

아빠가 저녁 먹으라고 부르기에 부엌으로 내려가보니 엄마는 머리가 바위처럼 무겁다는 듯이 두 손으로 싸쥐고 있고, 아빠는 앞치마를 벗고 있다. 아빠가 촛불을 가져오더니 반쯤 장난조로 묻는다. "세이디, 금요일 저녁인데 안식일 촛불 켜줄까?" 하지만 엄마는 갑자기 벌떡 일어서더니 촛불을 바닥에 던져버린다. "유대 전통을 지킬 수 없다면 최소한 모독하지는 말아요!" 엄마가 일부러 그런 건 아니겠지만 초는 똑 부러져버린다. 아빠는 말없이 조각들을 주워 휴지통에 버린다.

내가 혹시 목에 가시가 걸려 죽을까 봐 아빠가 가시를 발라낸 생선을 먹고 있는데, 엄마가 내 이름을 부른다. 지금 차라리 배리 집에서 태평하게 손바닥에 묻은 젤로 가루나 핥아 먹고 있으면 좋을 텐데.

"엄마 왜?"

"랜돌, 엄마가 며칠 동안 독일에 다녀와야 해. 너는 엄마가 출장을 정말 자주 간다고 생각하겠지만, 논문에 필요한 서류들이 거의 다 독일에 있기 때문에 어쩔 수 없단다."

그러자 아빠가 말한다. "세이디, 얘는 지금 자기가 무슨 말 하는지도 몰라. 지도에서 독일이 어딘지도 모른다고."

"그렇다면 이제 배울 때도 됐죠. 얘도 독일인의 피를 갖고 있으니까! 랜돌 너 그거 아니? 에라 할머니가 독일에서 **태어나신** 거 알았어?"

"아니, 캐나다에서 나셨다고 생각했는데." 내가 중얼거린다.

"캐나다에서 **자라셨지**. 그리고 어릴 때 얘기는 안 하시지만 실은 독일에서 자라셨어. 잘 들어, 랜돌, 이 일에 대해 가능한 한 많은 걸 알아내는 게 나한테는 아주 중요해. 너를 위한 일이기도 해, 알겠니? 우리가 서로의 과거에 대해 모른다면 어떻게 같이 미래를 만들어가겠니?"

"세이디, 제발 그만둬. 얘는 지금 겨우 **여섯 살**이라고."

그러자 엄마가 놀라울 정도로 낮은 소리로 대답했다. "알았어, 알았어. 난 그저…… 우리 과거의 바로 이 부분에 대해 특히 궁금한 게 많아. 궁금한 게 정말 많아…… 에라 할머니 자신은…… 그 대답을 모르시거나, 알아도 얘기를 안 해주셔. 그래서…… 내가 독일에 가야 해."

"그 말은 아까 했잖아." 아빠가 지적한다.

그러자 엄마는 여전히 낮은 소리로 대답한다. "알아요. 내가 그 말을 다시 하는 이유는 정말 중요한 부분을 빼놓았기 때문이야…… 그리고 그걸 빼놓은 이유는 그 생각을 하면 머리가 돌아버릴 것 같기 때문이야…… 오늘 엄마의 **언니**한테서 편지를 받았어. 뮌헨으로 오면 자기가 아는 걸 다 말해주겠대."

이 말이 끝나자 한동안 무거운 침묵이 흐른다. 아빠를 보니 정말 심각한 표정이고, 평소와 달리 음식에 거의 손도 대지 않은 상태다.

이 얘기가 나오자 둘 다 심란한 표정이어서 나는 조용히 방으로 올라간다. 아빠가 말하는 소리가 들린다. "당신은 거의 사십 년 전에 그 아이들이 겪은 고통에 너무 정신이 팔린 나머지 당신 아들이 바로 옆에서 고통 받는 것은 모르고 있어. 세이디, 제발 **그만둬**. 그냥 **그 문제에서 완전히 손 떼면 안 돼?**"

"안 돼요, 그럴 순 없어요. 정말 모르겠어요? 이…… 악은…… 나한테는 그냥 추상적인 **개념**이 아니라고요. **우리 엄마**랑 직접 관련된 일이에요. 엄마한테서 어린 시절 얘기를 들으려면 이 뽑는 것만큼이나 어려워요. 야넥이 입양된 게 아니라 납치됐었다는 얘기를 듣는 데 십오 년이 걸렸고, 독일에서 엄마를 길러준 가정과 동네 이름을 털어놓게 하는 데 이십 년이 걸렸다고요. 이 문제에 대해 나는 더 많은 걸 알아내야 해요. 이해할 수 있지 않아요? 나는 우리 할머니 할아버지가 누구신지 알아야 해요. 죽은 아들 대신 폴란드 아이를 받았다면 그 집은 나치당원이거나 최소한 나치에게 우호적인 사람들이었을 거예요. 정말 꼭 **알아내야 해요!**"

나는 방문을 닫고 플레이모빌과 레고로 아까 하던 전쟁놀이를 계속한다.

엄마 아빠가 설거지하는 소리가 들리고, 잘 시간이 되자 아빠가 올라와 잘 자라고 토닥여준다. 내가 잠옷을 입고 침대에 엎드리면 아빠가 요란하게 노래를 부르며 몸 전체를 가볍게 두드려주는 것이다. 오늘 밤 아빠가 부르는 노래는 얼핏 들으면 완전 헛소리 같다.

오오오오, 메이레지도츠 앤 도지도츠 앤 리들람지디비,
오 키들리디비 투 우든츄— 오? 키들리디비 투 우든츄?

첫 부분은 정말 말도 안 되는 헛소리 같은데, 다음 부분은 알아들을 만하다.

가사가 요상하고
좀 웃기게 들리고
약간 엉키고 춤추는 것 같지만,
그건 바로: 암말은 귀리를 먹고, 귀리를 먹고, 작은 양은 담쟁이를 먹는다는 뜻!
아……

아빠는 좀더 빠르게 이 노래를 다시 부른다. 그리고 이번에는 **"애도 담쟁이를 먹을 거야, 안 그래?"**를 포함해 노랫말 전체를 알아들을 수 있다. 어른들도 이 노래처럼 차분하게 자기 말을 설명해주면 좋을 텐데.

대개 그렇지만 오늘도 나는 아빠의 노래와 토닥임 때문에 깔깔 웃으면서 좀더 해달라고 조른다. 하지만 엄마가 들어오더니 자기 전에 그렇게 흥분하면 안 된다며 그만하고 자라고 한다. 아빠는 나를 꽉 안고 이마에 입을 맞춰준다. 엄마는 침대에 앉아 재미있는 얘기를 들려준다. 엄마는 내 나이 때 책을 읽었다는데 나는 글자를 모르기 때문에 누군가가 읽어줘야 한다. 노력은 하지만 나는 아직 부족한 점이 많다. 오늘 밤 엄마는 '작은 블랙 삼보' 이야기를 해준다. 어릴 때 읽은 얘기라는데 엄마는 책 없이도 정확히 기억하고 있다. 이 이야기는 나 역시 거의 외우다시피 했기 때문에 삼보의 대사는 모두 내가 말한다. "아, 호랑이 아저씨, 작고 예쁜 코트를 드릴 테니 제발 살려주세요." 좀더 뒤로 가면 호랑이들이 모두 버터로 변해 녹아버린다. 삼보는 "아, 정말 맛있는 버터네! 블랙 멈보한테 요리하라고 갖다줘야지" 한다(블랙 멈보는 삼보의 엄마다). 블랙 멈보가 팬케이크를 만들자 **정말 배가 고팠던** 삼보는 무려 백예순아홉 개나 먹어치운다. 이야기를 마친 엄마는 콧노래를 부르며 나를 안고 흔들어준다. 그런데 엄마 팔의 살결은 정말 부드럽지만 나를 안아주는 방식은 그렇지 않다.

엄마가 독일로 떠나는 날 아침, 나는 일찌감치 잠에서 깨어난다. 시계를 보니 겨우 여섯 시 반이다. 시계를 볼 수 있어서 다행이다. 봄에 유치원에서 시계 보는 법을 배웠다. 아빠는 시계에 대해 이런 농담을 한다. "바보 소년은 왜 시계를 창밖으로 던져버렸을까? 시간이 날아가는 걸 보고 싶어서 그랬지." 나름 재미있는 농담이지만, 나는 시간이 정말 날아갈까 봐 아주 걱정이다. 엄마 말로는 나이 들수록 시간이 더 빨리 간다고 하는데, 조심하지 않으면 내 인생 전체가 한 번에 휙 날아가서 어느 날 깨어보면 관 속에 누워 있다는, 그런 식이 될까 봐 걱정스럽다. 인생을 제대로 맛보기도 전에 모든 게 끝나버릴 수도 있다. 죽은 사람들이 의식을 되찾아 자기가 관에 갇힌 채로 땅속에 묻혀 있다는 걸 깨닫게 되는 일은 없겠지만, 롱아일랜드에서 거행된 장례식에 갔을 때 관 속에 누워 계셨던 할아버지 모습을 생각하면 정말 무섭다. 우리 아빠의 아버지가 정말로, 진짜로 그 관 속에 갇혀 있는데, 다들 그게 아무렇지도 않고, 원래 그런 거라고 생각하는 게 기가 막혔다. 인부들이 밧줄 위에 관을 놓더니, 그 줄로 관을 동여매 들어 올린 다음 무덤 위로 옮겨가더니 천천히 바닥에 내려놓았다. 그런 다음 밧줄을 풀더니 무덤 밖으로 잡아당겼다. 한 **인간**을 통째로 무덤에 집어넣고는 **밧줄** 몇 개가 아까워서 도로 빼낸다는 건가? 그들은 이 일에 이골이 나 있고 날마다 하기 때문에 다른 일과 다를 바 없지만, 그들이 무덤 속에 묻고 있는 사람이 내게는 이 세상에 딱 한 분뿐인 할아버지였고(엄마의 아버지는 엄마도 본 적이 없다고 하니까), 앞으로 다시는 뵐 수 없을 것이었다. 나는 '다시는'이라는 말의 참뜻을 그날 알았다.

시계를 보니 내가 침대에 누워 죽음에 대해 생각하는 동안 딱 삼 분이 흘렀다.

할아버지가 돌아가신 뒤 할머니는 롱아일랜드에 있는 집을 팔았다. 틈새, 구석, 작은 창고가 많아서 놀기에 정말 좋은 집이었는데, 할머니 혼자 관리하기는 힘들다면서 팔고 양로원에 들어가셨다. 그래서 이제 사촌들이 다 모여서 그때처럼 숨바꼭질할 집이 없다. 맨해튼에 있는 아파트에는 숨을 곳이 별로 없기 때문이다. 하루는 할머니 집 지하실로 내려가 큰 종이박스 안에 쪼그리고 있는데 사촌들이 나를 부르는 소리가 들렸다. 그런데 숨어 있기 너무 좋은 곳이라 사촌들은 잠깐 더 나를 찾다가 포기하고 밖으로 나가 프리스비를 했다. 나는 상자 속에 숨은 채 정말 오랫동안 누군가 찾아주기를 기다렸다. 결국 너무 춥고 온몸이 굳어서 밖으로 나왔는데, 사촌들은 내가 그렇게 오랜만에 나타났는데도 "**대체** 어디 있었니? 널 찾으려고 **온 집 안을** 뒤졌는데!" 하지도 않고 그냥 본체만체했다. 내가 없어도 사촌들은 아무렇지도 않았다고 생각하니 서글펐다. 그리고 죽음이라는 게 바로 그런 건가 싶기도 했다. 내가 없어도 삶은 여전히 계속될 것이다.

일곱 시가 되자 엄마 방 자명종이 울린다. 그러면 엄마 방에 가도 된다. 나는 살금살금 엄마 방으로 기어간 다음 부모님이 볼 수 없게 침대 발치에 기대앉는다. 담요는 침대 옆에 떨어져 있고 둘이 시트만 덮고 있는데 매트리스 밖으로 발 네 개가 삐져나와 있다. 아빠 발은 엄청 크고, 집 안에서 맨발로 다니는 걸 좋아하기 때문에 약간 더럽다. 진짜 놀라운 건 발꿈치 끝이 딱딱하고 누렇게 변해 있어서 거길 만지면 피부가 아니라 나무 같다는 것이다. 엄마 발은 깨끗하지만 엄지발가락 옆에 건막이라는 덩어리가 달려 있어서 별로 예쁘지 않다. 어른들 발은 대개 아주 흉한데, 그게 내가 별로 어른이 되고 싶지 **않은** 이유 중 하나다. 시간이 갈수록 내 발이 미워지는 걸 지켜보고 싶지 않기 때문이다.

나는 새끼손톱으로 아빠 왼발의 두꺼운 뒤꿈치를 살살 간질인다.

너무 가볍게 간질이기 때문에 처음에는 모르다가 발바닥 한가운데까지 가면 아빠는 그제서야 깜짝 놀라 깨어난다. 하지만 내가 들어온 줄 모르기 때문에 파리가 붙은 줄 알고 발을 홱홱 흔든다. 그래서 정말 세게 간질이면 아빠는 꽥 소리를 지르며 벌떡 일어나 앉는다. "뭐야―?" 엄마가 기겁을 하며 소리친다. 아빠가 휙 일어나면서 엄마 몸을 덮고 있던 시트가 벗겨졌기 때문이다. 엄마는 젖가슴이 전부 드러난 채 나를 발견하고는 휙 엎드려 잠옷을 움켜쥔다.

내가 어릴 때는 둘이 같이 목욕을 했기 때문에 엄마는 가슴이 보여도 개의치 않았고, 어떤 때는 갖고 놀게 해주기도 했다. 하지만 그 뒤 나는 볼 수도 없게 되었고, 이제 엄마 자신 외에는 아빠만 그 가슴을 볼 수 있다(내가 너무 커서 엄마 가슴을 못 보게 된 어떤 **날**이 있었던 걸까? 그게 정확히 **며칠**인지, 엄마는 어떻게 정한 걸까?). 그렇게 보면 여자들의 가슴은 정말 묘한 존재다. 어릴 때는 하루에 몇 시간씩 거기 얼굴을 대고 젖을 빨아 먹는데, 점차 거기서 밀려나 결국은 볼 수조차 없게 되는 날이 온다. 하지만 TV나 영화를 보면 여자들은 젖꼭지만 빼고는 가슴을 늘 과시하고 있다. 젖꼭지에 무슨 신성한 비밀이라도 있는 것 같지만 실은 그렇지 않고, 그 안에 젖조차 들어 있지 않을 때가 많다. 두 다리 사이에 있는 부분을 보면, 엄마는 나를 씻길 때 늘 팬티를 입고 있었기 때문에 나는 공원의 조각상 말고는 여자의 그 부분을 본 적이 없다. 그런데 조각상의 그 부분에는 아무것도 없다. 그래서 아빠한테 물어봤더니 겉으로는 아무것도 나와 있지 않지만 실은 흥미로운 게 잔뜩 들어 있다고 했다.

엄마는 커피를 끓이러 부엌으로 가고, 아빠와 나는 오줌 누러 화장실에 간다. 우리는 변기 앞에 나란히 선 채 두 줄기가 섞이게 조준을 해서 오줌을 눈다. 노란 오줌이 맑은 물속에서 만나 섞인다. 처음에는 맑은 물과 노란 오줌이 구별되는데 몇 초 지나면 똑같이 연한 노란색이 되는 게 신기하다. 요즘은 조준을 잘하는데, 어릴 때는 거의 매번 바닥에 오줌 몇 방울을 흘려서 엄마가 내게 그걸 스펀지로 닦은 다음 세면대에서 빨게 만들었다. 그때는 맨손으로 내 오줌을 만진다는 게 정말 역겨웠다.

엄마가 타고 갈 비행기는 저녁 일곱 시에 이륙하지만, 오늘은 온종일 우리 모두 그 생각에 매여 있다. 엄마는 여행가방, 여권, 비자, 지도 생각에 초조한 눈빛으로 커피를 마시고 있다. 그 안에 나에 대한 생각은 들어갈 자리가 없다.

"여보, 이게 믿어져? 이십사 시간 안에 난 독일에 도착할 거야. **믿을 수가** 없어! 흠, 흠, 흠! 자, 보자. 목록. 그래, 그게 내가 해야 할 일이야. 랜돌, 이거 꼭 기억해. 할 일이 너무 많아서 정신이 없으면 목록을 만드는 거야. 네가 할 일들을 잘 생각해보고 제일 중요한 것부터 덜 중요한 것 순서로 목록을 만들면 돼. 제일 크고, 제일 어렵고, 제일 하기 **싫은** 일부터 쓰면 돼. 그런 걸 소뿔을 움켜쥔다, 즉 문제에 정면으로 대처한다고 하는 거야."

그러자 아빠가 말한다. "난 바로 그 단계에서 **막히고** 말아. 내 경우는 소가 내 배를 찌르고, 관중들이 일어서서 환호하고, 난 그냥 땅바닥에 쓰러져서 죽도록 피를 흘리게 되거든."

"여보!"

"그래, 랜, 네 엄마 말이 맞아. 내일까지 미룰 수 있는 일은 오늘 하지 말라고."

그 말에 나는 웃으며 대답한다. "그 반대잖아요! 오늘 할 수 있는 일을 내일로……"

"그래? 미안…… 왜 그런지 나는 그 속담을 꼭 반대로 기억하거든. 그런데 세이디, 오늘 당신이 잡아야 할 소는 뭔데?"

"뭐라고요?"

"오늘 뿔을 움켜쥐고 정면 대결하기로 결정한 문제가 뭐냐고?"

"아…… 여행가방 싸는 거. 오늘 제일 중요한 과제는 짐 꾸리기야."

아침을 먹은 뒤 엄마는 자기 방으로 올라간다. 아빠가 설거지를 하는 동안 엄마가 혼자 중얼거리는 소리가 들린다. 엄마는 옷장에서 옷을 꺼내 침대에 늘어놓고, "자 보자, 보자. 이건 허리가 좀 끼고, 이 스웨터는 이 바지랑 안 어울려. 치마는 두 벌을 쌀까, 세 벌을 쌀까? 독일에서도 팬티스타킹 파나?" 이 정도면 괜찮은데, 이 말 사이사이로 두 번째 목소리가 들려온다. "바보같이, 이 옷은 왜 샀었니?" "그게 누구 탓인데?" "요즘은 체중계에 올라가는 게 겁나지, 안 그래?" "얼마나 있어야 **그걸** 알 것 같아?" 이윽고 아빠가 이층으로 올라가서 침실 문을 닫는다. 자기 엄마가 두 사람 목소리로 중얼거리는 걸 듣는 건 아이들에게 별로 좋지 않기 때문이다.

엄마의 출장은 보통 이삼 일, 길어야 일주일인데, 이번에는 이 주일이

나 된다. 나는 벌써 엄마가 그리워서 배가 뻐근하다. 다른 나라 호텔에서 눈을 뜰 때 엄마도 내가 보고 싶을까? 자기가 없는 동안 내가 뭘 하는지 궁금할까?

날짜가 하루하루 지나가고 있다. 엄마가 그리운 건 사실이지만 나는 나대로 괜찮은 여름을 보내고 있다.

  내가 전화를 받으면 엄마는 "안녕, 랜돌" 하고는 두어 가지 묻고 만다. 엄마는 아빠랑 얘기하고 싶기 때문에 나랑은 길게 얘기하고 싶지 않은 눈치다. 엄마 아빠는 꽤 오랫동안 얘기를 나눈다. 아빠는 작은 소리로 얘기하지만 엄마가 말하는 내용이 별로 맘에 들지 않는 것 같다. 그러면 나는 배가 아파서 화장실에 가게 된다. 통화가 끝난 뒤 아빠는, 지금 엄마는 독일에서 만난 이모할머니에게 들은 얘기 때문에 완전히 흥분한 상태라고 알려준다.

그리고 바로 다음 날 에라 할머니가 전화를 하신다. 내가 직접 외할머니의 과거를 캐고 있는 건 아니지만 왠지 죄송하다. 엄마가 출장 중이라는 말에 깜짝 놀라시는 걸 보면 외할머니한테는 독일에 계신 이모할머니를 만나러 간다는 얘기를 안 한 것 같다. 나는 얼른 눈치를 채고 엄마가 순회강연 중이라고 말씀드린다.

  "한여름에 순회강연이라니? 지금은 대학들이 다 방학인데."

  "남반구인가 보죠?" 나는 계절의 순환에 대해 배운 것도 자랑할 겸, 거짓말도 감출 겸, 이렇게 말한다.

  그러자 외할머니가 한바탕 껄껄 웃더니 이렇게 말씀하신다. "다음 주 일요일날 우리 넷이 소풍 가면 어떻겠니?" '우리 넷'이라는 말은, 드디어 외할머니의 여자 친구를 만나게 된다는 뜻일 텐데— 이 역시 아빠와 나만의 신사협정에 따라 엄마한테는 비밀로 해야 할 사항이다.

토요일날 아빠는 슈퍼에서 이런저런 식료품을 사오고, 일요일 오전 내내 여러 가지 요리를 준비한다. 그런데 소풍 바구니에 음식들을 챙기는 동안 비가 내리기 시작한다. 그냥 몇 방울 뿌리거나, 하늘을 더 파랗게 씻어주는 상쾌한 여름 소나기가 아니라— 절대로 없어지지 않을 것 같은 무거운 잿빛 구름에서 쏟아져 내리는 폭우다. 그렇게 손꼽아 기다렸는데, 적어도 오늘은 센트럴파크 잔디밭에서 소풍을 즐기기는 어려울 것 같아 정말 속상했다. 아빠가 외할머니께 전화를 건다. "하나님은 오늘 다른 계획이 있으신가 봐요." 외할머니의 대답은 들리지 않지만 아빠가 이렇게 말한다. "좋아요. 한 시간 뒤에 봬요."

아빠가 내 쪽을 보며 말한다. "외할머니 댁에서 놀기로 했어."

우리가 흠뻑 젖은 채 외할머니 댁에 도착하자 외할머니와 그 여자분이 수건으로 우리 머리칼을 하도 문질러서 나중에는 머리가 다 엉키고 어지러울 지경이다. 폭우 때문에 더 극적인 하루가 될 것 같다. 우리는 용 같은 이 날씨로부터 소풍을 잘 지켜낸 셈이다. 외할머니는 바닥에 식탁보를 깔고, 찬장에 진짜 그릇이 그득한데도 종이접시와 플라스틱 포크, 수저를 차려 놓으신다. 에라 할머니의 여자 친구(고급 차처럼 이름이 메르세데스였다)는 체구가 작고, 멕시코 출신이라 눈과 머리칼이 갈색이다. 그분이 악수를 하며 "랜돌, 만나서 반가워!" 했을 때, 정말 진심으로 하는 말이라는 느낌이 들었다.

에라 할머니는 보기보다 훨씬 힘센 팔로 나를 휙 껴안더니 사이사이로 내 눈을 들여다보고 미소 지으며 이마, 코, 턱, 두 뺨에 입을 맞추신다. 외할머니는 파란 눈에, 자세히 보면 눈가에 주름이 있고, 머리칼은 몇 올만 빼면 완전 백발이다. "우리 손자, 정말 오랜만이지, 안 그래?" 그래서 나도 "맞아요" 한다.

우리는 바닥에 둘러앉는다. 그런데 막 마흔 살이 된 우리 아빠보다 사십대 중반의 두 할머니가 더 편해 보인다. 결국 아빠는 다리가 너무 굳어서 쿠션을 갖다 깔고 앉는다. 음식도 맛있지만 우리 네 사람이 모두 연극에 출연한 것 같은 느낌이 든다. 하늘을 뒤덮은 시커먼 구름은 마치 오래된 성 같고, 유리창을 후려치는 빗줄기는 용이 휘두르는 꼬리 같다. 메르세데스가 촛불 두 개를 켜자 극적인 분위기가 더 고조된다. 식사가 끝나자 외할머니는 촛불로 가느다란 시가에 불을 붙인다.

"그래, 내 딸은 남반구로 놀러 갔다 이거지?" 외할머니가 비꼬듯 빙글대며 물으신다.

"남반구요?" 아빠가 되묻기에 나는 낯을 붉히며 호소하는 눈빛으로 아빠를 바라본다. 그러면 아빠가 내가 거짓말한 이유를 알아줄 것 같다. "아, 랜돌이 혼동했나 봐요. 얘 말은 세이디가 지금 연구 때문에 남부, 독일 남부에 가 있다는 뜻이에요."

"탐구, 재탐구, 재-재탐구. 걔가 언젠가 정말 뭘 찾기나 할 건지, 가끔 궁금해져."

메르세데스가 이 말을 듣고 호호 웃다가 얼른 손으로 자기 입을 막는다. 내 앞에서 우리 엄마를 비웃으면 안 되기 때문이다.

"독일이라고! 세상에, 걔가 거기 그렇게 빠져들 줄 알았으면……

정말 이상한 직업이지, 아론? 다른 사람들의 삶에 그렇게 끼어들다니……"

"글쎄요, 제 직업은 더해요. 저는 다른 사람들의 삶을 훔쳐다가 제 인물들을 만들잖아요. 유리 집에 사는 사람들은 옥좌를 던질 수 없잖아요."

"아빠, 옥좌가 아니라 돌이잖아." 나는 아빠가 일부러 그런 걸 알면서도 이렇게 말한다.

"아냐, 그거랑은 다르지. 자네는 예술가잖아." 외할머니가 말씀하신다.

외할머니는 여전히 가느다란 시가를 물고 모락모락 피어오르는 연기 때문에 눈을 찡그리며 거실 한쪽에 있는 피아노로 간다.

"랜돌, 이리 오렴. 음악 좀 연주해보자고." 나는 기쁜 마음으로 다가간다.

"피아노 칠 줄 모르는데요."

외할머니는 나를 번쩍 들어 피아노 의자에 앉히더니 아까 수건으로 마구 닦아 흐트러진 머리칼을 매만져주신다.

"네 어깨에 있는 그 털북숭이 박쥐가 도와줄 거야, 그치? 너는 이 저음 쪽을 맡아…… 그리고 검은 건반들만 치면 돼. 그런데 **부드럽게, 아주 부드럽게** 쳐야 해, 됐지? 그리고 네 맘에 들 때까지 네가 치는 소리를 잘 들어봐."

아빠와 메르세데스는 저쪽에 조용히 앉아 있다. 그야말로 핀 떨어지는 소리도 들릴 정도다. 나는 두 손으로 느리고 부드럽게 검은 건반들을 친다. 에라 할머니는 내 옆에 서서 고개를 끄덕이며 듣고 계시다가 시가를 끄더니 잠시 후 가슴으로부터 아주 낮은 소리로 흥얼거리기 시작한다. 내가 건반을 누를 때마다 외할머니는 거기 어울리는 화음이나 불협화음을 흥얼거리고, 우리는 마치 나무 뒤에 숨으면서 천천히 숲길을 걸어가듯 같이 연주를 한다. 나는 점점 더 빨리 검은 건반들을 누르고, 외할머니도 그에 맞춰 노래를 하시지만, 우리 둘 다 **부드럽게** 연주하라는 규칙은 지키고 있다. 그래서 우리는 눈 속에서 탭댄스를 추듯이, 그렇게 연주를 하고 있다.

그런데 어느 순간 그만둘 때가 된 것 같았다. 나와 외할머니는 동시에 연주를 멈추고, 아빠와 메르세데스는 박수를 쳐준다. 하지만 **부드럽게**, 아주 부드럽게 쳤기 때문에 들리지는 않는다. 우리는 그걸 보고 깔깔 웃는다. 에라 할머니는 피아노 의자를 빙 돌리더니 나를 안아서 내려준다.

"봐, 네가 정말 연주했잖니!"

외할머니는 나를 한쪽 허리에 가볍게 얹은 채 아빠 있는 쪽으로 걸어간다.

"가사가 조금 들리던데, 가끔 한두 마디 정도…… 설마 이제 인간으로 돌아오시는 건 아니죠?"

그러자 외할머니가 웃으면서 대답하신다. "난 늘 인간이었는데! 사실 메르세데스 덕분에 가사를 조금씩 넣기 시작했어…… 언어의 마술사거든."

"정말이에요?" 외할머니가 나를 안락의자에 내려놓는 순간 내가 묻는다.

그러자 메르세데스가 대답한다. "나나 사람들이 아니라 사람들 **사**

이의 관계 속에 마법이 있지. 누구나 집중하면 그걸 배울 수 있어."

"저는 집중하는 게 너무 힘든데." 아빠가 말한다.

그러자 메르세데스가 손가락을 입술에 대고 아주 낮은 소리로 대답한다. "쉬잇…… 어떤 때는 눈을 감고 가만히 귀 기울이면 마법이 일어나기도 하죠. 랜돌, 준비됐니?"

"됐어요."

"좋아. 네 머릿속에 솜처럼 하얀 뭉게구름이 있다고 상상해봐…… 보이니?"

"네."

"그 구름에서 줄이 하나 나오고 있지? 그 줄을 살짝 당기면 색색의 작은 리본들이 마치 연 꼬리처럼 여러 개 달려 있을 거야…… 계속 부드럽게 당겨봐…… 그 리본들은 모두 연결되어 있어. 그런데 자세히 보니 그건 리본이 아니라 단어들이네. 자, 그 리본들이 구름 저쪽에서 가져온 것들이 뭔가 보렴!"

그래서 그 단어들을 보려고 내가 눈을 뜨자 메르세데스가 웃으며 말한다. "아니, 아니, 내가 **보라고** 한 건 마음으로 보라는 거였어. 마음으로 보려면 눈을 감고 있어야 해. 좋아. 자, 이제 이미지들이 내 머리에서 네 머리로 흘러갈 거고, 그러면 너는 내가 말하는 걸 모두 보게 될 거야."

메르세데스는 한 단어가 끝날 때마다 사이를 두면서 조용히 이런 말들을 읊어준다. "자, 죽은 소가 있고…… 무지갯빛 날개를 단 요정이 있고…… 귀리죽이 있고…… 랜돌, 그런 게 보이지?"

나는 고개를 끄덕인다. 그것들이 정말 보였기 때문이다. 단어들 사이의 간격이 길고 강렬하기 때문에 나는 정말 이 게임에 몰입할 수가 있다. 반쯤 감기고 흐려진 소의 한쪽 눈이 보이고, 요정의 금발에 묻힌 다이아몬드 왕관이 보이고, 겨울 아침 아빠가 가끔 만드는 뜨거운 귀리죽에서 김이 피어오르고, 죽 위에 황설탕과 크림, 그리고 어떤 때는 통통한 건포도가 들어 있는 것도 보인다.

다시 눈을 뜨자 어른들이 나를 보며 웃고 있다.

메르세데스가 입을 연다. "이 마법은 언제나 일어나고 있는데, 중요한 것은 우리가 그것을 의식해야 한다는 거지."

"시 쓰는 분이세요?" 아빠가 묻자 메르세데스가 수백 개의 물방울이 공중에 영롱하게 퍼지듯, 정말 지금까지 들어본 중 가장 아름다운 소리로 웃음을 터뜨린다.

"아뇨, 상담가예요. 이미지 상담을 하죠." 그게 뭔지는 모르지만 메르세데스랑 하면 정말 즐거울 것 같다.

"아주 흥미로운 시범이었어요." 아빠가 시가에 불을 붙이며 말한다. 시가 피우는 걸 보면 엄마가 싫어하리라는 건 우리 둘 다 알고 있다. "하지만 희곡은 전혀 다릅니다. 죽은 소나 무지갯빛 요정, 귀리죽에 대해 희곡을 쓸 수는 없거든요. 어떻게든 그것들을 다 모아놓아야 연극이 되니까요."

그러자 에라 할머니가 말씀하신다. "그것도 그렇고, 메르세데스의 마법은 같은 언어를 쓰는 사람들에게만 통하지. 메르세데스가 멕시코어로 얘기했으면 랜돌은 아무것도 못 봤을 거야. 그래서 나는 가사 없이 노래하는 편이 좋았어. 목소리는 누구나 이해할 수 있으니까—내 연주는 아주 단순하고 분명하잖아, 안 그래, 랜돌?"

그래서 나는 솔직하게 대답한다. "모르겠어요. 하지만 정말 아름답긴 해요. 그건 분명해요."

내가 아이들은 잘 쓰지 않는 '분명하다'는 표현을 쓰자 어른들 셋이 다 하하 웃는다.

"고맙다, 랜돌." 에라 할머니가 말씀하신다.

그러고 나서 세 사람은 (아빠가 늘 "그 4급 배우"라고 부르는) 레이건 대통령이 베이루트에 군대를 파견한 일에 대해 얘기한다. 나는 바닥에 놓인 큰 쿠션 위에서 졸다 자다 한다. 엄마처럼 도마우스가 된 기분이다. 세 사람이 내 몸에 홍차를 부을 수도 있다는 생각이 든다. 그러다가 깜빡 잠이 들었는데, 무슨 얘기를 했는지 모르지만 셋이 껄껄 웃는 소리에 화들짝 깨어난다. 그런데 에라 할머니가 갑자기 큰 소리로, 지금까지 자기 노래의 반주에 사용한 유일한 악기는 루트라고 말씀하신다. 그러자 메르세데스와 아빠가 미간을 찡그리며 의아한 얼굴로 외할머니를 건너다본다. 아빠가 "지금까지 장모님 반주자 중에 루트 연주자는 한 번도 못 봤는데요" 하자 외할머니가 빙긋 웃으며 대답하신다. "보이지 않지만 거기 있어. 아니 정말 거기 있는 반주자는 그 사람뿐이야." 내가 꿈을 꾼 것일까. 자고 있을 때는 사람들의 말이 엉뚱하게 들릴 수 있다.

늦은 오후, 우리는 물구나무서기를 한다. 아빠는 자꾸 쓰러지고, 메르세데스는 발은 올리지만 몸과 일직선이 되지 않고, 나는 연습할수록 나아지고, 에라 할머니만 능숙하게 해내신다. 외할머니는 항상 이렇게 뛰어나신 건지, 아니면 그냥 소풍이라는 특별한 사건 때문에 잘하신 건지 궁금하다.

그날 밤 나는 자리에 누워 메르세데스가 해준 언어 마술을 연습한다. 눈을 감고 개…… **고양이**…… **접시**…… 같은 단어들을 웅얼거려본다. 하지만 다른 사람이 내게 생각지 않았던 단어를 얘기해주는 것과는 많이 다르다. 아빠가 오래전에 얘기해준 것처럼 자기 자신을 간질이기 어렵듯이, 자신을 놀라게 하기는 쉽지 않다. "자신을 간지럼 태워 웃기기는 힘들지만, 다른 사람들이 자신을 간질이려다 실패하는 걸 상상하면 웃을 수 있지."

엄마가 또 국제전화를 건다. 아빠는 처음에는 엄마 목소리를 듣고 좋아하지만 점점 표정이 굳어진다. "그게 무슨 말이야?" 아빠는 좀더 듣고 있더니 엄마에게 보이지는 않겠지만 고개를 끄덕인다. "세상에, 우크라이나라고……? 그래, 맞아, 그냥 재미로 집단 학살을 감행했을 수도 있지. 하지만 완전 박멸할 사람들은 아니야…… 잘 들어, 세이디. 이건 정말 흥미로운 일이지만 난 당신 조상님들과 결혼한 게 아니거든. 나는 당신과 결혼했고, 가끔은 당신과 같이 있고 싶다고."

저쪽에서 엄마가 또 엄청난 이야기를 쏟아내고 있다. 하지만 아빠가 또 말을 끊는다. "당신이 뭐 어쩐다고? 시카고? 시카고에는 왜 가는데?…… 당신이 뭔데, 이제 탐정이 된 거야?…… 기간이 문제가 아니라 당신 머릿속에 이 문제만 꽉 차 있다는 게 화가 나는 거야, 나는……"

하지만 엄마는 아빠 말을 끝까지 듣지도 않고 얘기를 계속한다. 아빠는 잠시 후 전화를 끊는다.

"돌아오는 길에 시카고에 잠깐 들렀다 온대. 다음 주 수요일에나

온다는데." 아빠는 그 말만 하고 만다.

엄마가 돌아오기 전 극작가인 제이콥 아저씨가 놀러 오신다. 검고 긴 수염에, 웃음기 가득한 우렁찬 목소리 때문에 나는 아저씨가 정말 맘에 든다. 아저씨가 쓰신 연극이 버몬트에서 공연 중인데, 같이 그곳에 가자고 들르신 것이다. 아빠는 "나도 정말 그러고 싶지만 애 때문에 집에 있어야 해" 한다. "그게 무슨 문제야, 다 같이 가면 더 좋지!" 그래서 우리는 엄마한테 얘기도 안 하고 토요일 아침 제이콥 아저씨의 낡은 미니버스로 머나먼 브래틀보로를 향해 출발한다. 차가 너무 더럽고 지저분해서 엄마가 봤으면 정말 기절초풍했을 것이다. 제이콥 아저씨와 아빠는 지루함을 달래기 위해 젊은 시절에 유행했던 뮤지컬 노래들을 부른다. 그런데 가사를 많이 잊어버려서 나중에는 마음대로 지어내 부르고, 다른 노래의 가사를 끌어다 붙이기도 한다. 어느 정도 말이 되고, 같은 음조면 뭐든 괜찮다는 식이다.

내가 부자라면, 야 야 디들 디들, 버바 버바 디들 디들 덤. 나는 온종일 노란 벽돌길을 걸어갈 텐데. 노란 벽돌길을 걸어갈 텐데, 와-두. 짐 뱀 부들-우 후들 와 다 와 사 스캐티 와. 예! 그건 없어도 돼. 천국 가는데. 브로드웨이 조명 아래 그 패를 덥석 물지는 마, 아, 앨라배마의 달빛이여 내가 진짜 진짜 부자라면 이들-디들-디들-디들 맨, 뉴욕, 뉴욕, 멋진 도시, 브롱크스는 좋지만 배터리는 망했다네, 사람들이 땅속에 난 굴로 차를 타고 다니네, 어린 데이빗은 작지만, 아 이런! 그 애가 천재란 걸 알게 될걸! 천재라는 게 있다면 바로 그 애야! 천재라는 게 있다면 바로 그 애! 오즈의 마법사도 천재지, 왜냐하면, 왜냐하면, 왜냐하면, 왜냐하면, 왜냐하면 모세는 자기 발가락이 장미라고 생각해, 완전 잘못 생각하는 거지. 홉티, 두디, 두들, 어린 모세는 시냇물에서 발견되었네, 어린 모세는 시냇물에서 발견되었네, 파라오의 딸이 다음 술집으로 데려다줘야 할 때까지 물에 떠 있었네, 아, 왜 그런지 묻지 마, 왜 그런지 묻지 마……

두 분은 창문을 내린 채 목청이 터져라 이런 노래들을 불러댄다. 아빠가 그렇게 활기 넘치는 모습은 정말 오랜만에 봤다.

드디어 극장에 도착한 뒤, 아빠는 나를 무릎에 앉힌다. 하지만 어차피 알아듣지도 못하는 내용이라서 거의 처음부터 끝까지 자버렸다. 공연이 끝난 뒤 제이콥 아저씨를 위해 회식 자리가 마련되었다. 아빠로서는 샘이 날 만도 한데, 전혀 그런 기색 없이 사람들과 농담도 주고받고 누가 이 맛있는 음식을 만들었는지 묻기도 한다. 그런데 제이콥 아저씨가 우리를 계획에 없이 데려오셨기 때문에 여관에 방이 없고, 동네의 다른 여관들도 예약이 끝났다고 한다. 제이콥 아저씨는 침낭만 주면 어디서든 잘 수 있다고 하신다. 그래서 새벽 두 시가 다 된 시각이지만 우리는 아저씨의 미니버스를 타고 한참 달리다가 한적한 곳에 차를 세운다. 아빠가 차에서 내려 어떤 울타리의 빗장을 연 뒤, 우리는 땅바닥에 침낭을 펴고 누워 별들을 우러러본다. 정말 아름답고, 모기도 그다지 많지 않다. 잠들기 전에 아빠와 제이콥 아저씨가 얘기하는 걸 듣는다. 이렇게 밖에 누워서 자니까 히피였던 젊은 시절이 떠오른 다는 둥, 그때는 다들 가능하면 좀더 자연으로 돌아가려고 했고, 머리를 기르고 가슴을 내놓고 다녔는데 지금 생각하면 정말 좋았다는 둥, 그런 얘기다.

아침에는 내가 제일 먼저 일어난다. 아주 이른 시간이라 정말 평화로운 느낌이다. 사방에 풀밭이 펼쳐져 있고, 아침이라서 공기도 상쾌하고, 맑은 햇살 속에 풀잎에 맺힌 이슬이 반짝인다. 근처 농장에서 소들이 음메 하는 소리가 들린다. 나는 일어나서 맨발로 축축한 풀밭을 걷다가 들판 끝에 있는 생울타리 속으로 들어간다. 햇살이 나뭇잎 사이로 비쳐드는 가운데 늙은 나무 밑동에 앉아 있자니 엄마가 같이 안 와서 정말 다행이라는 생각이 든다. 같이 왔으면 감기 든다고 난리를 치고 이 닭으라고 들볶았을 게 뻔하다. 어깨의 반점을 쓰다듬자 박쥐가 이제 언어 마법을 할 수 있다고 한다. 실제로 해보니까 정말 된다. **이슬**…… **새벽**…… **여름** 같은 단어들을 생각하자 정말 그 그림들이 떠오른다.

몇 분 뒤 차 한 대가 제이콥 아저씨의 미니버스 옆으로 오더니 브레이크 소리를 요란하게 내며 정차한다. 어떤 사람이 소총을 들고 차에서 내리더니 아직 곤히 자고 있는 아빠와 제이콥 아저씨 쪽으로 다가간다. 나는 생울타리에 가려서 안 보이겠지만, 그 사람 얼굴을 보니 잔뜩 화가 난 표정이다.

"남의 땅에서 이게 대체 무슨 짓거리요?" 남자가 소리친다.

아빠와 제이콥 아저씨는 눈을 비비며 일어나 앉더니 옷을 대충 추스른다.

"당장 일어나!" 괜히 그러는 게 아니라는 듯, 남자는 소총으로 아빠와 제이콥 아저씨를 밀어대며 이렇게 소리친다. 그냥 조용히 말할 수는 없는 사람 같다. "사유재산이라고 써 있는 거 못 봤어? 글자도 못 읽어?"

그러자 아빠가 대답한다. "물론 팻말은 봤죠……"

제이콥 아저씨도 말씀하신다. "물론 팻말은 봤죠. 저리 옮겨놓은 걸 보면 확실히 본 거네. 하지만 훔치지는 않았습니다."

"뭐야?"

그러자 아빠가 대답한다. "팻말을 훔치지 않았다고요. 사유재산이라고 하니 누군가 주인이 있는 팻말 같아서 안 가져갔다는 말입니다."

"모닥불 피우기에 딱 좋겠더구만." 제이콥 아저씨가 샌들을 신으며 중얼거린다. "날씨가 좀 추웠지."

"니들 한 마디만 더 까불면 경찰 부를 거야." 농부가 소리친다.

"아론, 자네 아들 어디 있나?" 제이콥 아저씨가 물으신다.

"애도 데리고 왔다고? 세상에 이럴 수가!"

나는 생울타리에서 빠져나온다. "아빠, 나 여기 있어." 총 때문에 겁이 나서 목소리가 가늘고 갈라지는 게 느껴진다. 안 그러면 좋을 텐데.

"자, 이제 빨리 꺼져, 알았어?"

그러자 제이콥 아저씨가 담요를 집어 들며 말씀하신다. "자, 자, 알았으니 진정하쇼. 갑니다."

"빨리 해. 내가 보고 있을 거야! 열 세기 전에 꺼져!"

제이콥 아저씨의 미니버스가 그 들판을 벗어나자 아빠는 그래봤자 우리는 아무렇지도 않았다는 뜻으로 농부에게 손을 흔들어준다. 농부는 분노로 얼굴이 파래지면서 소총을 치켜든다. 총알에 앞 유리가 펑 터질 것 같아 겁이 난다. 잠시 후 아빠가 고개를 돌려 나지막이 묻는다.
"랜돌, 너 괜찮아?"
"응…… 손을 흔들 것까진 없었잖아."
"맞아. 정말 바보 같은 짓이었어."
신사협정에 따라 엄마한테 이 사건 전체를 숨기는 건 말할 필요도 없다.

다음 주 수요일 우리는 존 F. 케네디 공항으로 엄마를 마중 나간다. 케네디는 미국 대통령인데, 엄마가 일곱 살 때 총에 맞아 죽었다. 엄마는 TV에서 그 장면을 보았다고 한다. 엄마는 영부인인 재키 케네디가 분홍색 정장 차림으로 남편의 뇌 조각을 모으기 위해 새 방탄차 안을 여기저기 더듬던 장면이 기억난다고 한다. 엄마는 또 차 지붕을 내리고 손을 흔들면서 군중들 사이를 통과할 거면 왜 방탄차를 탔는지 모르겠다고 한다(버몬트의 그 농부가 우리를 쏘지 않아서 천만다행이다. 제이콥 아저씨의 미니버스는 방탄 처리가 **안 되어** 있었다!).
우리는 시카고 발 비행기 탑승자들이 회전문을 빠져나오는 걸 오랫동안 지켜보고 있다. 승객들 얼굴을 하나하나 보면 곧바로 엄마가 아니라는 게 드러나고, 그 순간 나는 그들을 아무것도 아닌 걸로 치부한다. 그런데 그 사람을 기다리는 이들에게는 우리 엄마가 아무것도 아니고 바로 그 사람이 중요하다는 걸 생각하면 좀 이상한 느낌이 든다.

그리고 마침내, 탁! 엄마가 나온다. "저기 온다!" 아빠가 말한다.

정말 엄마가 나오고 있다. 여행가방을 끌고 있는데, 우리를 보고도 에라 할머니처럼 얼굴이 환해지는 게 아니라, 그냥 아, 거기 왔구나, 됐어, 이제 집에 가자구, 그런 표정이다. 그런데도 내가 자기에게 달려와 안길 수 있게 여행가방 옆에 쭈그려 앉는다. 하지만 내가 안기는 순간 "이런 제기랄!" 소리가 들린다. 두 주일여 만에 엄마를 만났는데 처음 듣는 소리가 그거라니 약간 실망스럽긴 하다. 쭈그려 앉는 순간 바지 단추가 떨어진 건데, 엄마는 살이 쪄서 그런 거라고 생각한 것이다. 하지만 누구나 쭈그려 앉을 때는 배가 늘어나는 법이니 꼭 살이 쪄서 그런 건 아닐 것이다. 어쨌든 엄마는 단추를 집어 들고 바지 때문에 난리를 떨며 일어선다. 아빠는 엄마한테 입을 맞추려다 포기하고 그냥 여행가방을 집어 든다. 우리는 같이 주차장으로 걸어간다.

나는 엄마 손을 잡고 있다. 그런데 엄마는 손은 뉴욕에 있어도 머리는 아직 여기저기를 돌아다니고 있는 것 같다. 우리 둘이 어떻게 지냈는지 묻지도 않고 엄마는 이런저런 얘기를 늘어놓는다. 엄마의 어조가 점점 더 심각해지는 것 같아서 나는 어른들끼리 얘기하게 놔두고, 이런저런 방향으로 공항 바닥을 재빨리 걸어가는 수천 명의 발들을 관찰한다. JFK 공항에 폭탄이 떨어지면 이 모든 사람이 죽거나, 손발이 잘린 채 피 속에서 허우적거리게 되겠지. 어깨의 박쥐가 폭격기 소리를 훨씬 더 크게 내면서 사람들의 비명, 유리 깨지는 소리, 신음 소리, 붕붕 소리, 영화에서 폭탄이 떨어지면서 내는 날카로운 휘잉 소리, 그리고 거듭 폭발음이 들리는 걸 상상해보라고 속삭인다.

차 안에서 엄마는 흥분된 어조로 시카고에서 만난 미스 뮬릭에게

랜돌, 1982년 143

서 들은 얘기를 전해준다. 그 사람은 전후 독일의 난민 구호 기관에서 일했는데, 거기서 에라 할머니를 만났다고 한다. 엄마가 계속 말을 하고 있어서 아빠는 아무런 대답도 못한 채 그저 고개를 끄덕이거나 흠 소리만 낸다. 나는 메르세데스가 말한 대로 한 번에 한 단어씩 발음을 하고, 그녀가 말했던 세 가지 예를 기억하면서 요정의 무지갯빛 날개를 떠올리려고 무진 애를 써보지만 엄마의 말소리가 차 안의 공기를 이리저리 밀치고 뒤섞어놓는다. 몇몇 단어들이 거듭 등장한다. **생명의 샘**...... 믿을 수 없어...... 나치...... 기록들이 폐기되어서...... **생명의 샘**...... 믿을 수 없어...... 피...... 우리 엄마...... **생명의 샘**......

"엄마, 생명의 샘이 뭔데?"

앞좌석에 침묵이 흐른다.

"엄마?"

아빠가 한숨을 내쉬며 말한다. "세이디, 이 문제는 나중에 얘기해도 될 것 같은데, 어때?"

"그래, 물론 그렇지." 엄마가 갑자기 그렇게 말하더니 빙 돌아앉아 이쪽으로 손을 내민다. 손을 잡자 엄마가 긴장한 게 느껴지고 뭔가 끔찍한 일이 일어날 것 같아 뱃속이 굳어온다. 엄마는 아직도 "둘이 어떻게 지냈어?"라고 묻지 않았다. 엄마는 그저 차들로 뒤덮인 맨해튼 다리가 휙휙 지나가는 걸 내다보고 있다. 그런데 잠시 후 엄마는 다시 에라 할머니의 언니인 그레타 할머니와 시카고에 사는 뮬릭이라는 여자분에게 들은 얘기를 하기 시작한다. 에라 할머니는 늘 독일의 부모님이 동네가 폭격 당했을 때 돌아가셨다고 했는데, 그게 아닌 것 같았다. 아니, 그 사람들은 외할머니의 진짜 부모도 아니었다. 외할머니는 실은 우크라이나인이고, 독일로 납치된 다음 반점 덕분에 난민 구호 기관에 의해 발견되어 캐나다에 입양된 것이었다. 폭격으로 숨진 부부는 실은 우크라이나에 살던 외할머니의 진짜 부모였다.

얘기를 듣고 있던 아빠가 말한다. "이해가 안 돼. 진짜 부모님이 돌아가셨다면 그 기관은 어떻게 장모님에 대해 알게 됐을까? 어떻게 찾았다는 거야? 몸에 반점이 있다는 말은 누구한테서 들었을까?"

그러자 엄마가 말한다. "연구 초기 단계라 아직은 모르는 게 많아요. 몇 가지 의문을 풀려고 독일에 간 건데, 더 많은 의문이 생긴 거죠!"

내가 이해하기에는 너무 복잡한 문제다. 여자애 하나에 부모가 몇이나 있을 수 있단 말인가. 나는 차 안에서 잠이 들었고, 나중에 누가 내 방에 눕혔는지도 기억이 안 난다.

어른들은 참 이상한 게 자기들이 모든 걸 결정하고 내게는 선택의 기회를 전혀 주지 않는다.

다음 날 아침 먹는 자리에서 엄마가 "랜돌, 너 이거 아니?" 했을 때 나는 "뭔데?"라고 묻지 않는다. 그러고 싶지도 않다. 내가 좋든 싫든 엄마는 이미 결정을 내렸기 때문이다.

막상 그 내용을 듣고 나니 하늘이 무너지는 느낌이다.

그 내용이란, 우리가 뉴욕을 떠나 이사를 간다는 것이다. 엄마의 연구 때문에 이사를 가야 하다니, 정말 기가 막힌 일이다. 아빠를 쳐다보지만 아빠도 엄마 뜻에 따르기로 한 듯, 가만히 계신다. 누구도 내 생각은 묻지 않는다. 나는 「스파이더맨」의 첫 장면에 나오는 환상적인 원자폭탄 구름을 떠올리며 이 상황을 잊어보려 하지만 그것도 쉽지 않다. 이 일은 실제 상황이다. 우리 가족이 이스라엘의 하이파라는 곳으로 이사를 간다는 것이다. 엄마가 시카고에서 만나지 않았으면 좋았을 뮬릭이란 분이 생명의 샘의 세계적인 권위자인 하이파 대학 교수를 엄마에게 소개해주었다고 한다. 생명의 샘이 뭔지는 모르지만, 엄마는 요즘 갑자기 그 문제에 관심이 생겼다. 에라 할머니가 어렸을 때, 우크라이나의 부모를 떠나 독일 부모 집으로 옮겨가는 과정에서 그곳에 잠깐 살았다고 한다. 그렇다면 외할머니가 늘 그렇게 젊은 건 그곳이 청춘의 샘이었기 때문인가? 어쨌든 엄마는 하이파에 있는 이 교수의 기록물을 연구할 계획이라고 한다. 이 모든 일들이 너무 갑작스럽게 진행되어서 나는 대체 뭐가 어떻게 되는지 알 수가 없다. 나는 기록물이 뭔지도 모른다. 나는 하이파에 있는 히브루 레알리라는 학교에 다니게 될 것이고, 그래서 여름방학 나머지 기간 동안 히브리어를 배워야 한다는 것이다. 그 나라 말을 모르면 학교에 들어갈 수 없기 때문이다.

"친구들은 어쩌고요?" 나는 이렇게 소리치고 싶지만 엄마 아빠는 나 같은 건 안중에도 없는 눈치다. 안중에도 없다는 말을 쓰면 안 되지만, 안중에도 없다는 말을 쓰면 안 된다는 말 같은 거, 나한테는 안중에도 없다. 엄마 아빠는 "겨우 일 년 갖고 뭘 그러니?" 하지만 내게 일 년은 영원이나 마찬가지다. 기가 막힌 일이지만, 일 년 후면 나는 **일곱 살**이 될 것이고, **일곱 살**이 되어 뉴욕으로 돌아오면 친구들이 같이 놀아줄 리 없다. 나는 뉴욕을 떠나고 싶지 않고, 아빠도 물론 그럴 것이다. 아빠는 이 일을 농담으로 넘기려고 애쓰면서, 레이건에게서 베긴* 쪽으로 가니 최소한 시적이라고 얘기한다. 그러면서 우리 둘은 지금 어쩔 수 없이 따라가야 하는 입장이니까 모험하는 기분으로 가자고 한다. 아빠는 요즘 글이 잘 안 써지는데 엄마가 여행 경비를 댄다면 대서양을 건너가서 글을 써보는 것도 괜찮을 것 같다고 한다.

나는 엄마가 죽이고 싶을 만큼 원망스럽다.

그리고 일부러 몸통 없는 사람들을 그려댄다.

나는 여자들 등에 큰 단검이 박힌 그림을 그린다. 하지만 혹시 엄마가 볼까 봐 그 여자들을 엄마와 전혀 다르게 그린다.

엄마는 히브리어 가정교사를 구해온다. 여름방학의 나머지 기간은 그 수업 때문에 완전 엉망이 될 것이다. 내가 팔짱을 끼고 부루퉁한 얼굴로 가정교사를 기다리고 있는 걸 보더니 엄마가 "랜돌, 걱정 마" 하면서, 내 감정에 관심이 있다는 듯 머리를 쓰다듬는다. 나는 삐쳐 있기도 하고, 엄마가 죄책감을 느끼게 하는 것도 고소해서 아무런 대답도 하지 않는다. 엄마는 악에 대한 자료를 더 찾으러 출근하고, 가정교사가 왔을 때는 아빠가 문을 열어준다. 대니얼이라는 사람인데, 아주 허약해 보이는 체구에 연갈색 수염, 부드러운 목소리를 갖고 있고, 놀라울 정도로 표정이 풍부한 손을 마치 새처럼 계속 움직인다.

식탁에 마주 앉자 그는 웃으며 오른손을 내밀더니 "샬롬" 하고 인사한다. 엄마 말로는 '평화'라는 뜻이라는데 지금은 '안녕'을 뜻하는 것 같아서 나도 "샬롬" 하면서 살결이 희고 정말 부드러운 그의 긴 손을

---

* 메나헴 베긴(Menachem Begin, 1913~1992): 제6대 이스라엘 총리(임기 1977~1983). 청년 시절부터 시오니즘 운동에 참여했다. 중동 평화 실현에 기여한 공로로 1978년 노벨평화상을 수상했으나 1982년 이스라엘군의 레바논 침공을 승인함으로써 레바논 전쟁 발발 및 사브라와 샤틸라 학살을 유발했다는 비난을 받았다.

잡는다. 그가 서류가방을 들고 오기에, 이런, 정말 학교 같겠네, 했는데, 가방에는 게임 도구와 그림들이 잔뜩 들어 있었다. 우리가 처음 한 것은 체스 게임인데, 내가 평소에 잘하는 게임이라서 오 분도 안 돼 선생님은 패하고 만다. 게임을 하는 동안 선생님은 히브리어로 너, 나, 여기, 저기, 그래, 아냐, 도와줘, 고마워 같은 말을 가르쳐준다. 게임이 끝나자 선생님이 내 체스 실력에 완전 두 손 들었다고 하기에 내가 깔깔 웃었더니 웃음이라는 말을 가르쳐준다. 체스 게임 후에는 그림을 보았는데, 꽃이나 고양이 같은 허접한 것들이 아니라 자전거, 청바지, 부츠, 군인, 공깃돌 같은 것들이다. 이런 단어는 알아두면 정말 유용할 것 같다. 대니얼 선생님의 손이 끊임없이 움직이는데, 워낙 표현력이 풍부해서 눈을 뗄 수가 없다. 내가 히브리어로 박쥐가 뭐냐고 묻자 선생님이 가르쳐준다. 이제 나는 내 반점의 비밀 이름을 히브리어로 어떻게 말하는지 안다. 바로 아탈레프다.

주변의 모든 것이 두 가지 이름을 갖게 되면 세상이 다르게 보인다. 이건 생각해보면 참으로 이상한 일이다.

며칠 지나자 나는 대니얼 선생님과의 수업을 즐거운 마음으로 기다리게 된다. 가르쳐준 것을 기억하면 선생님이 웃는 얼굴로 입이 마르게 칭찬하면서, 얼른 그다음 단계로 넘어가기 때문이다. 팔월 초가 되자 나는 날씨가 흐리다, 배가 고프다, 잠깐 걸을까, 같은 말을 완전한 문장으로 말할 수 있게 된다. 나는 히브리어를 발음할 때의 느낌, 특히 "아인"이나 "헷"처럼 거칠고 건조한 소리가 목을 간질이는 느낌이 좋다.

나는 대니얼 선생님이 점점 더 좋아져서 이제 죽음이나 외로움 같이 어려운 단어들도 물어본다. 그러면 선생님은 그런 건 중요한 주제라면서 그것들에 대해 이런저런 질문을 던진다. 수업할 때 영어를 쓰면 안 되기 때문에 히브리어로 모르는 말이 나오면 나는 마임을 할 때처럼 몸짓으로 그걸 표현한다. 그러면 대니얼 선생님은 고개를 끄덕이며 그 단어를 가르쳐준다. 나는 그에게 할아버지의 장례식, 사촌들과 숨바꼭질하다가 혼자 남겨진 일, 에라 할머니가 시가를 피우며 물구나무 선 이야기, 외할머니의 두번째 남편 야넥이 자기 머리를 쏘아 자살한 이야기를 들려준다. 대니얼은 **그래, 맞아** 하듯 고개를 끄덕이며 부드럽게 내 실수를 바로잡아준다. 그러고는 내가 따라할 수 있게 정확한 문장으로 내 말을 되풀이해준다. 이제 히브리어 수업 시간이 하루 중 내가 제일 좋아하는 시간이 되어버렸는데, 여름이 끝나면 대니얼 선생님을 더 이상 볼 수 없을 거라 생각하니 너무 아쉽다.

  어느 날 나는 대니얼 선생님에게 "생명의 샘을 히브리어로 뭐라고 해요?"라고 묻는다. 엄마 아빠가 그 이야기를 자주 하는데, 그게 뭔지 선생님이 설명해줄 것 같았기 때문이다. 그런데 그 순간 대니얼 선생님의 얼굴에서 미소가 사라지더니 새처럼 움직이던 손이 소리 없이 탁자에 내려앉는다. "뭐라고? 무슨 말인지 못 알아들었어." 그래서 나는 그 말을 되풀이한 다음 영어로 덧붙인다. "엄마는 에라 할머니가 어렸을 때 독일에 있는 생명의 샘에 사셨다고 생각하는데, 난 그게 뭔지 모르거든요."

  대니얼 선생님은 무서울 만큼 오랫동안 말없이 앉아 있다. 그는 내가 아니라 탁자 위에 놓인 자기 손을 보고 있는데, 그 손은 마치 죽은 새처럼 미동도 하지 않는다. 이윽고 대니얼 선생님이 일어나 종이들을 모두 모으더니 식탁에 대고 탁탁 쳐서 가지런히 추린 다음 가방에 넣는다. 그러고는 가방을 잠그고 복도를 걸어가 아빠 서재의 문을 노크한다. 아빠가 문을 열자 선생님은 낮은 소리로 이렇게 말한다. "이 집에 와서 유대인 소년을 가르칠 줄 알았는데, 나치당원의 손자를 가르쳤네요." 그러고는 휙 돌아서서 밖으로 나간다. 그는 여느 때처럼 가볍고 경쾌하게 걷고 있지만 다시는 돌아오지 않을 것이다. 오늘은 가면서 또 보자고 말하지 않았기 때문이다.

이유도 모른 채 친한 사람을 잃었는데 그게 내 탓인 것 같아 나는 너무 괴로운 나머지 끝내 울음을 터뜨린다. 아빠는 나를 들어 올리더니 가만히 안고 있다. 나는 다리로 아빠 허리를 감은 채 아무것도 묻지 않고 그냥 어깨에 얼굴을 묻고 엉엉 운다.

 우리는 동네를 한 바퀴 돌며 엄마한테 대니얼 선생님이 가버린 이야기를 하지 말자고 합의한다. 다음 주 일요일에 이스라엘로 떠나니까 히브리어 수업도 며칠이면 끝이었기 때문이다. 그때까지는 계속 수업 받는 척하면서 그동안 대니얼 선생님이 가르쳐준 내용을 복습하면 될 것이다. 그사이 배운 게 아주 많다.

 오늘 엄마는 일을 능률적으로 처리하고 아주 흡족한 얼굴로 돌아온다. 엄마는 원래 일을 잘한 날은 기분이 아주 좋다. 저녁식사 때, 엄마는 아빠가 만든 기가 막힌 라자냐 맛도 알아차리지 못한 채 이렇게 말한다. "이제 모든 게 준비됐어. 하이파는 아주 아름다운 도시래. 네가 다닐 학교에서 가까운 하츠비 가에 아파트를 얻었으니까, 나는 버스로 출근하고, 아빠는 집에서 조용히 일하면 될 거야."

그러자 아빠가 말한다. "그래, 맞아. 군인들을 다 레바논에 보내 놨으니까 이스라엘은 지금 아주 조용하고 평화롭겠네."

"아, 참 그리고 랜돌, 이거 아니? 가까운 곳에 **동물원**도 있대! 다 같이 동물원에 가보자, 좋겠지?"

나는 아무 말도 하지 않는다. 바로 이 옆 센트럴파크에도 동물원이 있는데 엄마는 한 번도 같이 가지 않았기 때문이다. 아빠 말로는 이스라엘 사람들은 야구를 별로 하지 않는 데다, 겨울에 눈이 오지 않으니 썰매 탈 일도 없을 것이다.

그날 밤 나는 마빈을 꼭 껴안고 잔다. 마빈을 이스라엘에 데리고 가면 에라 할머니를 보호했듯이 나도 보호해주겠지. 외할머니도 우리랑 같이 가면 좋은데 지금은 다시 순회공연 중이시고, 우리가 일 년간 이스라엘에 왜 가는지, 그 진짜 이유도 모르실 것이다. 엄마는 지금 외할머니가 생명의 샘과 어떤 관련이 있는지 알아내려고 이스라엘에 가는 건데.

그날 밤 꿈에 엄마 아빠와 같이 커피숍에 갔는데, 거기서 어떤 여자의 시체를 본다. 그 여자는 탁자와 사람들 다리 사이, 흥건히 고인 피 속에 누워 양 손을 허리에 대고 있다. 그런데 아무도 그 시체를 보지 못한다. "아빠, 아빠! 저기 봐요! 바닥에 여자 시체가 있어요!" 하지만 아빠는 엄마와 얘기하느라고 내 말을 듣지 못한다. 나는 정말 황당한 기분이 든다. 그런데 이때 하얀 유니폼을 입은 웨이터가 오더니 흰 식탁보로 피를 닦아 대야에 대고 쥐어짠다. "아, 그렇다면 이미 알고 계셨군요!" "물론이지. 우리는 완벽한 서비스를 위해 어떤 일도 마다하지 않는단다."

우리는 비행기를 타고 있다. 나는 처음 타보는 건데, 엄마 아빠는 책을 읽고 있고, 나는 마빈을 꽉 껴안은 채 두려움에 떨며 두 분 사이에 앉아 있다. 드디어 아빠가 내 마음을 알아채고 노트를 펴더니 행맨과 틱톡 게임을 같이 해준다. 비행기 안에는 계속 울어대는 갓난아기 두어 명 말고는 아이들은 거의 없다. 아빠가 승무원에게 아기들이 안 울게 젖병에 헤로인을 좀 넣으면 안 되냐고 묻자 그 여자가 깔깔 웃는다. 하지만 엄마는 운다는 말을 듣고 곧바로 여행 안내서에서 읽은 '통곡의 벽'을 떠올린다. 유대인들은 그 벽에 가서 이천 년 동안 자기들이 겪어온 온갖 고난을 생각하며 운다고 한다.

그러자 아빠가 말한다. "울고 통곡하는 건 그만두자구. 이천 년이나 그랬으면 충분해! 나는 '낄낄대는 벽'이란 작품을 쓸 거야. 사람들이 모여서 농담을 하고 같이 웃은 다음 기분이 좋아지는 그런 내용이야. 거기 모인 사람들은 날마다 하루에 한 시간씩 강제로 웃어야 해. 그리고 밥 먹기 전에는 꼭 웃기는 얘기를 해야 해. 교회 이름도 기쁨과 명랑함 교회로 지을 거야."

"어렸을 때 머스*라는 개가 있었는데." 그런데 엄마가 이 말을 하자마자 승무원들이 음식을 내오기 시작한다. 그러자 엄마는 냅킨과 플라스틱 포크를 건네주고, 내가 음식을 흘리지 않는지 살펴보고, 자기

---

* Mirth: 즐거움, 기쁨이란 뜻.

가 먹는 음식의 열량을 계산하느라 너무 정신이 없어서 개 이야기는 까맣게 잊고 만다.

식사가 끝나자 엄마는 내게 화장실 가서 손가락으로 이를 닦고 오라고 한다.

텔아비브 공항은 무덥고 시끌벅적하다. 하이파 대학에서 두 사람이 우리를 마중 나왔는데, 나한테 히브리어로 인사를 한다. "Baroukh haba"* "Ma Schlomkha?"** 그래서 내가 "Tov me'od"*** 하자 둘 다 얼굴이 환해진다. 집중해서 들으면 주위 사람들이 하는 말 중 몇 마디는 이해가 된다. 대니얼 선생님 덕분이다. 그 끔찍한 날 이전 몇 주 동안 대니얼 선생님은 엄청나게 많은 히브리어 단어를 가르쳐주었던 것이다.

하이파는 어디를 봐도 푸른 물이 보이는 밝고 하얀 도시다. 이쪽에 바다가 있는 줄 알았는데, 저쪽을 보면 그곳에도 바다가 보인다. 곶인데다 지대가 높아서 어디서나 바다가 보이는 것이다. 햇살이 따갑게 내리쬐고, 두 사람이 우리를 태우고 지나는 하츠비 거리는 양편에 가로수가 우거져 있다. 새들이 지저귀는 조용한 거리. 내가 어떤 걸 기대했는지는 모르지만, 어쨌든 이곳은 생각했던 것과 많이 다르다. 언어를 통해 의미가 전해지듯이, 햇빛이 나뭇잎 사이로 아롱대듯 비쳐든다. 하츠비 거리의 햇살이 아롱대듯, 히브리어는 내게 의미가 아롱대듯 전해지는 언어다. 실제로 와보니 이곳은 정말 아름다운 곳이다. 두 사람은 우리 짐을 들고 계단을 올라간다. 아파트는 뉴욕 이스트 54번

---

* '(주의 이름으로 오신) 그대에게 축복 있기를'이라는 뜻이다.
** '안녕?'이나 '어떠니?'라는 뜻이다.
*** '좋아요'라는 뜻이다.

지 우리 집과 달리 아주 깨끗하고 조용하다. 그런데 한 가지 단점은 TV가 없다는 것이다.

아빠는 일단 제일 중요한 일, 즉 장보기부터 하자고 한다. 이 동네 슈퍼는 통로가 아주 좁다. 계산대에 가보니 카트들이 죽 서 있는데, 사람들은 보이지 않는다. 여기 사람들은 일단 카트를 계산대 앞에 세워 놓고 자기 차례가 되기 전에 얼른 물건들을 골라 가지고 돌아온다. 내가 그걸 보고 놀라니까 아빠는 앞으로 놀랄 일이 많을 거라고 한다.

하이파 사람들은 거의 다 유대인이지만 아랍인들도 더러 있는데, 아빠는 아랍에는 기독교도, 유대인, 회교도들이 다 모여 사니까 그렇게 부르지 말라고 한다. 하지만 엄마는 아랍인은 아랍인이라고 한다. 여기는 흑인은 전혀 없는 것 같다.

이틀 뒤에 초등학교 입학시험을 치른다. 떨어질까 봐 정말 걱정이다. 아빠는 매일 오전 내내 히브리어 단어들을 복습시켜준다. 엄마 말대로 어떤 일이든 정면으로 대처하는 게 좋기 때문이다. 아빠의 발음과 기억력은 나보다 훨씬 떨어진다. 아빠는 사람이 나이 들면 뇌가 지금까지 해오던 것에 길들여지기 때문에 새로운 것을 배우기가 어려워진다고 한다. 집에서 공부를 마치면 더 더워지기 전에 동네를 한 바퀴 돌면서 주변에 보이는 것들을 히브리어로 뭐라고 하는지 알아맞히는 게임을 하는데, 아빠보다 내가 훨씬 높은 점수를 딴다. 파노라마 거리에 있는 공원에 앉아서 보면 시내 전체가 지중해에 둘러싸인 게 보인다. "저기, 바로 앞을 봐. 왼쪽에 튀어나와 있는 흰 땅 보이지? 그게 레바논

이야. 바로 이 순간도 저기서 전쟁이 벌어지고 있어. 레이건과 베긴이 저 나라에 군대를 보냈지. 그 군대 이름이 **평화유지군**(peace-keeping forces)인데, 그건 모든 걸 산산조각 내기(keeps pieces)때문이야."*

우리는 공원 벤치에 앉아 바다, 항구에 떠 있는 배들, 바다 건너 보이는 푸른 언덕들을 건너다본다. 눈앞의 광경이 너무 평화로워 전쟁이 벌어지고 있다는 게 실감 나지 않는다.

오늘이 바로 시험 날이다. 떨어지면 어떻게 한다는 얘기는 없었지만, 꼬마들이 다니는 유치원 같은 데 다니게 되지 않을까. 그러면 일 년 내내 내가 정말 바보라는 느낌이 들 텐데. 그러니까 이 시험은 꼭 붙어야 한다. 엄마는 두 블록 떨어진 하얀 거리의 한 초등학교로 나를 데리고 간다. 그런데 학교는 길가가 아니라 나무계단을 한참 내려가야 하는 골짜기에 있다. 계단을 내려가려는 순간 엄마가 내 손을 꽉 쥐기에 올려다보니 턱을 쑥 내민 채 너무도 결연한 표정을 하고 있어서 나는 뱃속이 굳어지는 느낌이다. 그래서 속으로 계단을 세기 시작한다. 마흔넷까지 셌을 때 그게 바로 에라 할머니의 연세라는 게 생각났고, 언제나 내 박쥐 반점과 같이하겠다는 외할머니와의 약속이 떠올라 나는 손으로 반점을 만지며 마음을 가라앉힌다. 주변을 둘러보니 나무계단 옆으로 커다란 유칼립투스 나무가 우거져 있고, 늘어진 얇은 잎에서 달콤한 향기가 풍겨 나온다. 나는 메르세데스를 생각하며, 야자수, 오렌지, 올리브, 무화과, 유칼립투스 등, 내가 아는 나무들의 이름을 영어

---

* 발음이 같은 평화(peace)와 조각(piece)을 이용한 말장난.

와 히브리어로 천천히 읊어본다. 그러니까 마음이 한결 가벼워진다. 운동장에 들어서니 사방에 여러 가지 색깔이 보인다. 뛰어노는 아이들, 구석에서 돌아다니는 고양이들, 키 큰 분홍색 꽃이 피어 있는 화분이 보이고, 멀리서 닭 우는 소리도 들린다. 엄마는 골짜기 건너편에 있는 동물원에서 나는 소리일 거라고 한다.

이제는 떨리지 않는다. 시험에 붙을 것 같았고, 실제로도 그랬다.

시험이 끝나자 내가 갑자기 딴사람이 된 기분이다. 세상이 온통 내 차지가 된 듯, 힘과 자신감이 넘친다. 아빠는 나를 데리고 가서 교복을 사준다. 멋진 녹두색 바지와 셔츠, 푸른 스웨터인데, 왼쪽 가슴에 진청색 삼각형 모양의 교표가 붙어 있다. 교표 아래쪽에는 '처신은 겸손하게'라는 교훈이 새겨져 있다. 아름다운 히브리어는 매일 내게 더 넓고 새로운 세계를 열어준다. 선생님과 아이들은 모두 내게 관심이 많다. 이스라엘과 각별한 사이인 미국에서 왔기 때문인데, 나는 우리나라가 이스라엘과 그렇게 가깝다는 걸 처음 알았다. 아이들은 나를 특별 취급하면서 이것저것 설명해주고, 같이 농구도 해주고, 미국에 대해 온갖 질문을 던진다. 살면서 이렇게 칙사 대접 받기는 이번이 처음이다.

나는 학교가 점점 더 좋아진다. 며칠 후, 엄마는 하얀 거리를 건널 때 신호등을 확인하기로 약속하면 혼자 학교에 가게 해주겠다고 한다. 그 약속을 하면서 나는 어른이 된 듯한 기분이 든다. 학교에 들어간 첫날, 우리는 알파벳을 배운다. 나는 집에서 몇 시간씩 아름다운 히브리 글자들을 그리고, 메르세데스가 마술을 거는 그런 어조로 각 글자의 이름을 불러본다. (마빈에게도 히브리 글자의 이름들을 가르쳐준다.)

엄마는 매일 대학에 나가서 그 유명하다는 교수님과 그 중요한 기록물을 연구하고, 머지않아 아주 중요한 걸 발견할 거라고 생각한다. 내가 못 듣는다 싶으면 엄마는 곧바로 아빠에게 생명의 샘에 대해 이런저런 얘기를 하지만, 목소리가 워낙 크다 보니 안 듣기도 힘들다. "아론, 거기는 정말 **기가 막힌** 곳이었어. 지구상에 그런 곳은 존재한 적이 없다고! 산모들의 천국이었지! 전국이 폭격 당하고, 주민들은 굶주리고, 병들고, 공포에 떠는데, 거기는 매일 물자들이 트럭으로 들어왔어. 모두가 굶주리는데, 이 여자들은 진짜 커피, 신선한 과일과 채소, 오트밀, 고기, 대구간유, 사탕, 쿠키, 버터, 계란과 초콜릿을 먹었던 거야. 이 여자들은 공주처럼 누워 느긋하게 일광욕을 즐기면서 출산을 기다렸던 거지. 아기만 낳으면 결혼식도, 세례도 없이 그냥 위대한 제국의 신민이 되는 거였어. 1940년 강제수용소 수감자들은 그런 센터에 보낼 **목제 촛대를 만 개나** 조각했다고. 그게 믿어져?"

엄마는 악과 맞설 때는 언제나 신나는 표정이다.

그런데 아빠는 여기 하이파에서의 생활이 영 불편한 눈치다. 내가 보기에 아빠는 하루 종일 담배 피우면서 신문이나 읽고, 유머 감각도 잃어버린 것 같다. 농담도 안 하고, 나와 체스도 두지 않는다. 뭐가 잘 안 되는 듯, 어깨도 축 늘어져 있다. 아빠는 레바논 사태가 신경 쓰인다며, 전쟁 중인 나라에서 웃기는 연극을 쓸 수는 없다고 한다. 엄마는 이번 전쟁은 아랍 테러분자들이 북부를 침범해서 일어난 거라며, 그럴 때 이스라엘은 팔짱 끼고 가만히 있어야 하느냐고 반문한다. 아빠는 전쟁의 원인을 따지기 시작하면 히틀러나 베르사유 조약, 프란시스 페르디난트 대공 암살, 아니면 그 암살범의 **엄마**까지 거슬러 올라가야 한다면서, 오늘날 레바논에서 사람들이 서로 죽이고 있는 건 모두 **그 엄마** 때문이라고 주장한다! 엄마는 레바논 걱정은 그쯤 해두고, 곧 다가올 신년제를 어떻게 보낼지, 그거나 준비하라고 말한다. 아빠가 신년제가 무슨 개뼈다귀냐고 하자, 엄마는 애 앞에서 그런 말을 쓰다니, 부끄러운 줄 알라고 한다. 나는 개뼈다귀를 상상해보려고 하지만 잘 안 된다.

엄마 아빠가 다투는 게 싫어서 나는 아침에 점점 더 일찍 집을 나선다. 정치 얘기라서 평소보다 더 심하게 싸우는 것 같다. 엄마 아빠가 싸우기 시작하면 나는 그 말들을 잊기 위해 머릿속을 히브리어로 바꿔버린다. 이제 나는 히브리어로 긴 문장을 말할 수 있다.

달콤한 아침 공기를 들이마시며 나는 아흔일곱 개의 계단을 뛰어 내려간다. 너무 일찍 와서 그런지 계단에는 아무도 없다. 폴짝폴짝 뛰기도 하고, 한 번에 두세 단씩 내려가기도 하면서 맨 아래까지 왔는데, 몇 단 안 남은 상태에서 말라빠진 올리브와 자갈을 딛는 바람에 휘청하다가 여러 단을 휙 날아 보도에 푹 고꾸라진다. 하늘을 날 것 같던 기분이 싹 달아나고, 갑자기 숨이 턱 막히고, 충격으로 귀가 윙윙거린다. 헐떡거리며 간신히 몸을 일으켜 보니 오른쪽 무릎에서 피가 흐르고, 빨갛게 부풀어 오른 손바닥에는 자갈들이 박혀 있다. 그런데도 마치 아무 일 없었다는 듯 새들이 지저귀고 골짜기 건너편 동물원에서 당나

귀 우는 소리가 들린다. 속이 메스껍고, 무릎이 너무 아파 일어설 수가 없다. 너무 아픈데, 설마 여기서 혼자 기절하는 건 아니겠지?

그런데 갑자기 누가 뒤에서 내 어깨를 만진다.

"랜돌, 너 설마 날아보려고 그랬던 거야?" 누군가 부드러운 어조의 영어로 이렇게 묻는다. 그래서 고개를 돌려보니 세상에서 제일 예쁜 소녀가 내 옆에 앉아 있다. 꼭 꿈 같았다. 아홉 살쯤 된 여자앤데, 윤기 나는 검은 머리를 땋아 올리고, 상냥해 보이는 커다란 눈에, 살결은 금갈색이었다. 그녀가 입고 있으니 연푸른 셔츠와 치마로 된 교복이 최고급 백화점에서 산 옷 같다. 그녀가 너무 아름다워서 나는 무릎이 아프다는 걸 완전히 잊어버린다.

"내 이름 알아?"

"네 이름 모르는 사람이 어딨니? 뉴욕에서 온 잘난 미국 학생인데."

소녀는 그러면서 치마 호주머니에서 손수건을 꺼내 화분 옆에 있는 물통에 적시더니 내 무릎에 묻은 흙과 자갈, 피를 부드럽게 닦아낸다. 부드러우면서도 자신 있게 내 상처를 닦아주는 그녀를 보면서, 나보다 훨씬 나이가 많은데도, 나는 완전히 사랑에 빠지고 만다.

나는 그녀에게 이름이 뭐냐고 묻는다.

그러자 소녀는 내 손을 잡고 일으켜 세우면서 "누자"라고 대답한다.

"누자, 이렇게 일찍 등교해서 다행이야."

"그러게. 아빠가 출근길에 나를 내려주시기 때문에 대개 내가 제일 먼저 등교하는데, 오늘은 네가 먼저 왔네."

"어떻게 영어를 그렇게 잘해?"

"어릴 때, 아빠가 의대 다니는 동안 보스턴에서 살았거든."

"우리 엄마도 박사논문을 준비하고 계셔." 나는 그저 뭔가 공통점을 찾기 위해 이렇게 말한다.

"아, 그렇구나. 그럼 엄마가 네 무릎을 봐주실 수 있겠네."

"아니, 그런 의사가 아니라 박사…… 악을 연구하는 박사야."

"악령을 쫓는 그런 박사야?"

"응, 그럴 거야…… 그 비슷한 건가 봐."

"아, 그렇구나."

누자가 아주 진지하게 고개를 끄덕인다. 그 모습을 보니 언제까지라도 그녀와 얘기하고 싶어진다. 하지만 애들이 밀려들고 시작종이 울리자 우리는 각자의 교실로 가야 한다. 누자는 4학년이다.

점심시간, 급식실에서 멀리 있는 누자를 보고 손을 흔들자 그녀가 방긋 웃어준다. 태어나서 처음 보는 그 미소에 뱃속이 다 녹아버리는 느낌이다. 어쩌면 좋을까? 그녀의 관심을 끌 수 있다면 무슨 일이든 할 수 있다. 그녀를 위해서라면 죽어도 좋다. 아니, 그녀를 위해서라면 내 신발을 먹을 수도 있다. 그녀와 결혼하고 싶다.

누자, 누자, 누자. 정말 기가 막힌 이름이다.

학교가 파한 뒤 누자가 계단을 올라가는 걸 보고 나는 얼른 따라간다. 친구들이 4학년 여학생과 얘기한다고 놀려도 상관없다. 그런 건 아무렇지도 않다.

"어…… 손 좀 잡아줄래?" 나는 머리에 떠오르는 대로 그렇게 말한다. "무릎이 아직도 아프네."

누자는 친절하게 내 팔꿈치를 잡아준다. 나는 그녀에게 기대면서 정말 고맙다는 표정으로 가능한 한 느리고 힘겹게 계단을 폴짝폴짝 뛰어오른다.

"영어 잘하는 사람을 만나서 정말 다행이야. 히브리어는 외국인에게는 정말 어렵거든."

"내게도 외국어인걸."

"정말이야?"

"응, 난 아랍인이야."

"와! 그럼 우리 둘 다 외국인이네." 그녀와 나 사이에 뭔가 공통점이 있다는 게 기뻐서 나는 얼른 이렇게 말한다.

"그건 아니지. 넌 지금 네가 어느 나라에 와 있는지도 모르잖아, 안 그래? 이 나라의 진짜 이름은 팔레스타인이야. 나는 팔레스타인에 사는 아랍인이고. 여긴 우리나라고, 유대인들이 외국인이라고."

"난…… 이 나라가……"

"유대인들이 침범한 거야. 넌 유대인인데, 네 민족의 역사도 모르니?"

"아, 나는 별로 유대인 아니야." 어느새 계단 마지막 부분에 이르니 마음이 초조하다.

누자가 웃으며 묻는다. "별로 유대인이 아니라니, 그게 무슨 말이야?"

"아, 그건 우리 엄마는 원래 유대인이 아니고 축일이나 그런 걸 지키지도 않거든. 엄격히 따지면 난 미국인이야."

"미국은 유대인 편이야."

"난 어느 편도 아니고, 그냥 누자 옆에 있을 뿐이야. 누자가 잡아주지 않았으면 이 계단도 못 올라왔을 거잖아."
나는 이 깜찍한 대답에 스스로 만족을 금치 못한다. 하지만 이제 우리는 계단 맨 위칸에 와 있다. 무릎이 아픈 척하느라 일부러 한 발로 그 많은 계단을 뛰었더니 온몸이 땀투성이다. 누자는 나를 보면서 웃고 있다. 그런데 가만히 보니 나보다 훨씬 큰 것도 아니다. 발끝으로 서면 쉽게 입 맞출 수 있는 키다.
"괜찮다면 아빠 오실 때까지 같이 기다려줄게. 처음 사귄 아랍 친구라서 얘기하니까 배울 게 많은데."
"그건 안 돼. 우리 아빠는 내가 학교 밖에서 유대인들과 얘기하는 거 싫어하셔."
"그럼…… 하지만, 이 학교에 보내셨잖아."
"그건 여기가 이 근처에서 제일 좋은 학교라서 그런 거야. 우리 형제들이 모두 좋은 학교를 다녀서 우리나라를 되찾기를 바라시거든. 너희 미국인들은 아무것도 몰라."
"가르쳐줘. 배우면 되잖아. 누자, 약속할게, 정말 배우고 싶어. 역사에 대해서 알려줘."
"그럼 내일 쉬는 시간에 만나자…… 언덕 아래 히비스커스 숲에서 만나. 어딘지 알지? 자, 이제 빨리 가. 저 신호등 옆에 서 있는 저 차가 우리 아빠 차야."

누자.
누자의 눈길.
누자의 미소,

내 팔꿈치를 잡은 누자의 손.
나는 사랑에 빠졌고, 이 사실을 마빈에게도 알려준다.

히비스커스 나무의 무성한 가지가 땅까지 늘어져 있어 그 아래 향기로운 그늘에 숨으면 밖에서는 전혀 보이지 않는다. 우리는 무릎을 세운 채 나란히 앉아 골짜기를 내려다본다.
"먼저 하이파의 진짜 역사를 얘기해줄게." 누자가 이렇게 말한 순간 나는 누군가가 얘기한 내용을 죽 읊어줄 거라는 생각이 들지만, 그래도 그녀의 목소리가 메이플 시럽처럼 달콤하기에 전혀 개의치 않는다.
"아주 오래전, 백 년 전에, 이 도시에는 여러 인종이 섞여 살았어. 처음에는 우리 부모님 집안 같은 팔레스타인 사람들이 있었고, 그다음에는 깊숙이 자리한 항구 때문에 레바논에서 드루즈인들이 왔고, 터키와 북아프리카에서 온 유대인들, 그리고 템플기사단을 설립한 이상한 독일인들이 독일인 구역을 만들어 살았어…… 그리고 아픈 엄지손가락처럼 언덕 위에 삐죽 튀어나오게 성전과 정원을 조성한 바하이인들도 살았지. 그리고 그다음에 시온 운동이 시작된 거야. 그게 뭐냐 하면 유대인들이 예전에 자기 조상들이 살았다는 팔레스타인으로 돌아오기로 한 거지. 지난 이천 년 동안 수백만의 팔레스타인 사람들이 고유의 관습과 전통을 지닌 채 이곳에서 살아왔다는 사실은 무시한 채 말이야. 유대인들은 팔레스타인 전체를 차지하려고 들었어. 그래서 때로는 데이르 야신*의 경우처럼, 그냥 아랍 마을에 들어가서 주민 전체를 죽이

---

* 팔레스타인의 마을 이름. 1948년 4월 9일, 이스라엘 민병대가 이 마을 주민 107명을 학살한 사건으로 유명하다.

기도 했어. 1948년 사월, 당시 여덟 살이었던 아빠는 유대인들이 차를 타고 지나면서 확성기에 대고 '데이르 야신! 데이르 야신!!' 하고 외치는 소리며, 그 뒤로 마을 사람들이 살해되면서 비명을 지르고 울부짖는 소리를 들었대. 하이파에 사는 팔레스타인 사람들은 그 소리를 듣고 공포에 질려 도망치기에 바빴지. 수천 명이 시내를 빠져나갔고, 유대인들이 그 자리에 들어온 거야. 아빠 가족들은 사방으로 흩어지고 말았어. 어떤 친척들은 레바논까지 갔는데, 할아버지, 할머니는 웨스트뱅크 네불루스에 정착하셨대. 할머니는 지금도 거기 사셔."

"**우리** 외할머니는 유명한 가수셔." 나는 조금이라도 누자의 관심을 끌려고 이렇게 말한다.

하지만 누자는 할머니에 대해 전혀 모르는 눈치다.

"에라라는 분인데, 들어본 적 있지?"

누자는 고개를 젓는다. 지금까지 전혀, 단 한 번도, 에라 할머니의 이름을 **들어보지** 못했다는 것이다! 외할머니가 세계적으로 유명한 가수라고 믿고 있던 나는 정말 깜짝 놀란다.

이 일을 어째야 좋을지 막막해서 나는 어색하게 설명한다. "외할머니는 목소리로 마술을 부리셔. 그리고…… 나도 그럴 수 있다고 생각하셔."

"왜 그러시지?"

"흠, 그건 비밀인데." 나는 아리송한 표정을 지으며 대답한다. "하지만 누자한테는 말해줄 수 있어. 내가 유대인이라서 친구가 될 수 없다고 생각하지 않는다면."

누자는 잠깐 망설이더니 좋다고 고개를 끄덕인다.

"저기, 에라 할머니와 나는…… 몸에 같은 반점이 있어. 자, 봐."

나는 셔츠 깃을 들어 어깨에 있는 둥근 반점을 보여준다.

누자는 반점을 자세히 살펴본다. "이 반점으로 무슨 의식을 행하는 거야?"

"어…… 그건 아니지만. 나한테는 이 반점이 살아 있는 것 같이 느껴져." 나는 반점을 만지며 이렇게 대답한다. "나한테 말을 걸고, 어떻게 할지 조언을 해주는 아주 작은 박쥐 같거든."

"만달mandal 같은 거네." 누자가 속삭인다.

"그게 뭔데?"

"땅에 둥근 원을 그리고 그 안에서 마술을 행하는 거야. 나도 그런 표식이 있는데—그런 걸 표지(zahry)라고 해."

누자는 다시 무릎을 감싸 안으며 말한다. "지난달에 부모님이랑 네불루스 교외에 있는 할머니 댁에 갔는데, 하이파에서 몇 시간 거리지만 여기랑 전혀 다른 세계거든…… 그런데 할머니가 내 손이 표지라는 걸 보시고는 기뻐서 환성을 지르시더라고. 난 우리 할머니가 정말 좋아. 너도 그렇지, 그지?"

"응."

"할머니 말씀으로는, 나는 수장, 즉 명령을 내리고 질문이나 답을 주는 천사인 말락malak을 볼 수 있는 사람이래. 어린애들만이 그런 일을 할 수 있대. 할머니는 쌀림 외삼촌의 운명을 알고 싶다고 하시더라고. 오랫동안 소식이 없으셨거든. 아직 숨어 계신지, 유대인들에게 살해됐는지 알고 싶어 하셨지. 그래서 나를 데리고 교주님을 찾아가셨는데, 그분이 내 손을 자세히 보시더니 아주 엄숙하게 고개를 끄덕이시더라고. 그러더니 다음번에 올 때 만달 마법 의식을 해보자고 하셨어."

나는 누자 얘기에 등장한 낯선 단어들 때문에 좀 압도되긴 했지만, 그래도 우리 둘 사이에 뭔가 공통점이 있다면 다른 건 어찌 되든 좋다는 생각에 이렇게 묻는다.

"그럼 그 천사랑…… 어떻게 교감이 되지?"

"먼저 교주님이 기도와 주문을 많이 외우신 다음, 내가 도착하는 날 향을 피우고 내 손에 잉크를 한 방울 떨어뜨린 다음, 그게 마르면 기름을 떨어뜨리실 거야."

누자는 잠깐 말을 멈추고 코를 문지른다. 코 문지르는 모습이 정말 예쁘다.

"그래?" 나는 반신반의하는 어조로 묻는다.

"그러면 할머니가 외삼촌의 소재를 물으실 거야. 그때 내가 손바닥에 있는 잉크 방울을 자세히 보면 거기 나타난 마법의 원을 보게 될 거야. 그러면 교주님이 내 목소리를 통해 할머니의 질문에 답을 해주실 수 있대."

"정말 믿기 어려운 얘긴데."

"맞아, 하지만 사실이야." 누자가 강렬한 어조로 말한다. "어깨의 반점을 보면 **너** 역시 선택받은 사람인 것 같아."

그때 수업종이 울린다. 우리는 나뭇잎 사이로 햇살이 비쳐드는 향기로운 은신처를 떠나 말없이 각자의 교실로 돌아간다.

"유대인들이 이스라엘을 침략했어요?" 그날 밤 나는 저녁을 먹다가 아주 작은 소리로 엄마한테 이렇게 묻는다. 그러자 엄마는 짖는 듯한 소리로 웃는다.

"누가 너한테 그 따위 소리를 했어?" 엄마가 무서운 어조로 묻는다.

"지나가다가 어디서 들은 거야. 어딘지는 기억 안 나." 나는 어색하게 대답한다.

"어쨌든 그건 사실이 아니야. 유대인들은 이스라엘을 **침략**한 게 아니라 그리 **피신**한 거야."

그러자 아빠가 "팔레스타인이겠지" 한다.

"그때는 팔레스타인이라고 불렸지. 유대인들은 수백 년 동안 유럽에서 핍박 받고 살해되는 게 지겨워서 자기들의 나라를 만들기로 했던 거야."

그러자 아빠가 말한다. "그런데 불행히도 그 나라에는 이미 사람들이 아주 많이 살고 있었던 거지."

"아론, 그 얘기는 그만해요." 무섭게도 엄마의 목소리가 사이렌처럼 커진다. "육 년 동안에 육백만 명이 죽었는데, 그럼 어디로 가니? 그런 상황에서 어디로 가고, 뭘 할 수 있었겠니? 가만히 앉아서, 자 해보시오, 즐겁게 우리를 모두 죽여주쇼, 그랬어야 해?"

엄마는 고래고래 소리를 지르고, 아빠는 말없이 일어나 그릇들을 치운다. 엄마의 마지막 말, "우리를 모두 죽여주쇼"가 귀에 쟁쟁하다. 아빠가 설거지를 시작하자 엄마는 갑자기 무안한지 일곱 시밖에 안 됐는데 나한테 올라가서 자라고 한다.

내가 선택받은 존재라는 누자의 말이 사실이면 좋겠지만, 무엇을 하라고 선택받은 사람인지도 모르겠고, 아빠와 엄마, 누자와 히브리 학교

뿐 아니라, 엄마와 누자 사이에서도 갈등을 느낀다. 내게는 다 소중한 사람들이기 때문이다. 정말 속상하다. 사람들이 마음을 풀고 다 같이 어울려 살면 왜 안 될까.

나는 침대에 앉아 마빈을 붙잡고 세차게 흔든다.

"마빈, 넌 유대인이니?" 그러자 마빈이 아니라고 고개를 젓는다. "그럼 독일인이야?" 아니란다. "그럼 아랍인?" 그것도 아니고. "팔레스타인 사람이야?" 나는 그를 점점 더 세게 흔든다. "마빈, 하루 종일 침대에 앉아 천장만 쳐다보고 있으면 좋겠지. 하지만 반드시 누군가의 편이 되고, 뭔가를 믿고, 그것을 위해 싸워야만 해. 안 그러면 넌 죽게 돼." 나는 마빈의 배를 쥐어박으며 이렇게 말한다.

그런데 바로 이때 아빠가 문을 두드린다. 나는 깜짝 놀라 마빈을 놓아준다.

"랜돌, 잘 준비됐니?"

"잠옷으로 갈아입고 있어요." 나는 얼른 셔츠를 벗으며 이렇게 말한다.

아빠가 들어와 한숨을 쉬며 침대에 걸터앉는다. "인간들이 뭐가 문제인지 알겠지?"

"그게 뭔데, 아빠?"

"이성적으로 생각해야 할 때 감정을 앞세운다는 것. 그게 문제야. 어디를 보든 바로 그게 문제거든. 등 두드려줄까?"

"아니, 됐어. 오늘 밤은 너무 피곤해."

"알았어. 푹 자라. 이상한 부모한테 너무 신경 쓰지 말고."

"알았어, 아빠."

"알았지?"

"응, 알았다고."

그 반점을 보여준 뒤로 누자는 내게 아주 잘해준다. 근거 없는 이유로 잘해주는 것 같아 약간 불안하긴 하지만, 그래도 나는 이 기회를 십분 활용한다. 즉 그녀 옆에서 시간을 보내는 기쁨을 누린다. 누자는 학교에서 **그렇게** 멀지 않은 압바스 가에 살지만, 누가 보든 우리가 서로의 집에 놀러갈 수는 없기 때문에 그냥 쉬는 시간에 히비스커스 숲에서 만나는 걸로 만족할 수밖에 없다.

"너는 이런 거 믿니?" 그녀가 묻는다.

"그럼, 그런 것 같아."

"너 저주의 눈이 뭔지 아니?"

"……"

나는 미국에서는 눈이 아니라 손가락으로 욕을 한다고 알려주려다가 그냥 넘어간다.

"아니, 몰라."

"내 생각에는 그 반점 때문에 랜돌 너도 그런 힘을 갖고 있을 것 같아. 랜돌, 만달, 소리까지 비슷하잖아! 작은 것부터 해봐. 그러면 너도 그 힘에 놀라게 될걸."

"그런데 상대방이 그 저주를 내게 돌려주면 어떻게 해?"

"그런 때는 가능한 한 빨리 모든 것은 신의 뜻이라는 주문을 외워서 그걸 풀어야 해. 그러면 저주의 눈에서 나오는 힘이 다른 데로 비껴

가게 되지. 모든 것은 신의 뜻이니라, 따라서 해봐."

"모든 것은 신의 뜻이니라." 하지만 내게는 그게 "누자, 그대는 우주에서 제일 깊은 눈을 가졌어, 그리고 나는 너를 미치도록 사랑해"라는 뜻일 뿐이다. "모든 것은 신의 뜻이니라."

"좋아, 빨리 배우네."

그날 밤 엄마가 빛나는 눈, 의기양양한 얼굴로 집에 돌아온다. "찾았어! 드디어 찾았어! 정말 기가 막힌 일이지! 1939년과 1940년 사이, 바바리아에 있는 스타인회링 센터에서 두 달 반을 지낸 '약 한 살 된 여아'에 대한 기록이 진짜 있더라고. 그 애 왼쪽 팔에 사마귀가 있었대, 아론!"

신문을 보고 있던 아빠는 고개도 쳐들지 않고 시큰둥한 얼굴로 대답한다. "미군에 이어 프랑스와 이탈리아 군대가 베이루트를 떠났대."

"우크라이나의 맨 서쪽인 루테니아에 있는 우조로드 출신인데, 독일군이 그 몇 달 전에 점령한 도시였어. 히틀러가 직접 사마귀의 크기를 재고, 출생기록부에 기록을 남겼는데, 당시 지름이 정확히 십팔 밀리미터였대. 히틀러는 이 끔찍한 단점에도 불구하고 그녀를 살려주었어. 대체 왜 그랬을까?"

"하비브*도 약속을 깼고, 와인버거**도 약속을 깼어. 아라파트가

---

* 필립 하비브(Philip C. Habib, 1920~1992) : 미국의 외교관으로 국무차관이 된 뒤 레이건의 중동 특사로 활약했다.
** 카스파 와인버거(Caspar W. Weinberger, 1917~2006) : 미국의 정치가로 1981~87년 레이건 정부의 국방장관을 역임했다.

물러간 다음 거기 남아서 난민들을 보호해주기로 약속했었는데."

"그녀의 금발과 푸른 눈 때문에 그랬던 거야. 너무 귀엽고 정말 아리안적인 얼굴 때문에 살려둔 거라고. 내 말 듣고 있어, 아론?"

"레이건과 베긴은 레바논 군인들을 배치해놨지."

"그래서 히틀러는 자기 심복인 SS 고위간부에게 그녀를 주었어. 부인이 더 이상 애를 가질 수 없는데, 딸이 동생을 낳아달라고 조르곤 했대."

"이스라엘군은 서부 베이루트에 탱크를 배치했지."

"아론, 이게 믿어져? 루테니아에서 바바리아, 그리고 전쟁이 끝난 뒤에는 바다 건너 캐나다로 보내졌다는 게 믿어지냐고?"

"갈릴리의 평화 작전이라잖아."

"이제야 모든 의문이 풀리는 느낌이야."

"자, 이제 정말 고약한 일들이 벌어질 거야."

"랜돌, 네 방으로 올라가."

나는 얼른 내 방으로 올라가 사람의 몸에 대한 단어 숙제를 빨리 하고 싶다. 머리, 배, 등, 발, 무릎, 손, 손가락, 입을 히브리어로 외우는 것이다. 누자는 아름답고, 나는 초조하고, 아빠는 화가 머리끝까지 나 있고, 엄마는 제정신이 아니다. 그리고 이제 신년제가 돌아오면 정말 고약한 일이 벌어질 것이다.

다음 날 게마엘*이 케네디 대통령처럼 암살당한다. 그런데 대통령에 당선된 지 사흘 만에 죽었으니, 정말 짧은 임기였다. 학교에 가니

---

* 바시르 게마엘(Bachir Gemayel, 1947~1982): 레바논의 군인, 정치가, 대통령에 당선된 지 사흘 만에 암살당했다.

쉬는 시간에 선생님들이 모두 그 얘기만 하시는데, 말이 너무 빨라서 무슨 내용인지 알아들을 수가 없다. 누자 말로는 이스라엘과 미국이 앞잡이로 이용한 게마엘이 암살되어서 선생님들이 그렇게 화가 난 거라고 한다. 앞잡이라는 말은 전에 아빠가 체스 게임할 때 가르쳐줘서 알고 있었다. 복도를 지나가는데 유대 모자를 쓴 고학년생들이 서 있다. 그런데 그중 하나가 뭐라고 소리치자 누자의 얼굴이 창백해진다.
"뭐라고 한 거야?"
"저 망할 팔레스타인 놈들, 저것들을 지구상에서 다 날려버려야 해, 그랬어."

나는 점점 더 초조해진다. 마빈은 전혀 도움이 되지 않고, 박쥐 반점은 계속 침묵을 지키고 있고, 에라 할머니는 너무 멀리 계셔서 다른 행성에 계신 거나 마찬가지다.

악몽 때문에 소리를 지르고 깨어나자 엄마가 잠옷 차림으로 달려온다. "랜돌, 왜 그러니? 무엇 때문에 그래?" 하지만 나는 악몽의 기억을 말로 옮길 수가 없다. 꿈꾼 내용이 작은 조각으로 쪼개지더니 금세 녹아 없어진다. 한밤중에 엄마를 깨워놓고 그렇게 무서웠던 악몽의 내용을 기억할 수 없다는 게 너무 미안하다. 그래서 억지로 뭔가를 지어내려고 하지만 그럴수록 머릿속이 하얘지는 느낌이다. 그래서 그냥 "미안해, 엄마, 미안해, 엄마, 미안해" 하고 만다.

다음 날 일어나 보니 아침 일곱 시인데 아빠는 벌써 담배를 피우며 라디오를 듣고 있고, 엄마는 아직도 집에 있다. 예감이 좋지 않다.

엄마가 머리에 롤러를 만 채 부엌으로 들어온다. "아론?"

아빠가 라디오 때문에 자기 말을 듣지 못하자 엄마가 목소리를 높인다.

"아론…… 당신이 하이파에 같이 와줘서 정말 고맙게 생각해. 외국어에 둘러싸여 사는 게 쉽지 않다는 거 나도 알아. 그리고 당신이 길거리나 커피숍, 공원에서 우연히 듣는 사람들의 대화에서 영감을 얻는다는 것도 알아. 맨해튼이 그리울 거라는 것, 나도 그걸 모르는 거 아냐. 나 때문에 엄청난 희생을 감수한 거, 이제 나도 알고 있고, 그래서 정말 고맙다고 말하고 싶어."

엄마가 화장도 안 하고 롤러를 만 채 이렇게 진지한 연설을 하니까 좀 이상해 보인다. 이 말도 강연 때처럼 거울을 보며 연습했는지 궁금하다. 나는 아직 토스트를 하나 더 먹어야 하기 때문에 가능한 한 빨리 씹으려고 애쓴다. 왜냐하면 아빠는 여전히 라디오를 듣고 있고, 엄마는 화를 참느라고 얼굴이 빨개져 있기 때문이다.

"아론, 오늘이 신년제 전날이니 우리도 좀 변했으면 좋겠어. **제발** 내 얘기 좀 들어봐. 신년제는 말하자면, 어이, 잠깐 멈춰 서서 현재의 삶을 돌아보자. 그리고 지금까지 지은 죄를 떨쳐버리고 새로운 결심을 하자고, 그런 날이야."

하지만 아빠는 엄마의 말을 무시한 채 몸을 굽히고 열심히 라디오를 듣고 있다. 결국 엄마는 실내복 차림으로 부엌을 뚜벅뚜벅 가로질러 가 라디오를 꺼버린다.

아빠가 라디오를 다시 켠다.

엄마는 라디오를 또 끈다.

아빠가 다시 켠다.

이 싸움을 더 보고 싶지 않아 나는 슬그머니 내 방으로 올라가 학교 갈 준비를 한다. 부엌을 나서는 순간 엄마가 말한다. "아론, 우리가 몇 가지 새로운 결심을 하면 훨씬 건강해질 것 같지 않아?"

아빠는 엄마 말에 대꾸도 안 하고, 농담도 하지 않는다. 나한테 잘 다녀오라는 인사조차 하지 않은 채 문을 꽝 닫고 밖으로 나간다. 아빠는 하나시 가에 가서 영어 신문을 전부 사 가지고 올 것이다.

왜 그런지 모르지만 그날은 학교도 분위기가 심각하다. 푸른 하늘에 햇살이 눈부신데 폭풍이라도 몰아칠 것 같은 느낌이다. 어깨의 반점이, "조심해, 랜돌, 조심해" 하지만, 뭘 조심하라는 건지 알 수가 없다. 점심시간, 누자가 내게 속삭인다. "샤론이 서부 베이루트를 침공했어. 그거 알고 있니?" 나는 고개를 끄덕이지만 실은 샤론이 누군지도 모른다. 그냥 센트럴파크에서 야구나 하고 싶은 심정이다.

학교에서 돌아와 보니 내 방이 너무 덥다. 너무 더워서 내가 폭발할 것 같다. 모든 게 폭발해버리면 좋겠다. 나는 미친 비행기처럼 두 팔을 벌리고 빙빙 돌며 **신년, 신년, 신년제** 하고 소리친다. 이때 '신년'은 머리, '제'는 폭발을 뜻한다. 정말 머리가 터질 것 같다. 일이 어떻게 돌아가는지 모르니 딱 미칠 것 같다.

우리는 말없이 저녁을 먹는다.

나는 방에 올라가 몸통이 없는 사람을 그린다. 그러다가 나중에는 머리가 없고, 다음에는 팔이 없고, 다음에는 다리가 없는 사람을 그린다. 다리가 목에 달리고 팔들이 배에 달린 사람을 그리다가, 나중에는 몸에서 떨어져 나온 젖가슴이 획획 날아다니는 그림을 그린다. 그러자 박쥐 반점이 "와, 랜돌! 조심해!" 한다. 하지만 박쥐는 내가 뭘 조심해야 하는지, 누구한테 의지해야 하는지 말해주지 않는다.

나는 아빠가 문을 쾅 닫고 나가서 영원히 돌아오지 않는 꿈을 꾼다. 그런데 꿈속에서 문이 계속 쾅쾅 닫힌다. 하지만 생각해보니 문을 그렇게 자주 닫을 수 있는 사람은 없다. 그렇다면 이건 총이나 대포, 폭탄 소리일 것이다.

다음 날 아침 맨발로 부엌에 내려가자 태어나서 처음 보는 광경이 보인다. 아빠가 울고 있다. 아빠는 식탁에 놓인 『헤럴드 트리뷴』 위에 엎드려 정신없이 흐느끼고 있다. 나는 무슨 일인지 감히 묻지도 못한 채 아빠 옆에 가 선다. 아빠는 나를 껴안더니 자기를 보호해달라는 듯 꽉 매달린다. 원래는 부모가 아이를 보호해야 하는데. 이럴 때는 어떻게 해야 할지 모르겠다. 얼굴이 눈물로 뒤덮이고 눈도 충혈되어 딴사람 같은 걸 보니 이미 오래전부터 울고 있었던 것 같다. 아빠를 그렇게 속상하게 한 신문의 표제를 읽을 수가 없어서 나는 그냥 울음을 터뜨리면서 가늘고 높은 소리로, "아빠, 왜 그래? 무슨 일인데?" 하고 묻는다. 아빠는 그냥 나를 더 꽉 껴안는다. 숨이 막혀 죽을 것 같다. 엄마가 들어오는 걸 보니 마음이 놓인다.

"신년제 축하해!" 들뜬 마음으로 미리 연습해둔 말이라 엄마는 우리를 보고도 제때 입을 다물지 못하고 이렇게 말하고 만다.

"세이디, 이 망할 놈의 나라에서 빨리 나가야 돼." 아빠가 말한다.

그러자 엄마는 너무 놀란 나머지 신년제를 축하하면서 지었던 미소를 미처 지우지 못한 채 부엌 한가운데 딱 멈춰 선다.

"자 봐, 봐, 보라고." 아빠가 『헤럴드 트리뷴』을 가리키면서 이렇게 말한다. 엄마가 겁에 질린 얼굴로 의자에 앉으면서 표제와 1면의 뉴스들을 살펴보는 동안 내 심장이 방망이질하기 시작한다. 아빠는 다시 식탁 위에 엎드려 흐느끼기 시작한다. 그런 모습을 보니 정말 견디기 힘들다. 잠시 신문을 훑어본 엄마가 "이런…… 이런…… 이런…… 정말 **끔찍하네**" 한다. 어젯밤 내가 그린 그림들이 현실로 나타난 것이다. 레바논에서 사람들의 몸이 조각조각 나 팔, 다리, 머리가 여기저기 날아다니고, 수백 구의 시체, 수천 구의 시체, 죽은 어린이들, 죽은 말들, 죽은 노인들, 가족들이 첩첩이 싸여 악취를 풍기고 있다. 아빠가 입을 연다. "아직도 그러고 있어. 바로 이 순간에도 그런 일이 벌어지고 있다고! 사브라와 샤틸라의 난민들을 다 죽이고 있다니까! 이 망할 놈의 나라가 무슨 짓을 하고 있는지 보라구!"

그러자 다행히 신년제나 새해 결심 얘기는 포기하고 아직 신문을 읽고 있던 엄마가 이렇게 말한다. "하지만 아론, 그건 이스라엘군이 아니잖아, 당신 글자 몰라? 레바논의 기독교도인 팔랑제 당원들의 소행이야. 이게 다 레바논의 내전 때문에 일어난 일이잖아."

그러자 아빠가 말한다. "이스라엘 탓이 아니라고 하지 마!" 아빠가 소리 지르는 건 태어나서 처음 본다. "아라파트와 PLO를 거기 배치했고, 자기들 맘대로 하려고 평화유지군을 내보냈고, 사건 전체를 준비했잖아. 이 사태를 부추기고, 지원하고, 교사하고, 보호하고, 지켜봤지. 지금도 쿠웨이트 영사관 지붕에서 안경과 망원경으로 차분히 지켜보고 있을 거야. 거기 올라가면 샤틸라가 아주 **훤히** 보이거든."

"모든 걸 이스라엘 탓으로 돌리지 마!" 엄마가 금방 목이 쉬어버릴 정도로 크게 소리 지른다.

엄마 아빠는 주말 내내 그렇게 라디오를 듣고 신문을 보면서 걸핏하면 다투고, 소리 지르고, 레바논의 사망자가 점점 많아지면서 심한 무더위에 시체가 부풀고 악취를 풍기다가 결국 불도저로 구덩이에 매장되는 게 누구 탓인지 따지고 있다. 전에는 둘이 이렇게 심하게 싸운 적이 없기 때문에 너무 혼란스럽고 마음 아프다. 히브리어와 누자를 그토록 사랑하지만 이럴 거면 하이파에 오지 않는 편이 나았을 것 같다.

그래서 일요일에 학교에 가는 게 그나마 다행이다. 아침 일곱 시 반인데 벌써 아주 덥다. 하얌로를 건너는데 누자의 아빠가 계단 맨 위에 그녀를 내려주고 있다. 그걸 보니 가슴이 두근거린다. 누자가 내 유일한 희망이다. 그녀라면 모든 걸 설명해줄 수 있을 것이다. 나는 그쪽으로 뛰어가면서 그녀를 부른다. 그러면 누자가 걸음을 멈추고 나를 기다려줄 것이다. 그런데 그녀는 계속 걸어가고 있다. 내가 더 빨리 뛰어가서 세번째 계단참에서 "누자, 대체 무슨 일이 벌어지고 있는 거야?"라고 묻자, 누자는 돌아서더니 저주의 눈빛으로 나를 노려본다. 나는 너무 당황한 나머지 저주를 풀 주문을 까맣게 잊어버린다. "모든 것은······" 어쩌고 하는 주문이었는데 누자의 표정이 너무 충격적이어서 나머지 부분은 전혀 생각이 나지 않는다.

세번째 계단이 끝나는 곳에 이르자 누자가 멈춰 서더니 싸늘하게 굳은 옆모습을 보이며 나를 보지도 않고 이렇게 말한다. "내 물건을 가지러 왔어. 아빠가 기다리고 계셔. 히브리 학교는 이걸로 끝이야. 너, 너까지도 이제 끝이야. 그래, 랜돌, 네 엄마도, 네 아빠도 모두 끝이야. 너희들 모두가 죄인이고, 영원히 내 원수니까. 우리 친척 중에 샤틸라에 가 있던 사람들이 많거든."

그녀의 얼굴이 완전히 굳어진다. "샤틸라"가 누자가 내게 한 마지막 말이다. 그녀는 나를 피하려고 아주 빠르게 계단을 내려간다. 나는 현기증이 나서 난간을 붙잡는다.

학교는 아무 일 없었다는 듯 보통 때와 똑같이 돌아간다. 그나마 다행이다. 그런데 쉬는 시간이나 점심시간에는 내가 이해할 수 없는 이 모든 것 때문에 머리가 윙윙 울린다. 그렇다고 집에 가고 싶지도 않다.

집에 가보니 아무도 없기에 나는 내 방으로 올라간다.

내 방은 정말 덥다. "정말 더운데, 마빈, 안 그래?" 마빈이 고개를 끄덕인다. "넌 털옷을 입었으니 나보다 더 덥겠구나." 마빈이 또 고개를 끄덕인다. "더워서 힘들지?" 또 끄덕. "자, 그럼 내가 좀더 편하게 해 줄게." 나는 안방 엄마 책상에서 가위를 가져온다. 그러고는 오랫동안 마빈을 바라본다. 흐려진 눈 때문에 슬퍼 보이지만 다정한 얼굴, 한쪽으로 갸우뚱 기운 머리. 이윽고 나는 가위로 마빈의 배를 찌른 뒤 털옷을 베어낸다. "자, 이 옷 떼어내버리자. 괜찮지?" 마빈이 고개를 끄덕인다. 그래서 나는 가위로 그의 배를 자르기 시작한다. 잘 드는 가위라서 작고 누런 솜뭉치로 된 마빈의 내장이 금방 쏟아져 나온다. 나는 그의 몸을 자르고 가른 뒤 목도 찌른다. "이제 좀 낫지?" 마빈이 고개를 끄덕인다. 나는 마빈의 팔, 다리의 봉제선도 갈라버린다. "훨씬 낫지?" 마빈은 그렇다고 고개를 끄덕인다. 나는 그의 작은 귀와 꼬리를 잘라내고, 뇌를 살피기 위해 머리 뒤를 갈라본다. 하지만 마빈의 뇌는 그의 내장과 똑같은 재료로 되어 있다. 사실 마빈은 정말 오래된 곰인형이다. 나보다, 아니 엄마 아빠보다 더 나이가 많다. 나는 마빈과 그의 몸에서 잘라낸 조각들을 모두 비닐봉지에 담아 부엌으로 가져간 다음 냉장고에서 얼음을 꺼내 그 봉지 속에 넣어준다. "이제 훨씬 시원해졌지?" 마빈은 고개를 끄덕인다. 나는 봉지를 묶은 다음 쓰레기통 맨 아래에 집어넣고 "천국 가서 잘살아" 하고는 다른 쓰레기로 덮어버린다. 그러고 나서 손을 씻으니 기분이 한결 나아진다.

얼마 후 아빠가 돌아온다. 그런데 얼굴을 보니 이제 다시 아빠답게 행동하기로 작정한 것 같아 마음이 놓인다. 아빠는 나를 껴안더니 "우리 둘이 동물원 갈까?" 한다. 같이 하티쉬비 가를 걸어가는데 아빠가 히브리어 단어를 물어봐달라고 한다. 모든 게 정상으로 돌아온 것 같아 정말 다행이었다. 나는 히브리어로 "이제 모든 게 괜찮아졌다"고 중얼거린다.

 그런데 아빠가 나를 동물원에 데리고 간 것은 어려운 얘기를 하기 위한 핑계에 불과하다. 나 대신 원숭이나 호랑이를 보고 있으면 어려운 얘기도 좀더 쉽게 할 수 있기 때문이다. "랜, 잘 들어. 오늘 아침에 엄마 아빠가 화해를 했거든. 레바논에서 저렇게 끔찍한 일이 벌어지는데 집에서도 싸우면 곤란하잖아— 그지?"
 "맞아."

"그래서 이제 정치 얘기는 일체 안 하고, 우리가 같이 있다는 사실에 감사하면서, 하이파에 있는 나머지 기간 동안 잘 지내기로 약속했어. 우리는 괜찮은 가족이잖아, 맞지?"

"그래."

"그러니까 너도 걱정하지 말라고. 중요한 건 그거야. 엄마 아빠가 이런저런 문제로 싸우더라도 우리는 늘 함께할 거니까 **너는** 걱정하면 안 돼. 지금은 힘든 시기지만, 그것도 삶의 일부니까. 맞지?"

"알았어." 나는 녹은 얼음과 함께 쓰레기통 바닥에 누워 있는 마빈을 떠올린다.

그래서 엄마 아빠가 서로 예의를 갖추려고 의식적으로 노력하고, 상대가 하는 일에 관심을 보이고, 정치 얘기는 일체 피하는 새로운 분위기가 조성된다. 아빠는 여덟 시에서 열두 시, 그리고 다시 한 시에서 다섯 시까지 글을 쓴다는 새해의 결심을 실천에 옮긴다. 하지만 그렇게 쓴 글이 맘에 드는 날은 거의 없는 것 같다. 엄마는 대학까지 오랜 시간 버스를 타고 다니는 데 지쳐서 자동차를 대여하기로 결심한다. 엄마가 어느 날 저녁 먹는 자리에서 이 얘기를 꺼내자 아빠가 그건 불필요한 낭비라고 했다가 둘이 싸울 뻔한 적이 있다. 그때 엄마는 이렇게 말한다. "아론, 내가 당신 돈 쓰는 거 아니잖아. 당신이 집에 월급봉투 가져온 게 언제인지 기억도 안 나는데." 이건 아직 극작가로서 성공하지 못한 아빠에게는 정말 아픈 상처를 건드리는 말이다. 하지만 아빠는 자존심을 버리고 엄마한테 어떤 차를 대여할지 물었고, 대화는 그 다음 주제로 이어진다.

그런데 차를 대여한 건 우리 모두에게 좋은 일이었다. 주말이면 차로 아름다운 카르멜 국립공원에 올라가서 새가 노래하고 꽃이 만발한 숲 속을 걸으면서, 우리도 다른 사람들처럼 화목한 가족 같은 기분을 느낄 수 있었기 때문이다. 한 가지 문제는 엄마의 운전 실력이 아직 미숙해서 늘 앞차를 따돌릴 시간이 충분한지 불안해하고, 다른 사람이 우리 차를 추월하면 화를 내고, 이스라엘 운전자들은 다 미친 사람이라고 투덜댄다는 것이다. 어떤 때는 막 차선을 바꾸려는 순간 큰 트럭이 바로 우리 뒤에서 달려오기도 한다. 그러면 아빠는 자기도 모르게 문을 부여잡고, 엄마는 차선 바꾸기를 포기한 채 다시 오른쪽 차선으로 돌아간다. 그러고는 운전면허도 없는 아빠가 자기 운전 실력을 의심한다는 것에 분개한다. 이런저런 이유로 차 안의 분위기는 상당히 불안하지만, 그래도 그렇게 좋은 국립공원에 가는 데 이 정도 대가는 치를 수 있다.

학교에서 나는 누자에 대한 그리움을 달래기 위해 농구 같은 운동에 몰두한다. 매일 아침 나는 어깨의 박쥐 반점을 어루만지며 그녀 손바닥에 있던 보라색 점을 떠올린다. 그녀를 이렇게 사랑하니까 어른들이 아무리 전쟁을 해도 언젠가 다시 만나 그녀와 친구가 될 수도 있겠지.

구월이 끝나고, 시월이 휙 지나가더니, 할로윈이 다가온다. 센트럴파크의 낙엽이 그립고, 우리가 뉴욕으로 돌아갔을 때 내 모습은 어떨지 궁금하고, 배리 같은 옛 친구들과 다시 친해질 수 있을지 걱정도 된다.

이런 여러 가지 생각을 하며 집으로 돌아왔는데, 들어가 보니 평소와 달리 아빠 서재의 문이 활짝 열려 있다. 새해 결심에 따르면 지금 열심히 글을 쓰고 있을 시간인데. 아빠를 찾으려고 거실로 가자 갑자기 뒤에서 빵 소리가 들린다. 나는 너무 놀라 기절할 지경이다. 입에 큰 미소를 그리고 광대로 분장한 아빠가 풍선을 터뜨린 것이다. 아빠는 할로윈을 위해 사탕과 풍선을 사고 자상하게도 나를 놀래주려고 분장 재료를 산 것이다. 아빠가 내 코에 초록색을 바르려는 참인데 전화가 울린다. 나는 할로윈 준비를 망칠까 봐 뭔가 다른 일이 일어나지 않기를 바란다.

아빠가 부엌으로 걸어가 전화를 받는다. 그런데 "여보세요!" 말고는 그다음에 아무 소리도 들리지 않는다.

통화는 금방 끝났는데, 이번에는 아빠가 어디론가 전화를 걸고 있다. 나는 화가 나서 부엌으로 가면서 "무슨 일이야?" 하고 묻는다.

그런데 생뚱맞게도 아빠는 택시를 부르고 있다.

"그럼 할로윈 준비는?" 나는 초조하게 떼쓰는 어조로 묻는다. 하지만 나를 보는 아빠의 눈빛을 보자 짜증 대신 엄청난 공포가 온몸을 휩싼다.

아빠는 방금 전화로 들은 말 이외에는 모든 걸 잊은 눈치다. 아빠는 나를 안고 문밖으로 나가며 사탕처럼 빨갛게 칠한 광대 입술로 이런 말을 쏟아낸다. 아빠의 목소리가 점점 작아진다.

"엄마가 사고를 당했어. 스텔라 마리스 가에서 난간을 뚫고 추락했대. 지금 병원에 있는데, 랜돌, 상태가 안 좋은 것 같아."

아빠 얼굴을 본 운전사가 눈살을 찌푸린다. 아빠는 아직 광대 분장을 지우지 않았다는 걸 떠올린다. 지금 상황에는 어울리지 않는 분장이다. 택시 안에서 아빠는 손수건을 꺼내 분장을 지운다. 색깔들이 섞여 지저분하지만 거의 다 지워지고, 귀 옆에 보라색 얼룩이 조금 남아 있을 뿐이다. 하지만 아빠는 더 중요한 일을 생각하고 있는 것 같아 나는 아무 말 하지 않는다.

아이들은 중환자실에 못 들어가게 되어 있지만 연기에 능한 아빠는 걸핏하면 자기 권리를 내세우고 주먹으로 책상을 치는 오만불손한 미국인 역을 능숙하게 해냈고, 덕분에 나는 아빠를 따라 안으로 들어간다. 엄마가 누워 있는 방에 들어서는 순간 아빠가 내 손을 꼭 쥔다. 엄마가 온갖 기계에 연결되어 있는 걸 보자 나 자신이 정말 작게 느껴진다. 그런 광경은 TV에서나 보았는데, 정말 무섭다. 엄마가 죽을 거라고 생각하니까 숨이 턱 막힌다. 엄마는 잠들어 있다. 나는 엄마의 얼굴을 보면서 아주 작은 소리로, "엄마 미안해, 엄마 미안해, 제발 죽지 마" 하고 속삭인다. 의사와 아빠가 한쪽 구석으로 가더니 낮은 소리로 얘기한다. 의사가 아빠 귀 옆의 보라색 얼룩을 볼 수도 있을 것 같아 정말 신경 쓰인다. 사브라와 샤틸라 사건이 일어난 날 아빠가 산 신문에서 본 사진이 기억난다. 어떤 아기의 머리와 한쪽 팔이 형으로 보이는 내 또래 소년의 몸 위에 놓여 있었다. 그리고 두 아이가 살던 집의 잔해 뒤로는 엄마의 시신이 보이는데, 꽃무늬 치마를 입은 엄청나게 큰 엉덩이만 보였다. 엄마 역시 죽었지만 죽은 아이들을 보호하는 벽이 되고 싶은 것처럼 보였다.

의사와 얘기를 마치고 돌아오는 아빠의 얼굴이 충격으로 완전히 굳어 있는 걸 보니 오늘이 바로 우리 삶의 전환점이 될 것 같다. 이제 우리 가족의 삶은 이를테면 1982년 10월 31일 이전과 이후로 나뉠 것이다. 아빠는 엄마 침대 옆에 앉아 가만히 손을 잡고 있다. 팔에 관들이 꽂혀 있어서 엄마 손을 움직이면 위험하기 때문이다. 아빠는 "섹시 세이디"라는 말을 되풀이하며 엄마 손가락에 입을 맞추고 있다. 정말 오랜만에 들어보는 말이다. 바로 그때 엄마가 파르르 눈을 뜨더니 우리 이름을 부른다. 그렇다면 뇌는 다치지 않았나 보다. "아론…… 랜돌…… 아론…… 랜돌…… 오 맙소사." 나는 정말 사랑이 가득한 표정으로 엄마에게 웃어 보인다. 이 미소를 보면 엄마가 살고 싶어 할 수도 있다. 엄마가 죽지 않고 살아나면 정말 효도할 것이다.

집에 돌아온 아빠는 정성을 다해 저녁을 준비한다. 아빠는 내가 좋아하는 요리를 만든다. 요구르트가 든 닭고기 수프다. 아빠는 나더러 당근과 양파 껍질을 벗기라고 한 뒤, 닭의 간과 모래주머니를 잘게 자른다. 그러고는 국물 맛 내는 법을 가르쳐준다. 계란 노른자를 넣어 국물을 걸쭉하게 할 때는 노른자를 뜨거운 국물에 휙 쏟으면 안 된다. 노른자가 굳으면서 국물에 덩어리가 생겨 부드러운 맛이 없어지기 때문이다. 그런 다음 아빠는 내게 상을 차리라고 한다. 그런데 그게 정말 중요하고 엄숙한 일 같이 느껴져서 나는 아주 정성스럽게 상을 차린다.

"엄마는 사고 때문에 척추뼈가 몇 개 부서졌어." 내가 닭의 목뼈를 씹으려는 찰나 아빠가 입을 연다. 닭고기 수프 먹을 때 바로 이 부위가 제일 맛있는데, 오늘은 그게 꼭 척추같이 보여 나는 도로 접시에 내려놓는다.

"엄마 잘못이 아니었어. 엄마가 카르멜 수도원 옆 언덕을 올라오는데 어떤 사람이 그 커브길을 왼쪽 차선으로 달려오다가 엄마 차를 친 거야. 그래서 엄마 차가 철책을 뚫고 날아갔단다. 랜, 엄마가 죽지 않은 게 다행이야. 어쨌든 살아 있으니 우리는 기가 막히게 운이 좋은 거지. 이럴 때는 하나님을 믿을 수 있어서 그분께 감사드릴 수 있으면 좋겠다는 생각이 들지."

"그런데 앞으로 더 나아질까?"

그러자 아빠는 시간을 벌려고 당근에 후추를 뿌린다. "흠, 그러겠지. 하지만 아주 많이 나아지긴 힘들 거야."

이때 갑자기 사진에서 본 죽은 엄마의 꽃무늬 치마를 입은 엉덩이와 형의 배 위에 놓여 있던 아기의 머리가 떠오른다. 더 이상 밥을 먹기가 힘들어진다.

"엄마는 앞으로 휠체어를 타게 될 거야."

"그럼 장애인이 된다는 거야?"

아빠는 스푼을 놓더니 오른손을 뻗어 내 왼손을 부드럽게 토닥거린다.

"맞아. 이제 걸을 수 없을 거야. 불행히도 그 척추 두 개가 다리를 움직여주는 뼈들이었거든. 정말 끔찍한 일이고, 나 역시 아직 그 충격으로 어질어질한 상태야. 하지만 우리가 힘을 내야지. 엄마는 원래 운동보다 말을 많이 하는 사람이었잖아. 휠체어를 타도 실컷 말하고…… 연구하고…… 여행할 수 있어…… 요즘은 좋은 장비가……"

아빠는 말을 잇지 못한다. 뜨거운 눈물이 천천히 볼을 타고 흘러내려 접시에 떨어진다. 하지만 최소한 사브라와 샤틸라 사건이 일어난 날처럼 식탁에 엎드려 엉엉 울지는 않는다……

그런데 나는 왜 계속 사브라와 샤틸라를 생각하고 있는 걸까?

아, 드디어 생각났다. 그런데 그 이유가 너무 충격적이어서 나는 의자에서 떨어질 뻔했다.

누자. 누자가 보낸 저주의 눈빛. 그날 누자가 계단에서 나를 저주의 눈빛으로 바라보며 나한테 무서운 일이 일어나기를 기원했다. **엄마가 사고를 당한 건 바로 누자 때문이다**, 그건 틀림없는 사실이다. 자기 친척들이 샤틸라에서 난자당하자 누자는 유대인들에게 그 원수를 갚고자 했고, 가장 가까이 있는 유대인 친구가 나였던 것이다. 그런데 나는 그날 너무 놀란 나머지 저주를 푸는 주문을 기억하지 못했다. 오늘은 완벽하게 기억나지만— "모든 것은 신의 뜻이니라"—이미 너무 늦어버렸다.

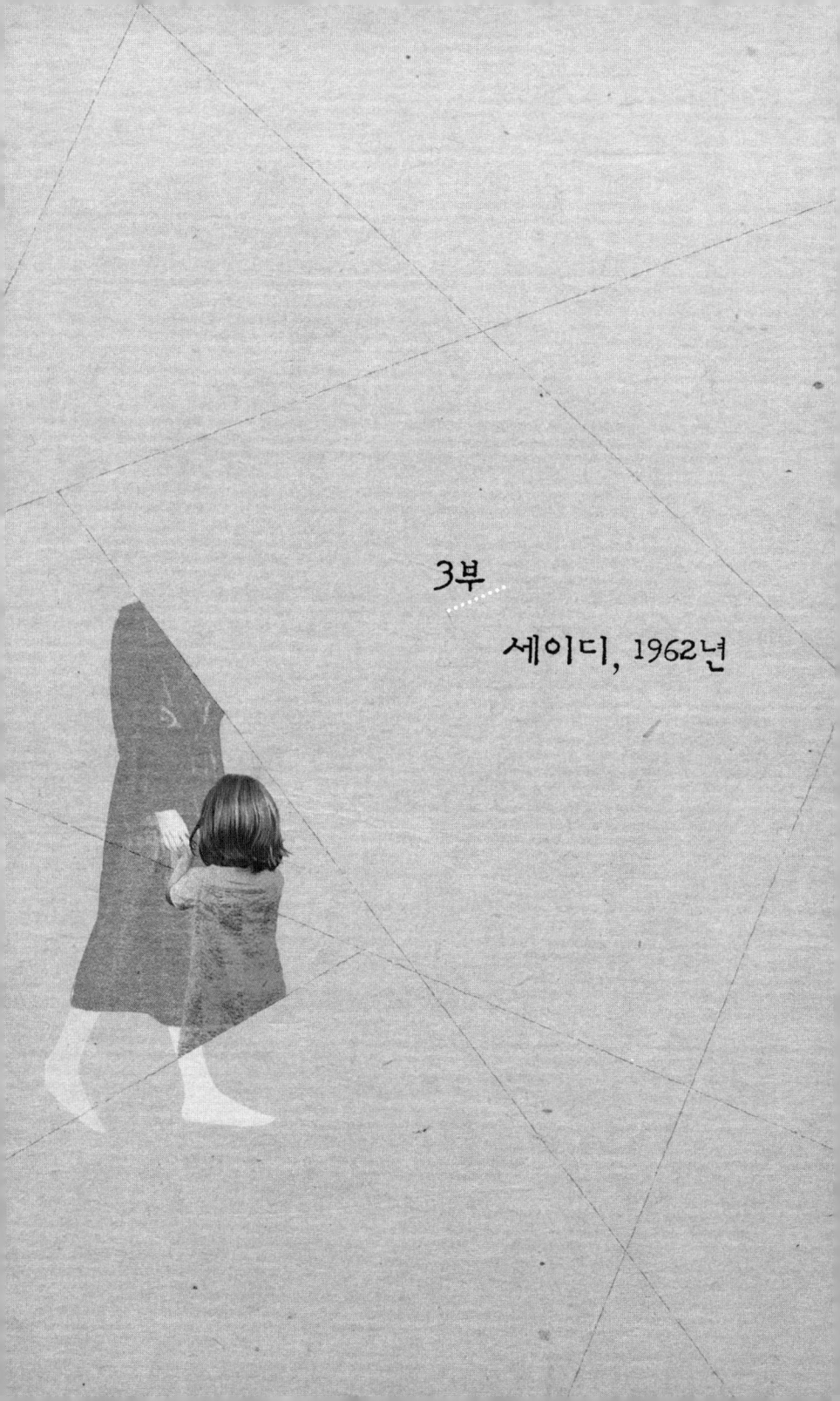

"세이디, 침대 정리했니?"

"했어요." 나 세이디는 침대를 정리했다(그러니 아침 먹을 자격이 있다).

할머니는 고개를 숙여 입술로 내 정수리를 살짝 스친다. 아직 실내복 차림이지만 얼굴은 화장을 마쳤기 때문에 정말 입을 맞추어 립스틱이 지워지면 안 되기 때문이다. 할머니가 정말 입을 맞춘다는 게 뭔지 아시기나 할까. 할머니는 브러시와 빗으로 머리를 다듬고 손질까지 마쳤다. 그리고 실제로는 완전 백발이지만 젊어 보이도록 갈색으로 염색하고 있다. 그런데 정말 생각해볼 문제는, 이 중 어느 쪽이 진짜 할머니인지, 그것이다. 안경을 썼을 때와 벗었을 때, 머리를 염색했을 때와 흰머리가 보일 때, 완전히 벗고 욕조 안에 앉아 있을 때와 완벽하게 차려입었을 때, 이 중 어느 쪽이 진짜 할머니일까. '진짜'가 무슨 뜻인지, 그것도 생각해볼 만한 문제다.

할머니는 완벽한 토스트 옆에 놓인 내 접시에 계란찜기에서 꺼낸 완벽한 계란찜을 얹어주고 완벽한 우유를 따라준다.

"세이디, 맨발로 내려오지 말라고 입이 닳게 말했는데. 밖은 영하 육 도라잖아."

"하지만 집 안은 이십일 도도 넘는데요!"

"말대답하지 마. 내가 말하지 않아도 슬리퍼 신고 내려오는 걸 새해의 결심으로 하면 어떨까? 자, 계란이 식지 않게 덮어놓을 테니 얼른 가서 신고 와라, 빨리 빨리!"

할머니는 나만은 제대로 기르고 싶어 한다. 할머니 할아버지는 자기 딸을 너무 멋대로 하게 내버려두어서 실패했다고 생각하고 같은 실수를 범하지 않겠다는 마음에 나를 철저히 관리한다. 나는 엄마가 크리스마스 선물로 준 이 털북숭이 슬리퍼가 싫다. 그때도 엄마는 **오지 않고** 대신 **선물**을 준 것이다. 엄마는 크리스마스에 거창한 공연이 있었다. (**엄마는** 자기 부모랑 살기 싫어하면서 왜 **나는** 그분들과 살게 할까?) 나는 옷장에 달린 거울을 보며 내 진짜 마음을 표현한다. 사팔눈을 하고 분노와 광기로 가득 찬 기괴한 미소를 짓는 것이다(할머니는 계속 사팔눈을 하면 눈이 정말 그렇게 굳어지니까 그러지 말라고 한다). 하지만 아래층으로 내려갈 때는 착한 소녀의 표정을 짓는다. 착하고, 고분고분하고, 모든 것을 잘해야 엄마와 같이 살 수 있다고 하기 때문이다. 엄마는 "그건 그냥 게임이었어. 네가 얼마나 훌륭한 아이인지 보려고 그랬던 거지. 이제 멋지게 시험을 통과했으니 우리 둘이 살 수 있단다!" 하면서 나를 데려갈 것이다.

계란은 아직 따뜻하다. 정말 완벽하게 노른자에 흰 막이 살짝 덮여 있고, 흰자는 단단하고, 게다가 노른자는 포크로 찔렀을 때 접시 위로 흘러나와서 버터 바른 빵에 묻혀 먹을 수 있을 정도다. 조심조심, 노른자가 식탁에 떨어지면 안 돼, 할머니가 지켜보고 있거든. 내 수호악마 역시 언제나처럼 지켜보고 있다. 은으로 된 포크가 정말 무겁다. 내 손을 잘라서 저울에 재보면 은 포크와 비슷한 무게일까? 개미들은 제 몸보다 몇 배 무거운 것들을 메고 다닌다. 할머니는 아침마다 자기 체중을 잰다(화장실에 다녀온 **뒤**, 아침 먹기 **전에** 재는데, 그때가 밥 먹은 지 여러 시간 지난 뒤라 체중이 제일 적게 나간단다). 그러면서 내가 자라서 자기처럼 훌륭한 주부가 될 수 있도록 건강, 균형 잡힌 식사, 요리법에 대해 설명해준다. 친구들과 바퀴벌레가 득실거리는 요크빌의 좁고 더러운 집에 살면서 정말 쓰레기가 넘쳐날 때만 어쩌다 한 번씩 청소를 하는 엄마처럼 될까 봐 걱정이 되어 그러는 것이다.

"자, 이제 올라가서 학교 갈 준비해, 빨리 빨리!"

흠, 할머니가 말 안 했으면 껌벅했을 텐데. 나는 일부러 껌벅이라고 한다. 하지만 실제로 말하지는 않고 마음속으로만 그렇게 생각하는 것이다. 마음속 깊은 곳에서 나는 제기랄, 씨발, 에이 참처럼, 해서는 안 되는 말을 많이 쓴다. 엄마의 남자 친구들은 내 앞에서도 그런 말을 쓴다(나는 그게 좋다). 그 사람들은 욕을 하고, 정부를 비판하고, 담배를 피우고, 엄마를 크리스티나 대신 크리시라고 부르고, 세이디라는 이름의 사생아가 같이 있어도 신경 쓰지 않는 눈치다.

"토스트 한 쪽 더 먹어도 돼요?" 나는 정말 귀엽고 애교스러운 목소리로 간절히 호소해본다.

"뭐, 그러든가." 할머니는 매일 아침, 식사가 끝나자마자 닦고 윤을 내서 번쩍이는 은색 토스터기 쪽으로 걸어가며 이렇게 말한다. "그런데 한 쪽보다 한 장이라고 해야 더 정중한 거야."

그때 할아버지가 일층에 있는 진료실에서 나온다. 그 진료실에는 마캄 가로 바로 통하는 문이 있고, 문 옆에는 '정신과 상담, 크리스와티 박사'라는 명패가 붙어 있다. 할아버지를 찾아오는 환자들은 집을 통과하지 않고 그 문으로 직접 들어갈 수 있다. 그들은 자신의 병을 부끄럽게 생각하고, 미친 사람들이라서 남의 눈에 띄는 걸 원치 않는다. 토론토에 미친 사람이 그렇게 많은 줄 몰랐는데, 할아버지 진료실에는 아침부터 저녁까지 환자들이 끊임없이 들락거린다(전에는 창가에 서서 그 사람들이 오는 걸 지켜보곤 했다. 미친 사람들은 어떻게 생겼을지 궁금했기 때문이다. 하지만 그들도 생긴 것은 다른 사람들과 똑같았기 때문에 지금은 내다보지 않는다). 그리고 토론토에는 할아버지 진료실뿐 아니라 수백, 아니 수천 개의 정신과 상담소가 있을 것 아닌가. 정부에서는 어떻게 미친 사람들의 수를 정확히 파악하고 그들을 치료하는 데 필요한 정신과 의사의 수를 정하는 걸까? 어쨌든 그 수를 정할 수 있다고 해도, 그중 어떤 의사들은 환자가 없어서 하루 종일 빈둥빈둥 놀면서 전화 오기를 기다리고, 또 어떤 환자들은 전화번호부에 있는 여러 정신과 병원의 전화번호를 필사적으로 눌러보지만 "미안하지만 오늘은 예약이 끝났는데요"라는 응답만 받을 수도 있을 것이다. 하지만 실제로는 그렇지 않은 것 같다. 의사와 환자의 수가 웬만큼 균형을 이루고 있는 것 같다. 전쟁이나 무슨 안 좋은 일이 있어 정신병자의 수가 확 늘어나면 대학에서는 자동적으로 더 많은 의사를 길러내는 걸까?

할머니는 나한테 **정신병자들** 대신 **환자들**이라고 하라고 한다. **쪽**이 아니라 **장**, **껌벅**이 아니라 **깜박**이라고 하라는 것이다.

할아버지는 매일 그렇듯이 오늘 아침에도 "오늘 아침은 어때?"라고 물으며 기진맥진한 얼굴로 식탁에 앉는다. 그러면 할머니는 말없이 커피를 따라 건넨다. 이것은 내가 태어나기 훨씬 전부터 매일 아침 여덟 시 반에 거행되어온 일종의 의식이고, 어쩌다 한 번 "오늘 아침은 어때?" 대신 "대체 누가 이 직업을 택할까? 정말 머리카락을 다 쥐어뜯고 싶게 만든다니까"라고 말하는 정도 말고는 전혀 변화 없이 매일 똑같이 되풀이된다. 그런데 머리카락 얘기는 일종의 농담이다. 할아버지는 귀에서 귀까지 머리 맨 아랫부분에 짧은 머리카락이 빙 둘러 남아 있는 걸 빼고는 완전 대머리이기 때문이다. 할아버지는 새벽 여섯 시 반에 진료실 문을 열기 때문에 여덟 시 반이면 벌써 환자 둘을 본 시간이다. 커피를 마신 뒤에는 다시 아홉 시부터 열두 시까지 일하고, 다시 두 시부터 다섯 시까지 여니까, 월요일부터 토요일까지 매일 여덟 명의 환자를 보는 셈이다. 그런데 어떤 환자는 한 주일에 두 번, 심지어 세 번 오는 경우도 있으니 정확히 계산하기는 어렵다. 치료가 어떤 식으로 이루어지는지는 나도 모른다. 할아버지는 매번 그들에게 다음 진료 때까지 버틸 수 있도록 아주 적은 양의 행복을 처방해주는 걸까? 그리고 환자들은 점점 더 많은 행복을 쌓아가서 나중에는 상담을 받지 않아도 될 만큼 나아지는 걸까? 그런데 특이한 건 할아버지 자신도 기쁨이 넘치는 분은 아니라는 사실이다. 할아버지는 말수가 적고, 입을 열 때마다 정말 썰렁한 농담을 하고, 내가 태어난 직후부터 줄곧 같이 살았지만 어떤 성격인지 알기 어려운 분이다. 그리고 내가 빵을 먹는 동안 커피를 드시면서도 나하고 얘기를 하는 게 아니라 할머니가 베란다에서 들여온 신문을 읽고 계신다.
"세이디, 학교 늦을라."

나는 마지못해 이층으로 올라간다. 난 옷 차려입는 게 싫다. 하지만 잠옷 차림으로 등교할 수는 없다. 옷을 입다 보면 내가 정말 나쁜 애라는 생각이 든다. 몇 겹씩 껴입어야 하는 겨울에는 특히 그런 생각이 든다. 사악함은 내 안에 깊이 숨어 있지만 눈에 보이는 징후도 있다. 내 왼쪽 엉덩이에 있는 못생긴·갈색 반점이 바로 그것이다. 내 몸에 반점이 있다는 걸 아는 사람은 거의 없지만 나는 한시도 그걸 잊을 수가 없다. 내 반점은 일종의 얼룩 같다. 왜냐하면 그것이 왼쪽 엉덩이에 있기 때문에 침대에서 왼쪽으로 누울 수도 없고, 왼손으로 우유컵을 들 수도 없고, 왼발로 보도의 틈새를 밟을 수도 없고, 혹시 실수로 그런 일을 저질렀다면 "죄송해요"란 말을 아주 빠르게 다섯 번 읊조려야지 안 그러면 큰일 난다. 엄마도 왼쪽에 반점이 있지만 팔이 접히는 부분에 있기 때문에 부끄러워할 필요가 없다. 그런데 나는 왼쪽 엉덩이에 있기 때문에 내가 얼마나 더러운지를 보여주는 **증거** 같다. 그 위치 때문에 내 반점은 화장실에서 일을 보고 뒤를 닦다가 실수로 변이 묻은 것처럼 보인다. 내가 태어날 때 탄생을 지켜보던 악마가 엄지로 변을 찍어 내 엉덩이에 바르며 사악한 목소리로, **"이 애는 내 차지야. 나는 절대로 이 애를 놔주지 않을 거고, 이 애는 언제나 더럽고 특이할 거야"**라고 말한 것 같다. 아빠가 떠나간 것도 그 때문일지 모르지. 나를 보고, 웩, 이거 정말 흉측하군, 이 애는 내 딸이 아니야, 하면서 뒤돌아선 다음 엄마의 삶에서 영원히 사라진 걸까. 나는 아빠에 대한 기억이 전혀 없다. 아빠는 이름이 모트(모티머를 줄여 부른 것)고, 검은 수염에, 기타를 쳤고, 할아버지 할머니가 몹시 싫어했다는 것만 알고 있다. 엄마는 고작 열일곱 살 때 자기보다 훨씬 나이 많은 이십대의 모트와 그의 히피 친구들을 만났다. 그들은 음악, 술, 마약에 빠져 있었고, 모트를 만난 엄마는 고등학교를 그만두고 그들과 어울려 파티에서 모르핀을 맞고, 계획에 없던 임신까지 했다. 할머니 말로는 그 사실을 알았을 때 **머리끝까지** 화가 났다고 한다. 두 분이 보시기에 모트는 무책임해서 가족을 부양하기는커녕 자기 앞가림도 못할 사람이었다. 그러니 정말 큰일이었다. "그럼 제가 태어나지 말았어야 했다는 거예요? 엄마 아빠는 내가 태어나지 않기를 바란 거예요?" 내가 묻는다. 하지만 그때 일에 대해 어떤 질문을 던져도 할머니는 늘 묵묵부답이다.

 엄마는 그 후 얼마 동안 수염을 기르지 않는 잭이라는 교사와 사귀었는데, 그 사람은 내가 학교에 들어가기도 전인 다섯 살 때 글자를 가르쳐주었다. 그건 늘 고마워할 만한 일이다. 그런데 잭은 엄마에게 사람들 앞에서 노래하는 걸 그만두라고 강요했고, 그 일로 싸우던 엄마와 결국 헤어지고 말았다. 그때 엄마는 "잭, 나는 당신 없이는 살 수 있어도 노래 없이는 살 수 없어"라고 말했다고 한다.

 옷 입을 때는 속옷을 입기 전에 가터벨트를 매야 한다. 안 그러면 화장실 갈 때 팬티를 내릴 수 없기 때문이다. 그러니까 맨 먼저 가터벨트를 매고 앞에 달린 작은 후크와 고리를 채운 다음 그것들이 뒤로 가게 빙 돌리고, 그런 다음 모직 스타킹을 신고 후크들을 채운다. 그러고 나서 속옷을 입어야 가터들이 속옷에 걸리지 않는다. 그런데 불행히도 나는 두 번째 스타킹의 앞뒤를 바꿔 신는 바람에 처음부터 다시 시작해야 한다. 오른쪽 발에 스타킹을 신으려고 왼쪽 발로 서 있는데 그만 기우뚱하면서 침대에 주저앉고 만다. 그런데 학교 갈 시간이 다 된 상태에서, 꼬인 스타킹에 발이 반쯤 들어가다가 막히는 바람에 온몸이 땀투성이가 되고 얼굴이 벌겋게 달아오른다. 나의 악마는 목덜미에 숨을 내쉬고 발로 방바닥을 탁탁 치면서 **넌 지각이야, 서둘러야 해, 늦었다니까**, 한다. 나는 제대로 하는 게 하나도 없다. 내가 가식이 아니라 정말로 착한 아이가 되고, 뭔가를 제대로 하면 다른 애들처럼 엄마 아빠랑 같이 살게 될 것이다.

드디어 속옷을 입어 반점이 감춰졌지만, 반점이 거기 있다는 사실이 늘 머릿속을 맴돈다.

속옷을 입은 다음에는 흰 블라우스를 입는데, 단추와 구멍을 잘 맞춰서 끼우는 게 중요하다. 그런데 정말 신경 써서 끼워도 어긋나는 경우가 많아서, 다 끼우고 나서 보면 한쪽이 길게 늘어져 있다. 그러면 단추를 모두 뺀 다음 다시 끼워야 한다. 할머니는 맨 아래 단추부터 끼우면 된다고 하시는데, 나는 그 말을 자꾸 잊어버린다. 그다음에는 단추가 뒤에 달린 치마를 입는데, 나는 보지 않고는 단추를 끼울 수 없기 때문에 치마를 돌려서 단추를 끼운 다음 다시 돌려 입는다. 그런데 치마가 좀 작아서 돌리기가 쉽지 않다. 그래서 힘들게 돌리다 보면 블라우스가 온통 꼬이고, 그러면 나는 말할 수 없이 초조해진다. 할머니는 좀더 큰 치마를 사주겠다고 했지만, 정원 가꾸기, 카드놀이, 점심 약속 등으로 바쁜 나머지 좀체 틈이 나지 않는 것 같다. 그 치마는 우리 학교 교복이고, 시내의 한 가게에서만 파는데, 그 가게는 우리 집에서 꽤 멀리 떨어져 있다.

치마 다음에는 재킷을 입는데, 그걸 입는 건 쉽지만 팔을 끼울 때 블라우스 소매 끝을 잘 잡지 않으면 재킷 속으로 뭉쳐 들어가기 때문에 벗었다가 다시 입어야 한다. 이미 여덟 시 사십오 분인데 나는 이도 닦지 않고 머리도 빗지 않은 상태다. 오 분 후면 나가야 하는데 구두도 지저분하다(어젯밤 꿈에는 내 구두가 한 켤레도 빠짐없이 모두 더러워서 정말 부끄러웠다. 신고 나갈 신발이 없었다). 그런데 구두를 신으려고 방을 나서는 순간 바닥의 마루 조각이 발꿈치에 쿡 박힌다. 그러면 안 되는데, 바닥에서 **미끄럼을** 탔기 때문이다. 걸을 때 발을 들었다가 조심해서 디뎠어야 하는데.

이 세상에는 도처에 고통이 도사리고 있고, 다칠 확률이 조금이라도 있는 경우 나는 반드시 그걸 찾아낸다고 할머니가 말씀하신다(그러면 나는 그쪽에서 나를 찾는 거라고 대답한다). 할머니는 내가 아프다고 하면 짜증을 내고, 울기라도 하면 사람들의 관심을 끌려는 작전이라고 하신다. 지난여름, 할머니가 언제나처럼 "어서, 어서" 하며 모퉁이 슈퍼에서 우유를 사오라고 하셨다. 그래서 나는 펄쩍펄쩍 뛰기도 하고 팔짝 건너뛰기도 하면서 가능한 한 빨리 슈퍼를 향해 달려갔다. 그런데 슈퍼 바로 앞에서 갓돌에 걸려 넘어지면서, 꽈당, 보도가 위로 솟더니 내 가슴팍을 쳤다. 숨이 턱 막혔다. 지나가던 아줌마 둘이 내 옆에 앉더니 "이런, 다쳤니?" 했다. 나는 충격으로 숨을 몰아쉬며 일어섰다. 눈물이 핑 돌았다. 하지만 할머니는 내가 사람들 앞에서 용감하게 처신하길 바라신다. 그래서 나는 옷에 묻은 흙을 털고, 걱정 말라는 듯 가볍게 웃으며 "괜찮아요" 했다. 무릎과 팔꿈치를 너무 세게 긁혀서 피부 밑으로 피가 보였지만, 나는 눈물을 삼키며 가게로 들어가 우유를 산 다음 절룩절룩 집 계단을 올라왔다. 그런데 문을 열고 집에 들어서자 참았던 눈물이 터져 나왔다. 나는 너무 아파서 신음 소리를 내며 엉엉 울었다. 그때 할머니가 무슨 일인가 해서 현관으로 나오셨다. 나는 상처를 보여주며 엉엉 울었다. "할머니, 참을 수 있을 때까지 참았어요. 가게나 길에서는 울지 않았다구요." 그러자 할머니는 우유를 받아들고 부엌으로 가면서 "가게에서 참았으면 여기서도 참을 수 있을 텐데" 하셨다. 그러고는 다시 아줌마들과의 회식에 쓸 앤젤 푸드 케이크를 구우셨다. 내가 얼마나 아픈지 알았으면 엄마는 나를 달래주었을 텐데. 하지만 엄마를 다시 만났을 때는 상처가 이미 다 나아서 보여줄 수가 없었다.

내가 어디를 가든 항상 위험이 도사리고 있다. 유리 파편, 화난 말벌, 뜨거운 토스트기가 지나가는 내게 달려들고, 나도 모르는 사이에 내 몸은 그것들에 반응한다. 피부가 퍼렇게 되기도 하고, 살이 부풀거나 고름이 차기도 하고, 상처가 벌어져 피가 나오기도 한다. 지금 현재는 나뭇조각이 왼쪽 발꿈치에 박혀 욱신욱신 쑤시지만 스타킹을 벗고 살펴볼 시간이 없다.

나는 사는 게 끔찍하다는 생각을 하며 절룩절룩 계단을 내려온다. 할머니는 벌써 차를 집 앞에 빼놓고 시동을 건 상태다. 내가 외투 단추를 끼우고 목도리를 매면서 베란다로 걸어 나가자 할머니가 다급하게 손을 흔들며 **"빨리 와!"** 하신다. 날씨가 추워서 할머니의 입김과 배기관의 배기가스가 허옇게 보인다. 할머니는 가죽장갑을 끼고 계시고, 빨간불에 섰을 때는 초조해서 손가락으로 운전대를 탁탁 쳤지만, 으레 그렇듯 오늘도 지각은 면한다.

우리는 아홉 시에 「오 캐나다」를 부르고 네 시에 「여왕 폐하 만세」를 부르는데, 이 두 노래 사이에 나는 지독히 창피하거나 말할 수 없이 지겹다는 느낌에 휩싸여 시간을 보낸다.

첫 쉬는 시간, 발꿈치가 너무 아파서 나는 화장실에 들어가 문을 잠근다. 그런데 문이 바닥에서 상당히 떠 있기 때문에 내가 신발과 스타킹을 벗자 애들이 밖에서 낄낄거린다. "저 안에서 뭐 하는 거지? 소련 간첩이야 뭐야? 신발 속에 전화를 숨기고 있었던 거야?"

둘씩 줄넘기할 때 나는 늘 줄을 밟아 우리 팀이 지기 때문에 아이들은 나와 짝이 되려고 하지 않는다. 미술 시간에 그림을 그리면 아이들은 내가 뭘 그렸는지 뻔히 알면서도 "그게 **대체** 뭐니?" 한다. 의자 차지하기 놀이를 할 때 나는 음악에 정신이 팔리거나 동작이 느려서 제일 먼저 탈락된다. 화생방훈련 때 의자 밑에 쪼그려 앉으면 나는 이 분을 못 버틴다. 그런데 정말 전쟁이 나면 몇 시간, 아니 어쩌면 며칠씩 그렇게 앉아 있어야 할 것이다. 다른 애들은 차분하고, 뭐든 잘하고, 동작도 민첩하다. 그 애들은 종이를 싹둑싹둑 오려 금방 눈송이를 만드는데 내 가위는 무뎌서 몹시 초조하고 진땀이 난다. 탈의실에서도 아이들은 금세 체육복으로 갈아입는데 나는 너무 힘들어서 얼굴이 빨개진다. 그 애들의 옷은 협조적이고 깔끔한데 내 옷은 반항적이다. 단추가 떨어져 나가고, 얼룩이 번지고, 나도 모르는 새 솔기가 슬그머니 터지는 것이다.

세이디, 1962년

*

오늘은 금요일이라 피아노 수업이 있는 날인데 발꿈치가 아파 정신이 없어서 악보를 집에 두고 왔다. 할머니는 네 시에 바퀴가 빙판을 지나며 끼익 소리를 낼 정도로 빠르게 차를 몰면서 내게 화를 낸다. "이러다 늦겠다. 아, 세이디, 네 물건은 네가 좀 챙기면 안 되니?"
"자, 이번 주에 배운 걸 쳐봐." 켈리 선생님이 나를 굽어보며 말씀하신다. 선생님은 내 어깨를 뒤로 당겨 등을 펴게 하고, 턱 밑에 엄지를 넣어 고개를 들게 하고, 건반에 놓인 내 손목과 손의 각도를 바로잡아주신다. 귤을 쥔 것처럼 손가락을 구부리고 치라는 것이다. 곡의 세 소절을 쳤을 때 선생님이 그건 관두고 연습곡을 치라고 한다. "셋째 손가락을 짚고 둘째, 넷째 손가락으로 화음을 치고, 첫, 다섯째 손가락은 번갈아가면서 쳐. 둘째손가락으로 G를 누르고, 엄지로 C를 친 뒤 한 옥타브 아래 C를 쳐. 세이디, 이때 손목을 쳐들면 안 돼!" 켈리 선생님은 그러면서 자로 내 손목과 옆에 불룩 나온 뼈를 아주 세게 때린다. 너무 아파서 눈물이 핑 돈다. 그러자 선생님이 "세이디, 너 몇 살이니?" 묻기에 "여섯 살요" 했더니, "그러면 아기처럼 굴면 안 되지. 자, 다시 해봐" 하신다. 그때부터 거의 한 시간 동안 우리는 지겨운 연습곡을 치고, 그래서 연주곡을 칠 시간은 오 분밖에 남지 않는다. 그중 하나인 「에델바이스」를 치는데 너무 긴장해서 손이 떨린다. 그러자 선생님은 오늘은 지난주보다 더 못 친다며, 그 곡을 치고 있는 동안 내 공책에 보라색 볼펜으로 이런저런 지시 사항을 적는다. '손가락 구부릴 것!'이나 '손목을 부드럽게 유지!' '손가락 움직임에 유의~' 같은 말에는 밑줄을 긋기도 한다. 오늘부터 다음 주 금요일 사이에 나는 높은음자리표를 오십 번, 낮은음자리표를 오십 번 그리고, 선생님이 공책에 썼듯이, '한 번도 틀리지 않고!' G장조와 G단조 음계를 칠 수 있게 연습해야 한다. 밑줄을 얼마나 세게 그었는지 그 부분은 종이가 찢어졌다.

"어때요?" 할머니가 교습비 봉투를 건네며 선생님께 묻는다(네가 우리 딸도 아닌데 너를 가르치고, 먹이고, 입히는 데 얼마나 많은 돈을 쓰고 있는지, 너는 알기나 하니, 알기나 해?) "세이디가 잘하고 있나요?"

"연습을 더 해야 돼요." 켈리 선생님이 아주 엄한 어조로 대답한다.

"하루도 빠짐없이 연습시켰는데……"

"피아노 앞에 앉아 있다고 되는 게 아니거든요. 정말 **집중해서 노력**을 해야 돼요. 좋은 습관은 남이 대신 들여줄 수가 없어요. 음악적 재능이 있는 집안이라도 **노력, 노력, 노력**이 없으면 아무 소용없답니다."

아까 자로 맞은 손목이 아직도 벌겋다. 어른한테 소리 지를 수는 없지만 너무 억울하다는 생각에 분노가 끓어오른다. 다음번에 엄마를 만나면 켈리 선생님 애기를 꼭 할 것이다. 할머니한테 말해봤자 맞을 짓을 했으니까 그랬을 거라고 할 테니 소용없다. 하지만 모르는 여자가 자기 딸을 자로 때린다는 건 엄마로서는 도저히 참을 수 없는 일일 것이고, 할머니한테 당장 피아노 선생을 바꾸라고 할 것이다. 그러면 할머니는 "요즘은 좋은 피아노 선생 구하기가 하늘에 별 따기야. 켈리 선생님은 실력이 좋고, 음악원 입학생들을 길러낸 사람이야"라고 할 것이다. 엄마는 "음악원! 음악원!"—나는 엄마가 그렇게 얘기할 때가 참 좋다—"난 우리 딸이 행복하기를 원해. 엄마가 사디스트들밖에 구할 수 없다면 세이디는 피아노를 안 배우는 게 나아. 내가 하고 싶은 말은 그거야." 엄마가 그렇게 말하면 얼마나 고소할까. 그러면 나는 다시는 피아노를 연습하지 않아도 되고, 그 대신 실컷 책을 읽을 수 있을 텐데. 할머니는 내가 책을 너무 읽어서 눈이 나빠지고 있고, 조만간 안경을 쓰게 될 거라고(즉 할머니가 내게 안경을 사줘야 할 거라고) 하신다. 하지만 책 읽을 때는 자로 맞을 일도 없고, 책 속으로 빠져들다 보면 현실의 세계는 스르르 사라져버린다.

사디스트Sadist는 남을 괴롭히기 좋아하는 사람을 말하는데, 엄마는 왜 내게 그 말과 정말 비슷한 이름을 지어주었을까? 전에 물어보니까 엄마는 그냥 소리가 좋아서 그랬다고 했다. 세이디Sadie라는 이름 속에는 **슬프다**(sad)는 말도 들어 있는데, 일부러 그러지는 않았겠지만 엄마는 슬픈 소녀를 딸로 두고 있다(옆에 둘 때는 별로 없지만).

아침에 잠에서 깨면 하루하루 그날 느껴지는 슬픔의 맛이 다르다. 월요일은 한 주의 첫날이라서 닷새나 더 학교를 다녀야 한다. 화요일은 발레, 수요일은 체육이 들어 있다. 목요일은 스카우트 훈련이 있고, 금요일은 피아노 수업, 토요일은 침대 시트를 바꿔 끼워야 하고, 일요일은 교회 때문에 괴롭다.

스카우트 시간에는 아무 짝에도 쓸모없는 허접한 매듭 묶기를 배운다. 뱃사람 될 애들은 하나도 없으니 나중에 이걸 써먹을 일도 없을 것이다. 어떤 때는 삼십 초 동안 이런저런 물건들을 응시하고 있다가 뭘 보았는지 말해야 하는데, 나는 네 개 정도 말하고 나면 말문이 막힌다. 스카우트 단원들은 우리 학교 교복보다 더 흉측한 갈색 단복을 입어야 하고, 늘 "준비되어 있어야 한다"는데 대체 뭘 준비하라는 건지 아무도 모른다. 그리고 준비되어 있지 않았기 때문에 임신하게 된 여학생에 대한 농담은 하나도 웃기지 않다. 스카우트 단원들은 이런저런 활동에서 최고가 되어야 하고, 그러면 가슴에 달 리본이나 배지를 타는데, 나는 잘하는 게 없어서 배지가 하나도 없다.

발레를 하려면 날씬하고 우아해야 하는데 나는 배가 나오고, 토슈즈를 신으면 발이 너무 아파서 춤은커녕 걷기도 힘들다.

이것들은 모두 나를 멋지고, 유능하고, 조화롭고, 뛰어난 주부이자 시민으로 길러줄 유익한 수업이라는데, 나에게는 다 무용지물이다. 나는 늘 뚱뚱하고, 멍청하고, 서투르고, 외롭고, 모든 게 반대거나 비뚤어져 있는 사람, 한마디로 말해 **무능한** 사람으로 살아갈 것이다. 누구도 나의 천성을 바꿀 수 없다. 나는 거의 인간 같지 않은 천성을 갖고 있기 때문이다. 선생님과 할아버지, 할머니는 이게 일시적인 현상이라고 생각하고 내 몸과 마음을 쪼아댄다. 그들은 나를 단련시켜 더 보기 좋게 만들려고 하고, 나 역시 그들을 기분 좋게 해주기 위해 즐거운 얼굴로 미소 지으며 발끝으로 서고, 발레복을 입고 온갖 매듭을 묶으며 진땀을 빼는 등 시키는 대로 한다. 하지만 내 안의 악마를 속일 수는 없다. 악마는 내가 마음속 깊은 곳에서는 완전히 타락한 존재임을 알고 있다. 그래서 스트레스가 지나치면 나는 어둠 속에서 벽에 머리를 쿵쿵 짓찧곤 한다.

"세이디, 피아노 연습할 시간이다." 할머니는 매일 다섯 시 십오 분에 이렇게 말하고, 정확히 그 시간에 할아버지는 마지막 진료를 끝내고 나와 개에 목줄을 채운 뒤 밖으로 데리고 나간다.
할아버지와 할머니는 개털이 사방에 날리지 않도록 일부러 털이 짧은 개를 샀다. 두 분에게는 개의 성격보다 털의 길이가 중요했던 것이다. 개의 이름은 '즐거움, 기쁨, 명랑함, 특히 잘 웃는 경우'를 뜻하는 '머스Mirth'인데, 이 개의 실제 성격과는 정반대다. 이 개는 아주 작고, 방정맞고, 퉁명스러운 데다, 쓰다듬어주려고 하면 목이라도 조르는 줄 알고 비명을 지르며 달아난다.
"내 사냥개 어디 있지?" 늘 그렇듯이 할아버지는 오늘도 그렇게 물으신다. 그러자 머스가 멍멍 짖으며 할아버지께 다가간다. 좋아서 엉덩이 전체가 실룩거린다. 그러자 할아버지는 "자, 자, 정신 차려. 안 그러면 입마개를 씌울 수밖에 없거든" 한다. 정말 역겨운 광경이다. 그리고 나는 바로 이 시간에 피아노를 연습해야 한다.
피아노는 거실 한구석에 검고 조용하게, 다른 가구들처럼 말없이 서 있다. 나한테 아무 할 말도 없다는 표정이다. 전기를 낭비하면 안 되기 때문에 나는 전등을 두 개만 켠다. 악보를 보기 위해 피아노 램프를 켜고, 그것만 켜면 눈이 나빠지니까 플로어 램프도 켠다. 피아노 위에 레이스가 깔려 있다. 상판이 크리스털 조각과 사진 액자에 긁힐까 봐 덮어놓은 것이다. 액자 속에는 엄마의 어릴 때 사진, 할아버지와 할머니의 결혼사진, 할아버지가 정신과 의사 학위를 받은 날 찍은 기념사진이 들어 있는데, 검고 긴 학위복에 머리 위에 책이 떨어진 듯, 위가 납작한 모자를 쓰고 계시다. 졸업장은 꽃다발을 그린 그림의 복제품 액자들과 함께 벽에 걸려 있다. 봄이 되면 할머니는 가끔 정원에서 진짜 꽃을 꺾어다 커피테이블 위의 꽃병에 꽂는데, 내가 꽃병을 건드려서 카펫에 물이 온통 쏟아질까 봐 늘 걱정하신다(그런데 할머니는 꽃병이 넘어지는 건 걱정하면서도 손녀인 내가 상심하는 건 전혀 개의치 않는다. 내가 그렇게 자주 상심하는 데도). 할머니는 이 모든 걸 매일 청소한다. 피아노 뚜껑을 열면 그 안에 아주 긴 자수 덮개가 깔려 있다. 건반에 먼지가 쌓일까 봐 덮어놓는 것이다. 그래서 연습을 마치면 꼭 덮개를 덮어야 한다. 뚜껑이 닫혀 있는데 어떻게 먼지가 들어간다는 건지, 아무리 생각해도 모를 일이다.

나는 덮개를 조심스럽게 접어서 엄마 사진 옆에 놓는다. 엄마는 내 나이 정도 되어 보이는데, 나처럼 가짜로 웃는 게 아니라 정말 활짝 웃고 있다. 밝은 푸른색 원피스 차림에, 눈 역시 푸르게 빛나고 있다. 사진 속의 소녀가 듣고 있기 때문에 나는 기대를 저버리지 않으려고 열심히 연습하지만, 그녀는 점점 더 실망하는 눈치고, 얼마 안 가 너무 부끄러운 나머지 나는 그녀를 바라볼 용기조차 없어진다. 처음에 나는 영어의 알파벳처럼 아무 의미도 없는 음계들을 연습한다. 팔목을 쳐들지 않고 엄지손가락을 옮기고, 손가락을 둥글게 유지하고, 안정된 소리를 내기 위해 같은 음계를 몇 번이고 연습한다. 그리고 십 분 후에는 아르페지오로 넘어가는데, 내 손이 작기 때문에 이건 정말 어렵다. 그리고 마지막으로 내 연주곡집을 편다. 그런데 켈리 선생님의 보라색 글씨가 너무 많아서 읽기조차 힘들다. 선생님은 악구(樂句) 나누기나 손가락 번호를 적어놓기도 하고, 내가 너무 크게 친 부분에 피아니시모로 치라고 *pp*를 써놓기도 했기 때문에, 악보에서 눈에 띄는 건 몇 주씩 계속 고치지 못하는 실수들과 나의 무능력뿐이다.

할머니가 처음 이 책을 사주셨을 때 나는 그 깨끗한 책장을 넘기다가 「에델바이스」의 삽화를 보았다. 알프스의 작은 소녀가 그 꽃을 보고 있는 장면이었는데, 산 위의 흰 눈과, 눈이 쌓였는데도 초록색 잎 사이에서 피어난 별 모양의 작은 꽃, 그리고 꼭 닮고 싶은, 주름치마 원피스와 흰 블라우스, 윤기 나는 머리, 하얀 반양말, 그리고 멋진 부츠를 신은 어린 소녀가 그려진 그림을 보니 정말 순수함이 느껴졌다.

에델바이스, 에델바이스
작고, 하얗고, 깨끗하고, 빛나는 꽃,
너는 아침마다 내게 인사를 하네,
나를 보고 기뻐하는 얼굴이네!

하지만 연습을 하는 동안 내가 범한 실수들, 그 때문에 켈리 선생님이 삽화를 포함해 책장 전체에 끼적거린 보라색 메모들 때문에 곡은 점점 더 지저분해졌다. 그래서 이제 그 곡을 치려고 하면 와르르 무너지는 느낌이다. 한 소절 한 소절이 힘겹게 뛰어넘어야 할 장애물로 보이는 것이다. 나는 잘못 칠까 봐 한 소절을 뚫어지게 보지만, 다음 소절로 넘어갈 때는 눈이 너무 늦게 옮겨가 어느새 또 잘못 치고 있다. 그러면 할머니는 부엌에서 "파 샵, 세이디! 조 표시가 있잖아!" 하신다(내가 직접 들어본 적은 없지만 전에 피아노를 치셨다고 하니, 그렇게 고쳐줄 권리는 있다). 그래서 다시 치는데 이번에는 붙임줄 때문에 왼손이 두번째 소절 동안 솔을 누르고 있어야 한다는 걸 잊어버린다. 그래서 연주를 멈추자 내 오른손이 얼른 왼손을 때린다. 왼손은 "미안, 미안, 미안, 앞으로 절대 안 그럴게" 하지만, 오른손은 노발대발하며 "너 때문에 정말 질려버렸어, 이제 더 이상 못 참아, 알았어?" 한다. 그러면 왼손은 겁에 질려 움츠린 채 건반으로 돌아가며 "나도 최선을 다하고 있어"라고 중얼거린다. 오른손이 성난 어조로 날카롭게, "지금 뭐라고 그랬어?" 하면 왼손은 좀더 큰 소리로, "최선을 다하고 있다고 했어" 한다. 솔을 너무 짧게 쳤을 뿐, 사람을 죽인 것도 아닌데 계속 당할 수만은 없기 때문이다. 오른손은, "최선을 다하는 것 갖고는 부족해. 네가 최선을 다해도 그걸로는 안 된다고!" 한다. 이 일은 그야말로 잠깐 사이에 일어나고, 할머니는 내가 연주를 멈췄었다는 것도 알아차리지 못한다. 나는 다시 피아노를 친다. 오른손이 실수를 해도 왼손은 소리 지르지 못하게 되어 있기 때문에, 그런 일이 일어나도 대놓고 공격하지는 않고 그냥 실수를 알아차리고 마음속으로 오른손을 원망할 뿐이다. 내 반점이 그쪽에 있기 때문에 온몸의 왼쪽이 다 열등한 것이다.

(엄마의 오크빌 집에도 피아노가 있는데, 엄마는 피아노 뚜껑을 닫는 일이 없을 뿐 아니라 악보도 보지 않는다. 그냥 노래하는 데 필요한 화음을 골라 칠 뿐이다. 그리고 노래하지 않을 때는 담배를 피우는데, 할머니는 내가 그 혐오스러운 버릇을 절대 배우지 않기를 바라신다.)

드디어 여섯 시, 나는 피아노 연습을 끝내고 상을 차린다. 식사 중에 혹시 빵가루를 흘려도 쉽게 잡아내도록 먼저 세 개의 플레이스 매트를 놓는다. 안 그러면 빵가루가 레이스 식탁보에 떨어질 테고, 그러면 빼내기가 정말 힘들어진다. 다음에는 금테를 두른 하얀 디너 접시를 놓고, 그 위 왼쪽에는 같은 모양의 빵 접시를 놓는다. 그러고는 서랍장 맨 위 칸에 있는, 벨벳으로 안을 댄 통에서 무거운 은수저와 포크, 나이프를 꺼내놓는다. 접시 왼쪽에는 포크, 오른쪽에 나이프를 놓되, 집을 때 손을 베지 않도록 (포크를 집을 때 날 부분을 잡으면 원래 안 되지만) 날이 안쪽을 향하게 놓아야 한다. 나이프 오른쪽에는 수프 스푼을 놓는데, 그건 식사를 시작할 때 제일 먼저 수프를 먹기 때문이다(정찬을 먹을 때는 접시 옆에 나이프나 포크가 여러 개 나오지만, 할머니는 그럴 때 절대 당황하지 말라고 하신다. 그냥 맨 바깥쪽 것을 쓴 다음 안쪽에 놓인 것들을 쓰면 된다는 것이다). 디저트 수저는 접시 위에 엎어놓는데, 오른손으로 집기 좋게 손잡이가 오른쪽에 오도록 놓아야 한다(왼손잡이들은 안됐다!). 물잔은 나이프 바로 위 약간 오른쪽에 놓으면 된다. 이때 할아버지가 산책을 마치고 돌아와 머스를 품에 안고 걸레로 발을 닦아주신다(진창이나 흙이 바닥에 묻으면 안 되기 때문이다). 그런 다음 TV를 켜서 저녁 뉴스를 보신다. 디펜베이커*와 피어슨**이 새로운 문제로 싸운다는 보도, 베를린 장벽이 완공되었다는 뉴스, 케네디 대통령이 작년에 자기가 보낸 돼지들을 다 잡았다는 이유로 쿠바를 비난하는 보도도 나온다. 세계 도처에서 나로서는 이해할 수 없는 분쟁이 계속 일어나기 때문에 엄마가 이 집에 오면 그런 문제로 언쟁이 벌어진다. 가령 엄마가 수백만 명의 흑인이 일자리도 없이 가난하게 사는데 왜 그렇게 많은 돈을 들여 우주에 로켓을 쏘아야 하느냐고 하면, 내가 봐도 그런 것 같은데, 할머니 할아버지는 대꾸도 하지 않

---

  * 존 디펜베이커(John Diefenbaker, 1895~1979): 캐나다의 13대 총리(임기 1957~1963). 변호사이고 하원의원을 역임했다. 총리 재직 시 오대양과 대서양을 잇는 세인트로렌스 수로 건설에 기여했다.
 ** 레스터 피어슨(Lester B. Pearson, 1897~1972): 캐나다의 14대 총리(임기 1963~1968). 야당 당수, 외무부장관, 주미 대사를 역임했다. 수에즈 위기 극복에 기여한 공로로 1957년 노벨평화상을 수상했다.

고, 엄마한테 너 혹시 공산주의자가 된 거 아니냐고 묻는다. 할머니와 할아버지는 말다툼을 하는 일이 없다. 아니, 얘기하는 일도 거의 없다. 내 생각에 할아버지는 미친 사람들이 하루 종일 진료실 긴 의자에 누워 털어놓는 얘기를 다른 사람에게 할 권리가 없다. 그리고 환자들 말고 할아버지가 유일하게 관심을 갖는 것은 아이스하키다(고디 하우 선수를 제일 좋아하신다). 하지만 아이스하키를 볼 때도 흥분하시는 일은 결코 없다. 할머니도 마찬가지다. 할머니가 하루 종일 하는 일들을 신나고 흥미롭게 표현하기란 정말 어려울 것이다. 그래서 저녁 먹는 동안 우리가 나누는 대화는 "버터 좀 건네줄래?"나 "수프 더 드실래요?"가 고작이다.

나는 하루하루가 아주 길게 느껴진다. 낮이 짧다는 겨울에도 내게 하루는 정말 길다. 한 주는 더 길고, 한 달은 끝없이 길게 느껴진다. 나는 날짜를 세긴 하지만 딱히 기다리는 것은 없다. 삶은 끝이 없다.

    일월 하순의 어느 일요일 오후, 나는 너무 심심해서 할머니한테 정원에 나가서 눈사람 좀 만들겠다고 한다. 할머니는 너무 춥다고 말리다가 내가 계속 조르니까 한숨을 쉬면서 그러라고 하신다. 그러고는 스키복, 털모자, (잃어버리지 않게) 줄 달린 벙어리장갑을 입고 끼게 한 다음, 스카프를 매준다. 그런데 바로 그 순간 오줌이 마려워서 작은 소리로 "죄송하지만 지금 화장실에 가야 돼요" 한다. 그러자 할머니는 너무 화가 나서 스키복을 확 벗기고는, "너 정말 나를 돌아버리게 하는구나, 그지, 세이디?" 한다. 나는 "아니에요, 정말 아니에요. 오 분 전까지만 해도 오줌이 안 마려웠어요!" 한다. 그러자 할머니는, "좋아, 이게 좋은 교훈이 되겠구만. 다음부터는 좀더 신경 쓰게 되겠지." 그러고는 오줌을 눈 다음 내가 아무리 애걸복걸해도 끝까지 밖에 못 나가게 한다.

이월에 특이한 일이 일어난다. 우리 반의 리사가 나를 생일잔치에 초대한 것이다. **나를** 초대했다기보다 반 전체를 초대한 거지만— 할머니는 "서른 명을 초대해서 대접할 정도로 부자라는 걸 과시하려고" 그런 거라고 하신다. 하긴 **나만** 빼놓고 초대하면 너무 눈에 띄겠지. 거기서도 오줌 때문에 끔찍한 일이 벌어진다. 리사의 파티에 간 우리는 다 같이 그 집 엄마가 만든 햄버거를 먹고 있다. 토스트 위에 소스를 듬뿍 묻힌 햄버거 고기를 얹은 건데, 그렇게 맛있는 건 태어나서 처음 먹어본다. 정말 둘이 먹다 하나가 죽어도 모를 정도다. 생일잔치에 온 아이들이 으레 그러듯, 다들 수다를 떨며 신나게 놀고 있고, 나 역시 즐거운 척하고 있는데, 아까부터 양껏 마신 레모네이드 때문에 갑자기 심하게 오줌이 마렵다. 바지에 오줌을 싸면 말할 수 없이 창피할 것 같아 나는 얼굴이 붉어진다. 그런 일을 피하기 위해 나는 얼른 일어나 작은 소리로 리사 엄마께 화장실이 어딘지 묻는다. 할머니 같으면 노발대발했을 텐데, 고맙게도 리사 엄마는 식사 중에 오줌 누러 가는 게 아주 자연스러운 일이라는 듯, 나를 데리고 복도를 걸어간다. 나는 화장실 문을 잠그고 마음껏 오줌을 눈다. 그런 다음 밖으로 나오려는데 아무리 밀어도 문이 안 열린다. 이건 정말이지 악몽 같은 일이다. 아무리 애써도 자물쇠가 열리지 않자 말할 수 없이 불안해진다. 평생 이 화장실에 갇히게 될 수도 있다. 그래서 문을 두드리면서 도와달라고 소리를 지른다. 그러자 우리 반 애들 몇 명이 복도 저쪽에서 "왜 그래, 세이디?" 하는 소리가 들린다. "화장실 문이 안 열려!" 나는 나 자신도 알아들을 수 없을 정도로 높고 새된 소리로 대답한다. 마침내 리사 아빠가 문 앞에 앉아서 아주 친절한 어조로 자물쇠 여는 법을 자세히 가르쳐주신다. 내가 식탁으로 돌아오자 리사가 "화장실 생활은 어때?" 하고 묻고, 애들이 요란하게 웃어댄다. 나는 너무 창피해서 쥐구멍이라도 있으면 들어가고 싶은 심정이다. 내게는 최악의 생일잔치다.

봄이 오고 있다. 해마다 그렇듯 올해도 엄마가 부활절 점심을 우리와 같이 먹는다고 한다. 나는 그날까지 얼마나 남았는지 세어본다. 하루하루가 정말 느릿느릿 흘러가고, 사십이 일부터 세어 드디어 하루가 남았다. 즉 한 밤만 자면 엄마를 보게 되는 것이다. 그리고 그 밤도 지나 바로 오늘이 그날이다. 할머니 말로는 엄마는 그 히피들과 어울릴 때부터 교회에 나가지 않았다고 한다. 그러면 할아버지는 이렇게 말한다. "지옥에 떨어질 무신론자들이지." 설마 진담으로 하시는 말씀은 아니겠지. (할머니 할아버지가 실제로 기적, 부활, 지옥 같은 걸 믿는 건지 말이 그렇다는 건지 알 수는 없지만, 당신들에게 기적이 일어나 전과 다른 삶을 살게 될 거라는 생각은 전혀 안 하시는 것 같다.)

예배가 끝난 뒤 우리는 얼른 집으로 돌아와 엄마가 도착하는 열두 시 반에 점심을 먹게끔 상을 차린다. 아침에 햄을 오븐에 넣고 갔기 때문에 예수가 죽음에서 부활하셨다는 성가가 울려 퍼지는 동안에도 할머니는 그게 탈까 봐 걱정이 태산이었다. 그런데 집에 와보니 햄은 멀쩡하다. 이제 예수는 부활했고, 다음 크리스마스에 다시 태어나실 거였다. 햄은 잘 익었고, 상도 다 차려졌고, 시계가 똑딱거리고 있다. 한 시가 되어도 엄마는 감감무소식이다. 원래 그런 식이지만. "시간 맞춰 다니고 그런 시시한 일은 원래 신경 안 쓰는 애잖아." 할아버지가 비꼬는 어조로 말씀하신다. 할머니는 오븐의 온도를 낮춰놓았고, 빵은 약간 눅눅해진 상태다. 정확히 열두 시 반에 할머니가 지었던 미소도 점차 어두워지고 있다. 머스는 뭔가 문제가 생긴 걸 눈치채고는 낑낑대고, 꼬리로 바닥을 치며 두 분 사이를 오락가락한다. 그러자 할아버지가 머스의 귀 뒤를 긁어주며, "너는 절대로 부모님을 이렇게 기다리게 하지 않겠지, 그지, 머스?" 한다. 제 이름이 나오자 머스는 산책 가자는 줄 알고 멍멍 짖기 시작한다. 할아버지는 그걸 "맞아요"로 해석하고, "물론 그렇겠지" 하신다.

오늘 아침 교회 가기 전 나는 머리를 모아 올려 고무줄로 묶은 뒤, 엄마가 왔을 때 예뻐 보이게끔 노란 리본을 묶었다. 그런데 시간이 갈수록 고무줄이 머리를 당기는 바람에 너무 가려워서 자꾸 긁게 되고, 그럴 때마다 머리카락이 삐져나온다. 마침내 나는 고무줄과 리본을 한꺼번에 확 빼고, 그 바람에 머리카락이 몇 올 뽑히면서 눈에 눈물이 핑 돈다. 할머니가 "세이디, 너 **대체** 뭐 하는 거니? 음식에 온통 머리카락이 들어가게 할 셈이야? 빨리 가서 다시 묶고 손 씻고 와, 빨리빨리!" 하신다. 이층 화장실에서 거울을 보며 내가 평소와 똑같이 땅딸막하고 평범하다는 생각, 오전 내내 머리 때문에 고생한 게 다 헛짓이었다는 생각을 하고 있는데, 드디어 엄마가 도착한다.

나는 날듯이 계단을 달려 내려가 엄마 품에 안긴다. 엄마는 나를 껴안더니 무릎에 앉히고 "우리 딸, 우리 새끼" 하면서 얼굴에 키스를 퍼붓는다. 이때 할머니가 끼어든다. "식사 시작할까, 크리스티나? 벌써 한 시 반이야. 더 있으면 햄이 완전히 말라버릴 거야." 엄마는 내 눈을 들여다보며, "우리 귀여운 세이디, 잘 지냈어?" 한다. 내가 "응" 하고 있는데, 할머니가 나를 상당히 거칠게 들어 올리더니 내 의자에 앉힌다. 할아버지는 전동 칼을 켜면서 늘 그렇듯이 살인자 잭에 대한 농담을 하신다.

 엄마가 특이한 건 세상에서 제일 예쁜 여자라는 게 아니라, 문자 그대로 **매력을 내뿜는다는** 것이다. 엄마의 남자 친구인 잭이 했던 말인데, 그게 사실이기 때문에 지금까지 머릿속에 남아 있다. 오늘 엄마는 검은 옷을 입고 있다. 할머니는 부활절에 어울리지 않는 차림이라고 생각하시겠지. 딱 붙는 검은 청바지에 검은 스웨터, 밝은 분홍색 스카프, 커다란 링 귀고리에, 머리 손질도 하지 않은 완전 맨 얼굴이다. 하지만 그 미소, 푸른 눈, 싹싹함과 열성 때문에 엄마는 언제나 바로 거기 있는 느낌이다. 그런데 사람들은 어딜 가든 거기 같이 있는 사람이나, 그 순간 일어날 수 있는 수천 가지 가능성 대신, 뭔가 다른 생각을 하느라 바쁘기 때문에 대개는 그 자리에 있지 **않다**.

 (엄마랑 있을 때면 말할 수 없이 좋아 어쩌다 한 번 만난다는 게 더 고통스럽게 느껴진다.)

 햄을 자르고, 파인애플 조각과 고구마, 콩을 각자의 접시에 덜어 담은 뒤, 할아버지가 입을 여신다. "크리스티나, 요즘 쟁쟁한 경쟁자가 등장했더구나?"

 엄마는 그게 대체 무슨 소리냐는 표정이다.

 "폴 앵카 노래가 다시 1위를 하고, 영화도 찍나 보던데?"

 엄마가 웃음을 터뜨린다. "폴 앵카와 저는 전혀 다른 세계에서 일

해요."

"그런 노래를 라디오에서 방송하는 건 부도덕한 짓이야. 전화로 키스를 하다니, 세상에 어찌 그런 일이!"

"난 그 노래 좋던데." 내가 조그맣게 말한다.

"좋았어, 세이디." 엄마가 말한다.

그러자 할아버지가 말씀하신다. "글쎄, 인류는 늘 진보만 하는 게 아냐, 때로는 퇴보도 하지. 이백 년 동안에 모차르트의 위대한 오페라에서 제목도 제대로 못 붙이는 노래로 퇴보한 걸 보면 알잖니. 그런 게 인간의 언어야? 머스 네 생각은 어때?"

할아버지는 자기가 한 농담에 허허 웃으며 머스에게 비곗덩어리를 하나 던져준다.

그러자 할머니가 말씀하신다. "리처드! 머스는 비계 먹으면 안 돼요. 콜레스테롤이 높다고요!"

"난 어렸을 때 비계 좋아했는데. 커서 서커스의 뚱보 여가수가 되는 게 꿈이었거든." 엄마가 꿈꾸듯 말한다.

"그랬어?" 할아버지가 말씀하신다. (어떻게 몰랐을 수가 있지? 잊어버리신 건가?) "아, 또 하나의 어린 시절의 꿈이 물거품이 된 거네."

"지난번에 봤을 때보다 살이 빠진 것 같다." 할머니가 말씀하신다.

"저는 괜찮아요." 엄마가 대답한다.

나는 귀를 닫고 백일몽에 빠진다. 오늘을 그토록 기다려왔고, 드디어 엄마를 만났는데 대체 어째야 좋을지 몰라 그냥 식탁 저쪽에 앉은 엄마를 바라보고만 있다. 뒤에 있는 유리창에서 쏟아져 들어오는 햇빛 때문에 엄마 머리에 금빛 후광이 보인다. **엄마가 여기 있다 여기 있다 바로 이 순간 여기 앉아 있다.** 나는 멍하니 앉아서 엄마의 아름다운 목소리에 귀를 기울이고, 엄마의 우아한 손놀림을 지켜보고 있다. 그런데 갑자기 엄마가 이렇게 말한다. "세이디, 다음 주말에 엄마 집에 올래?" 정말 믿을 수 없는 일이었다. 다음 주말? 그럼 겨우 엿새 남았네? 할머니와 할아버지는, 아 이런, 이런, 이 여자는 어린 세이디에게 나쁜 영향을 줄 텐데, 하는 표정으로 눈길을 주고받는다. 하지만 이 여자가 바로 어린 세이디의 엄마고, 겨우 열여덟 살에 나를 낳았기 때문에 키울 수 없어서 외갓집에 맡긴 거지 스물네 살이 된 지금은 얼마든지 나를 데려갈 권리가 있고, 엄마가 나를 키워준다면 나도 착한 아이가 될 수도 있다. 심장이 쿵쿵 뛴다.

"토요일 점심 먹고 나서 피터 차로 데리러 올게요. 그랬다가 일요일 오후 늦게 다시 데려올 건데, 괜찮죠?"

두 분은 묵묵부답이다.

"세이디 **네** 생각은 어때?" 그래서 기가 막힌 생각이라고 말하려는 참인데 할아버지가 끼어드신다.

"피터가 누군데?"

"피터 실버만이라고, 제 매니저예요."

또다시 침묵이 흐른다. 할아버지와 할머니는 또다시 눈길을 주고받는다.

"매니저가 뭔데?" 엄마 발이 젖지 않도록 웅덩이에 빨간 망토를 펴주는 긴 고수머리의 이탈리아 왕자를 상상하며 내가 묻는다.

"나를 유명하게 만들어주는 사람이야! 음악회 일정을 잡고, 내 활동을 관리하고, 그런 일을 하는 사람이지."

"맥주홀이나 밀주집 아닌 데서 공연할 계획 있니?" 할아버지가 물으신다.

그러자 엄마가 상냥하게 웃으며 대답한다. "아, 있어요. 표 좀 보내드릴까요?"

"크리스티나, 난 네 노래를 이해 못해." 할머니가 고개를 저으며 대답하신다. "듣기 싫을지 모르지만 지금까지 가사가 없는 노래를 불러서 성공한 가수는 하나도 없었어."

그러자 엄마가 대답한다. "그런 가수는 제가 처음이에요! 아무도 안 한 걸 하는 게 제 취미예요!"

그러자 할머니는 우리 딸은 언제나 현실을 이해할까, 하는 얼굴로 입술을 오므리며 포크로 햄을 찌른다.

"세이디가 많이 먹으니 그날 저녁에 먹을 마카로니 카세롤을 만들어 보낼 수 있는데······"

그러자 엄마가 웃으며 대답한다. "어이구, 카세롤은 무슨! 마른 빵 껍질과 위스키만 먹어도 한 주말은 버틸 수 있어······ 그지, 세이디?"

"그럼!" 나는 좀더 재치 있는 대답을 하고 싶지만 엄마 집에서 주말을 보낸다는 사실에 너무 흥분해 머리가 빨리 돌아가지 않는다.

그러자 할머니가 한숨을 내쉬며 말한다. "그러면 됐고. 작은 가방에 짐 챙겨줄게······ 얘가 잘 침대는 있니?"

할아버지가 말씀하신다. "손님방에 있는 작은 침대를 차 위에 묶어주면 되는데."

그러자 엄마가 말한다. "그러지 마요! 소파에서 자도 돼요, 안 그래?"

"그럼!" 내가 두 번이나 같은 말을 해서 엄마가 나를 바보라고 생각할까? 하지만 나를 바라보는 엄마의 눈길은 따뜻하고 사랑이 넘친다.

"좋아, 그럼 다 된 거네. 점심 맛있게 먹었어. 연습 때문에 이만 가봐야 돼."

"부활절 날, 연습을 해?" 할아버지가 물으신다.

"그러면 예수님이 싫어하실까요? 그분은 이거 말고도 걱정할 게 많으실 거예요."

"크리스티나!" 할머니가 엄마의 불경스러운 말을 나무라고 싶은 마음과, 딸을 조금 더 잡아두고 싶은 마음 사이에서 갈등하며 이렇게 말한다. "디저트 좀 먹고 가. 어제 너 주려고 초콜릿 케이크 구웠거든."

"엄마 또 잊어버렸구나—나 초콜릿 싫어하잖아."

키스와 포옹, 머스가 짖는 소리 속에 엄마는 떠나간다. 나는 창가에 서서 엄마가 가로수 밑을 걸어가는 모습을 지켜본다. 당당하고, 율동적이고, 거의 춤추는 듯한 걸음으로, 분홍 스카프를 휘날리며 엄마가 가로수길을 걸어 모퉁이를 돌아간다. 그때 할머니 목소리가 들려온다. "세이디, 식탁 치우는 것 좀 도와주렴."

나는 착하고, 완벽하고, 어떤 실수도 하지 않을 거야, 앞으로 엿새 동안 나는 보도의 틈새를 오른발로 밟을 거야, 약속해. 아, 엄마 엄마 엄마 엄마…… 엄마에 대한 사랑으로 가슴이 터질 것 같다. 엄마와 그냥 **한 덩어리**, 똑같은 **사람**이 될 수 있을 것 같고, 노래할 때 엄마의 목에서 울려나오는 그 목소리가 될 수도 있을 것 같은 느낌이다.

정말 엄마 집에 왔다. 엄마가 열쇠로 문을 열고 있고, 엄마의 저주인* 피터가 내 가방을 들고 있고, 나는 문지방을 넘어 엄마 집으로 들어간다. 드디어 나는 엄마 삶의 일부가 된다. 엄마 집은 지하 아파트, 아니 아파트라기보다 그냥 하나의 큰 방이다. 동굴처럼 신비롭게 어두컴컴하고, 거리와 같은 높이에 작은 창들이 나 있어서 지나가는 사람들의 부츠와 신발이 보인다. 방 안에는 담배연기와 향, 커피 냄새가 섞인 예술적인 냄새가 떠돌고, 책과 그늘이 여기저기 보인다.

"편하게 앉아, 세이디. 엄마는 피터와 일 좀 해야 돼. 그래도 되지?"

"그럼!"

진짜 우리 엄마인데도 나는 이 멋진 여성을 처음 만났고, 좋은 인상을 줘야 할 것 같이 말할 수 없이 부끄러워진다. 나는 소파에 쪼그리고 앉는다. (검은 장발에 안경, 키가 크고 호리호리한) 피터가 피아노 앞에 앉자 엄마는 그 옆에 가 선다. 그들에게는 피아노가 적이 아니라 친구, 진정한 벗인 것 같다. 피터가 건반을 뚜르르 누르자 마치 얼었던 강이 녹듯 음들이 쏟아져 나온다.

"세이디, 우리가 연습하고 있는 이 새 곡의 첫 평가자가 되어줘. 좋지?"

"좋아!"

---

* 매니저(impresario)라는 말을 세이디가 저주(imprecation)로 잘못 안 것.

엄마는 팔꿈치 안쪽에 있는 반점에 손을 대고 음계와 아르페지오로 목소리를 가다듬는다. 그런데 엄마의 경우는 그게 알파벳을 외우는 게 아니라, 맨발로 해변가를 달리는 기쁨처럼 들린다. 그런 다음 엄마가 피터에게 고개를 까닥인다. 피터는 짧은 스타카토 음을 몇 개 치고는 곧바로 어떤 화음을 친다. 그러자 엄마의 목소리가 화음 속으로 스며들어가 그중 한 음을 잡더니 하늘 높이 솟아오른다. 엄마는 가운 도에서 세 옥타브 위, 가슴 아플 정도로 달콤한 높은 음에서 불규칙한 박자로 저 아래 아주 깊고 어두운 낮은 음으로 미끄러져 내려가더니, 거기서 마치 몸에서 생명이 빠져나가듯 아주 부드럽고 애절하게 신음하는 듯 노래한다. 어떤 때는 입으로 파열음을 내기도 하고, 목에서 나오는 소리를 강조하듯 가슴을 두드리기도 한다. 엄마는 내게 이야기를 해주는 것 같다—자신의 삶뿐 아니라 인류가 거쳐온 전쟁, 기아, 투쟁, 성취와 좌절을 노래하는 것 같다. 엄마의 목소리는 폭풍우에 부풀어 오른 바다인 듯, 아주 위험하게 들리기도 하고, 어떤 때는 거품을 내며 끓어오르고 방울져 내리고 바위에 부딪치며 절벽 아래 그윽한 숲으로 떨어지는 긴 폭포 같기도 하다. 엄마의 목소리는 또 토성의 금빛 원처럼 내 머리를 감돌다가 캉캉춤을 추는 프랑스 무희들의 행렬처럼 위아래로 흔들리기도 하고, 울면서 부르르 떨고, 나무 밑동을 감는 담쟁이덩굴처럼 낮은 파 음을 휘감기도 하다가, 피터가 연이어 치고 있는 수정처럼 맑고 푸른 G장조 화음 속으로 푹 떨어진다…… 나는 완전히 매혹된다. 엄마 말이 맞았다. 목소리로 이런 연주를 한 사람은 아무도 없었다. 우리 엄마는 정말 독특하고, 새로운 장르를 만들어낸 창조자, 천재, 순수한 노래의 여신이다. 켈리 선생님이 이 자리에 있었으면 자기 음악이 얼마나 보잘것없는 것인지 깨닫고 그 충격에 바로 죽어버렸을 것이다.

노래를 마친 엄마는 땀투성이다(원래는 여자에게는 **땀 흘린다는** 말을 쓰면 안 된다. 그건 저속한 말이기 때문이다. 할아버지는 걸핏하면, "말들은 땀을 흘리고, 남자는 발한하고, 여자는 그저 빛난다"는 식으로 표현하라고 하신다. 그러면서 말과 여자에 관한 또 다른 농담을 얘기해주신다. "말을 물가로 데려갈 수는 있어도 물을 마시게 할 수 없듯이, 여자들도 교양을 길러줄 수는 있지만, 생각하게 만들기는 어렵다"고 하신다). 땀에 젖은 티셔츠가 엄마의 등과 배에 달라붙어 있다. 피터는 피아노 의자에서 펄쩍 뛰어 일어나더니 엄마를 껴안고 빙빙 돌리며, "크리시, 정말 대단했어!" 한다. 엄마는 인형처럼 머리를 뒤로 젖히고 피터의 동작에 몸을 맡긴다.

"세이디, 어땠어?" 피터의 품에서 벗어난 엄마가 이렇게 묻는다.

"와!" 나는 아직도 말문이 막힌 상태다.

"맘에 들어?"

"응!"

"더 고치면 뭔가 될 것 같아?"

"**그럼!**"

그러자 엄마가 키스를 날려준다. "아, 우리 딸! 우리는 같이 별나라까지 날아갈 수 있어, 알지?"

그런데 이때 피터가 "자 이제 내가 크리시-키스를 받을 차례!" 하면서 엄마를 자기 쪽으로 돌리더니 영화에서처럼 열린 입에 진하게 키스를 한다. 차이가 있다면 영화의 경우는 키스 장면이 나오자마자 할머니가 TV를 꺼버리는데 여기서는 처음부터 끝까지 다 볼 수 있다는 것이다. 그런데 키스가 끝난 후에도 피터는 아직 만족하지 못한 듯, 입술이 촉촉하고 부드러워 보인다. 그는 호주머니에서 동전을 몇 개 꺼내더니 "저 모퉁이 가게에 가서 사탕 좀 사 먹을래?" 한다. 나는 사탕을 정말 좋아한다. 그런데 할로윈과 크리스마스 때 몇 개만 먹을 뿐 이가 썩는다고 할머니가 거의 못 먹게 하신다. 하지만 처음 온 동네에서 한 번도 안 가본 가게를 찾아 사탕을 사 먹기는 좀 그랬다. "아뇨, 괜찮아요." 그런데 피터는 내게 오더니 호주머니에 돈을 넣어주며, "내 생각에 이 애는 정말 사탕을 먹고 싶어 해"라고 말한다. 그러자 엄마가 내 코트를 갖다주며, "세이디, 이 앞길에서 똑바로 한 블록만 걸어가면 있거든. 그동안 우리는 연습을 끝내고 있을게. 그러면 이따가 네가 연습 때문에 지겨워질 일이 없지." "하나도 안 지겨운데!" 그렇게 말해보지만 엄마는 나를 내보내며, "빨리 가, 세이디. 가게 다녀오면 셋이 유U 루미 카드놀이 하자" 한다.

  이 동네는 블록이 참 길고, 나는 길을 잃을까 봐 초조하다. 개들도 무섭고, 깡패들에게 납치당할까 봐 겁도 나지만, 엄마에게 나도 다 컸다는 걸 보여주고, 같이 살아도 짐이 되지 않을 거라는 걸 입증하기 위해 나는 겁이 날 때마다 얼른 마음을 다잡는다. 그러다 보니 정말 울고 싶어진다. 다리가 몸에서 떨어져 나간 듯 왠지 이상하고 아주 멀리 있는 느낌이다. 다리는 뛰어가려고 하지만 나는 억지로 왼발 오른발 왼발 오른발, 차분히 걸어가게 한다. 그리고 보도의 틈새가 보이면 가능한 한 오른발로 지나간다. 엄마가 사는 동네는 우리 동네보다 더 초라해서 보도의 갈라진 틈에 잡초가 자라고, 건물의 페인트가 벗겨져 있는 데다, 올 들어 처음으로 따뜻한 날이라서 그런지 사람들이 집 앞 계단에 앉아 맥주를 마시며 얘기를 나누고 있다. 가게까지 몇 시간 걸린 느낌이다.

가게 문을 열자 내 머리 바로 위에서 종이 딸랑 울린다. 혼비백산한 나는 피터가 준 동전을 전부 바닥에 흘린다. 계산대에 앉아 있는 여자가 친절한 어조로 "저런!" 한다. 가게 안에 다른 손님이 없어서 다행히 웃음거리가 되지 않았다. 나는 쭈그리고 앉아 동전을 하나하나 주워 담는다. 동전들이 여기저기, 꽤 멀리 굴러갔고, 어떤 건 선반 밑으로도 들어가서 다 줍는 데 시간이 정말 오래 걸린다. 그리고 드디어 다 주웠을 때 나는 점원이 기다리느라 화가 났을까 봐 정말 불안했는데, 그 여자는 나한테는 신경도 안 쓰고 하품을 하며 천천히 잡지를 보고 있다. 점원은 아주 뚱뚱하고, 오늘 밤 특별한 데 가는지 녹색 반짝이 드레스를 입고, 머리에 롤러를 말고 있다. 드레스 차림에 롤러를 말고 있으니 이상해 보이지만, 머리를 매만진 다음에 그 위로 드레스를 입으면 안 될 테니 그럴 수밖에 없을 것 같다.

"사탕 좀 주세요." 나는 아주 정중하게 말하지만 목소리가 저 속으로 기어들어가서 점원은 듣지도 못한다. 그래서 좀더 크게 했더니 그 여자는 무거운 몸을 일으키더니 사탕통으로 걸어가 플라스틱 뚜껑을 열고 무지개사탕, 젤리빈, 검은색과 빨간색의 꽈배기 모양 리커리스, 말린 딸기 사이로 통통한 손을 집어넣어 사탕을 꺼내 종이봉지에 담더니 값을 말해준다. 나는 동전 때문에 가게 바닥을 뒤지느라 더러워진 손을 그 여자가 볼까 봐 걱정하며 돈을 계산대에 올려놓고 사탕값을 세어 준다. 그러고 나서 인사하고 나오려는 참인데 그 여자가 "꼬마야,

지퍼 좀 올려줄래?" 하며 돌아선다. 지퍼가 반만 채워져 있는 등이 고래 기름처럼 허옇고 통통하다. 드레스가 너무 작아 접힌 살덩어리들을 반짝이는 녹색 옷감 밑으로 밀어 넣으며 아주 조금씩 지퍼를 올려야 한다. 아무리 해도 안 될 것 같아 나는 당황한 나머지 얼굴이 벌게진다. 그 여자는 지퍼가 쉽게 올라가도록 어깨를 이리저리 움직여주지만 아무리 숨을 참아도 등은 배만큼 줄어드는 게 아니라서 별로 도움은 되지 않는다. 드디어 지퍼를 다 올렸을 때 그 여자가 "우우, 오늘 밤은 **숨을** 쉬지 말아야겠는데!" 하더니, "얘, 정말 고맙다!" 하면서 사탕 두 개를 더 준다. 그런데 나는 너무 초조해서 사탕을 거의 떨어뜨릴 뻔한다.

내가 큰 개들한테 팔다리를 뜯기지 않고 무사히 집에 돌아왔을 때, 엄마는 침대를 정리하고 있다. 머리카락이 얼굴을 덮고 있고, 표정도 달라 보인다. 피터는 어딜 갔는지 보이지 않는다.

"피터는 어디 있어?"

"일이 있어 나갔어."

"오늘 유U 루미 게임하기로 했다며?"

"그랬지. 그런데 전화를 받더니 일이 있다며 나한테 자기 대신 키스해주라고 하던데."

나는 아무 말 안했지만 왠지 쓸쓸하고 약간 사기 당한 느낌이다.

"피터 맘에 드니?" 엄마는 담배에 불을 붙이더니 콧구멍으로 연기를 내뿜는다(그럴 때는 정말 멋있어 보인다).

"괜찮은 것 같아."

"피터는 너 정말 좋아하는데."

"잘 알지도 못하는데?"

"너에 대해서 뭐라고 했는지 알아?"

"아니."

"잔*은 작지만 그 안에서 많은 일이 일어나고 있는 아가씨라고 하던데."

"잔이 뭔데?"

그러자 엄마가 웃으며 대답한다. "네 머리 말야!"

"그 사람이랑 결혼할 거야?" 나는 어차피 물을 거라면 빨리 묻는 게 낫겠다 싶어서 이렇게 묻는다.

"어떻게 알았어?" (내 머릿속에서 쿵 소리가 난다.)

"그 사람이랑 결혼할 거야?" 나는 아주 작고 목쉰 소리로 다시 묻는다. "세이디, 이리 와서 내 무릎에 앉아." 엄마는 침대에 걸터앉은 채 팔을 벌리며 말한다. "잘 들어, 비밀이니까 할머니 할아버지한테 아직 말하면 안 돼, 알았지? 피터는 좋은 사람이고, 나를 성공시키려고 정말 애쓰고 있어. 미국 전역에서 공연할 수 있게 내 일정을 잡아주고 있지. 나는 봄 내내 공연을 다니게 될 거야. 피터가 나를 유명하게 만들어줄 거라고, 세이디!" "그런데 그 사람 사랑해?"

"아…… 사랑……" 엄마는 내 눈을 깊이 들여다보며 말한다. "글쎄, 내가 사랑에 대해 얼마나 아는지, 잘 모르겠어. 하지만 하나는 확실히 알지. 난……**너를**……**사랑한다는 거!** 됐지? 다른 사람들은…… 그건 내가 알아서 할 테니까 걱정하지 마."

---

* noggin: 작은 맥주잔을 뜻하는 단어. '머리'라는 뜻도 있다.

"엄마가 결혼하면 내가 이곳에 와서 살아도 별로 이상해 보이지 않을 거니까, 그래도 되겠지?"

"이런 깍쟁이! 아, 우리 딸! 이상해 보일까 봐 그런 건 아니야. 그 작은 머리로 별 생각을 다 했구나. 돈 때문에 그런 거야. 하지만 지금 상황으로 볼 때, 네 질문에 대한 답은…… 물론 예스지! 하지만 아직은 소문내지 마. 알았지, 약속?"

엄마는 일어서서 방 안을 돌아다니며 불을 켠다. 해가 진 뒤라 너무 어두워서 거의 아무것도 보이지 않는다. 내가 엄마를 따라 부엌 쪽으로 가자 엄마는 나를 번쩍 들어 스툴에 앉힌다. 나는 엄마가 요리하는 모습을 지켜본다.

"햄버거 만들 건데, **어때?**"

나는 리사 생일날 그 집에서 먹은 기막힌 슬라피 조 햄버거 얘기를 해줄까 하다가, 그러면 왠지 배은망덕하거나 엄마의 요리 솜씨를 탓하는 것처럼 보일 것 같아 그냥 "좋아!" 하고 만다. 엄마는 냉장고에서 고기를 꺼내 자르더니 기계로 간다. 그런데 엄마는 뭘 보든 노래가 떠오르는 사람이라서 고기를 갈다가 조니 버벡이라는 작은 네덜란드 사람에 대한 노래를 부르기 시작한다. 그 사람은 소시지 기계를 발명했는데, 동네 사람들은 그가 자기들의 개나 고양이를 소시지 고기로 갈아버릴까 봐 겁을 낸다. 나는 그 부분을 들으며 깔깔 웃는다. 노래 마지막 부분에서 기계가 고장 나 조니가 수리하러 들어갔는데, 아내가 잠결에 돌아다니다가 얼떨결에 남편을 소시지 고기로 갈아버린다. 엄마는 그 부분을 정말 재미있게 노래한다.

그녀는 손잡이를 엄청 세게 당겼고,
조니 버벡은 고기로 변했네!

엄마는 후렴구를 같이 부르자고 손짓하고, 나는 즐겁게 웃으면서 따라 한다.

아, 미스터, 미스터 조니 버벡,
당신은 어찌 그리 잔인할 수 있어요?
그 기계 발명한 거 후회할 날 올 거라고
내가 말했죠!

노래는 그런 식으로 계속 이어진다. 나는 엄마처럼 풍부한 소리로 노래하려고 애써보지만, 엄마 목소리가 크림이라면 빈약한 내 목소리는 탈지 우유 같다.

"세이디, 햄버거가 뭔지 아니?" 엄마가 맨손으로 고기를 동글납작하게 만들며 이렇게 묻는다.

누구나 생각할 수 있는 답은 분명히 틀릴 것 같아서 나는 "아니, 뭔데?" 하고 만다.

"함부르크 사람이지! 비너는 뭔지 알아?"

"아니, 뭔데?"

"빈 사람이지! 그럼 프랑크푸르터는?"

"몰라, 뭔데?"

"프랑크푸르트 사람! 그럼 스테이크는 뭔지 아니?"

"스테익스빌 사람인가?" 나는 이 게임을 이해했다는 걸 보여주려고 이렇게 말한다.

"이런, 틀렸어, 스테이크는 두껍게 자른 고기잖아!" 엄마가 깔깔 웃는다. 우리 반 애들 엄마 중에 이렇게 딸과 농담 따먹기를 하는 사람은 하나도 없을 것이다.

엄마가 돌아서서 햄버거를 익히는 동안, 이렇게 즐거운 때 그런 얘기를 하는 게 좀 안 어울리긴 하지만, 그래도 켈리 선생님한테 자로 맞은 얘기를 해야 할 것 같아서 엄마에게 털어놓는다.

엄마는 아무 말도 하지 않는다.

"엄마, 내가 말한 거 들었어?"

"응?"

"켈리 선생님이 수업이 있는 날은 거의 매번 자로 내 손목을 **아주 세게** 때린다는 얘기 들었냐고?"

"응, 들었어, 세이디…… 정말 기분 나빴겠구나." 엄마는 어정쩡한 어조로 대답한다. 그런데 뭔가 다른 것, 내가 모르는 전혀 다른 걸 생각하고 있는 것 같아서 나는 아까의 분위기로 돌아가려고 화제를 바꾼다. "조니 버벡을 고기로 만들면 네덜란드인으로 돌아가진 못하고 햄버거가 되어야겠네?" 그러자 엄마는 정말 유쾌하게 웃는다.

우리는 디저트로 포도 젤리를 병에서 직접 떠먹는다. 할머니 집에서는 절대 있을 수 없는 일이다. 내 입술에 젤리가 묻어 온통 보라색이 된다. 엄마가 혀를 쑥 내밀자 거기도 역시 마찬가지다. 같이 낄낄 웃다가 엄마가 묻는다. "너 혀 내밀고 코 만질 수 있니?" 그래서 코끝에 혀를 대보려고 하지만 어림도 없다. 그러자 엄마가, "아주 쉬운데, 자 봐!" 하더니 혀를 내밀고 코에 손가락을 갖다댄다. 월요일에 학교에서 이걸 보여주면 애들이 나를 좀더 좋아할까, 아니면 그냥 "정말 썰렁한 조크네" 해버릴까? 나는 손가락을 응시하며 점점 눈에 가까이 대 사시 흉내를 낸다. 할머니는 자꾸 그러면 정말 사시가 될 수 있으니 절대 하지 말라고 할 텐데, 엄마는 그러지 않는다. 오늘 저녁이 영원히 이어지면 좋겠다.

우리는 엄마 침대에서 같이 잔다. 처음에는 따뜻한 엄마 몸이 내 옆에 있어서 정말 천국 같았는데, 얼마 후 엄마가 일어나 싱크대로 가서는 위스키를 따라 마시고 담배를 피운다. 나는 엄마랑 같이 있는 시간을 일 초도 낭비하고 싶지 않아서 자는 척하며 실눈을 뜨고 엄마를 지켜본다. 하지만 얼마 안 가 잠이 들고 만다. 꿈에서 엄마가 아주 작은 아기를 갈색 종이봉지에 넣더니 빨간 사인펜으로 이름을 써서 다른 사람 우편함에 넣는다. 그런 다음 또 다른 아기도 똑같이 봉지에 넣어 남의 우편함에 넣는다. 나는 어린 아기들이 먹을 것도 없이 봉지에 담기는 게 너무 가여워서 점점 속이 상한다.

아침에 깨어보니 엄마는 곤히 잠들어 있다. 왼팔을 머리 위로 올리고 있어서 팔꿈치 안쪽의 반점이 보인다. 나는 한동안 그 반점을 살펴보다가 왜 내 몸의 반점은 그렇게 부끄러운 곳으로 내려갔는지 곰곰이 생각한다. 그러자 나는 더럽고 못났다는 생각이 물밀듯 밀려와, 오른발이 저절로 왼발을 찬다. 그러면 엄마가 깰까 봐 나는 하는 수 없이 침대에서 일어나 화장실로 간다. 하지만 엄마가 자고 있으니 뭘 해야 좋을지 막막해서 어제 산 사탕을 아침 삼아 먹는다. 그러자 내 악마가 시끄럽게 떠들며 **뚱보 계집애야, 사탕 먹으면 더 뚱뚱해질 텐데** 한다. 그 생각이 머릿속에서 맴돌기에 나는 책꽂이로 가 동화책이 있나 찾아보지만 정말 단 한 권도 보이지 않는다. 그래서 사탕을 좀 먹었는데, 어젯밤 썼던 프라이팬 냄새 때문에 비위가 상하고, 결국 화장실로 가 토하고 만다. 엄마 집에서 보내는 주말을 망치고 싶지는 않지만, 오늘 아침은 아주 즐겁다고 말하기는 어렵다. 밖에는 비가 주룩주룩 내리고, 엄마는 자고 있다. 엄마를 깨우고 싶지만, 예술가들이 흔히 그렇듯이 밤새도록 생각하고, 담배 피우고, 술 마시느라 늦게 잠들었을 수도 있다. 토하고 나니 목이 타는 것 같아 우유를 마시려고 냉장고를 열었지만, 자몽 반쪽과 곰팡이 핀 블루치즈 한 쪽뿐이다. 곰팡이를 보니 또 구역질이 나 냉장고 문을 얼른 닫는다.

엄마가 잠에서 깨어 일어나 앉는다. 냉장고 여는 소리에 깨서 나한테 화를 낼 줄 알았는데 그건 아니다. "이런, 지금 몇 시니? 열한 시네…… 일어난 지 오래됐니?" 엄마는 침대에서 내려온다. 나는 다시 살 것 같은 기분이다. 엄마가 검은 바지를 입더니, 나를 안아주고는 라디오를 켠다. 그러고는 담배를 피워 물고 커피를 끓이며 내게 이야기를 한다. "날씨가 엉망이네. 정말 안타깝다. 너랑 동물원에 가려고 했는데."

피터가 먹을 걸 사 들고 오더니, 방금 빗은 내 머리를 흩어놓는다. 얼마 뒤 엄마 친구 두 명이 오고 그리고 또 얼마 뒤 전화가 걸려오더니 이내 두 명이 더 와서, 결국 여섯 명의 친구들이 둘러앉아 담배를 피우고, 이야기하며 웃고 있다. 그중 두 명은 수염을 길렀다. 나는 우리 아빠인 모트가 지금도 수염을 기르고 있을지, 여기 있는 사람들 중에 아직도 아빠와 왕래하는 사람이 있는지, 만일 그렇다면 이다음에 만났을 때 아빠한테 세이디라는 그의 딸에 대해 얘기를 해줄 건지, 그리고 만약 그런다면 아빠가 나에 대해 물어볼 건지 궁금해진다. 엄마 친구들은 모두 "만나서 반갑다"고 하지만, 나는 이 사람들을 만나는 게 반갑지 않다. 처음으로 엄마 집에서 주말을 보내는 건데 이 사람들이 엄마의 관심을 독차지하고 있기 때문이다. 그런데 이 사람들이 엄마랑 얘기할 때 보면 마치 엄마에게 경외감을 느끼는 것 같은 특이한 어조로 말을 하고, 엄마가 입을 여는 순간 쥐 죽은 듯 조용히 귀를 기울이고, 농담을 하면 다른 사람이 그럴 때보다 훨씬 더 크게 웃는다. 얼마 후, 피터가 나를 무릎에 앉히고 흔들며 「걸어라, 애마야, 걸어」를 불러준다. 그건 아주 어린애들한테나 해주는 건데. 몸을 비꼬아 빠져나오는 참인데, 손님 중에 한 여자가 "크리시, 혹시 오늘 노래 한 곡 들을 수 있을까?"하고 묻는다. 그러자 엄마가 좋다고 한다. 엄마는 자리에 그대로 앉은 채 눈을 감고 오른손 엄지로 왼팔의 반점을 누른 채 목소리를 가다듬는다. 마치 바이올린 활을 움직이듯, 소리가 성대를 부드럽게, 아주 부드럽게 스쳐가게 하는 것 같다. 피터가 피아노로 가 낮은 파와 라 플랫을 번갈아 치며 저음을 깔아주자 엄마의 목소리는 처음에 그 음을 따라 흐르다가 그 위로 솟아오르기 시작한다. 그러다가 방을 가득 채우고, 벽과 천장을 뚫고 올라가 하늘을 껴안는다. 그러자 주변의 물체들이 완전히 무의미해져서 우리는 결국 눈을 감고 만다. 이제 존재하는 것은 엄마의 목소리, 그 목소리에 담긴 순수한 생명력뿐이다. 그것은 우리가 숨 쉬는 공기, 마시는 물 같고, 사랑 같다. 엄마의 노래가 끝났을 때, 우리는 그사이에 어떤 일이 일어났는지, 어디를 갔다 왔는지, 멍한 느낌이다. 처음에 노래를 청했던 여자는 눈물을 글썽이고 있다. 사람들은 한참 동안 가만히 있더니 이윽고 요란하게 박수갈채를 보낸다.

"크리시, 당신은 정말 마술사야, 최고의 마술사." 누군가 속삭인다.

"엄마가 마술사라는 거 알고 있니?" 생전 처음 보는 남자가 이렇게 묻는다. 나는 이 사람들이 다 가버렸으면 좋겠다. 이 사람들이 엄마와의 주말을 완전히 망쳐놓고 있기 때문이다. 그런데 엄마는 그걸 모르고 있는 것 같다. 우리의 소중한 시간이 이렇게 허비되고 있는 것이다. 세 시쯤 되자 피터가 어제 쓰고 씻지도 않은 프라이팬에 계란을 부쳐서 컵이랑 공기에 담아 나눠준다. 접시가 별로 없기 때문이다. 이렇게 먹는 것도 재미있다고 생각하는 참인데, 누가 (꼭 나한테 관심이 있어서가 아니라 그냥 대화를 이어가기 위해서 그랬겠지만) 내게 어느 학교에 다니느냐고 묻는다. 내가 학교 이름을 알려주자 사람들이 다들 탄복을 하더니, "이런, 이런, 누군가는 정말 멋지게 사는군!" 한다. 내가 어느 학교를 다니든, 그건 내가 정한 게 아니지만 그래도 왠지 민망해서 얼굴이 붉어진다. 그리고 얼굴이 붉어지면 사람들이 내가 민망해하는 걸 알 것 같아서 얼굴이 붉어질수록 더욱더 민망해진다. 그러자 엄마가 말한다. "집안의 누군가는 수준 있게 살아야지, 안 그래?" 한다. 사람들은 요란하게 웃더니 다른 얘기로 옮아간다.

좀더 시간이 흐른 뒤, 엄마가 갑자기 일어선다. "좋아, 이제 다들 가봐. 지금이 다섯 신데, 일곱 시에 공연이 있으니까 연습 좀 해야지. 세이디, 피터랑 둘이 집에 갈 수 있겠지?"

엄마는 금세 내 가방을 챙겨주고, 친구들도 떠날 준비를 한다. 이 어수선한 분위기 속에서 나는 아주 작아진 듯 쓸쓸한 기분이다. 하지만 엄마는 꿇어앉아서 내 얼굴을 감싸 쥐고 아주 부드럽고 짤막하게 입을 맞춰주며 이렇게 말한다. "어젯밤 우리가 얘기한 거, **하나도** 잊으면 안 돼, 알았지?" 나는 애써 눈물을 참으며, 언제 다시 만날 수 있을지 궁금하지만 감히 묻지 못한 채, 엄숙하게 고개를 끄덕인다. 그러자 엄마는 아무도 못 듣게 귓속말로 "프랑크푸르터가 뭐지?" 하고 묻는다. 내가 "프랑크푸르트 사람"이라고 속삭이자 엄마는 "아냐, 바보야, 핫도그 만들 때 쓰는 소시지야!" 하고 속삭인다. 그런 다음 음악이 살아 숨 쉬는 가슴에 나를 꽉 껴안더니 밖으로 내보낸다.

피터는 나를 앞자리에 앉게 해준다. 할머니는 절대 그러시지 않는다. 라디오를 틀어놓고, 좌우로 움직이는 와이퍼를 지켜보며 폭우 속에 시내를 달리다 보니 할머니 할아버지가 그의 이름을 듣고 눈길을 주고받았던 일이 생각난다. 그래서 피터에게 이렇게 묻는다. "실버만은 어느 나라 이름이죠?"

"유대 이름이지. 그게 뭐?"

"유대가 뭔데요?"

"글쎄, 그건 어떻게 보느냐에 따라 다른데. 아주, 아주 오래되고, 아주 불행한 결말로 끝나는 그런 이야기지."

"그럼 아저씨는 교회 안 다녀요?"

"그건 아냐. 많은 유대인들이 회당이라는 교회에 다니지. 내가 교회에 안 다니는 건 유대인이라서가 아니라 무신론자라서 그런 거야."

"무신론자가 뭔데요?"

"신이나 악마 같은 말장난을 믿지 않는다는 뜻이야."

"그럼 아저씨가 믿는 건 뭐예요?"

"흠…… 난 네 엄마를 믿지. 돈도 믿어. 하지만 아직까지는 별로 벌어보지 못했어. 저 와이퍼도 믿어. 저 봐, 얼마나 좋은 일을 하니! 스크램블한 계란도 믿는다. 특히 베이글에 훈제연어랑 같이 얹어 먹으면 아주 좋지."

"훈제연어가 뭔데요?"

"흠…… 앞으로 배울 게 많구만. 다 왔네…… 또 보자, 응?"

그 주말에 대한 기억이 머릿속에 들끓어서 일상생활로 돌아가기가 힘들다. 월요일 아침 잠에서 깨어, 앞으로 닷새 동안 학교를 다녀야 주말이 된다는 것, 주말이 되어도 별 볼일 없다는 생각을 하면 정말 견디기 힘들다. 침대 정리했는지 묻는 할머니, 꼬리로 마루를 치는 머스 등, 일 분 일 초가 다 신경을 거스른다. 마음 같아서는 둘 다 차버리고 싶지만 그럴 수는 없다.

토슈즈가 작아져서 발레 수업이 전보다도 더 괴롭게 느껴진다. 하지만 할머니는 두 달만 있으면 여름방학이고, 여름 동안 발이 더 커져서 개학 때는 새 신발도 작을 테니, 지금 사는 건 말도 안 되고 그냥 견디라고 하신다.

학교에서 나는 애들한테 엄마가 했던 함부르크와 빈 사람에 대한 농담을 해볼까 생각하지만, 애들이 나를 깔보듯 말없이 눈썹을 치뜨며 서로 마주 보면 그 농담 자체가 영원히 망가질까 봐 감히 그러지 못한다. 미술 시간, 연필 깎는 기계에 연필을 넣고 돌리다 보면 엄마가 고기 가는 기계에 고기를 갈던 장면이 생각나고, 그러다 보면 조니 버벡이 떠오른다— **그녀는 손잡이를 엄청 세게 당겼고**— 그러면 내가 연필이 아니라 내 손가락을 갈고 있는 것 같은 착각에 빠진다. 둥글둥글, 쓱싹쓱싹, 살점을 떼어내고, 뼈를 갈아 부수고, 사각사각, 피가 뚝뚝 떨어지며 오른손이 왼손을 가는 장면…… "세이디, 왜 그렇게 오래 **걸리는 거야?**" 내가 연필 깎는 기계 옆에 계속 서 있으니까 미술 선생님이 물어보신다.

오월이 비틀비틀 다가온다. 나는 매일 나 자신을 면밀히 관찰하고 10점 만점으로 점수를 매긴다. 학교에서 돌아오면 거울 앞에 서서, 머리가 엉망이거나, 운동화 끈이 풀어졌거나, 치맛단이 터졌으면 점수를 깎는다. 트림이나 방귀가 나온다든지, 할머니한테 혼난다든지, 켈리 선생님한테 자로 맞아도 역시 감점이다. 생각은 맘대로 할 수 있지만, 소리 내어 욕을 한다든지(혼자서라도), 문법적으로 틀린 말을 한다든지, 코를 풀지 않고 들이마신다든지 하면 그것도 감점 요인이 된다.

    송곳니 하나가 빠진 뒤 나는 몇 시간이고 그 구멍을 혀로 건드리고 짭짤한 피를 마시며, 피가 계속 나오길 빌고, 나 자신을 먹어버리고 싶은 충동을 느낀다. 나 자신의 목을 통해 내 뱃속으로 들어가버리면 어떤 기분일까? 먼저 손톱을 먹고, 손가락, 팔꿈치, 어깨…… 그런 순으로 들어가겠지…… 아니면 발부터 먹어야 할지도…… 하지만 머리는 어떻게 먹나? 입을 아주 크게 벌리면 뒤로 넘어가면서 한 입에 머리 전체를 삼키게 될 수도 있지 않을까. 그러면 나는 모두 사라지고 작은 위장만 바닥에 남아 부르르 떨게 되겠지. 그러면 처음으로 배부른 느낌이 들까.

나는 늘 배가 고프다. 할머니는 내게 음식을 급하게 먹지 말고 천천히 씹으라고 하신다. 그런데 아무리 천천히 씹어도 허기가 가시지 않는다. 그래도 세 번씩이나 더 달라고 하는 건 무례한 일이다. 내가 할머니의 감시를 받지 않고 음식을 먹을 수 있는 유일한 기회는 오후 간식 때다. 그때는 정원 일로 바쁘시기 때문에 나는 할머니가 안 보는 틈을 타 땅콩버터와 잼을 잔뜩 바른 커다란 샌드위치 두 개를 만들어 거의 씹지도 않고 먹어치운다.

어느 날, 내가 죄책감을 느끼며 이 달콤 짭짤한 간식을 막 먹으려는 참인데 어떤 남자가 고양이처럼 가볍고 조용하게 부엌으로 걸어 들어온다. 눈썹이 부스스하고 눈동자가 밝은 파란색인데, 딱 보는 순간 할아버지 병원에 온 환자임을 알 수 있다. 거리로 나가는 문을 못 찾았거나, 집을 둘러보러 일부러 들어왔을 수도 있다. 잠시 후 내가 "안녕하세요?" 하자 그가 "안녕, 맛있어 보이는데" 한다. 그래서 내가 접시에 놓인 다른 샌드위치를 가리키며 "좀 드릴까요?" 하자 "아니, 고맙지만 됐어. 난 재스퍼데, 네 이름은 뭐니?" 한다. 내가 "세이디요" 하자 그는 "좀 앉아도 될까?" 한다. 이 일이 지루한 내 생활의 한 사건이 될 것 같은 느낌에 기분 좋게 떨며, "그러세요" 하자 그 사람이 탁자에 놓인 병을 보며 말한다. "나도 어렸을 때 땅콩버터와 잼을 참 좋아했는데." 그런데 바로 그때 낯선 사람의 냄새를 맡은 머스가 부엌에 들어오더니 멍멍 짖기 시작한다. 그래서 몇 달 전부터 벼르던 대로 발목을 힘껏 걷어찼더니 머스는 「톰과 제리」에 나오는 개처럼 애처롭게 울부짖는다. 그러자 재스퍼가 심란한 얼굴로 일어서며, "세이디, 안 돼. 개를 괴롭히면 못 써. 개들은 주인이 다루는 만큼 영리해지는 거야. 이런, 가엾어라." 재스퍼는 허리를 굽혀 아직도 낑낑대는 머스를 달래준다. 그런데 바로 그때 뒷계단으로 할머니가 달려 들어오신다. 할머니는 가위를 휘두르며 소리 지른다. "나가! 나가! 당장 나가지 않으면 경찰을 부를 거야!" 그러자 재스퍼가 일어서서 아주 서글픈 미소를 띠며 말한다. "세이디, 만나서 반가웠어." 결국 이 사건은 시작되기도 전에 끝이 난다.

어느 날 아침, 식탁에서 신문을 보시던 할아버지가 놀란 표정으로 중얼거리신다. 신문에 엄마 사진과 순회공연에 대한 기사가 실려 있다.

"이것 좀 봐." 할머니 역시 놀란 어조로 중얼거리며 할아버지 뒤로 와서 허리를 굽히고 자기를 향해 싱긋 웃고 있는 딸의 사진을 들여다본다.

"이럴 수가!" 할머니가 놀라시자 할아버지가 대답하신다. "그걸 갖고 뭘 그래. 그렇게 괴상한 노래 때문에 우리 집안 이름이 『글로브 앤 메일』지에 오르내리는 게 기뻐할 일인지, 잘 모르겠군. 머스, 네 생각은 어떠냐?"

머스는 예기치 않게 산책을 가게 된 줄 알고 기뻐서 멍멍 짖는다.

"좋아!" 할아버지가 개에게 빵 껍질을 건네주며 말씀하신다. "한두 주일만 연습하면 머스 너도 크리스티나와 같이 무대에 설 수 있을 거야!"

엄마가 순회공연에서 성공한 것을 자랑스러워하지 않고 꼭 그렇게 비웃어야 하는 이유는 뭘까? 나는 엄마가 정말 자랑스러운데! 엄마가 신문에 났으니 나도 유명 인사나 마찬가지다. 하지만 학교에서는 아무도 그걸 모르고 있는 것 같다. 신문에 **크리시 크리스와티**라는 이름이 꽤 큰 글자로 실려 있는데, 토론토에 크리스와티라는 성을 가진 사람이 얼마나 되기에 그걸 모르는 걸까? 하지만 내가 먼저 얘기하면 믿어주지 않거나(그럼 창피하겠지), 잘난 척한다고 할 것 같아(그러면 더 곤란하니까) 결국 아무 말 하지 않는다.

학교 끝나고 집에 와서 신문을 읽어보니, 모르는 단어도 꽤 되지만, 기자들이 우리 엄마에 대해 그런 기사를 썼다는 걸 생각하자 얼굴이 달아오르고 땀이 난다. 레지나나 밴쿠버에서, 날씬한 몸매에 검은 옷을 입은 금발의 엄마가 무대로 나와 악단 사람들에게 인사를 하고, 마이크 앞으로 걸어가서 입을 연다. 「에델바이스」나 「내가 좋아하는 것들」 같은 보잘것없는 노래가 아니라 우주를 넘나드는 노래를 불러줄 때, 관객들이 너무 황홀해서 눈을 크게 뜨고 엄마를 지켜보는 광경이 눈에 선하다. 엄마는 음악이라는 무대 위에서 여러 옥타브를 가볍게 오가며 춤을 춘다. 그리고 아주 높은 음으로 올라갈 때는 목소리를 둘로 나누어 혼자서 화음을 노래하기도 한다.

기사에는 "그녀는 정말 놀랍다" "그녀의 명성이 빠르게 퍼지고 있다" 같은 말들이 나와 있다. 한 기자가 인터뷰에서 왜 가사 없이 노래하느냐고 묻자, 엄마가 "목소리 자체가 하나의 언어"라고 대답한 부분도 있다. 기자가 앞으로 어떤 계획을 갖고 있느냐고 묻자 엄마는 "가까운 장래에 결혼할 생각"이라고 하면서(기자는, 그녀의 매니저인 피터 실버만이 그 운 좋은 남자인지 자문하고 있다), "뉴욕으로 가서 첫번째 음반을 낼 생각"이라고 대답한다.

(엄마에게 딸이 있다는 얘기는 전혀 나와 있지 않다)

엄마에 대한 기사가 실린 날, 같은 신문에 메릴린 먼로가 어젯밤 꼭 끼는 섹시한 드레스를 입고 케네디 대통령에게 '생일 축하' 노래를 불러주었다는 기사가 나와 있다. 노래를 마치고 분장실로 돌아간 먼로는 드레스가 너무 작아서 혈행을 막는 바람에 거의 실신할 뻔했다고 한다. 나도 교복 치마가 너무 작아서 숨도 제대로 못 쉴 때가 있기 때문에 그 느낌이 이해가 간다. 그날 사람들은 먼로를 구하기 위해 만 이천 달러짜리 드레스를 순식간에 조각조각 잘랐다고 한다.

나는 점점 더 빨리, 점점 더 정확히 글을 읽고 있다. 잘하는 게 그것뿐이라서 정말 얼굴이 파랗게 질리도록 책을 읽곤 한다. 누가 책을 못 읽게 하면 나는 아마 발작을 일으킬 것이다.
  산과 숲, 강을 지나 수천 킬로미터를 여행한 끝에 원래 주인집으로 돌아간 개들의 이야기.
  며칠씩 사막을 걷다가 결국 입술이 갈라지고, 입안이 마르고, 갈증으로 머리가 이상해진 나머지, 저 앞에 오아시스가 있다는 망상에 사로잡힌 사람들. 그런 환상을 본 사람은 결국 죽게 된다고 한다.
  캐나다 북부 지방에서 길을 잃은 사람들의 이야기. 기진한 상태로 눈 속을 헤매다가, 드디어 집에 돌아왔다고 생각하며 눈 쌓인 언덕을 포근한 침대로 착각하고 누웠다가 얼어 죽은 사람들. 샘 맥기의 사연은 그와 정반대다. 북극 탐험대의 일원으로 참가했던 맥기가 동사하자 동료들이 그를 벽난로에 던져버린다. 그런데 얼마 후 벽난로를 열어보니 그가 파이프담배를 피우며 발가락을 녹이고 있었다는 것.

그는 아주 멀리서도 보일 만큼 환하게 웃고 있었지. "그 문 좀 빨리 닫아주게.
여기는 정말 좋은데, 문을 열어두면 추위와 폭풍우가 밀려들 거야—
테네시 주 플럼트리를 떠나온 후로 이렇게 따뜻한 건 처음이라네."

……**정말** 웃기는 이야기였다.
어린 삼보 이야기도 재미있다. 삼보의 속임수에 넘어간 호랑이들이 서로의 꼬리를 물고 정신없이 나무 주위를 돈다. 호랑이들은 다리가 안 보일 정도로 점점 더 빨리 돌다가 나무 아래에서 커다란 버터 웅덩이로 변하고 만다.
나는 주인공들이 죽는 이야기가 좋다.

꿈에 엄마가 죽어 장례식에 수백 명의 조문객이 찾아온다. 할머니 할아버지도 아주 슬픈 얼굴로 무덤가에 서 계신다. 나는 두 분께 묻는다. "엄마가 살아 있을 때는 왜 잘해주지 않으셨어요?"

오월 들어 내 점수는 10점 중 8점으로 꽤 괜찮은 편이었는데, 어느 날 끔찍한 실수를 범한다. 체육시간이 끝나 탈의실에서 옷을 갈아입는데, 체육복 바지를 벗다가 팬티까지 내리는 바람에 엉덩이가 드러난 것이다. 겨우 이 초였지만, 그걸로 충분했다. 헤더가 내 반점을 가리키며 묻는다. "세이디, 그게 뭐야? 얘들아, 이것 좀 봐!" 내가 바지를 올리기 전에 아이들은 모두 반점을 보았고, 그들이 낄낄대는 소리에 나는 참담해진다. 악마는 화가 머리끝까지 나서 자기를 배신한 나를 벌 줄 작정이다. 그리고 역시, 학교 끝나고 집에 오자마자, 내가 미처 간식을 먹거나 거울을 보기도 전에, 방으로 들어가 문을 잠그고 벽에 머리를 백 번 찧으라고 한다. **넌 아직도 네 엄마가 너를 데리러 올 거라고 생각하니? 흥! 너는 그런 엄마를 가질 자격이 없어. 너는 옷도 제대로 못 갈아입잖아. 그러니까 너는 이 집에서 평생 살아야 해.**

이 실수 하나로 그동안 쌓은 점수가 다 없어진 걸까?

그날 밤, 벽에 머리를 백 번이나 찧고 나니 왠지 토할 것 같은 기분이다. 피아노 연습도 평소보다 형편없고, 음식도 거의 먹지 못한다. 할머니가 아프냐고 물었지만, 나는 악마 때문에 그렇다고도 못 하고, **어떤 일**이 벌어졌는지 말할 수도 없다. 그런데 바로 그때 전화가 울리고, 나는 얼른 달려가 수화기를 든다.

"여보세요?"

"세이디, 나 **집에** 왔어!"

"엄마!"

이때 할머니가 들어와 전화기를 뺏더니 이렇게 말한다. "누가 너한테 전화 받으라고 했니? 가서 밥 마저 먹어!" 그러더니 이렇게 말한다. "크리스티나, 여섯 시 십오 분이면 우리 집은 저녁 먹는 시간인 거 몰라?" 하지만 엄마는 그 질문은 무시하고 그냥 아주 많은 얘기를 하고 있는 눈치다. 그런데 할머니가 갑자기 "**뭐라고?**" 하더니 부엌문을 닫으신다. 이건 정말 극적인 행동인데. 무려 십 분 동안 할아버지는 말없이 저녁을 드시고, 나는 그대로 앉아 기다리고 있다. 우리는 서로 단 한 마디도 하지 않는다.

식탁으로 돌아온 할머니가 접시만 내려다보고 계신 걸 보면 아주 뜻밖의 얘기를 들으셨나 보다. 이윽고 할머니가 입을 여신다. "크리스티나와 피터가 결혼한다고 우리 모두 결혼식에 와달라네요…… 그리고 세이디를 데리고 뉴욕으로 이사 간대요."

마치 여신의 한숨처럼 벨벳 같은 행복감이 나를 감싼다. 아……
그렇다면 그동안 노력해온 게 모두 헛되지는 않았나 보다. 탈의실에서의 재수 없는 사건에도 불구하고 그동안 쌓은 점수가 남아 있었던 것이다. 이 집을 떠나게 되다니.

이제 드디어 나의 진짜 삶이 시작될 것이다.
지금부터는 어떤 일이 벌어져도 당황하지 않을 것이다. 켈리 선생님이 『베토벤 피아노 전곡집』으로 머리를 내리쳐도, 반 애들이 빙 둘러서서 나를 가리키며 실컷 킬킬거려도, 발레 시간에 발끝으로 도는 걸 일곱 번이나 실패해 구석에 서 있어도, 그런 건 다 상관없다. 이제 나는 이곳 사람이 아니기 때문이다. 난 뉴욕에 갈 거니까!

유월 초, 할머니는 평소보다 더 말없이 엄마의 결혼식 준비를 하신다. 그리고 어느 날 검은 플라스틱 벨트가 달리고 레이스와 호박단으로 된 드레스를 사오신다. 결혼식 날 아침, 할머니는 나를 미장원에 데리고 가신다. 미용사는 아주 뜨거운 물로 머리를 감긴 다음, 너무 아파서 비명이 나올 정도로 단단하게 롤러를 말아주고, 두피를 아프게 찌르는 각도로 플라스틱 핀을 꽂아준다. 그런 다음 나를 드라이어에 앉히고 스위치를 켠다. 퍽퍽 소리를 내며 돌아가는 뜨거운 전기 헬멧 아래 땀 흘리며 앉아 있으니 두피가 따갑고 당겨지는 느낌이다. 드디어 드라이어가 꺼졌을 때 나는 예쁘고 구불구불한 고수머리가 될 줄 알았는데, 미용사는 내 머리를 싹싹 빗어 미친 사람처럼 부풀리더니 위로 바짝 모아 벌집 모양을 만든 뒤 강력한 스프레이로 고정시켜준다. 어린 나에게는 전혀 어울리지 않는 아줌마 머리가 된 것이다. 힘겹게 드레스를 입고 스타킹과 신발을 신고 나자 할머니가 몇 발 물러서서 나를 훑어보더니, "좋아, 이 정도면 됐어" 하신다.

교회에 엄청나게 많은 사람이 모였는데, 그중에서 내가 아는 사람은 할머니와 할아버지, 그리고 내가 엄마 집에 있을 때 놀러 왔던 두어 명뿐이다. 결혼식이 시작되기 전, 나는 맨 앞줄, 할머니와 피터 사이에 앉았는데, 할머니가 잔뜩 긴장한 얼굴로 말없이 앞만 보고 계셔서 나는 피터와 얘기를 나눈다.

"이런 감상적인 건 안 믿는다더니 왜 교회에서 결혼식을 올려요?" 내가 작은 소리로 묻는다.

"네 엄마가 교회를 무대라고 하더라구. 결혼식에 대한 연극을 하는 거라고 생각하면 돼, 그지? 각자 맡은 역할이 있는 거야. 너 의상이 아주 끝내주는데?"

"고마워요. 아저씨도 멋져 보여요." 나는 거짓 칭찬이 고마워 이렇게 말한다. "그러니까…… 내 차례가 오면 일어나서 크리시의 손에 반지를 끼워주고, **그러겠습니다**라고 해야 돼. 그리고 세이디, 너 이거 아니?"

"뭔데요?"

그는 더 바짝 다가오더니 비밀스럽게 속삭인다. "내 대사는 금방 외워지더라구."

내가 킥킥 웃자 할머니가 팔꿈치로 나를 쥐어박는다. 드디어 오르간이 '신부 입장'을 연주하자 다들 뒤를 돌아본다. 할아버지가 엄마의 팔꿈치를 잡고 천천히 통로를 걸어오신다. 엄마는 소매 없는 단순한 흰 드레스를 입고 있다. 금발 머리를 수백 갈래로 땋았는데, 그중 몇 갈래에는 흰 꽃이 꽂혀 있다. 인류 역사상 그렇게 예쁜 사람은 없었을 것이다.

"저기 봐! 네 할아버지가 우시잖아. 타이밍 한번 기막히네!" 피터가 속삭인다. "난 무대 공포증이 있는데. 내 대사가 뭐였지?"

"그러겠습니다."

"맞아. 그러겠습니다. 그러겠습니다. 그러겠습니다."

그는 천천히 제단으로 걸어간다. 그리고 잠시 후, 주례 역할을 맡은 사람이 엄마와 피터 실버만이 부부가 되었음을 선언한다.

피로연이 열리는 동안, 나는 온갖 맛있는 음식에서 눈과 손을 떼지 못한다. 식탁에 앉아서 먹는 게 아니라, 이리저리 몰려다니며 커다란 접시에 담긴 진수성찬들을 먹는 식이다. 음식 값은 아마 돈 많은 피터의 부모님이 내셨을 것이다. 설사 돈이 있다 해도 할머니 할아버지는 맛있는 고명으로 속을 채운 이런 작은 롤이나 꿀 바른 빵은 절대 생각해 내지 못했을 것이다. 할머니가 사람들 앞에서 나를 혼내지는 못할 것 같아서 나는 그냥 여기저기 다니며 맛있는 것들을 계속 먹는다. 기분이 그렇게 좋을 수가 없다. 악마의 목소리는 잠시 무시하기로 했다. 내가 과식하고 있다는 건 알지만, 자기 엄마 결혼식에 참석하는 애가 과연 몇 명이나 될까?

엄마 품에 안겨 있는 아기들 몇 명, 중고등학생이 몇 명 있긴 하지만, 내 나이, 내 키의 어린애는 나뿐이다. 내 키가 어른의 허리 높이 정도여서, 어른들의 사타구니가 바로 내 코 높이에 있다. 그래서 피로연장을 돌아다니다 보니 거기서 풍기는 냄새가 느껴진다.

피터의 아버지가 나이프로 샴페인 글라스를 두드리더니 한 말씀 하시고, 이어서 할아버지와 피터가 한 마디씩 한다. 세 사람을 지켜보면서 나는 사람들이 결혼식뿐 아니라 모든 일에서 그렇게 연기를 하는 게 아닌가, 그런 생각을 한다. 할아버지는 환자들의 말을 들어주며 정신과 의사 **역할**을 하고, 켈리 선생님은 나를 자로 때리면서 고약한 피아노 선생 **역할**을 하는 건지도 모른다. 사람들은 다 마음속 저 깊은 곳에서는 그렇지 않은데, 각자의 대사를 외우고, 졸업장을 따고, 이런 역할들을 하면서 점차 거기 익숙해져서 더 이상 벗어나지 못한 채 삶을 마치는 게 아닌가, 그런 생각이 든다.

하지만 엄마는 다르다. 가수의 역할을 하려는 사람은 정말 가수가 되어야지, 다른 방법으로 사람들을 속일 수는 없기 때문이다. 우리 엄마는 어쩌면 이 피로연장에서 유일하게 겉과 속이 같은 사람일 수 있다.

여기까지 생각한 후 나는 테라스에 있는 탁자에는 어떤 음식이 있는지 궁금해서 그리 나가다가 실은 닫혀 있는데 열린 것처럼 보이는 유리문에 쾅 부딪친다. 너무 아파서 숨이 턱 막히고 코도 아프다. 그리고 문의 유리가 깨지면서 파편이 사방에 흩어진다. 결혼식 하객들이 당황한 얼굴로 내 쪽을 보고, 웨이터들이 빗자루를 들고 뛰어온다. 악마는 **너무 많이 먹더니 결국 이런 벌을 받는구나** 한다.

할머니는 짜증난 어조로 "이런, 세이디!" 하다가 갑자기 어조가 바뀌면서 "어서, 어서, 빨리 이리 와" 한다. 내 코에서 피가 줄줄 흐르고 있는데, 드레스에 묻기 전에 얼른 티슈로 막아주려는 것이다.

고맙게도 피터의 아버지는 사람들의 이목을 다른 데로 돌리려고 악단에 신호를 보낸다. 신랑 신부가 정말 다정하고 우아하게 포옹한 채 실내를 빙빙 돌며 춤을 춘다. 그러다가 엄마가 갑자기 예기치 않은 행동을 한다. 엄마는 피터를 껴안은 채 코피를 닦고 있는 할머니와 내가 있는 데로 오더니 나를 (벌집 머리, 호박단 주름장식, 플라스틱 벨트, 피 묻은 코까지 전부) 번쩍 들어 올려 같이 춤을 춘다. 곡이 끝나자 두 사람은 나를 탁자에 내려놓는다. 나는 신발을 신은 채 흰 식탁보 위에 서 있다. 하지만 오늘은 두 사람의 날이니까 어떤 일을 해도 상관없다. 이윽고 두 사람이 양편에서 내 손을 잡는다. 그런 다음 엄마는 사람들을 향해 당당하게 선언한다. "피터, 크리스티나, 세이디, 이게 우리 가족이에요!" 사람들이 박수를 친다. 할머니 할아버지가 이 말을 듣고 어떤 생각을 하는지 궁금했는데 얼굴을 보니 평소와 똑같이 괴롭지만 견딘다는 그런 표정이다. 자기 딸 결혼식에 참석하는 게 화장실 가는 것과 별반 다르지 않다는 그런 얼굴이다.

유월의 나머지 기간은 온갖 마지막의 연속이다.

이 집에서 마지막으로 내 침대 시트를 간다(덮었던 걸 밑에 깔고,

깨끗한 걸 덮는다는 게 할머니의 어김없는 규칙인데, 이 주에 한 번씩 둘 다 갈면 힘도 덜 들 텐데, 왜 그러시지 않는지, 정말 알 수 없는 일이다). 켈리 선생님은 마지막으로 내 악보집을 보라색 볼펜으로 더럽히신다. 나는 토슈즈와 학교 교복, 걸스카우트 단복을 걸어놓고, 수놓인 덮개로 건반을 덮고, 마지막으로 피아노 뚜껑을 닫는다. 그리고 커피테이블과 할아버지의 졸업장, 꽃 그림 액자에게도 작별 인사를 한다.

할아버지가 아침 식탁에 앉아 이렇게 말씀하신다. "아, 대체 누가 이런 직업을 택하겠어? 정말 머리를 쥐어뜯고 싶다니까." 물론 앞으로도 계속 이 말씀을 하시겠지만, 나는 더 이상 듣지 않아도 된다고 생각하니 거의 귀엽게 들릴 지경이다. 할머니가 접시의 물기를 닦으라고 하신다. 나는 다행히도 다시는 이 접시들을 닦지 않을 것임을 잘 알고 있기 때문에 금테 장식을 두른 접시들을 아주 정성스럽게 닦는다.

칠월 이일, 할머니가 내 옷들을 모두 접어 상자에 단정히 담으신다. 칠월 삼일, 피터가 집 앞에 차를 세우자 엄마가 얼른 뛰어내린다. 두 시간 뒤, 우리는 미국 국경을 통과해 뉴욕 주 로체스터 시를 휙 지나간다.

나는 너무 흥분한 나머지 칠월 이일 밤 거의 한잠도 자지 못한다. 그래서 차에 탄 지 얼마 안 가 졸리고 피곤한 나머지 뒷좌석 내 옆에 있는 책 상자에 머리를 기대고 잠이 든다. 잠에서 깨어보니 차 안이 무덥고, 온몸이 땀에 젖은 채 머리가 지끈거린다. 엄마와 피터는 작은 소리로 얘기하고 있다.

"우리가 정말 가족이 되려면 셋이 같은 성을 써야 해. 그러는 게 제일 간편해. 실버만 부부와 그들의 딸 세이디 실버만, 어때?"
 이건 내게는 정말 충격적인 말이다. 피터는 어떤 의미에서도 우리 아빠가 아니기 때문이다. 하지만 실상 나는 우리 아빠의 성이 뭔지도 모른다. 나는 우리 엄마의 성인 크리스와티를 써왔고, 엄마는 마캄 가에 있는 정신과 의사의 성을 따른 것이다. 내가 이름과 국적을 바꾸면 악마가 나를 못 찾을 수도 있다.
 "그럼 이제부터 내가 실버만 부인이 된다 이런 말이야?" 엄마가 묻는다.
 "글쎄, 가수 활동할 때는 크리시 크리스와티라는 예명을 써도 되겠지(피터가 이를 악문 채 말하는 걸 들으면 담배에 불을 붙이고 있는 것 같다). 두운이 있으면 외우기 쉽잖아. 메릴린 먼로, 브리짓 바르도, 도리스 데이 등등…… 하지만 다른 데서는 실버만 부인이라는 이름이 자기를 지켜줄걸. 예컨대 자모회에 갔을 때."
 그러자 엄마가 웃으며 말한다. "어쩐지 나는 자모회에 별로 안 갈 것 같아. 하지만 이제부터는 새로운 예명을 쓸 생각이야."
 "아, 그래?"
 "응."
 "어떤 이름인데?"
 "에라."
 "뭐?"
 "에라."
 "어떻게 쓰는데?"
 "이 알 알 에이, 에라."

"이름 같지도 않은데."

"이제 이름이 됐어!"

엄마는 부드럽고 신비한 목소리로 그 이름을 노래한다. 반점에 손을 대고 있는 소리다.

"그럴 수는 없어. 크리시 크리스와티를 유명하게 만들려고 이 년을 몸 바쳐 일했는데."

"피터, 내 손에 반지 하나 끼워줬다고 갑자기 이래라 저래라 할 권리가 생긴 건 아니잖아."

"남편이 아니라 매니저로서 말하는 거야."

"매니저, 매니저! 가수는 나고, 뭐든 내가 결정해. 예술가가 없으면 매니저는 관리할 게 없어지거든, 안 그래?"

피터는 아무 말도 하지 않는다.

"지금이 이름 바꾸기에 **딱 좋은** 시점이야." 엄마가 단호하게 말한다. "크리시 크리스와티는 캐나다 가수였고, 그녀의 명성은 캐나다에 남아 있을 거야. 하지만 에라는 세계적인 명사가 될 거야."

그러자 피터가 고개를 흔들며 말한다. "그런 이름은 정말 처음 들어."

"에라로 할 거야." 엄마가 단호하게 말한다. 그러다가 뒤로 돌아 내가 깨어 있는 걸 보더니 어떻게 생각하느냐고 묻는다.

"뭘?" 나는 바로 그 순간에 깨어난 척 눈을 비비며 이렇게 묻는다.

"이름 바꾸는 문제를 얘기하던 중이야. 이제부터 세이디 실버만이 되면 어떨 것 같아?"

"그러려면 일단 피터가 나를 입양해야 하는 거 아닌가?"

"그건 안 돼. 네 생부가 아직 살아 있거든." 피터가 말한다.

"그럼 전부 거짓말을 하자는 거야?"

"**거짓말**이라고? 그건 물론 아니지."

"그럼 연극 같은 건가?"

"맞아, 바로 그거야. 너는 세이디 실버만 역을 하게 되는 거지, 어때?"

"좋아요."

피터는 담배를 비벼 끄면서 하하 웃는다.

"세이디는 멋진 유대 이름이야. 히브리어로 '공주'라는 뜻이거든."

"정말? 전혀 몰랐어." 엄마가 말한다.

"몰랐다고?"

"응."

"그럼 왜 세이디라고 이름 붙였는데?"

"그냥 그 이름이 맘에 들어서 그런 거야."

"자, 그럼 이제 그 이름을 붙여준 **이유**가 생긴 거네. 자기 같은 비유대인들은 정말 모든 걸 일일이 알려줘야만 된다니까."

피터가 왜 우리를 가이즈guys(너희들)가 아니라 고이즈goys(비유대인)라고 불렀는지는 모르지만, 난생처음으로 갑자기 세이디라는 이름이 좋아진다. **슬픔**sad과 **사디스트**sadist 말고도 다른 뜻, 즉 '**공주**'가 떠오르기 때문이다.

"그리고 이제부터 나는 노래할 때 에라라는 이름으로 활동할 거야. **그건** 어때?" 엄마가 묻는다.

"좋아." 나는 이상하게 구부리고 자서 목은 아프지만 마음은 흐뭇

한 상태로 일어나 앉으며 대답한다. "좋은 이름이지만 난 지금 쉬야를 해야 돼."

뉴욕의 첫인상은 별로 좋지 않다. 토론토처럼 아주 넓고 평평한데, 규모가 훨씬 더 크다는 게 다를 뿐이다. 뉴욕에 와서 맨 처음 일어난 일은 우리가 나갈 고속도로 출구를 놓친 것이다. 그걸 보고 엄마가 "이런, 제기랄!" 하자 한동안 분위기가 정말 냉랭하다. 어쨌든 우리는 노폭 가에 있는 작은 아파트를 찾는다. 계단으로 올라가는 사층인데, 마약 과다복용으로 죽어서 더 이상 살 집이 필요 없게 된 친구의 친구 집이라서 싸게 얻었다고 한다.

"와, 이거야말로 정말 **소굴**이네." 아파트의 문을 연 순간 피터가 말한다. 검게 칠한 벽에 노란 나무판이 붙어 있고, 창에는 검은색과 노란색으로 된 커튼이 드리워져 있고, 천장은 진한 빨간색이다. 안에는 엄마가 반드시 있어야 된다고 요구한 피아노가 놓여 있다. 문을 열자마자 엄마는 피아노 건반을 눌러보는데, 정말 조율이 되어 있다.

우리는 상자와 가방들을 끌고 사층으로 올라간다. 할머니 할아버지, 머스와 살았던 생활은 벌써 희미하고 아주 오래된 일처럼 느껴진다. 엄마 아빠는(나는 피터를 아빠라고 부르는 데 적응해볼 생각이다) 거실의 소파침대에서 잘 것이다. 내 방에서 창밖을 내다보니 아이들이 많이 놀고 있고, 보도에는 쓰레기와 개똥이 상당히 많이 널려 있다. 낯선 곳의 냄새가 풍기는데, 그게 기분 좋게 느껴진다.

장 보러 가기는 너무 늦은 시간이라 우리는 중국집에서 저녁을 먹는다. 피터는 내게 젓가락 쓰는 법을 가르쳐주지만 내가 자꾸 바닥에 떨어뜨리고, 웨이터들도 주워 오기에 지친 것 같아서 나는 그냥 포크로 밥을 먹는다. 밥을 다 먹은 뒤 포춘 쿠키를 쪼개봤는데, 피터 것에 **곧 아주 큰돈을 벌게 될 것**이라고 나와 있어서 모두 깔깔 웃는다. 엄마 것에는 **행운이 기다리고 있음**, 내 쿠키에는 **새로운 삶을 활용할 것**이라고 되어 있다. 철자는 틀렸지만, 정말 신기하다.

엄마는 내 여름방학에 대해 별 계획이 없다. 나도 그게 좋다. 엄마와 피터—아니 아빠는 녹음실에서 거의 하루 종일 살기 때문에 아주 기분 좋게 들떠 있다. 집에서 그리 멀지 않은 곳에 도서관이 있어서, 엄마가 동화책을 한 아름씩 빌려다 준다. 그래서 다른 사람들이 세운 규칙 없이 내 마음대로 책 보고, 마음껏 먹고 자고 하다 보니 여름이 끝없는 낙원처럼 느껴진다. 그런데 내 마음속에 있는 규칙은…… 악마는 나의 일거수일투족을 지켜보고 있는 것 같지만 별 활동은 하지 않고 있다. 뉴욕으로 이사 온 뒤 지금까지 악마는 내게 소리를 지르거나 자해하게 만든 일이 없다. 옷 입는 것까지도 훨씬 쉬워졌다. 하긴 여름에는 입을 옷이 몇 개 안 되니까 차려입는 것 자체도 간단하지만.

이렇게 해서 나는 가족과 산다는 게 뭔지 처음으로 겪어봤는데, 정말 좋은 것 같다. 날씨가 후텁지근하고, 햇살이 내 방으로 비쳐들면 정말 덥다. 그럴 때는 거실로 나가서 시트 밖으로 삐져나와 있는 피터와 엄마의 발을 간질인다. 그러면 두 사람은 중얼거리면서 그러지 말라고 한다. 우리 엄마와 피터가 발가벗고 누워 있는 게 이상하지만, 가족이라는 게 그런 것 같아 거기 익숙해지려고 애쓰는 중이다.

아침마다 나는 커피를 끓여서 크림, 설탕과 같이 쟁반에 담아 두 사람에게 갖다준다.

피터는 내게 정말 잘해주고, 플립샷이라는 게임도 가르쳐준다. 내가 피터의 손을 잡은 다음, 몇 번 폴짝폴짝 뛰어 두 다리로 그의 허리를 감은 뒤 몸을 뒤로 젖히면 머리카락이 바닥을 쓸게 된다. 그다음에는 두 다리를 앞으로 옮겨 그의 가슴에 브이 자 모양으로 대면 피터가 나를 들어 올려 자기 목을 감고 앉게 한다. 그런 다음 뒤로 내려서 홀떡 뒤집으면 나는 두 발로 서게 되는 것이다! 정말 재미있는 게임인데, 피터는 내가 통통해서 두세 번만 해도 자기가 완전 녹초가 된다고 놀린다.

미국에 온 지 얼마 안 됐지만 토론토에 살 때 찾아오던 친구들과 아주 비슷한 사람들이 우리 집에 모여들기 시작한다. 그 사람들과 정말 똑같이 수염과 머리를 기르고, 엄마의 매력과 목소리에 넋을 잃고, 밤늦도록 와인을 마시고 마리화나를 피우며 음악을 듣는 친구들이 밤낮없이 찾아온다. 그런 일들이 싫증나면 나는 그냥 방에 들어가 문을 닫고 있다가 궁금하면 열쇠 구멍으로 빠끔히 내다보면 그만이었다.

집 안은 엉망이다— 하지만 엄마 말마따나 "모든 걸 다 가질 수는 없으니까." 그런데 엄마는 깨끗한 그릇이나 속옷이 하나도 없다든지, 바닥이 발 디딜 자리가 없을 정도로 지저분할 때는 그야말로 본격적으로 집안일을 해치운다. 폴 앵카의 「내 어깨에 그대의 헛간을 기대요」* 같은 노래들을 아무렇게나 바꿔 부르며 더러운 걸 닦고, 빨래를 하고, 바닥을 쓸고, 옷을 다리고, 카펫을 턴다.

---

* 원 제목은 「내 어깨에 그대의 머리를 기대요」인데, 세이디의 엄마가 머리(head)를 헛간(shed)으로 바꿔 부른 것이다.

칠월 이십구일은 내 일곱 번째 생일이다. 엄마 아빠는 나를 브롱크스 동물원에 데리고 간다. 걷다가 내가 다리 아프다고 하니까 피터가 무등을 태워준다. 그렇게 높은 데서 보니 세상이 훨씬 멋져 보이고, 피터의 머리가 내 다리 사이에 있고, 그가 손으로 내 발목을 잡고 있는 것도 기분 좋다. 돌아오는 길에 엄마가 중앙역에 있는 빵집에서 케이크를 사줬는데, 놀랍게도 할머니가 집에서 만든 케이크보다 훨씬 더 맛있다. 내가 세번째 조각을 집어다 먹으며 그 얘기를 하니까 엄마는, 그건 빵집에서는 할머니가 즐겨 쓰는 죄책감이라는 재료를 빼고 굽기 때문이라고 한다.

며칠 후, 메릴린 먼로의 자살 때문에 한바탕 소동이 벌어진다. 그 사람이 꽉 끼는 드레스 때문에 고생하던 게 불과 몇 달 전인데. 뉴스 화면을 보면서 충격받는 엄마 아빠의 얼굴이 정말 인상적이다. 할머니 할아버지는 어떤 일이 있어도 절대 충격을 받지 않고, 그저 맘에 안 든다는 표정으로 고개를 저었을 것이다.

일요일 아침, 엄마가 늦잠을 잔다. 열한 시가 되어도 일어나지 않자 피터가 묻는다. "세이디, 우리 나가서 아침 좀 때우고 올까?" 피터의 손을 잡고 나가는데 정말 자랑스럽고, 기분이 상쾌하고, 내가 특별한 사람 같은 느낌이 든다. 드랜시 가와 리빙큰 가를 지나 오처드 가에 이르니 가게들이 전부 열려 있고, 상품들이 보도에까지 쌓여 있다. 토론토에서는 일요일에 한 번도 보지 못한 풍경이다. 나는 아빠가 가리키는 간판들을 자랑스럽게, 큰 소리로 읽는다. **파인 앤 클라인 핸드백, 알트만 여행가방, 세계 최대의 베켄스틴 포목점, 여기서 안 사면 진짜 손해!**

세이디, 1962년 253

가죽 상설할인매장, 의류, 포목, 장식류, 니트류 등, 나는 어떤 간판이든 척척 읽을 수 있다. 아빠는 환하게 웃음 띤 얼굴로 가끔 멈춰 서서 물건을 살펴보고 점원과 얘기도 나눈다. 다들 따님이 귀엽다고 한마디씩 하는데, 내가 그의 딸이 아니라는 걸 굳이 밝히고 싶지 않다. 피터는 나를 카츠라는 아주 큰 식당에 데리고 들어간다. 안에 들어가니 더 많은 광고 문구가 걸려 있다. **1888년 설립**도 있고, **군대에 간 자녀에게 살라미 소시지를 보내시오** 같이 우스운 내용도 있다. "저건 각운이 안 맞는데!" 내가 킥 웃으며 얘기하자 피터는 "브루클린 발음으로 하면 각운이 맞아" 한다. 손님들은 주로 남자들인데, 피터 말로는 여기는 식당이 아니라 델리라고 한다. 델리에서는 테이블에 앉아 웨이터에게 음식을 주문하는 게 아니라 카운터 앞에 줄을 서서 진열장 안의 빵, 고기, 치즈를 찬찬히 살펴보다가 자기 차례가 되면 먹고 싶은 것을 주문한다. 그러면 주인이 접시에 음식들을 담아준다.

이윽고 아빠가 말한다. "오케이, 세이디…… 드디어 너도 베이글과 훈제연어를 직접 먹어볼 기회가 왔구나." 우리는 그 두 가지를 시킨 다음 구석에 있는 탁자에 앉아 이 새로운 형태의 행복을 한 입 베어 문다. 피터가 묻는다. "전에 유대인이 뭐냐고 물었지?" 나는 훈제연어를 가득 문 채 고개를 끄덕인다. 별로 달지 않은 도넛 비슷한 빵에 훈제연어와 크림치즈를 넣은 음식이다. "이건 유대인이어서 경험하는 좋은 면에 해당하지."

나는 음식을 삼킨 다음 식당 안을 둘러보며 묻는다. "그럼 여기 있는 사람들이 전부 유대인이라는 거예요?"

"거의 그렇지. 너 같은 구경꾼들 빼고는 말이지. 우리는 일요일 아침에는 가능한 한 요란하고 활기차게 지내려고 해. 다른 사람들은 교회 가느라고 다들 가게를 닫으니까 말야."

"그런데 저 사람들이 다 유대인이라는 걸 어떻게 **알아요?**"

"말하는 걸 들어봐."

나는 훈제연어를 넣은 베이글을 크게 한 입 베어 물며 말한다. "맞아요, 독일어로 얘기하고 있는 것 같아요." 그러자 아빠는 음식 먹을 때는 말하지 말라고 하는 대신, "세이디, 저건 독일어가 아니라 이디시어야." "이디시어가 뭔데요?" "동유럽에 사는 유대인들이 쓰는 말인데, 저 사람들이 이디시어를 말하는 마지막 세대니까 너도 잘 들어둬야 해. 네 애들을 카츠에 데리고 올 때쯤이면 이디시어를 말하는 사람이 하나도 없을 거야."

"그럼 유대인이라서 안 좋은 면은 뭐예요?"

"아…… 그건 앞으로 두고두고 알게 될 거야."

그때부터 아빠와 나는 매주 일요일 휴스턴과 러들로우 가를 걸어가 카츠에서 아침을 먹는다. 아빠는 내가 원하는 건 뭐든 먹게 해주었고, 나는 먹는 것마다 다 맘에 들었다. 작은 피클, 초록토마토 피클, 거대한 염장 쇠고기, 훈제 혀, 매운 파스트라미 샌드위치, 베이글이나 양파를 넣은 롤빵, 청어절임, 살라미 피자 같은 걸 먹고, 끝에는 애플스트루들을 먹는 것이다.

"이런, 당신 세이디를 너무 잘 먹이는 거 아냐?" 아침에 식당에서 뭘 먹었는지 말해주자 엄마가 이렇게 묻는다. 그러자 아빠는 "세이디는 추운 나라에서 너무 스파르타식으로 살았으니까 지금은 좀 그래야 돼" 한다. 스파르타가 뭔지 모르지만 나는 아빠 말에 절대 동감이다.

드디어 여름이 끝나고 내일이 개학이다. 악마는 위협적인 어조로, **세이디, 각오는 되어 있겠지? 2학년 다닐 준비는 되어 있는 거지?** 하고 묻는다. 하지만 나는 이 동네 아이들이 다 다니는 공립학교에 갈 거니까 1학년 때만큼 나쁠 리는 없을 것 같다. 전에 다닌 그 형편없고 속물스러운 사립여학교에서는 전교생이 자가용으로 등교를 하고, 영혼에까지 교복을 입고 다녔다.

학교생활은 괜찮은 편이다. 세이디 실버만이라는 새로운 이름으로, 나는 네이선 가 140번지 공립학교의 몇몇 아이들과 얘기까지 나눠봤다. 애들은 나 역시 자기들처럼 유대인이라고 생각한다. 이 학교 학생은 거의 다 유대인이다. 내가 캐나다에서 왔다고 하자 놀랍게도 이 애들은 그 나라가 어디 있는지도 모른다고 한다. 그래서 캐나다가 미국보다 크다고 했더니 자기들 이마를 톡톡 치면서 나를 미친 사람 취급한다. 그래서 더 이상 설명하지 않고 그냥 어깨를 으쓱하면서 대수롭지 않게, **넓이**는 캐나다가 더 큰데 **인구**로 보면 미국이 열 배나 많다고 말해준다. 그러자 아이들은 내 유식함에 입을 떡 벌렸지만 그것 때문에 나를 미워하지는 않는 것 같다. 작년에 착한 척한다고 완전히 왕따 당한 걸 참고로 해서, 이곳에서는 유식한 걸로 관심을 끌면서도 미움 받지 않게 아주 조심해야 할 것 같다. 작년 그 학교는 정말 끔찍했다.

엄마한테 정말 살얼음판을 걷는 기분이라고 했더니, "그래, 나도 알아. 나도 다섯 살 때 글 읽는 걸 배워서 애들한테 많이 당했거든" 한다. (그런데 누가 엄마한테 글을 가르쳐주었을까? 깜박하고 그걸 안 물어봤는데, 할머니 할아버지가 가르쳐주었을 리는 없다!) "특출한 애가 있으면 아이들이 아주 싫어하지. 하지만 이건 명심해라. 지금은 너뿐 아니라 **모든 아이들이** 새로운 환경에 적응하면서 서로의 성격을 파악해가는 시기라는 걸. 그중 어떤 아이도 완벽하지 않아, 무슨 말인지 알지?"

"알았어." 언제나 그저 침대를 정리하라거나 상을 치우라고 시키는 대신, 내 말을 들어주고 내 문제를 심각하게 생각해주는 사람이 있다는 게 정말 좋다.

어떤 과목이든 다른 아이들의 수준이 나보다 훨씬 떨어지기 때문에 실제로 수업 시간에 배우는 건 별로 없다. 하지만 쉬는 시간에는 남녀에 대해서 아주 많은 걸 배우고 있다. 전에는 남자아이들이 없는 학교에 다녔는데, 이 학교에서는 여자애들이 남자애들 얘기를 하고, 아마 그 애들도 우리 얘기를 할 것이다. 전에도 이 문제에 대해 전혀 몰랐던 건 아니다. 토론토에서 할아버지와 함께 머스를 산책시키러 나갔을 때, 암캐를 만나자 머스의 생식기가 빨갛고 단단하게 튀어나오는 걸 본 적이 있다. 그리고 그 암캐가 자기보다 세 배나 커도 꽁무니에 달라붙어 숨을 헐떡이곤 했다. 실제로 한번은 작고 하얀 푸들에 올라탔는데, 할아버지가 "그만, 그만, 젊은이, 자네는 지금 가정을 이룰 형편이 아니라네" 하며 목줄을 획 잡아당겨 끌고 오신 적도 있다. 그런데 그 말을 들으니 우리 아버지 모트에 대해 하셨던 얘기가 떠올라 한동안 생각에 잠겼다.

그리고 할아버지의 의학백과사전에서 벗은 남녀의 삽화를 본 적도 있다. 젖가슴과 성기를 늘어뜨린 사람들, 그리고 그들의 생식기 옆에

'요도'나 '자궁' 같은 이상한 말들이 쓰여 있었다. 하지만 지금은 여자애들이 그 생식기들에 대해 농담 따먹기를 한다. 그런 일이 늘 일어난다는 것, 점잖아 보이는 양복과 넥타이 차림의 신사들이 머스와 똑같이 흥분하면서 점잖은 숙녀들에게 그것을 찌른다는 것, 그리고 그것이 바로 결혼의 본질이라는 게 믿어지지 않는다. 결혼한 사람들은 아이를 갖고 싶든 그렇지 않든 그걸 하고, 그렇다면 엄마와 피터도 그걸 할 거고(밤에 가끔 무슨 소리가 날 때도 있는데, 열쇠 구멍으로 내다봐도 거실이 너무 어두워서 아무것도 보이지 않는다), 심지어 할머니 할아버지도 언젠가는 그걸 했을 것이다. 안 그랬으면 엄마가 태어나지 않았을 거니까. 그렇다면 뉴욕에 사는 모든 사람, 아니 지구상의 모든 사람은 이 비비고, 밀고, 뿜는 활동, 소위 '성교'의 결과물인데, 이건 정말 믿기 어려운 일이지만 사실이다.

학교에서 남자애들은 여자애들을 놀리고 괴롭힌다. 처음에 누가 내 머리를 잡아당겼을 때는 화가 났지만, 생각해보니 그것도 반의 일원으로 받아들여졌다는 뜻인 것 같아 나도 다른 여자애들처럼, 속마음은 정반대지만 겉으로는 **"그만두지 못해!"** 하고 소리치게 되었다. 그리고 나 역시 몇몇 남자애들에게 호감의 표시로 낄낄거리고, 한숨을 내쉬고, 눈짓을 하게 되었다. 쉬는 시간에 가끔 남자애들이 팔을 벌리고 "유대인! 유대인!" 하면서 여자애들을 쫓으면 여자애들이 무서운 척하면서 "나치! 나치" 하고 소리치며 도망치는 것을 보았다. 처음 듣는 단어여서 사전을 찾아보지만 독일의 정당 어쩌고 하는데 그게 우리 학교랑 대체 무슨 상관이 있는지 이해할 수 없었다. 그래서 어느 일요일 아침, 카츠에서 아빠에게 그것에 대해 물어보았다.

"아빠, 나치가 뭐예요?" 내가 아주 크고 똑똑한 소리로 묻자 아빠의 얼굴이 새빨갛게 달아오른다.

"쉬." 여러 사람이 우리 쪽으로 고개를 돌린다. (내 악마는 금세 **너 또 일 저질렀구나, 늘 그렇듯이 이 관계 역시 망쳐버렸구나** 한다.) 아빠는 잔에 남아 있던 커피를 다 마시고 정신을 차린 뒤 눈을 찡긋하더니 작은 소리로 얘기한다. "나치야말로 유대인이어서 겪은 제일 나쁜 면이었단다. 그 얘기는 이따가 나가서 해줄게……"

옷감, 여행가방, 가죽 제품 들이 쌓인 오처드 가로 나오자 아빠는 왜 그게 궁금해졌는지 묻는다. 그래서 쉬는 시간에 본 게임 얘기를 해주니까 아빠의 눈썹이 안경 위로 올라가고 이마에 주름이 잡힌다. 그러더니 간단하게 내 질문에 대답해준다.

"나치는 유대인들을 지구상에서 완전히 없애려고 했던 독일인들이야."

"대체 왜?"

"유대인들이니까."

"아빠, 그게 **어때서?**"

"그거야 사람들을 영리하게 만드는 것보다 바보로 만드는 게 훨씬 쉬우니까 그런 거지. 예를 들면, 사람들한테 그들의 모든 문제가 유대인들 때문에 생긴 거라고 하면 다들 마음을 놓거든. 이해하기 쉽잖아. 대부분의 사람에게 진실은 너무 복잡해서 이해하기 힘든 것이거든."

"그래서 유대인들을 죽였다는 거야?"

"응." 피터는 가판대에서 『선데이 타임스』를 사며 이렇게 대답한다. 이건 즉 우리가 곧 집에 들어갈 거라는 뜻이다. 너무 무거워서 늘 제일 나중에 사기 때문이다.

"그럼 **아빠**는 어떻게 도망쳤어?"

아빠가 픽 웃는다.

"다행히 토론토에 사는 유대인들은 잡아가지 않았거든. 하지만 독일에 계시던 우리 할아버지 할머니는 잡혀가셨지."

"아빠의 **할아버지, 할머니**가?"

피터가 고개를 끄덕인다. 그러고는 이야기를 딴 데로 돌리려고 머리를 굴린다. 그래서 나는 얼른 세 가지 궁금한 점을 초고속으로 물어본다.

"그 사람들이 어떻게 그분들을 잡아갔는데? 어떻게 죽였는데? 전부 몇 명이나 죽었는데?"

하지만 아빠는 그냥 내 머리를 흩뜨리면서, "어린애가 그런 문제에 신경 쓰면 안 돼. 그건 너랑 아무 상관없는 일이니까. 하지만······ 부탁인데······ 학교에서 그 놀이 하지 마, 알았지? 다른 애들이 하면 너는 운동장 저쪽으로 가서 다른 걸 하는 척해. 됐지?"

"알았어." 나는 아주 진지하고 심각하게 고개를 끄덕인다. 방금 알게 된 사실이 너무 엄청나 머리가 휘청대는 느낌이다.

『선데이 타임스』와 다른 여러 신문을 보면 세상은 정말 위험한 곳이다. 쿠바에 러시아 미사일이 설치되고, 냉전이 열전으로 바뀔 수도 있다고 한다. 하지만 케네디 대통령은 러시아의 농간에 단호한 태도로 맞서고 있다. 학교에서는 선생님들이 자주 공습 대피훈련을 시키고, 제3차 세계대전에 대비해 방공호를 파는 사람들이 늘어나고 있다.

그런데 피터와 엄마는 거기 휩쓸리지 않고 그런 상황에 대해 농담만 한다. 어느 날 엄마 아빠는 저녁 먹는 내내 웨스팅하우스 사가 오랫동안 완벽하게 보전되도록 플러싱 메도우 공원의 단단한 화강암 밑에 타임캡슐을 묻은 얘기를 한다. 수천 년 후, 인류가 완전히 사라진 뒤, 외계인들이 이 별에 도착해 지구인들의 생활상에 대해 궁금해할 경우 모든 걸 보여줄 수 있도록, 집 꾸밈, 옷, 전자제품까지 1962년의 전형적인 가정을 그대로 보전해놓았다는 내용이다. 이야기 끝머리에 엄마와 피터는 화성인들이 선풍기를 켜고 어떻게 작동하나 보려고 긴 초록색 손가락을 선풍기 안으로 집어넣는 장면을 상상하며 눈물이 날 정도로 웃어댄다.

엄마의 음반이 나왔다. 재킷에 커다란 금색 글자로 에라라고 쓰여 있고, 눈을 감은 채 이 기쁨을 나누자는 듯이 벌린 팔을 쳐들고 입을 벌려 기쁨의 노래를 부르는 엄마의 아름다운 모습이 나와 있다. 음반사가 공연을 기획하고 뉴욕 시 전역에 홍보 포스터를 붙인다.

공연 다음 날 아침 잠에서 깨어보니 엄마와 피터는 그때까지 부엌에서 샴페인을 마시고 있다. 밤을 꼬박 샌 것이다.

"완전히 열광의 도가니였단다!" 피터가 이렇게 말하며 나를 번쩍 들더니 어지러울 때까지 빙빙 돌려준다. 그러고는 특별한 날이라면서 샴페인까지 한 모금 마시게 해준다. 엄마는 내 이마에 입을 맞추더니, "안녕, 세이디. 이건 시작에 불과해" 한다.

내가 아침을 먹는 동안 피터는 노래를 시작할 때마다 팔의 반점에 손을 대는 걸 갖고 엄마를 놀린다(약간 취한 것 같다. 아니면 감히 그러지 못할 텐데).

"그게 뭔데 그래? 소리굽쇠라도 되나?" 피터가 묻는다.

"아니, 일종의 부적이야, 세이디도 갖고 있지, 그게—" 하지만 내가 깜짝 놀라서 눈이 동그래지는 걸 보더니 얼른 입을 다문다.

"그래? 너도 반점이야?" 아빠가 묻는다.

"아니, 부적이라고." 엄마가 태연하게 대답한다. "하트 모양의 작은 조약돌인데 세이디…… 그걸 주운 게 몇 년 됐지?"

"어…… 삼 년." 엄마가 정말 눈 하나 깜짝 안 하고 거짓말하는 걸 보고 너무 놀란 나머지 나도 이렇게 대답한다.

"**삼 년이나** 됐구나!" 엄마가 피터에게 말한다. "생각해봐, 삼 년이면 세이디 인생의 반이야."

아침을 먹은 뒤, 나는 사전에서 부적의 뜻을 찾아본다. '마력을 가졌다고 생각되는 물건'이라는 뜻이다. 그런 게 있으면 좋을 텐데, 내게는 그런 게 없다.

며칠 후 아빠는 비행기로 캘리포니아에 간다. 엄마의 공연을 준비하기 위해 한 달 동안 출장을 간 것이다. 아빠가 없으니 정말 아쉽다. 특히 일요일 아침에는 더욱 그렇다. 하지만 엄마랑 둘만 있으니까 정말 좋다. 어떤 날은 밤에 내 침대에 누워 어둠 속에서 둘이 오랫동안 얘기를 나누기도 한다. 어느 날 밤, 나는 드디어 다섯 살 때 누구한테서 읽기를 배웠느냐고 묻는다. 그러자 엄마는 "너 이거 아니? 아이스 커페이드*가 뉴욕에 온대. 우리도 가볼까?" 엄마가 내 질문은 들은 척도 하지 않고 그렇게 갑자기 화제를 바꾼 게 정말 믿어지지 않는다. 하지만 다시 물어볼 용기는 없다.

십이월의 일요일 오후, 눈이 내리고 있다. 동네 전체가 놀랍도록 아름답고 조용하다. 폭설이 내리자 사람들이 집 밖으로 나오지 않고, 쓰레기나 개똥도 부드러운 흰 눈에 덮였기 때문이다. 가로등이 평소보다 이른 네 시에 켜지고, 나는 창가에 서서 노퍽 가의 고요한 아름다움을 내다보고 있다. 그런데 이때 초인종이 울린다.

초인종이 다시 울려서 거실로 나가는데, 엄마는 목욕을 하느라고 물을 세게 틀어놓아서 소리를 못 들은 것 같다. 그래서 얼른 문을 열어보니 계단께에 모르는 남자가 서 있는데, 보통 때 오는 엄마 아빠 친구들과는 전혀 다른 모습이다. 금발에 아주 마르고 수척하며, 약간 긴장된 표정, 그리고 움푹한 볼과 꽉 다문 턱이 보인다. 왠지 약간 무서운 느낌이 든다. 그래서 집을 잘못 찾은 것 같다고 말하려는데, 그 남자가 강하지만 약간 자신 없는 소리로 "에라가 여기 사니?" 하고 묻는다(알 발음을 굴리는 걸 보니 외국인이다). 저번 음악회 때 엄마를 보고 사랑에 빠졌거나 그래서 찾아온 사람이면 아빠가 캘리포니아에 가 있는 지금 집으로 들어오게 하는 건 위험할 것 같아서 나는 대답을 하지 않는다.

"에라가 여기 사니?" 그 남자가 다시 다급한 어조로 더 크게 묻는다. "에라한테…… 에라한테 루트가 왔다고 전해주렴."

정말 겁이 난다. 이럴 때는 어째야 좋을까? "기다리세요." 나는 그 사람을 계단에 세워둔 채 문을 탁 닫는다. 그러고는 엄마가 신나게 거

---

* Ice Capades: 1940~1995년 사이에 활동한 아이스 스케이트 흥행단.

품목욕을 하고 있는 욕실로 뛰어간다.

"엄마!" 내가 아주 이상하게 작은 소리로 부르자 엄마가 얼른 돌아본다.

"세이디, 무슨 일이야?"

욕실 안의 수증기가 코와 입으로 들어와 아무것도 보이지 않고, 말도 나오지 않는다. 이윽고 내가 더듬더듬 말한다.

"누가 엄마를 찾아왔는데, 이름이 루트래."

"루크?" 엄마가 찡그리며 묻는다. "그런 사람 모르는데—"

"아니, 루크가 아니고 **루트**."

그 순간 엄마의 표정이 완전히 굳어진다. 눈은 나를 보고 있지만, 내가 자로 맞았다고 얘기해줬을 때처럼, 정신은 어딘지 먼 데 가 있는 눈치다. 이윽고 엄마가 눈길을 떨구며 아주 낮은 소리로 **루트**…… 한다. 노래를 시작할 때처럼 오른손으로 반점을 누르고 있다. "루트…… 이럴 수가……"

"**그게 누군데**, 엄마?" 내가 속삭이듯 묻는다. "아는 사람이야? 무서워 보여서 문을 닫아버렸는데."

"아, 세이디, 그러면 안 되는데. 가서 들어오시라고 해. 엄마가 금방 나온다고 하고."

나는 그 사람을 들어오게 한 다음 "앉으세요" 한다. 그런데 이 말을 못 알아듣기에 안락의자를 가리키며 앉으라고 한다. 그러자 그 남자는 의자 끝에 살짝 걸터앉더니 욕실 문을 응시한다. 나는 가능한 한 멀리 떨어져서 내 방문 앞으로 간다. 욕실에서 나온 엄마는 환영같이 보인다. 검은색의 긴 벨벳 목욕 가운을 입고, 어린 왕자처럼 젖은 금발이 사방으로 뻗쳐 있다. 그 남자가 일어서고, 두 사람은 꼼짝 않고 선 채 말없이 서로를 뚫어지게 바라본다.

엄마가 그처럼 멀게 느껴진 건 처음이다. 전에 몇 년씩 떨어져 살았어도 이런 느낌이 든 적은 없다. 엄마가 최면에 걸리거나 다른 사람이 되어버린 것 같다. 이윽고 엄마가 "야녘" 비슷한 이름을 속삭인다. 그 남자는 아까 자기 이름이 루트라고 했는데. 무슨 일이 벌어지고 있는지 모르지만 여하튼 느낌이 안 좋다. 엄마가 최면 상태에서 벗어나 정신을 차리고 평소처럼 행동하길 바라면서 나는 헛기침을 해본다("어머, 어머, 어머…… 이게 몇 년 만이야. 정말 반가워! 차라도 좀 내올까?"). 하지만 그런 일은 일어나지 않는다. 실제로 일어난 일은, 마치 죽은 사람의 영혼이 몸속에 들어간 것처럼 멍한 눈빛을 한 채 엄마가 천천히 내 쪽으로 돌아서더니, 내가 투명인간이라도 된 듯 꿰뚫어보며 "세이디…… 네 방에 들어가서 문 닫고, 부를 때까지 나오지 마" 하고 속삭인 것이다.

그 말을 듣자 뺨 맞은 것처럼 불쾌했지만 나는 곧바로 방으로 들어간다. 들어가는 데서 그치지 않고 문까지 걸어 잠근다. 내가 엄마 말에 완전히 복종했다는 걸 보여주고 싶었다. 그런 다음 침대에서 베개를 가져다가 문 앞 바닥에 놓고, 거기 무릎을 댄 채 열쇠를 빼고 열쇠구멍으로 거실을 내다본다.

마치 연극을 보는 느낌이다. 엄마와 그 남자는 일 분 정도 아까와 마찬가지로 말없이 서 있다. 그러더니 엄마가 몇 발짝 천천히 다가가자 그 남자가 팔을 벌린다. 엄마는 몽유병자처럼 그의 품에 들어가 안긴다. 이 금발의 낯선 남자는 엄마를 꽉 껴안고 흑흑 흐느껴 운다. 엄마도 같이 울더니 갑자기 웃음을 터뜨린다. 그런데 제일 황당한 건 엄마가 지금 내가 한 번도 들어보지 못한 외국어로 말하고 있다는 것이다. 이디시어일 수도 있고, 독일어일 수도 있는데, 두 사람은 울다 웃다, 숨을 몰아쉬다 서로를 바라보다 하면서 그 언어로 몇 마디씩 주고받고 있다.

이런 상황이 벌어지는 동안에도, 내 뒤 창밖에는 여전히 눈이 내리고 있다. 엄마가 손을 들더니 그 금발 남자의 뺨을 어루만지며 "나의 야넥, 나의 야넥" 비슷한 말을 하는데, 영어가 아니고 독일어 같다. 그러자 그 남자도 엄마의 이름을 속삭인다. 에라가 아니고 엄마의 진짜 이름인데, 그 외국어로 말하니까 좀 다르게 들린다. "크리스틴카"라고 하는 것 같다. 그 남자가 목욕 가운의 허리띠를 잡아당기자 매듭이 풀린다. 그가 천천히 목욕 가운을 벌리자, 엄마의 가슴이 드러난다. 그가 엄마의 목에 입을 맞추자, 엄마가 머리를 뒤로 젖힌다. 그는 머리를 숙여 엄마의 목 아랫부분에 입을 맞춘다. 보고 싶지 않지만 안 볼 수도 없다. 나는 모르지만 둘은 통하는 언어로 엄마가 그에게 얘기하고 있다. 엄마가 그의 셔츠 단추를 풀면서 입을 맞추자, 그 남자가 두 손으로 엄마의 어린 왕자 같은 머리를 붙잡는다. 그러자 엄마의 목욕 가운이 바닥에 떨어진다. 이제 엄마는 완전히 발가벗은 상태고, 그 남자는 옷을 모두 입고 있다. 엄마가 (날마다 아빠와 같이 자는) 소파베드를 펼치는 사이 그가 천천히 옷을 벗는다. 완전히 발가벗자 그의 성기가 꼿꼿이 서서 흔들거리는 게 보인다.

그가 침대 위에서 무릎을 꿇자 엄마가 그 남자 앞에 꿇어앉더니 고개를 숙여 그의 성기를 붙잡고 입에 넣는다. 그 광경이 너무 역겨워서 나는 엿보는 걸 그만두고 쿵쿵 뛰는 가슴을 가라앉히기 위해 가로등 불빛 속에 눈발이 날리는 걸 지켜본다. 한참 뒤 다시 열쇠구멍 앞에 무릎을 꿇고 거실을 내다보니 엄마는 그 남자 쪽으로 등을 돌리고 있고, 그는 마치 수갑을 채우듯 엄마의 두 손을 뒤로 돌려 꽉 잡은 채 머스가 그 하얀 푸들에 올라탔을 때처럼 뒤에서 엄마를 찌르고 있다. 그런데 머스처럼 헐떡이는 게 아니라 신음하면서 나지막이 뭐라고 속삭이고 있고, 엄마는 등을 뒤로 젖힌 채 목으로 깊은 소리를 내고 있다. 나는 이 모든 게 너무 견디기 힘들어서 다시 전등을 켜고 부들부들 떨며 침대로 돌아간다. 악마가 그 어느 때보다 강하게 솟아나 나를 비탄에 빠뜨리고 거의 파괴하면서 이렇게 말한다. 너는 사악한 거짓말쟁이라서 이런 일을 보고만 있는 거야, 네 엄마는 사악한 거짓말쟁이고 너는 그 여자의 결점을 이어받은 거라고, 나는 너를 평생 지배할 것이고, 너 역시 네 엄마처럼 항상 죄를 지으며 살 거야. 나는 절대 너를 놔주지 않을 거야, 세이디! 나는 침대에 누워 덜덜 떤다. 그러자 악마가 말한다. 일어나, 아무 소리 내지 마, 창녀 같은 네 엄마를 방해하면 안 돼, 그 여자도 내 뜻에 따르고 있고, 제 남편을 철저히 배신하고 있으니까, 철저히, 알겠어? 자, 정신 차리고 네 옷장에 들어가서 문을 닫은 다음 벽에 네 머리를 백 번 찧어, 정확히 100을 세면서, 알았지?

나는 조금 아까 엄마가 하던 것, 그리고 지금 하고 있을 것 때문에 역겨움에 덜덜 떨며 악마의 지시에 따른다. 벽에 머리를 백 번 찧고 비틀거리며 옷장에서 나오자 오줌이 몹시 마렵다. 하지만 부를 때까지 내 방에 있으라는 엄마 말이 생각나서 오줌 눌 그릇을 찾아보지만 크레용을 담아둔 머그잔밖에 없다. 그래서 크레용을 비우고 바지와 속옷을 내린 다음 머그잔을 바닥에 놓고 그 안에 누려고 애썼지만 결국 바닥이 온통 오줌으로 흥건해진다. 클리넥스로 대충 닦긴 했지만, 젖은 클리넥스를 어째야 좋을지 난감하다. 그리고 앞으로는 절대 엄마를 믿을 수 없을 것 같다. 오늘이 내 인생 최악의 날이다.

그런 다음 어떻게 잠이 들었는데 엄마가 문을 두드리며 나를 부르고 있다. "세이디…… 세이디…… 저녁 먹어!" 나는 거실을 엿본 걸 들킬까 봐 얼른 베개를 내 침대로 갖다놓는다. 문을 열자 엄마가 "왜 문을 잠근 거야?" 한다. 그러다가 오줌에 흠뻑 젖은 클리넥스를 보더니 어떤 일이 있었는지 알아채고 이렇게 말한다. "아, 세이디, 정말 미안해!" 하지만 나는 말없이 욕실로 가 손을 씻고 엄마가 방을 치우게 내버려둔다. 이 모든 게 엄마 탓이고, 나는 그런 엄마가 너무너무 밉다.

(마카로니 치즈로) 저녁을 먹는 동안 나는 계속 삐쳐 있고, 엄마는 그 이유를 알기 때문에 왜 그러냐고 묻지 않는다. 이윽고 엄마가 포크를 내려놓으며 이렇게 말한다. "세이디, 너는 네 또래 애들에 비해 조숙하지만, 세상에는 아이들이 이해할 수 없는 일들도 있단다. 그리고 내가 그걸 설명할 필요는 없다고 생각해."

내가 아무 말 않자 엄마가 말한다. "세이디, 제발 화내지 마."

나는 말없이 마카로니 치즈를 먹으며 오 분 정도 엄마를 안절부절못하게 만든다. 그러다가 드디어 이렇게 묻는다. "그런데 아까 어느 나라 말로 얘기한 거야?"

그러자 엄마가 웃으며 말한다. "독일어를 하려고 해본 건데…… 둘 다 독일어 안 쓴 지가 너무 오래돼서 잘 안 됐어."

"엄마가 **독일어를** 언제 배웠는데?" 나는 이유도 모른 채 엄마의 대답을 두려워하며 이렇게 묻는다.

그러자 엄마는 한참 망설이다가 한숨을 내쉰다. "아, 세이디…… 아주 아주 오래전에…… 난 독일인**이었어.**"

엄마는 거기 앉아서 내 눈을 마주 보고 있지만 마음은 아주 먼 곳을 향한 채 갑자기 이상한 말들을 쏟아놓는다. "그게 뭐야?" 내가 묻자 엄마가 힘없이 웃으며, "독일어 알파벳을 거꾸로 외운 거지!" 한다.

이 말을 어떻게 받아들여야 할지 모르겠다. 더 이상 다른 걸 물어보기는 싫고, 그냥 오늘이 빨리 끝났으면, 아니 아예 시작되지 않았으면 좋았을 것 같다는 생각뿐이다. 내가 문을 열어주지 않았다면, 피터가 캘리포니아에 가지 않았다면, 이 모든 게 악몽에 불과했다면 좋을 텐데. 자리에 누웠지만 내 마음은 밖에서 울리는 소방차, 응급차, 경찰차 사이렌처럼 몇 시간 동안 이런저런 생각으로 소용돌이친다. 만일 엄마가 독일인이면 크리스와티 부부는 엄마의 부모가 아니고, 그렇다면 그분들은 내 외할머니 외할아버지도 아니다. 그렇더라도 엄마는 우리 엄마고, 만일 엄마가 독일인이면 나도 최소한 반은 독일인인데ㅡ그러자 악마가 말한다. **이제 네가 왜 사악한지 알겠지, 너는 태어난 그날부터 거짓된 삶을 살아온 거야**ㅡ혹 엄마도 우리 엄마가 아니라면 모르지만……

*

다음 날 쉬는 시간에 어떤 남자애가 "유대인! 유대인!" 하며 나를 쫓아온다. 하지만 피터에게 이 게임을 하지 않기로 약속했던 터라 나는 재빨리 뛰어 달아난다. 그러다가 발이 걸려 넘어지면서 무릎이 깨지고, 그래서 양호실에 가게 된다. 간호사가 양말을 내리자 무릎에 피가 묻어 있다. 악마가 거봐란 듯 껄껄대며 말한다. **"독일인의 피! 세이디! 나치의 피!"**

4부
크리스티나, 1944~45년

황홀한 순간들.

나를 놀라게 해다오, 나는 세상에 대고 이렇게 말한다.

언제나 나를 사로잡고, 놀라게 하고, 감동시켜다오.

할머니의 보석 상자. 열쇠는 맨 아래 칸에 있다. 꼭 뚜껑을 닫은 뒤에 상자를 뒤집어야 하고, 태엽을 감은 다음 다시 뒤집어서 뚜껑을 열면 영롱한 음악이 흘러나오면서 금빛으로 장식된 하얀 발레리나 인형이 한 팔은 약간 구부려 내밀고, 다른 팔은 둥글게 올린 채 작은 거울 앞에서 빙빙 돈다. 발레리나는 살아 있지는 않지만 움직인다. "진짜 발레리나는 발끝으로 오십 번이나 돌 수 있단다. 관중석을 향할 때마다 똑바로 앞을 보면서 균형을 유지한대, 너도 해봐, 크리스티나." 나는 발끝으로 선 건 아니지만 두 팔을 편 채 할머니 말씀대로 빙글빙글 돌다가 기분 좋게 어지러워져서 바닥에 털썩 쓰러진다. 그러면 할머니가 하하 웃으시며, "우리 아가는 수업을 좀 받아야겠는데" 하신다.

발레리나는 할머니의 보석들을 지키고 있다. 빨간 벨벳으로 안을 댄 아래 서랍에는 반짝이는 목걸이와 팔찌, 위 서랍에는 빛나는 반지와 귀고리들이 완벽하게 정리되어 있다. 할머니는 내게 다이아몬드와 큐빅의 차이를 가르쳐주신다. 진짜 다이아몬드는 불빛에 비춰보면 색깔이 더 많이 보인다고 한다. 어떤 때는 다이아몬드 왕관을 써보게 해주시는데, 그런 때는 눈을 내리깔아 내 얼굴이 어렴풋이 보이게 한다. 그러면 내가 공주처럼 예뻐 보인다.

할아버지가 바람개비 두 개를 가져오신다. 하나는 그레타 언니, 하나는 내 것인데, 날개 색깔이 전부 다르다. 달리면 빙빙 돌아가는데, 빨리 달릴수록 더 빠르게 돌고, 바람을 안고 뛰면 날개들이 너무 빨리 돌아서 색깔들이 다 섞여 흐려진다. 어떤 때 나는 생각이 너무 많아서 머릿속이 멍해지는 느낌이다.

학교 운동장의 회전판은 겨울에는 눈으로 덮여 있지만 여름에는 내가 거기 앉으면 그레타 언니가 빙빙 돌려준다. 그레타 언니는 처음에는 회전판과 같이 돌다가 나중에는 숨이 차서 그냥 한 자리에 선 채, 더 빨리 돌게 하려고 손잡이가 자기 앞에 올 때 한 번씩 밀어준다. 나는 한가운데 기둥을 꽉 잡은 채, 현기증이 나지 않도록 마치 발레리나처럼 언니 앞에 올 때마다 언니를 뚫어지게 응시한다. 그네를 탈 때도 언니는 나를 밀어준다. 한참 타다 보면 내 발이 구름을 차는 것 같고 귀에 바람 소리가 웅웅거린다. 나는 고개를 뒤로 젖히고 세상이 저 아래에서 거꾸로 휙휙 지나가는 걸 내려다본다. 어떤 때는 내 코가 땅을 스칠 것 같기도 하다. 그런데 나중에는 나 혼자서도 그네 위에 선 채 발로 굴러서 속도를 내는 법을 깨닫게 된다. 하지만 언니가 밀어줄 때가 훨씬 낫다. 그런 날은 힘 안 들이고 가만히 앉아 있기만 하면 된다.

운동장은 우리 집 마당이나 마찬가지다. 학교 사택이 우리 집이기 때문이다. 기억하기도 힘들 만큼 아주 오래전, 아빠가 군인이 아니라 교사였을 때 사택에 들어갔는데, 지금도 거기서 그대로 살고 있는 것이다. 엄마는 우리가 다른 애들보다 늦게 일어나도 되고, 강풍이나 눈, 세찬 비나 뜨거운 햇빛 아래 걸을 필요 없이 그냥 수업 시간 직전에 운동장을 휙 건너가 "히틀러 만세"를 외치며 교실로 들어가면 되니까 정말 운 좋은 거라고 한다.

나는 아직 초등학교에 입학하지 않았다.

전차들이 휙휙 지나가면 내 머릿속에 노선도가 그려진다. 나는 전차가 아니라 내가 움직이는 거라고 상상해본다. 하지만 전차들은 내 눈으로 들어와 끝없이 긴 은사다리처럼 움직이고 번쩍인다.

시청 옆에 시계탑이 있다. 채소를 사러 나갔다가 정오가 되면 엄마는 나를 그 앞으로 데리고 간다. 정오가 되면 탑에 달린 문이 열리면서 열두 개의 채색 나무인형이 스르륵 나와 인사를 하고 고개를 까닥이며 팔을 올렸다 내렸다 하기 때문이다. 인형들은 사람처럼 움직이지만 약간 덜컥대는 것 같고, 살아 있지 않기 때문에 얼굴에 표정이 없다.

그레타 언니와 나는 엄마한테 공원의 회전목마를 타게 해달라고 애원한다. 우리가 계속 조르고, 달래고, 고집을 부리면 엄마는 그럴 돈이 없다고 하면서도 허락해준다. 나는 검은 말, 그레타 언니는 내 앞에 있는 흰 말을 고른다. 나는 허벅지로 말의 커다랗고 딱딱한 몸을 조이고, 손으로 안장머리를 꼭 붙잡는다. 살아 있는 것은 목마가 아니라 나지만, 바닥이 도는 속도에 따라 나를 천천히 위아래로 움직이게 하고 빙빙 돌게 하는 것은 목마다. 어둠이 내리면 회전목마에 불이 켜지고 요란한 음악이 나를 채운다. 움직이는 목마에 그렇게 몸을 맡기고 있자니, 내가 요란한 음악 소리와 번쩍이는 불빛에 녹아드는 느낌이다. 이 상태가 언제까지고 이어지면 좋을 텐데.

음악은 보이지 않는 움직임이다.

할아버지가 내게 화음을 가르쳐주신다. 화음을 넣어 부르면 크리스마스 캐럴이 훨씬 아름답게 들릴 거라고 하신다. 할아버지는 우리 집에서 내 목소리가 제일 좋다고 하신다. 그리고 그것 때문에 나를 그레타 언니보다 더 예뻐하시는 것 같다. 할아버지는 대학을 다니셨기 때문에 아는 게 정말 많고 내게 아주 많은 걸 가르쳐주셨다. 아빠도 대학에 다니셨다. 아주 어렸을 때 할아버지는 내게 왼쪽과 오른쪽을 가르쳐주셨다. 할아버지는 내 앞에 쪼그리고 앉아 "봐, 크리스티나, 이게 네 왼손이고, 이게 네 오른손이야. 이게 내 왼손이고 이게 내 오른손이야" 하고 일러주셨다. 그래서 내가 "그럼 여자와 남자는 왼쪽과 오른쪽이 다른 거예요?" 하자 할아버지가 껄껄 웃으시며, 내 앞이 아니라 옆에 와 앉으시더니 다시 한 번 설명해주셨다.

내가 거울을 보며 왼쪽 눈에 손을 대면 거울 속의 크리스티나는 오른쪽 눈을 만지고 있다. 하지만 그것도 역시 나다.

할아버지와 나는 매일 오후 낮잠을 잔다. 하지만 나는 자지 않고 어두운 침실에 누운 채 블라인드에 있는 작은 구멍으로 햇빛이 스며드는 걸 지켜보며 뭔가 패턴을 만들어보려고 한다. 할아버지가 코를 골기 시작하면 나는 어깨를 살짝 밀면서 "커트"라고 말한다. 그러면 코를 안 고신다. 할아버지 이름을 부르는 건 이상하지만, 할머니 말씀으로는 그래야만 효과가 있다고 한다. 정말 내가 "할아버지" 하면 입을 벌리고 코털을 드러낸 채 계속 코를 고신다.

나는 침대에 누운 채 내 반점을 만지며 이런저런 생각을 한다. 반점은 왼팔이 접히는 부분에 있는데, 황갈색으로 약간 도드라져 있고 크기는 동전만 하다. 반점에는 복숭아 껍질처럼 가는 털이 나 있는데, 만지면 정말 느낌이 좋다. 보는 사람이 없을 때 나는 아주 천천히 팔을 접었다 폈다 하며 반점이 없어졌다 다시 나타나는 걸 지켜본다.

"내가 노간주나무에 대해 말해줬었나?" 저녁을 먹고 온 식구가 나무난로 앞에 모여 있는데 할아버지가 이렇게 물으신다. 나는 안락의자에 앉은 엄마 품에 안겨 있다. 나쁜 계모가 아들에게 사과를 먹으라고 한 다음, 아이가 사과를 꺼내려고 몸을 굽힌 순간 상자 뚜껑을 아주 세게 닫아 아이의 손이 잘려 상자 속으로 들어가버린다. 계모는 그 손을 조각내 수프를 끓이고, 아이의 아빠는 뭐가 들었는지 모른 채 그 수프를 맛있게 먹고 뼈를 빨아먹은 뒤 탁자 밑에 버린다. 하지만 아이의 누이가 그 뼈를 주워 모아 나중에 모든 게 잘 끝난다는 이야기였다. 나는 왼손 엄지를 문 채 엄마 품에 안겨 오른손 엄지로 내 반점을 어루만지며 할아버지의 옛날이야기를 듣는 게 제일 좋다. 할머니는 내게 손가락을 빨지 말라며, 『더벅머리 피터 Struwwelpeter』*에 나오는 콘라트에 대한 시를 읽어준다. 그 아이는 손가락을 정말 심하게 빨았는데 어느 날 긴 다리의 가위인간이 나타나 양손의 엄지손가락을 잘라버린다. 콘라트는 엄마가 손가락은 한 번 잘리면 다시 자라나지 않는다고 **말했는데도** 계속 빨다가 그런 일을 당한 것이다. 외출했던 엄마가 돌아오자 소년은 손가락이 각각 네 개뿐인 두 손을 쳐들어 보인다.

할아버지는 젊은 시절, 지금 벌어지는 전쟁 말고 다른 전쟁에 참전해 손가락 두 개를 잃으셨지만, 그래도 피아노를 연주하신다.

손가락은 한번 잘리면 다시 자라나지 않는다.

사람이 죽은 후에도 머리나 손톱, 발톱은 다시 자라난다. 할아버지 말씀으로는 머리나 손발톱은 살아 있는 세포들이 죽은 세포를 밖으로 밀어내서 생기는 것이라고 한다. 그래서 우리 몸의 죽은 부분들은 다시 자라나지만, 산 부분은 자라나지 않는다는 것이다. 생각해보면 정말 이상한 일이다. 눈을 잃으면 다시 살아나지 않기 때문에 유리눈을 끼우거나 안대를 해야 한다. 이는 빠지면 **한 번**은 다시 나지만 또 한 번 빠지면 그 자리는 영원히 구멍으로 남게 된다. 로타르 오빠는 청년 단체 모임에서 입을 맞아 앞니가 덜렁거리고 피가 아주 많이 났지만 **다행히** 이는 빠지지 않아 치과에서 다시 고정시켰다.

---

* 1845년 독일의 정신과 의사였던 하인리히 호프만이 쓴 동화책으로 바른 생활을 하지 않으면 끔찍한 벌을 받는다는 내용을 담고 있다.

나는 지금까지 젖니 일곱 개가 빠졌다.

도롱뇽의 꼬리는 다시 자라난다. 하지만 **얼마나** 잘라야 중요한 장기를 상하게 하지 않고 꼬리가 다시 자라나는지는 모른다. 할아버지한테 여쭤봐야겠다. 나는 도롱뇽이 좋다. 불 속에서도 살 수 있기 때문이다! 할아버지는 촛불을 켰을 때 불꽃 속보다 그 바로 **위**가 더 뜨겁다는 걸 보여주신 적이 있다. 불꽃 속으로 손을 통과시키는 건 가능하지만, 불꽃 위에 잠깐이라도 손을 대고 있으면 화상을 입는다.

서커스 단원들은 말을 타고 불붙은 동그라미 속을 통과한다. 나는 서커스를 본 적이 없지만 엄마가 기가 막힌 묘기를 보여주는 곡예사나 그네 타는 사람들에 대해 얘기해주었다. 할아버지 말씀으로는 우리가 뭔가 충격적이거나 위험한 걸 볼 때 숨을 헐떡이는 이유는 이 위기를 이겨내려면 몸에 더 많은 산소가 필요하다는 생각에 자기도 모르게 허파에 아주 많은 공기를 들이마시려다 보니 숨이 가빠지기 때문이라고 한다.

내 꿈은 서커스의 뚱보 여가수가 되는 건데, 독일이 지금 전쟁에서 지고 있기 때문에 먹을 게 부족하고, 그래서 살찔 만큼 먹을 수가 없다. 우리가 먹는 음식은 다른 쪽 끝으로 나오는 찌꺼기 빼고는 모두 우리 몸의 일부가 된다. 음식을 먹기 전에 그 찌꺼기를 빼낸다면 화장실에 갈 필요가 없을 텐데. 할아버지는 소들이 풀을 먹어 살이 찌고, 우리가 먹은 쇠고기, 당근, 감자, 사탕, 사과가 우리 몸의 일부가 된다는 걸 생각하면 정말 놀라운 일이라고 하신다. 할아버지는 배가 많이 나왔는데, 우리가 음식을 먹으면 처음에는 위로 자라다가 나중에는 옆으로 퍼진다고 하신다. 『더벅머리 피터』라는 책에 보면 아우구스투스라는 아이가 수프를 안 먹어서 점점 약해지다가 나중에는 죽고 만다. 사람들은 그의 무덤에 십자가를 얹어준다.

독일은 이미 프랑스와 영국을 잃었는데도 로타르 오빠는 군대 갈 차례가 되어 군복을 입고 다닌다. 십구 세 이상 육십 세 미만의 독신 남자는 모두 군대에 가야 하는데, 할아버지는 다행히 예순둘이라서 안 가셔도 된다. 그렇지 않았다면 우리 집에는 여자들만 남을 텐데. 로타르 오빠는 내게 뽀뽀를 하고 공중에 던져준다. 한순간 나는 붕 떠오르고, 가슴이 마구 쿵쾅댄다. 하지만 다음 순간 오빠가 다시 나를 붙잡아 안아준다. 너무 꽉 껴안아서 군복 단추가 내 가슴팍을 파고드는 느낌이다. 나는 빠져나가려고 몸을 비튼다. 오빠가 꽉 안을 때 숨이 막히고, 공중으로 던져줬을 때는 원피스가 밀려 올라가서 속옷이 보일까 봐 걱정이 된다. 이윽고 오빠가 나를 놔주며, "귀여운 크리스티나, 잘 있어" 한다. 나는 그레타 언니가 샘낼까 봐 얼른 그쪽을 바라본다. 로타르 오빠는 언니를 껴안아준 뒤 "귀여운 그레타, 잘 있어" 하지 않았고, 공중에 던져주지도 않았기 때문이다. 하긴 언니는 공중에 던지기에는 너무 무거워졌지만. 어쨌든 그레타 언니는 눈물, 콧물이 흐르는 얼굴로, "로타르 오빠, 가지 마! 가지 마, 오빠!" 한다. 이윽고 오빠는 돌아서서 문 쪽으로 걸어간다. 군복의 등판이 반듯한 사각형이다.

그레타 언니는 나보다 예쁘지만 나만큼 흥미롭지 않다. 그리고 노래할 때 음정을 못 맞추기 때문에 할아버지는 언니보다 나를 더 예뻐하시는 것 같다. 언니는 피부가 새하얗고, 왼팔에 반점도 없고, 나와 달리 여름에도 주근깨가 생기지 않는다. 주근깨는 내 얼굴을 더 흥미롭게 만들고 햇빛으로부터 피부를 보호해준다. 언니는 어쩐지 텅 빈 것 같고, 성격 또한 잔잔한 호수처럼 싱겁다. 나는 화산처럼 마음속 깊은 곳에서 불길이 타오르고, 연기가 가득하고, 노래할 때면 용암이 흘러넘치는 것 같다. 우리는 같은 방을 쓰는데, 침대 두 개가 길게 이어져 있다. 서랍장에서 언니의 옷은 오른쪽, 내 옷은 왼쪽 서랍에 들어 있다. 언니는 머리 손질에 시간을 많이 쓰는데, 연한 갈색에 약간 곱슬머리다. 내 머리는 곱슬머리가 아닌 금발이기 때문에 한 번 쓱쓱 빗으면 그만이다. 삶에는 머리카락보다 중요한 일이 많이 있다. 밤에 나는 수만 가지 생각을 하면서 오래도록 뒤척이는데, 언니는 잔잔하고 텅 빈 호수처럼 눕자마자 잠들어 밤새도록 잘 잔다.

할아버지는 드레스덴에서 자라셨고, 우리 집 그릇은 모두 드레스덴에 있던 증조할아버지의 도자기 공장에서 제작된 것이다. 할아버지는 조각 때문에 드레스덴이 세계에서 가장 아름다운 도시라고 하시며, 가끔 그 작품들을 찍은 그림엽서로 가득 찬 앨범을 보여주신다. 우리는 앨범에 든 사진들을 열심히 살펴본다. 할아버지는 돌로 만든 사람이 돌로 된 말을 타는 모습, 성당 문 위에 내려앉은 돌로 된 천사, 공원 분수에 있는 돌로 된 고래와 인어들, 법원 건물 앞면에 돌로 된 현자들이 앉아 정의를 집행하는 장면, 극장과 오페라 하우스 앞에 붙은 돌 가면들, 츠빙거 궁전의 발코니, 계단, 창틀을 받치고 있는 돌로 된 흑인들의 사진을 보여주신다. 그 흑인들은 너무 힘들어서 근육이 경직되어 있고 얼굴도 찡그리고 있지만 할아버지는 그 조각들은 살아 있는 게 아니라서 실은 전혀 고통 받지 않는다고 하신다. 조각품 중에는 반은 사람, 반은 염소인 판도 있고, 반은 사람, 반은 말인 켄타우로스도 있고, 목욕탕 안의 벽감에서 미소 짓는 얼굴로 옷을 벗으며 자신의 몸을 보여주는 열두 명의 아름다운 돌 아가씨들도 있다. 할아버지는 그 여자들은 님프라는 건데, 실제로는 없고 사람들이 꿈속에서 상상하는 존재이기 때문에 그렇게 공공장소에서 옷을 벗어도 괜찮다고 하신다. 츠빙거 궁 정원의 기둥에 달린 수십 개의 아기 머리도 마찬가지다. 그 아기들도 모두 상상의 존재이기 때문에 실제로 목을 베인 게 아니라는 것이다. 상상 속에서는 모든 게 가능하다. 사진 속의 조각품들은 하나도 움직이지 않지만, 움직임이라는 개념이 돌로 표현되어 있다. 돌로 된 말갈기가 바람에 물결 치고, 인어들이 일어서고, 돌로 된 물이 인어들의 벗은 가슴을 따라 흐르고 있다.

우리가 사는 도시의 길거리를 돌아다니는 사람들은 살아 있지만, 드레스덴의 조각품에 나오는 님프나 천사들에 비해 추악해 보인다. 현실 속의 사람들은 분주하고, 근심에 차 있고, 특히 굶주린 데다, 공공장소에서 옷을 벗을 수도 없고, 팔이나 다리가 절단된 사람이 많고, 어떤 경우는 양팔이나 양다리를 모두 잃은 이들도 있다. 팔이나 다리는 물론 다시 자라나지 않는다.

아빠가 휴가를 받아 돌아오신다. 너무 오랜만이라 알아보기 힘들 정도라서 약간 어색하다. 아빠는 엄마에게 입을 맞추고, 그레타 언니를 안아준 뒤, 나를 번쩍 쳐들고 몸은 기둥처럼 한가운데 버티고 선 채 발만 움직여 나를 빙빙 돌려준다. "디터, 그만해. 어지러우면 토할 수도 있어." 엄마가 말한다. 하지만 화난 게 아니라 웃는 어조로 말하고 있다. 지금까지 나는 한 번도 어지럼증 때문에 토한 적이 없다.

　아빠가 다시 군대로 돌아간다. 우리가 전쟁에서 지고 있고, 예수님이 **살인하지 말라**고 하셨는데도, 다른 독일 남자들처럼 아빠 역시 가능한 한 많은 러시아인을 죽여야 한다. 그런데 그게 혹시 예수님이 아니고 모세가 한 말인가? 할아버지는 선택의 여지없이 그저 죽이든지 죽든지 할 수밖에 없는 경우도 있다고 하신다. 할아버지는 식전 기도를 할 때면 아빠와 로타르 오빠를 적으로부터 보호해달라고 하시는데, 그럴 때 러시아 사람들이 **자기들의** 아빠나 오빠를 보호해달라고 기도하고 있을 걸 생각하면 마음이 불편하다. 그들이 말하는 적은 바로 우리일 거고, 목사님이 교회에서 히틀러를 위해 기도하자고 하실 때, 러시아 교회에서도 사람들이 **자기들의** 지도자를 위해 기도할 텐데, 그럴 때 나는 가엾은 하나님이 구름 속에 앉아 두 손으로 머리를 감싸 쥔 채 모든 사람의 기도를 들어주려 하지만 **불행히도** 결코 그럴 수 없다는 걸 깨닫는 광경을 상상해본다.

매주 수요일과 토요일, 나는 그레타 언니와 목욕을 한다. 언니가 나이가 더 많기 때문에 내 머리를 감겨주는데, 눈에 비누가 들어가지 않게 할 수 있을 텐데도 어떤 때는 그런 일이 벌어져 눈이 따갑다. 일부러 그러는 것 같지만 그럴 때마다 미안하다고 하기 때문에 엄마한테 일러바칠 수도 없다. 우리가 욕조에서 늘 하는 놀이 중에 '히틀러 만세'라는 게 있는데, 일어서서 유령이나 미친 사람, 광대, 거만한 숙녀의 목소리로 히틀러 만세를 외치는 것이다. 그런데 어떤 때는 너무 헷갈려서 팔 대신 팔꿈치를 올리기도 하고, 한쪽 엄지는 코, 다른 쪽 엄지는 새끼손가락에 대고 다른 손가락들을 까닥이며 히틀러 만세를 외치는 경우도 있다. 그러다 한번은 장난이 지나쳐서 팔 대신 다리를 들고 '히틀러 만세'를 외치다가 욕조 안에서 넘어지면서 모서리에 머리를 부딪쳐 나도 모르게 비명을 지른 적이 있다. 그 소리를 듣고 달려온 엄마가, 언니는 겁먹은 표정을 짓고 있고 나는 우는 걸 보고는 무슨 일인지 묻지도 않고 언니의 뺨을 후려치는 바람에 언니가 완전히 삐친 나머지 오랫동안 그 게임을 못한 적도 있다.

이건 웃을 일이 아니다. 작년에 로타르 오빠가 복도에서 이웃에 사는 베베른 부인과 마주쳤을 때 팔을 쳐들며 "히틀러 만세"했는데도 그분이 아무 말 안 하자 경찰에 신고해서 부인이 잡혀간 적이 있기 때문이다. 베베른 부인의 남편은 전쟁 초에 잡혀갔기 때문에, 그 집 아이들은 큰 애들이 작은 애들을 돌보는 식으로 자기들끼리 살 수밖에 없었다. 베베른 부인은 삼 주 만에 돌아왔는데, 그 뒤로는 그분도 다른 사람들처럼 "히틀러 만세"를 외치게 되었다.

일요일 아침 우리는, 토요일 밤에 목욕을 해서 깨끗해진 몸에 제일 좋은 옷을 입고 하나님의 집인 교회에 간다. 교회에서 여자들은 모자를 쓰고 남자들은 벗는데, 이건 오른쪽, 왼쪽의 차이가 아니라 남자와 여자의 차이다. 교회에 들어가면 성수에 손가락을 적셔서 성호를 그으며, "성부, 성자, 성신의 이름으로"라고 하는데, 성신은 무서운 유령이 아니라 보이지 않는 영혼이다. 십자가에서 돌아가신 건 예수뿐인데, 왜 성부, 성자, 성신이 모두 거기 있는지 잘 모르겠다. 교회에서 듣는 기도나 설교가 너무 지겨워서 나는 성가로 복수를 한다. 내 목소리는 맑고 힘차서 신도 중 그 누구의 음성보다 돋보이고, 위로 치솟으며 첨탑을 뚫고 날아올라 구름 속에 계신 하나님께 가 닿기 때문이다.

"할아버지, 하나님은 어디 계세요?"
"하나님은 어디에나 계시지."
"어디에나 계시면 집이 왜 필요해요?"
그러면 할아버지는 껄껄 웃으며 할머니와 엄마한테 내가 한 말을 해주시지만, 그 질문에 대답해주시지는 않는다.

"할아버지, 예수님은 마술사였나요?"
"마술사라고? 왜?"
"가나의 결혼식에서 물을 포도주로 바꾸셨잖아요."
"그건 속임수가 아니라 기적이었단다."
"차이가 뭔데요?"
"크리스티나, 마술은 일종의 눈속임이야. 마술로 물 색깔을 붉게 만들 수는 있지만 맛은 그대로일 거야. 그런데 기적은 진짜란다. 가나의 결혼식에서 예수님은 물을 진짜 포도주로 바꾸셨고, 그 포도주는 진짜와 똑같은 맛이었지."
"하지만 성찬식은……"
"성찬식은……?"
"성찬식은 기적이잖아요. 그죠?"
"그렇지……"

"그럼 우리가 마시는 포도주가 정말 피로 바뀌고, 피 맛이 나는 거예요?"

"할아버지, 하나님이 만물을 만드셨어요?"
"그럼, 이 세상 모든 것을 만드셨지."
"그럼 전쟁도 하나님이 만드신 거예요?"
"아니, 하나님이 사람을 만드셨고…… 사람들이 전쟁을 일으키는 거지…… 하나님은 사람들이 그러지 않기를 바라실 거고, 그래서 그들에게 실망하고 계실 거야."
"하지만 하나님이 전능하시다면 왜 맘에 안 드는 인간들을 만드시는 거죠?"

나는 궁금한 게 너무 많은데 할아버지는 그중 몇 개만 대답해주신다. 나는 커서 서커스의 뚱보 여가수나 유명한 성악가가 될 작정이다. 그리고 이 세상에 있는 책을 다 읽고 그 내용을 기억해서 나중에 내 아이나 손자 손녀가 질문을 하면 전부 대답해줄 것이다.

어른들은 우리 집이 폭격의 표적이 될까 봐 밤에 전등을 못 켜게 하신다. 할아버지 말씀으로는 우리를 노리는 것은 아빠와 로타르 오빠가 싸우고 있는 러시아가 아니라 영국과 미국의 비행기라고 한다. "온 세계가 독일을 상대로 싸우고 있어. 그게 말이 되니? 크리스티나, 네가 놀이터에서 놀고 있는데 거기 있는 애들이 전부 한 패가 되어 너를 때린다면 그건 부당한 거지?" 요즘은 거의 매일 밤, 사이렌이 울리면 건

물 안의 모든 사람이 얼른 감자 창고로 내려가 적기가 우리를 폭격할까 봐 두려움에 떤다. 다행히 우리 동네는 아주 작아서 폭격할 만한 대상이 아니다. 밤에 보면 인근 도시들이 폭격에 맞아 타오르면서 하늘이 붉게 물들 때도 있다.

나는 목소리로 주변의 사물들이 내는 소리를 흉내 내기 위해 이런 노래를 만든다.

> 일요일엔 교회 종이—댕댕댕—기도할 시간을 알리네.
> 주중에는 학교 종이—딩동딩동—공부할 시간을 알리네.
> 밤에는 사이렌이—웽웽웽웽—죽을 시간을 알리네.

하녀인 헬가가 이 노래를 듣더니 전혀 우습지 않다고 한다.

여름이 지나고 나는 드디어 학교에 들어간다. 엄마는 나를 기분 좋게 해주려고 반짝이는 종이로 만든 삼각뿔 모양 봉지에 사과와 사탕, 필통을 담아준다. 나는 공책, 흑판과 분필, 자, 가죽가방을 챙긴다. 요즘은 선생님들이 모두 러시아군과 싸우러 가셨기 때문에 똑똑한 처녀나 과부, 학창 시절을 기억하는 할아버지 들이 수업을 맡는다. 우리 반 선생님은 아주 엄하고 부지런한 분인데, 불과 며칠 만에 내가 영특한 아이라는 걸 알아차리신다. 개학하고 첫 달, 선생님은 철자법, 산수, 바느질 과목에 금별을 주신다. 우리 교실에는 세 학년이 같이 있는데, 나는 1학년 숙제를 끝내고 나서 2, 3학년 수업도 듣는다. 나는 거북이를 지나치는 토끼처럼 그레타 언니를 휙 앞서가고, 언니가 놀란 얼굴로 고개를 들면 푸석한 먼지만 보일 뿐이다. 이렇게 조금씩 배우지 않고 모든 걸 한꺼번에 배우면 참 좋을 텐데. 식탁에 있는 걸 단번에 다 집어삼키고 금세 서커스의 뚱보 여가수가 되는 것처럼 말이다.

이제 나도 글자를 알기 때문에 『더벅머리 피터』에 있는 시들을 다 외운다. 성냥을 갖고 놀다가 집에 불이 붙어 타 죽은 소녀의 이야기. 아무런 이유 없이 수프를 먹지 않다가 결국 굶어 죽은 아우구스투스의 이야기. 엄지손가락을 잘린 콘라트의 이야기. 나는 이 시들을 몇 번이고 외우고, 곡을 붙여 혼자 노래해본다. 그러면 말할 수 없이 황홀한 기분이 든다.

쉬는 시간, 나는 우리 반 여자애들과 멈춰! 게임을 한다. 내가 공을 하늘 높이 던지고 아이들이 사방으로 뛰어가다가 내가 공을 잡는 순간 "멈춰!" 하면 그 자리에 그대로 멈춰 서야 한다. 단 한 발이라도 떼면 걸리게 되어 있다. 나는 제일 가까이 있는 친구에게 공을 던지고, 그 공을 맞은 애는 술래가 된다. 즉 공을 하늘 높이 던지고 아까 내가 한 대로 하는 것이다. 하지만 공이 빗맞아도 나는 개의치 않는다. 내가 제일 좋아하는 건 "멈춰!" 하고 소리친 뒤, 아이들이 츠빙거 궁전의 조각들처럼 갑자기 꼼짝도 않고 정지해 있는 모습을 보는 것이기 때문이다. 가만히 있어 가만히 앉아 있어 가만히 서 있어 내가 너에게 가만히 있는 법을 가르쳐줄 테니!

잠에서 깬 순간, **여섯 살이 되었다**는 말이 실제처럼 들려온다. 나는 기쁨으로 숨을 몰아쉬며 아래층으로 달려간다. 온 가족이 나를 껴안고 입 맞추며 "생일 축하해, 크리스티나, 생일 축하해" 한다. 엄마는 생일잔치를 위해 비계가 많이 붙은 돼지뼈를 샀다. 열두 시에 그레타 언니와 같이 학교에서 돌아와 보니 식탁에 깐 신문지 위에 그 뼈가 놓여 있다. 엄마가 이쪽으로 등을 돌리고 렌즈콩을 익히는 동안 나는 살금살금 식탁으로 가서 뼈에 붙은 비계를 깨물어본다. 비계는 이루 말할 수 없이 맛있다. 하지만 다음 순간 엄마가 뒤돌아서며 "얘, 그게 무슨 짓이야? 온 식구가 먹을 것이고, 아직 익히지도 않았는데! 생고기를 먹으면 배탈 난다고!" 나는 개처럼 큰 뼈다귀를 문 채 식탁 반대쪽으로 달아난다. 앞치마를 두른 엄마가 쫓아오자 나는 얼른 탁자 밑으로 들어간다. 엄마는 몸을 숙여 내 발을 잡는다. 그런데 이때 초인종이 울리고, 엄마는 문을 열어주려고 현관으로 나간다. 나는 돼지뼈를 씹으며, 이걸 나 혼자 다 먹을 수 있다면 정말 좋겠다는 생각을 한다. 하지만 그러면 엄마가 정말 화낼 것이다. 그런데 이때 어떤 남자의 목소리가 들리고, 엄마가 대답도 하지 않고 쿵 쓰러지는 소리가 들린다.

나는 아쉬운 마음으로 뼈를 식탁에 다시 놓는다. 거실에 계시던 할머니 할아버지가 현관으로 뛰어가시고, 그레타 언니와 하녀 헬가가 모두 아래층으로 내려온다. 군복 차림의 남자가 엄마 옆에 꿇어앉아 있고, 할아버지가 허리를 굽혀 엄마가 쥐고 있던 전보를 펴서 읽으며 천천히 몸을 일으키신다. 그러고는 목쉰 소리로 "로타르가 죽었대" 하신다. 그런 다음 그 군인과 함께 엄마를 들어다 거실 소파에 눕히신다. 헬가가 물을 떠다가 엄마 이마에 냉찜질을 해준다. 엄마가 신음을 하고, 할머니가 우시고, 그레타 언니가 입을 다물고, 하녀 헬가가 두 손을 비틀고 있는 걸 보니 다들 내 생일잔치는 잊어버린 눈치다. 로타르 오빠가 죽었으니 이제부터 평생 내 생일은 온 가족에게 슬픈 날이 될 것이다. 그런데 다시 생각해보니 로타르 오빠는 오늘이 아니라 며칠 전에 죽었을 것이다. 죽었다는 소식이 전해지는 데는 시간이 걸리기 때문이다.

오빠가 죽었다. 로타르 오빠는 열일곱 살로 나랑 나이 차이가 많이 나서 잘 알지는 못했다. 그리고 군대에 가기 전에도 청년회 활동 등으로 나가 있을 때가 많았다. 오빠가 죽어서 슬픈지 생각해봤는데, 잘 모르겠다.

모든 게 취소되었다.

온 가족이 슬픔에 잠겨 있다. 엄마는 충혈된 눈으로 검은 옷을 입고 있다. 할머니는 꼼짝도 안 하시고, 할아버지는 자기 방에 틀어박혀 라디오를 들으신다. 학교에서는 선생님이 그레타 언니에게 급우들 앞에서 오빠가 지도자를 위해 몸을 바쳐서 정말 자랑스럽다고 말하게 한다. 언니는 시키는 대로 하지만 목소리가 떨리고 눈물이 맺힌다. 선생님이 시킨 대로 말은 하지만 표정을 보면 그렇게 생각하는 것 같지 않다.

"할머니, 보석상자 갖고 놀아도 돼요?"
"나중에, 크리스티나, 나중에."

우리 집은 올해 크리스마스 행사를 할 수 있을까? 나는 어떤 일이 일어나는지 아주 자세히 지켜볼 생각이다. 기적인지, 눈속임인지 알아내야 한다.

크리스마스이브, 날이 저물기 전 온 가족이 거실에 모인다. 엄마는 타일을 바른 큰 난로에는 불을 지피지 않고 크리스마스트리에 있는 흰 양초에만 불을 밝힌다. 할아버지가 피아노 앞에 앉으신다. 이제 내가 화음에 맞춰 노래할 수 있다는 걸 보여줄 시간이다. 우리는 트리 앞에 반원형으로 서서 캐럴을 연이어 부른다. 내 목소리가 가장 강하고 아름답다. 가슴 속에 차오른 음악이 그대로 입 밖으로 울려 퍼진다. **징글벨, 징글벨, 종소리 울려,** 그레타 언니가 엉뚱한 음으로 노래한다. 그렇게 늘 음을 틀려 노래를 망치느니 차라리 시늉만 내면 좋을 텐데. 게다가 가사까지 혼동해서 다들 2절을 부르는데 혼자만 3절로 넘어가고, 그걸 알아차리고도 별로 신경 쓰지 않는 눈치다. 나는 언니가 노래를 아무렇게나 부르는 게 정말 신경 쓰인다. 나는 히틀러가 좋아한다는, 엄마들에 대한 캐럴을 포함해, 모든 캐럴의 가사를 알고 있다. 나는 그 노래에 나오는 구절— **당신의 가슴 속에는 새로운 세계의 심장이 뛰고 있네**—를 부르며 로타르 오빠가 죽은 것 때문에 너무 슬퍼하지 말라는 눈빛으로 엄마를 바라본다. 엄마는 자랑스러운 표정으로 내 머리를 쓰다듬어준다. 나는 엄마가 나 때문에 한껏 자부심을 느꼈으면 좋겠다.

우리가 노래를 부르는 동안 밤의 어둠이 방 안으로 스며든다. 크리스마스트리의 촛불이 더 환하게 타오르고, 은박지와 색색의 방울들이 불빛을 받아 더욱 아름답게 반짝이고, 헬가의 앞치마와 할아버지의 은발이 하얗게 빛난다. 할아버지는 캐럴들을 익히 알고 계시기 때문에 두 손가락이 없는데도 어둠 속에서 한 음도 틀리지 않고 반주를 하신다.

해마다 맨 끝에 부르는 「고요한 밤 거룩한 밤」 차례가 되자 우리는 점점 더 부드러운 소리로 노래하고, 끝부분에 나오는 '아기 잘도 잔다' 부분은 그야말로 작은 속삭임에 지나지 않는다. 이윽고 할머니가 "쉬" 하자 모두 입을 다문다. 방 안의 큰 시계가 똑딱거리는 소리가 들리고, 내 심장이 가슴 속에서 쿵쿵 뛰는 소리가 들린다. 심장이 멈추면 나는 죽을 것이다. 시계 진자는 살아 있지는 않지만 차분하게 좌우로 움직이고 있다. 진자가 멈출 때도 있지만, 그렇다고 해서 시계가 죽은 건 아니다. 할아버지가 태엽을 감지 않았다는 뜻일 뿐이다. 언젠가 시계가 고장 나 영영 멈추더라도 우리는 시계가 죽었다고 하지 않고, 관에 넣어 땅에 묻지도 않는다. 그냥 이제 못쓰게 됐다고 하면서 내버리고 새 시계를 살 뿐이다.

심장이 부서진다는 말은 일종의 비유일 뿐이다.

이윽고 할아버지가 낮은 소리로 하나님께 기도를 올리신다. 가장 좋은 크리스마스 선물인 성자 예수 그리스도를 주셔서 감사하다는 내용이다. **그리스도**와 **크리스티나**는 둘 다 "기름 부음을 받았다"는 뜻으로, 한번 기름 부음을 받으면 평생 축복받은 것이라고 한다. 할아버지의 기도가 이어진다. "이제 하나님 아버지께서는 그리스도를 옆으로 부르셨듯이 우리 로타르를 옆으로 데려가셨습니다." 하지만 할아버지는 슬픔이 복받쳐 더 이상 말을 잇지 못하신다. 엄마도 흑 하고 울음을 삼키신다. 잠시 후 할아버지가 "아멘" 하시자 다른 사람들도 작은 소리로 "아멘" 한다. 그러고는 다시 침묵이 이어지고 시계가 땡땡 울리기 시작한다. 그 소리를 들으며 나는 그 일곱 번의 울림 중 첫번째와 중간 혹은 마지막 울릴 때, 아니면 세번째와 네번째 중 정확히 언제가 일곱 시인지 갑자기 궁금해진다.

이윽고 할아버지가 하녀 헬가에게 고개를 까닥이며 "자, 지금!" 하신다.

그러자 헬가가 잽싸게 어둠 속을 가로질러 이중문 쪽으로 가더니 문을 활짝 연다. 그러자, 아! 다시 놀라운 일이 벌어졌다! **어떻게 그럴 수 있지?** 아주 먼 곳에서 러시아인들을 죽이고 있는 아빠 말고는 온 식구가 여기 모여 있었고, 거실에서 크리스마스 캐럴을 부르고 있었는데, 저녁상이 **저절로** 차려져 있었던 것이다! 아, 아, 아, 아, 하얀 식탁보가 방을 가로질러 둥실둥실 날아가 살포시 식탁에 내려앉고, 우리 집에서 제일 좋은 포크와 나이프, 드레스덴 접시들이 찬장에서 춤추듯 걸어 나와 식탁 양쪽에 자리 잡고, 크리스털 잔들이 식기장에서 나와 나이프 끝에 도열하고, 네 개의 빨간 양초가 꽂힌 재림절 화환이 둥실 떠 가 식탁 한가운데 놓여 있는 것이다. 아, 아— 이 소리를 그칠 수가 없다— 어떻게 이런 일이 벌어졌지? 나는 엄마를 바라본다.

"엄마가 옆집 아줌마한테 와서 이렇게 차려달라고 부탁한 거예요?" 나는 엄마에게 이렇게 묻는다.

"내가?" 엄마가 얼굴을 붉히며 이렇게 묻는다. "옆집 아줌마한테? 아니, 물론 아니지."

엄마는 거짓말을 하지 않는데, 그럼 대체 어찌 된 영문일까? 해마다 같은 일이 벌어지는데, 나는 여전히 그 의문을 풀지 못하고 있다. 이건 기적일까, 속임수일까?

식사가 끝난다. 올해는 계란이 모자라서 쿠키와 크리스마스 빵이 별로 맛이 없다. 그레타 언니와 나는 거실 양탄자에 앉아 오늘 받은 선물들을 보고 있고, 엄마는 안락의자에 앉아 우리를 보며 억지로 미소 짓고 있다.

"작년보다 한 개 더 받았겠지?" 엄마가 말한다.

"작년에도 똑같은 말을 했는데." 그레타 언니가 말한다.

엄마의 미간이 고통으로 일그러진다. 하지만 그 표정은 금세 사라진다. 엄마는 언니에게 이기적이라고 꾸짖지도 않고, 오빠가 죽었고 나라는 전쟁 중이라고 말하지도 않는다.

"이제 선물을 풀어보렴." 엄마는 그렇게 말하지만 목소리는 잠겨 있다. 아빠가 걱정되어서 그러는 것이다. 엄마는 이미 아들을 잃었고, 이제 아빠마저 잃을지 모른다. 동네에 보면 아버지와 아들이 모두 전사한 집도 많다. **이 크리스마스 아침, 사랑하는 나의 디터는 어디 있는가?**

"내년에는 아빠가 돌아오실 거예요." 엄마를 위로하기 위해 내가 이렇게 말하자 엄마는 내 손을 토닥여준다.

"어서 풀어봐." 엄마가 말한다.

우리는 선물상자를 움켜쥐고 서둘러 포장을 뜯는다. 올해는 리본도 없고, 포장지도 평범한 신문지여서 우리는 금세 노끈을 풀고, 종이를 찢고, 상자를 연다. 상자 안에 누런 털과 번쩍이는 금속이 보인다 싶었는데, 그게 뭔지 알아차리기도 전에 언니가 환성을 지른다. 그래서 얼른 고개를 들어보니 언니가 인형을 쳐들고 있다.

나는 얼어붙는 느낌이다.

글쎄, 무슨 말을 할 수 있을까? 뭔가 잘못된 거겠지. 엄마가 선물을 잘못 집어넣은 것이리라. 인형은 나, 봉제인형은 언니에게 줄 셈이었을 텐데, 왜 지금 그 말을 하지 않는 거지? 왜 "이런, 내가 정말 어떻게 됐었나 보다, 그레타, 그건 크리스티나의 인형이고, 네 건 이 테디베어야"라고 말하지 않는 걸까?

나는 그 인형이 내 것임을 알고 있다. 그녀는 칼라와 소매에 흰 레이스가 달린 빨간 벨벳 드레스를 입고, 긴 갈색 머리에 뺨은 발그레하고, 언니가 멀찌감치 떨어져 보여준 대로 진청색 눈을 떴다 감았다 하고 있다. 똑바로 세우면 눈을 크게 뜨지만, 눕히면 눈꺼풀이 부드럽게 닫히고 속눈썹이 볼을 스치면서 아름다운 꿈나라로 가는 것 같다. 나는 그 인형이 정말 좋다. 그녀의 이름도 알고 있다. 바로 아나벨라. 그녀는 정말 내 것이다. 나는 방을 가로질러 뛰어가 언니에게서 그녀를 빼앗고 싶은 걸 참느라 온몸에 힘을 주고 있다. "크리스티나 너는? 산타 할아버지가 네게는 뭘 주셨니?" 엄마가 묻는 소리가 들린다. 나는 여전히 충격에 휩싸인 채, 영원히 지금처럼 비참할 거라는 예감에 사로잡힌다. 내 상자에 무엇이 들어 있든 상관없다. 나는 그저 빨간 벨벳 드레스를 입은 아나벨라를 어서 빨리 잡고, 껴안고, 아껴주고, 영원히 사랑하고 싶어서 몸살이 날 지경이다. 그레타 언니는 그녀를 안고 평소와 마찬가지로 음이 맞지 않는 노래를 부르고 있다. 감각을 잃은 내 하얀 손가락이 봉제인형을 꺼내는 게 보인다. 앞발로 심벌즈를 쥐고 있는 곰돌이 인형이다. "아, 크리스티나, 정말 귀엽지 않니!" 언니가 빤한 거짓말을 늘어놓는다. 나는 언니를 방바닥에 쓰러뜨리고 아나벨라를 빼앗아 웬디를 데려가는 피터팬처럼 창문 밖으로 날아가고 싶다.

"그거 봤니? 등에 있는 작은 열쇠로 태엽을 감을 수 있단다…… 자 봐, 내가 해줄게!" 엄마가 말한다.

엄마가 내 옆에 꿇어앉더니 왼손으로 곰인형을 잡고 오른손으로 세 번 태엽을 감아 양탄자에 내려놓는다. 그러자 곰인형이 심벌즈를 치면서 두 걸음쯤 걷더니 픽 쓰러진다.

"흠." 엄마가 웃으며 말한다. "양탄자는 싫은가 보네. 식탁에서 해보자. 자, 크리스티나, 이리 와봐!"

나는 밉살맞은 곰인형이 밉살맞은 심벌즈를 치며 절룩절룩 걸어가는 모습을 억지로 지켜본다. 왼발, 오른발, 왼발, 오른발. 곰인형은 군인처럼 움직이지만 살아 있지 않다. 군인들은 로봇처럼 움직이지만 로봇은 살아 있지 않고 군인들은 살아 있다— 로타르 오빠처럼, 적어도 가슴이나 머리에 총이나 칼을 맞거나, 폭탄이나 수류탄에 맞아 영원히 못 움직이게 될 때까지는 그렇다. 군인들이 죽으면 사람들은 그들을 관에 넣어 땅에 묻는다. 그러면 그들은 천국에 가기 때문에 아무도 그들을 다시 볼 수 없다. 엄마는 "왼발, 오른발" 하면서 곰돌이의 걸음에 맞추어 손뼉을 치고 있다. 곰돌이가 탁자 가장자리에 이르자 엄마는 "뒤로—돌아!" 하면서 방향을 바꿔놓더니 다시 행진을 시킨다. 이윽고 곰돌이의 속도가 느려지고, 그에 맞추어 엄마의 구령도 느려진다…… "왼발…… 오른발……" 곰돌이는 탁자 중간에서 발을 멈춘다. 할아버지가 깜박 잊고 태엽을 감지 않았을 때 시계가 그렇듯, 곰돌이도 태엽이 다 풀려 그 자리에 서버린 것이다. 엄마는 내게 그처럼 멋진 선물을 사다준 게 정말 기쁜 듯, 환한 얼굴로 나를 바라보며, "자, 크리스티나, 이번에는 네가 태엽을 감아주렴" 한다. 나는 죽고 싶은 심정이다.

그레타 언니는 아나벨라에게 다른 이름을 붙여주었는데, 너무 웃기는 이름이라 나로서는 차마 발음할 수 없다. 언니는 아침마다 그녀를 베개에 앉히고 두 손을 얌전하게 치마 위에 얹어준다. 나한테 절대 만지지 말라고 하지만, 언니가 친구들이랑 놀러 나가면 나는 아나벨라를 만지기만 하는 게 아니라 이야기도 해주고, 노래도 불러주면서 내 마음을 털어놓는다.

그런 다음에는 언니가 놓고 간 그대로, 즉 빨간 벨벳 드레스를 둥글게 잘 펴고, 손을 무릎 위에 모은 자세로 다시 앉혀준다.

할머니가 피를 얼어붙게 하는 비명을 지르신다. 그건 물론 사실이 아니다. 인간은 온혈동물이기 때문에 올해처럼 무섭게 추운 겨울에도, 그리고 어떤 일이 있어도 온도가 변하지 않는다. 독일 군인들의 피도 따뜻하다. 적어도 누군가가 총을 쏘아서 피가 가슴에서 쏟아져 나오기 전까지는 그럴 것이다. 그런데 그렇게 피가 쏟아져 나오면 눈 속에서 붉은 고드름이 되고 말 것이다. 그래서 할머니가 비명을 지르시면 내 피가 차가워지는 게 아니라 아주 이상한 일이 벌어진다. 즉 목과 손목에 피가 흐르는 게 느껴진다. 엄마가 **"크리스티나! 빨리 와!"** 하는 소리가 들린다. 나는 정신없이 아래층으로 뛰어간다.

어른들끼리 빨래를 하다가 통이 넘어지면서 뜨거운 물이 할머니 손에 쏟아진 것이다. 지금 할머니는 비명은 지르지 않지만 의자에 앉아 덴 손으로 다른 쪽 덴 손을 감싼 채 강아지처럼 훌쩍이신다. 엄마는 놀란 얼굴로 할머니 옆에 서 있다. 연고와 붕대를 갖고 오기는 했지만 감히 쓰지는 못하고 있다. 엄마는 나를 보지도 않고, "크리스티나, 가서 의사 불러와! 최대한 빨리 뛰어가야 한다!"고 소리친다.

그렇게 심하게 데면 피부가 부풀어 물집이 잡히고 그 안에 물이 고이는데, 물집이 터지면 정말 아프다. 할아버지 말씀으로는 어느 정도 시간이 지나면 덴 자리에 새 피부가 나오는데, 놀라운 것은 원래 있던 주름, 점 등이 그대로 돌아오기 때문에, 설사 범죄자들이 일부러 지문을 태워도 절대 없어지지 않는다고 한다.

의사가 할머니 손에 붕대를 감고 있는데 또 다른 비명 소리가, 이번에는 이층에서 들려온다.

그레타 언니의 목소리. 이런.

아나벨라를 갖고 놀다가 그 자리에— 즉 내 침대에— 두고 왔는데, 그걸 그레타 언니가 본 것이다. 언니는 나를 보지도 않고 부엌으로 뛰어 들어와 곧바로 엄마한테 일러바친다. 여전히 할머니 손 때문에 걱정하면서 점심에 먹을 감자를 갈고 있던 엄마는 이렇게 대답한다. "하지만 그레타, 크리스티나와 같이 갖고 놀면 되잖아, 안 그래?" 그러자 언니가 대답한다. "아니, 그럴 수는 없어. 나는 저 애가 더러운 손으로 내 인형 만지는 거 싫어. 그 인형은 내 **사유재산**이란 말야!" 그러자 엄마가 말한다. "흠, 네가 그렇게 생각한다면…… 크리스티나, 너도 네 장난감이 있으니까 허락 없이 언니 물건에 손대면 안 돼."

정말 미칠 것 같은 기분이다. 아나벨라를 내 침대에 놓아둔 건 그녀에 대한 배신 행위였다. 아나벨라는 내 침대틀을 기어올라 그레타 언니의 침대로 미끄러져 내려가려고 안간힘을 썼을 것이다. 하지만 그건 안 될 일이었고, 결국 비밀이 탄로 났다. 이제 그레타 언니는 내가 자기

인형을 사랑한다는 걸 알고 있고, 그걸 알기 때문에 나를 맘대로 할 수 있다고 생각한다. 그 생각을 하면 정말 견디기 힘들다.

밤 기도를 마친 후 나는 침대에 엎드려 언니가 듣지 못하도록 베개에 얼굴을 묻고 조용히 흐느낀다. 그런데 언니가 갑자기 일어나 앉더니 침대틀 위로 얼굴을 내밀고 뭐라고 내뱉는다. 나는 울음을 멈추고 귀를 쫑긋 세운다. 개나 여우가 아니니 진짜로 귀를 세울 수는 없지만, 비유적으로 말하자면 그랬다는 얘기다. 언니는 자매들만이 내는 소리, 엄마가 뜨거운 다리미를 축축한 천에 댈 때 나는 그런 소리로 뭔가 내뱉고 있다. 그리고 부글부글 끓듯 뜨거운 그 말은 천천히 내 머릿속으로 스며들어 거기에 타는 듯한 흔적을 남긴다. "어차피 넌 내 동생도 아닌데 뭐."

나는 숨을 멈춘 채 아무 말도 하지 않는다.

"너 내 말 들었어, 크리스티나? 넌 내 동생이 아니야."

그게 대체 무슨 뜻일까? 나를 동생으로 취급하지 않겠다는 걸까? 앞으로 나를 동생으로 보고 싶지 않다는 걸까? 나랑 같은 가족인 게 싫다는 걸까?

언니는 계속 뭐라고 지껄이고 있다. 그리고 그녀의 말은 점점 더 깊이 내 머릿속을 지지고 있다.

"엄마 아빠는 네 부모가 아니야. 할머니 할아버지는 네 조부모가 아니야. 우리 가족은 너랑 아무 상관없어. 너는 로타르 오빠나 나처럼 엄마가 낳은 자식이 아니야. 너는 다른 집에서 태어났지만 네 엄마는 너를 원하지 않은 거야. 넌 **입양된** 아이야. 네가 처음 우리 집에 온 날이 기억나. 그때 난 네 살이었고 너는 겨우 한 살 반이었어. 이건 비밀이고, 이 얘기를 너한테 하면 안 되지만 네가 그렇게 밉살스럽게 구니 어쩔 수 없어. 난 네 언니가 아니고, 너랑 아무 상관없는 사람이야. 네가 네 고향으로 돌아가서 다시는 안 나타나면 좋겠어."

그러고는 매트리스가 삐걱댈 만큼 세게 자기 침대에 쿵 드러눕는다. 방 안에 다시금 무거운 침묵이 감돈다. 나는 반듯이 드러누워 저 높이 있는 창문의 어두운 커튼을 바라본다. 어떻게 하면 방금 그레타 언니가 한 말에서 벗어날 수 있을까, 머리가 빙빙 돌아간다. 그러고는 어둠 속에서 잠옷 소매를 걷고 잠들 때까지 계속 내 반점을 어루만진다.

다음 날 아침 그레타 언니가 내 이마에 입을 맞추며 나를 깨운다.

"크리스티나, 아침 먹어." 언니가 가벼운 어조로 말한다. 내가 힘없이 침대에서 내려오자 그녀는 이렇게 덧붙인다. "어젯밤에 내가 한 말은 잊어버려. 네가 내 인형을 갖고 논 게 너무 약 올라서 내가 지어낸 말이야. 마음 상했다면 미안해. 앞으로 다시 잘 지내자, 응?" 언니가 죽을힘을 다해 나를 달래려고 애쓰고 있다는 게 느껴진다······ "난 그냥 네가 내 인형을 갖고 놀지 않았으면 좋겠어." 그러면서 자기가 지어준 그 웃기는 이름을 부른다. "넌 너무 어리니까 인형의 칼라를 더럽힐 수도 있고, 눈을 망가뜨릴 수도 있잖아. 어젯밤에 내가 한 말을 엄마한테 일러바치지 않기로 약속하면 학교에서 배운 걸 가르쳐줄게. 좋지? 약속한 거다?"

나는 무거운 바위덩어리 같은 머리를 딱 **한 번** 끄덕인다. 머리가 너무 불안하게 얹혀 있어서 한 번 더 끄덕이면 바닥으로 굴러 떨어질 것 같다.

나는 하루 종일 멍한 느낌이다. 엄마가 침대 시트 개는 걸 도와달라고 하신다. 보통 때는 참 좋아하는 일인데. 둘이 양쪽 모서리를 잡고 팔을 쭉 편 다음 침대 시트가 팽팽해질 때까지 뒤로 물러선다. 그런 다음 침대 시트를 흔들고, 모서리를 겹친다. 그리고 다시 모서리를 잡아 팽팽히 당긴 뒤 또 한 번 겹친다…… 하지만 오늘은 내가 붕붕거리며 돌아가는 태엽과 용수철에 연결된 시계탑 속의 나무인형이 된 기분이다. 나는 아무 말도 못한 채 굳은 표정으로 엄마를 돕는다.

"이런, 이런, 오늘은 크리스티나가 조용하네?" 침대 시트를 다 개고 나자 엄마가 말한다. "인형 때문에 속상해서 그러니?"

내가 고개를 끄덕이자 엄마는 의자에 앉더니 나를 무릎에 앉히고 꼭 안아준다. 엄마 팔의 부드러운 살결과 옷에 감싸인 둥근 가슴이 느껴진다. 나는 엄마 품에 안긴 채 엄지를 손에 물고 다른 손으로 반점을 만진다. 보통 때는 이러면 마음이 가라앉는데. 그레타 언니는 이 분이 우리 엄마가 아니라고 했다. 그렇다면 이 분은 누구고, 나는 지금 여기서 뭘 하고 있는 걸까?

나는 밖으로 나가 군인처럼 경직된 자세로 눈 더미 옆에 서 있다가, 총을 맞은 듯 앞으로 푹 쓰러진다. 그런 다음 눈이 타는 듯 뜨겁게 느껴질 때까지 거기 꼼짝 않고 누워 있다. 눈은 처음에는 차갑지만 나중에는 타는 듯 뜨겁게 느껴진다. 실수로 아주 뜨거운 목욕물에 발을 담그면 처음에는 얼음처럼 차갑게 느껴진다. 나는 옆으로 돌아누웠다가 일어나 앉아 맨손으로 눈을 한 움큼 집어 눈에 대고 벅벅 문지른다. 너무 차가워서 뭔가에 쏘이는 느낌이다.

그레타 언니는 약속을 지킨다. 십이 일간의 크리스마스 방학이 끝나고 개학했을 때 언니는 자기 숙제를 보여주고, 내 손을 잡고 필기체 쓰는 법을 가르쳐주고, 독일 역사에 등장하는 영웅들에 대해 가르쳐주고, 분수와 퍼센트도 가르쳐준다. 나는 그녀가 가르쳐주는 내용을 열심히 배워 소화하고 문제를 척척 풀어낸다. 언니랑 공부하는 내용이 머릿속에 그득하지만 그래도 그날 밤에 들은 얘기가 잊히지 않는다. 하지만 약속은 약속이다. 그날 나는 아주 살짝 고개를 끄덕였을 뿐이지만, 강화조약만큼이나 중대한 약속을 한 것이다. 상대는 러시아도, 이탈리아도, 일본도 아니지만, 고개를 끄덕인 건 대답이고, 대답을 했으면 약속을 한 것이다. 그러니 엄마한테 아무 말도 하지 말아야 한다.

그러면 할머니나 할아버지한테 여쭤보는 건 어떨까? 나는 두 분을 보면서 망설이다가 그러지 않기로 결심한다. 두 분은 아직도 로타르 오빠의 죽음 때문에 비탄에 잠겨 계신데, 나 때문에 더 괴롭게 해드릴 수는 없다.

그런데 할머니 할아버지를 보고 있다가 두 분을 정말 자세히 관찰하게 된다. 엄마와 그레타 언니도 마찬가지다. 나는 네 사람의 얼굴을 자세히 뜯어본다. 저녁을 먹은 다음 나는 욕실에 들어가 내 얼굴을 찬찬히 살펴본다. **크리스티나**…… 내가 가족이 아닌 걸 어떻게 알 수 있을까? 나는 금발인데 엄마랑 그레타 언니의 머리는 연갈색이다. 하지만 그건 증거가 안 된다. 로타르 오빠도 금발이었기 때문이다. 아빠의 머리는 어두운 금발이고 눈은 초록색인데, 내 눈은 푸른색이고 할머니도 마찬가지다. 그러니 눈이나 머리색으로는 알 수가 없다. 그런데 우리 집에서 왜 나만 코가 낮을까? 왜 언니는 나보다 이마가 높을까?

나는 몇 시간씩 이런 생각에 잠긴다.

나는 밤에 악몽을 꾸기 시작한다. 요강에 앉아 있는데 흰 신발과 치마 차림의 여자가 오더니 나를 아주 세게 후려갈긴다. 나는 넘어진 요강에서 쏟아져 나온 오줌 위로 쓰러진다. 그러자 한 소년이 나를 가리키며 계속 웃어댄다. 내가 누런 오줌 속에 앉아 있는 사이, 다른 아이들이 발가벗은 채 코를 흘리고, 신음을 하거나 소리를 지르면서 오줌 속으로 담요를 끌고 간다.

또 다른 꿈은, 내가 의자에 올라서서 밖을 내다보고 있는데 눈 속에 발가벗은 아기가 버려져 있다. 아기는 추위에 새파랗게 질린 채 덜덜 떨며 울고 있다.

누구한테 물어봐야 하나? 엄마는 안 되고, 할머니 할아버지도 안 되고, 그렇다면 대체 누가 알까? 그러다가 어느 날 드디어 답이 떠오른다. 하녀 헬가. 건장한 체구에, 풀 먹인 흰 앞치마와 밤갈색 머리의 헬가는 (자기 말마따나) 인생의 반을 우리 집에서 보냈다. 엄마는 지난 이 년 동안 헬가의 월급을 주지 못했다. 하지만 헬가는 남자들이 떠난 집에서 장작을 패고, 눈을 치우고, 무거운 짐을 나르며 우리를 돕고 있다. 그리고 엄마와 할머니는 요리, 청소 등, 전에 **헬가**가 하던 일을 하고 있다. 헬가는 나이가 많다. 어느 날 엄마와 헬가가 부엌에서 차를 마실 때, 헬가가 말하는 소리를 들었다. 이제 곧 서른이 될 텐데,

청년들이 다 죽었으니 결혼하기 힘들 거라는 말이었다. 삼십의 반은 십오니까, 헬가는 열다섯 살에 우리 집에 온 거고, 그렇다면 그레타나 내가 태어난 날을 기억하고 있을 것이다.

아주 간단하고 단순한 질문. **내가 태어난 날 생각나?**

그럴 용기를 내는 데 사흘이나 걸렸다. 할아버지 말씀으로는, 두려움에 빠지면 심장이 더 빨리 뛴다고 한다. 순간적으로 더 많은 에너지를 내게 함으로써 싸우거나 도망칠 수 있게 도와주려는 것이다. 그래서 혈관에 많은 피를 뿜어주는데, 실제로 우리는 심장이 평소보다 빨리 뛰면 **겁에 질리게** 된다! 헬가가 혼자 있는 걸 볼 때마다 용기를 내어 내 탄생에 대해 묻고 싶지만(**지금이야! 빨리 물어봐!**), 나도 모르게 심장이 너무 빨리 뛰어서 손발이 차가워지고 두려움에 온몸이 마비되는 느낌이다. 그래서 결국 아무것도 묻지 못한 채 우연히 그곳을 지나가는 것처럼 노래를 흥얼거리고 만다.

하지만 마침내 더 이상 미룰 수 없는 날이 온다. 오늘은 물어봐야만 한다. 헬가는 난로 옆에 앉아 뜨개질을 하고 있고, 그레타 언니는 이층에, 엄마와 할머니는 부엌에 있고, 그리고 할아버지는 침실에서 라디오를 듣는 중이다. 나는 교회에 들어갈 때처럼 현관에서 성호를 그은 다음, 팔짱을 낀 채 내 반점을 아주 세게 누르며 헬가 발치에 있는 스툴에 앉는다.

'빨리 해!' 나는 자신에게 이렇게 말한다. '그리고 헬가의 반응을 살펴.'

"헬가?" 나는 아주 심상한 어조로 그녀를 부른다.

"응……?"

"내가 태어난 날 생각나?"

나는 얼른 헬가의 표정을 살핀다.

그녀는 놀라지도, 볼을 붉히지도, 말을 더듬지도 않는다. 눈은 뜨개질감을 내려다보고 있다. 하지만 한순간 바늘을 멈추는 걸 보며 나는 답을 얻는다.

움직이지 않는다는 게 바로 답이었던 것이다.

다음 순간 헬가는 다시 바늘을 움직인다. 한 코는 위로, 한 코는 아래로, 그다음 코는 다시 위로, 다음에는 또 아래로 하며 그녀는 양말을 뜨고 있다. 나는 이 집 식구가 아니었던 것이다.

"물론이지." 헬가가 말한다. 하지만 당황한 기색이 역력하다. 나는 그 약점을 잡고 다음 질문을 던진다.

"내가 입양된 아이가 아닌 거 확실해?"

"**입양이라고?**" 헬가는 시간을 벌려고 이렇게 묻는다. "주워온 아이라는 거니? 하하하! 할아버지 얘기를 많이 듣더니 이상한 생각을 하는구나!" 헬가는 의자를 흔들며 이렇게 덧붙인다. "자, 이제 부엌에 가서 엄마 도와드려야지."

하지만 나는 부엌이 아니라 화장실로 뛰어간다. 이제 답을 알았다. 드디어 답을 안 것이다. 나는 위 속의 음식물을 모두 토해낸 다음 물을 내리고 변기에 앉아 장 속에 있는 음식물을 모두 배출한다. 진땀을 흘리며 배설을 하는 동안 나는 똥투성이 기저귀를 찬 채 누워서 악쓰듯 울고 있는 갓난이들, 손과 얼굴에 똥을 묻힌 채 방바닥을 기어 다니는 좀더 큰 아기들, 꽉 찬 요강의 오줌을 질질 흘리며 방 밖으로 들고 나가는 꼬마들, 흰 치마를 입고 돌아다니며 애들을 한 대씩 쥐어박고 소리 지르는 여자들, 흰 신발을 신고 성큼성큼 걸어가는 사람들, 분홍빛 실크 잠옷에 굽이치는 긴 금발을 군데군데 땋고 발톱에 매니큐어를 칠한 누군가의 우아한 맨발, 츠빙거 궁전의 벽감에 서 있는 님프들만큼이나 크고 아름다운 가슴, 그 가슴들이 움직이고, 흔들리고, 아기들에게 젖을 먹이는 모습, 궁전의 기둥들 위에 얹힌 천사의 머리를 닮은 작은 아기들이 이 가슴의 젖꼭지를 물고 열심히 젖을 빠는 모습, 임신으로 터질 듯 부푼 배를 덮고 있는 하얀 유니폼을 본다. 그리고 우는 여자들, 훌쩍이고 울먹이는 아기들, 고함치는 남자들의 소리를 듣는다. 그런 다음 물을 내리고, 다시 바닥에 꿇어앉아 어두운 변기에 대고 토한다. 이마에 땀방울이 맺힌다.

    화장실에서 나오자 엄마가 접시를 들고 식당으로 가고 있다. 복도가 어두운데도 엄마는 내가 하얗게 질린 걸 보고 얼른 접시들을 내려놓고 꿇어앉는다. "크리스티나, 대체 무슨 일이야? 어디 아픈 거야?"

    내가 엄마 쪽으로 스르르 무너지자 엄마는 접시를 그 자리에 둔 채 나를 안고 이층으로 올라가 침대에 눕혀준다. 그러고는 부드러운 어조로 열이 있으니 쉬어야 한다, 곧 카모마일 차를 갖고 오겠다고 속삭이며 가만가만 옷을 벗기고 잠옷으로 갈아입혀준다.

며칠이 지난다. 나는 여전히 둥둥 떠 있는 기분이다. 보통 사람들이 둥둥 떠 있는 기분이라고 하면 그건 기쁨으로 마음이 가볍다는 뜻이지만, 내 경우는 그와 정반대, 즉 햇살에 타버릴 안개 한 움큼처럼 불행으로 인해 마음이 허하다는 뜻이다. 아무도 안 볼 때면 반점을 어루만져보지만 마음 저 깊은 곳에 자리한 아픔은 사라지지 않는다.
내게 이 반점을 준 사람은 누구일까?

밤마다 나는 악몽을 꿀까 두려워서 깨어 있으려고 콧노래를 부른다. 그레타 언니가 투덜거리며 그만 부르라고 한다. 아나벨라는 높은 선반에서 내게 미소 지으며 모든 게 잘될 테니 걱정 말라고 한다. 하지만 나는 정말 걱정이 된다. 그건 나도 어쩔 수 없다.

할아버지께서 에델바이스에 대한 아름다운 새 노래를 가르쳐주신다. 가사를 다 외우자 할아버지는 내 이마에 입 맞추며, "완벽한 음감을 가진 사람은 우리 집에서 너뿐이다" 하신다.
누가 내게 이 목소리를 준 걸까?

토요일 점심 때, 기도를 마치고 막 수프를 먹으려는 순간, 엄마가 목을 가다듬더니 이렇게 말한다. "중요한 얘기가 있으니 잘 들어야 한다."
　우리는 고개를 들고, 망설이다가, 수저를 놓는다.
　잠시 침묵이 흐르고, 내 배에서 꼬르륵 소리가 난다. 그레타 언니가 팔꿈치로 나를 쿡쿡 친다.
　이윽고 할아버지가 엄마 어깨에 손을 얹으며 말씀하신다. "그래, 말해보거라. 애들한테 말해줘야 해."
　"흠…… 그레타…… 크리스티나…… 오늘 오후에 아저씨들이…… 오늘 오후에 우리 집에…… 새 식구가 올 거야. 요한이라는 소년인데, 아빠도 잘 아시는 일이야. 다음번 휴가 나오면 요한을 만나게 되실 거야. 요한의 부모가 전쟁 중에 돌아가셔서 세상에 혼자 남겨진, 고아란다. 그래서…… 내가 우리 집에 데려다가 우리 아이처럼 기르겠다고 했단다. 물론 로타르를 대신할 사람은 없지만, 요한을 친오빠처럼 대해야 한다."

엄마를 쳐다보며 앉아 있는데, 내 얼굴로 향한 눈길이 느껴져 고개를 왼쪽으로 돌리자 그레타 언니가 내 눈을 들여다본다. 한 순간이었지만 거기 담긴 메시지는 종소리만큼이나 분명하다. **"봤지? 같은 일이 또 일어난 거야. 네가 첫번째지."** 그러더니 고개를 숙이고 후루룩거리며 수프를 떠먹는다. 음식을 먹을 때 후루룩거리면 안 되지만 수프는 안 그러면 혀를 델 수 있기 때문에 그렇게 먹는 것이다.

"몇 살인데요?" 내가 묻는다.

"열 살. 그레타보다 딱 한 살 위지." 엄마가 말한다.

나는 수저들이 달각거리는 소리에 귀를 기울인다.

"언제 오는데요?"

"아까 말했잖아, 오늘 오후라고."

오후는 정오에 시작되는데, 이미 열두 시 반이니 그 아이는 바로 이 순간 도착할 수도 있고, 한 시간, 두 시간, 세 시간, 네 시간 후에 도착할 수도 있는데, 언제인지 모르니 답답해 죽을 지경이다. 오후가 한없이 길게 느껴진다. 그레타 언니는 친구들과 썰매 타러 가고, 나는 할아버지와 낮잠을 잔다. 아직 겨우 두 시다. 시계가 똑딱거리며 **"자, 달려, 빨리 가라고!"** 하며 시간을 재촉하고 있다. 정말 궁금해서 죽을 지경이다.

드디어 초인종의 높은 솔 음이 울리자 나는 레 음과 낮은 시 음으로 화음을 맞추며 나지막이 요한의 이름을 노래한다.

두 사람이 그를 데려왔는데, 깔판에 신발의 눈을 터느라 문간을 가리고 있기 때문에 요한은 전혀 보이지 않는다. 이윽고 두 사람이 요한 양옆에 서서 식당방으로 들어온다. 엄마가 탁자 위에 몸을 숙이고 몇 가지 서류에 서명을 하자, 두 사람이 이상하게 낮은 목소리로 뭐라고 한 뒤, 신발 뒤축을 부딪치며 "히틀러 만세" "히틀러 만세" "히틀러 만세" 하고 인사를 한다. 두 사람이 나간 뒤 문이 닫히고, 기다리던 사건은 끝이 난다.

"크리스티나, 이리 와서 오빠를 만나보렴!"

그러면서 엄마가 코트를 벗겨주려 하자 요한은 아주 거칠게 뿌리치더니 스스로 코트를 벗은 다음 옷걸이에 건다. 내가 그에게 다가가 노래는 아니지만 정말 고운 목소리로 "안녕, 요한" 해도 그는 대답하지 않는다. 눈은 뜨고 있지만 이마나 등보다 더 닫혀 있고 더 불투명한 벽이다. 보통 열 살 아이들보다 키가 크고, 얼굴도 더 성숙해 보이고, 푸른 눈은 크게 뜨고 있지만 완전히 닫혀 있으며, 턱은 앙다문 모습이다. 볼의 부드러운 피부 밑으로 골격이 움직이는 게 보인다. 그걸 보니 우리 새 오빠는 정말 잘생겼다는 생각이 든다.

썰매를 타러 나갔던 그레타 언니가 상기된 볼과 빛나는 눈으로 돌아온다. 할머니가 뜨거운 초콜릿을 만들어두셨기 때문에 온 가족이 식탁에 모여 컵을 부딪치며 요한이 온 것을 축하한다. 하지만 그는 웃지도, 말하지도 않고 막대기처럼 뻣뻣이 서 있을 뿐이다. 엄마와 할머니가 눈길을 주고받고, 다들 말없이 뜨거운 초콜릿이 목을 지나 배 속으로 내려가는 걸 느낄 뿐이다. 헬가가 요한의 가방을 로타르 오빠가 쓰던 방으로 들고 올라가며 그에게 따라오라고 한다. 요한은 망설이다가 아주 못마땅한 표정으로 따라 올라간다.

할아버지가 피아노 앞에 앉으시더니 같이 노래하자는 뜻으로 내게 고개를 까닥이신다. 나는 이층에 있는 요한이 내 노래를 듣고 위안을 얻고, 몸의 긴장을 풀기 바라며 목소리에 온기를 불어넣는다. 그는 부모를 잃고 낯선 집에 왔기 때문에 충격에 휩싸여 있다. 하지만 저녁 먹으러 내려왔을 때 보니 아무것도 변하지 않은 것 같다. 긴장한 턱, 벽 같은 눈, 깰 수 없는 침묵, 모두 그대로다.

식전 기도 후(요한은 고개는 숙이지만 아멘은 따라 하지 않는다), 엄마가 부드러운 어조로 그에게 질문을 던진다. 하지만 그가 아무 말 없자 엄마는 얼굴을 붉히며 그레타 언니에게 뭐라고 하려다가 엉뚱한 말을 한다. 요한 때문에 온 가족이 조용해진다. 그의 침묵이 사방으로 퍼지며 우리를 차례로 꿰뚫고 말문을 막는다. 그래서 다들 초조하고, 대화를 해도 어색하고, 전에 무슨 얘기를 했는지도 기억나지 않는다.

저녁식사 후, 우리는 거실 난로 앞에 모여 앉는다. 하지만 오늘 나는 엄마 품에 안겨 엄지손가락을 빨지 않는다. 요한에게 아기처럼 보이고 싶지 않기 때문이다. 할아버지가 브레멘 음악대 얘기를 해주신다. 도둑이 고양이, 개, 수탉, 당나귀 때문에 혼비백산하는 순간, 우리는 모두 깔깔 웃어댔지만, 요한은 허공을 응시하고 있을 뿐이다. 그의 광대뼈에 그림자가 어른거리는 걸 보며 우리는 민망해진 나머지 웃음을 멈춘다.

다음 날 아침, 학교에서도 같은 일이 벌어진다. 선생님이 새로 온 학생을 소개한 다음 환영 인사를 하는데도 요한은 납인형처럼 완강하고, 불투명하고, 무관심한 표정으로 서 있다. 선생님이 뭘 시켜도 그 명령에 따르려는 게 아니라 정말 자기가 원해서 그런다는 듯이, 다른 아이들보다 한 박자 늦게 그 일을 해낸다. 그러나 질문에 대답하거나 책을 낭독하는 건 거부하고, 종일 한 마디도 하지 않는다.

하지만 아무도 그를 혼내거나 벌주지 않는다.

우리는 둘 다 고아, 나는 노래, 그는 침묵이라는 사실이 흥미롭다. 턱을 움직이는 그대여, 내 노래가 들리는가? 이제부터 나는 그대만을 위해 노래하리라.

난로에 땔 장작이 떨어졌는데 하녀 헬가는 아파서 누워 있다.

"요한, 부탁이 있어. 오늘은 네가 우리 집에서 제일 튼튼하니까 나가서 땔감 좀 사오렴. 썰매를 끌고 가면 크리스티나가 길을 알려줄 거야. 밖에 눈이 오니까 둘 다 옷 단단히 입어야 한다." 엄마가 돈을 주며 이렇게 말한다. 그러고는 웃으며, "잔돈 받아오는 거 잊지 말고" 한다.

복도를 걸어가는데 "히틀러 만세"를 게을리 했던 베베른 부인이 자기 집 문을 열쇠로 열면서 돌아보고는 인사도 하지 않은 채 빈정거린다. "저 집은 정말 식구가 계속 불어나는군!" 그런데 다행히 요한은 그 말을 듣지 못한다.

우리는 나란히 걸어간다. 올 겨울 들어 오늘 처음, 견딜 수 없게 춥지는 않다는 느낌이 든다. 커다란 눈송이가 내려와 우리 모자와 목도리에 들러붙고, 볼에 닿으면서 녹고, 속눈썹에 매달린다. 드디어 기회가 왔다는 생각이 든다. 장작 가게는 몇 블록 떨어진, 시 광장의 반대편에 있기 때문에 오가는 데 거의 한 시간이나 걸릴 것이다. 그래서 나는 얘기를 시작한다.

"눈송이는 하나하나가 다 다르대. 별같이 보이지만 실제로는 아주 작고 차갑지. 하지만 별들은 크고 뜨겁다고. 멀리 있는 태양들을 태워 없앤다고 하잖아. 놀랍지 않아?"

묵묵부답.

"내가 어린애라서 상대할 가치가 없다고 생각하는 거지? 난 어리지만 그레타 언니한테서 오빠네 학년 책에 나오는 내용을 다 배웠어. 난 기억력이 좋거든. 게다가 절대음감까지 갖고 있다고."

여전히 묵묵부답.

"우리 집에서 사는 게 아직은 아주 불편하겠지만, 나는 믿어도 돼. 어떻게 보면 나야말로 오빠와 남매라고 할 수 있어. 나도 입양됐거든."

아, 요한이 나를 본다. 처음으로 나를 유심히 바라본다. 심장 박동이 빨라지고, 걸음이 빨라지고, 말도 빨라진다.

"나도 이 집 식구 아니야." 나는 확실하게 해두려고 이렇게 덧붙인다.

요한은 여전히 앞만 보고 있지만 턱이 약간 누그러지더니— 아, 다행이다— 입을 열고 말을 하기 시작한다.

"그게 정말이니?"

요한이 그렇게 말했지만, 소리는 이상하다. 외국인 같은 억양으로 말하고 있는 것이다.

나는 고개를 끄덕인다. 이걸 털어놓을 상대가 있다는 안도감에 눈물이 나온다. 하지만 그건 슬픔이 아니라 기쁨의 눈물이다.

"그래도 우리는 최소한 착한 분들한테 입양됐잖아."

"난 입양된 게 아니야." 엄마가 입양서류에 서명하는 걸 봤는데 입양된 게 아니라니 말도 안 된다. 하지만 요한의 얘기를 더 듣고 싶어서 나는 아무 말 하지 않는다.

"네 이름이 뭔데?" 요한이 그렇게 묻자 정말 당혹스러웠다.

"내 이름? 크리스티나지!"

"아니, 네 진짜 이름— 입양되기 전 이름 말야."

요한의 말이 무슨 뜻인지 모르겠지만 이제 우리는 장작가게 앞에 와 있다. 그리고 요한은 거북이가 위험할 때 머리와 다리를 움츠리듯이 침묵 속으로 돌아가버린다. 내가 가게 문을 두드리자 요한이 말은 네가 하라는 눈짓을 보낸다. 내가 참새처럼 밝고 귀여운 어조로 필요한 말을 하고, 요한이 돈을 건네고 잔돈을 받은 다음, 둘이 같이 밖으로 나온다.

아까보다 추위가 더 심하고 날이 저물고 있다. 썰매 역시 올 때는 가벼웠지만 이제는 묵직하다. 썰매를 끄는 요한의 얼굴이 츠빙거 궁전의 돌난간을 떠받치는 흑인 노예의 얼굴처럼 일그러진다. 그런데 요한은 살아 있기 때문에 썰매의 무게를 실제로 느끼고 있고, 그래서 얘기할 기운이 남아 있지 않다. 시내 한가운데 있는 작은 공원에 도착했을 때

요한은 숨을 헐떡이며 멈춰 선다.

공원 저편에서 회전목마의 음악 소리가 희미하게 들려온다.

요한은 내 쪽으로 돌아서더니 외국인처럼 이상하게 더듬거리는 독일어로 이렇게 묻는다. "가짜 크리스티나, 회전목마 타고 싶니?"

그래서 내가 웃으며 대답한다. "안 돼, 돈이 들거든."

"우리 돈 많아!" 요한이 호주머니에서 엄마에게 줄 거스름돈을 꺼내며 이렇게 말한다. 그의 장갑 낀 손바닥 어두운 곳에서 동전들이 보물처럼 빛난다.

"농담하지 마, 요한 오빠!"

"농담하지 마, 요한 오빠!" 그가 내 말을 흉내 낸다. "농담하는 거 아냐. 그리고 내 이름은 요한이 아니야. 네 이름이 뭔지는 모르지만, 자, 따라와!" 요한이 한 손으로 무거운 썰매를 끌고 다른 손으로 내 손을 잡는다.

그쪽으로 가보니 회전목마는 멈춰 있고, 음악도 꺼진 상태다. 날이 저물고, 맨 나중에 목마를 탔던 아이들이 엄마를 따라 집으로 가고 있다.

"오빠, 가지 마. 이건 우리 돈이 아니고, 어차피 닫는 시간이야." 하지만 요한은 나를 매표소로 끌고 가더니 아주 강한 어조로 말한다. **빨리 물어봐.** 그래서 이번에는 밝고 귀여운 어조가 아니라 겁에 질린 생쥐 같은 목소리로 묻는다. "아저씨, 회전목마 아직 안 닫았나요?"

백발에 주름투성이인 그 아저씨는 피곤한 얼굴로 막 돈통을 잠그는 참이었다. 하지만 눈발이 날리는 저녁, 전쟁에서 지고 있는 나라의 두 아이가 서 있는 모습을 보더니 이렇게 말한다. "아, 한 번 더 돌린다고 큰일이야 나겠니—자, 빨리 타거라." 요한이 엄마에게 줄 잔돈을 내민다. 하지만 아저씨는 손사래를 친다. "돈은 놔둬라, 돈통도 벌써 잠갔어. 빨리 타라, **딱** 두 번 돌면 끝이다."

아저씨가 나를 흰 말에 태우는 동안 음악이 다시 울리며 머리부터 발끝까지 나를 가득 채운다. 놀랍게도 요한이 내 뒤에 올라타더니 내 앞으로 팔을 뻗어 고삐를 잡는다. 회전목마가 더 빠르게 돌고, 우리는 음악에 맞추어 오르락내리락하며 빙빙 돈다. 날씨가 아까보다 더 춥고 어둠이 짙어졌지만, 내 몸은 기쁨의 도가니다. 즐겁게 웃어보지만 칼날 같은 바람이 금세 지워버린다. 목마들이 오르락내리락하고, 불빛이 번쩍이고, 음악이 울린다. 두 바퀴가 끝난 뒤 내가 손을 흔들며, "고맙습니다!" 하자 아저씨는 지친 얼굴로 손을 흔들어주며 고개를 끄덕인다. 두 아이를 행복하게 해주는 게 아저씨가 이 세상에서 할 수 있는 유일한 일이라는 표정이다. 회전목마가 다시 돈다. 내가 "고맙습니다!" 하자 그는 고개를 끄덕이면서 한 바퀴 더 돌려준다. 그러고는 내가 "고맙습니다!" 할 때마다 또 한 바퀴, 또 한 바퀴를 돌려준다. 이렇게 영원히 도는 거 아닌가, 무엇으로도 이 회전목마를 멈출 수 없는 거 아닌가 그런 생각이 든다.

같은 일이 몇 번이나 반복될 수 있을까 같은 말을 영원히 되풀이하며 죽어갈 수 있을까 **바보 바보 바보 바보 바보** 몇 번을 되풀이해야 그 말이 무의미해질까

집에 다 왔을 때—너희들이 그렇게 늦게 와서 죽도록 걱정했다고 엄

마가 소리 지르기 전에, 그 벌로 요한을 저녁을 굶긴 채 올려 보내기 전에, 한밤중 공습경보가 울려 온 가족이 잠옷 차림에 맨발로 지하실로 대피하기 전에—이런 일들이 아까 요한과 먼 거리를 나란히 걷는 동안 내 마음을 빙빙 돌게 하고, 번쩍이게 하고, 음악이 되어 울려 퍼지게 한 그 기쁨을 망쳐놓기 전에—그래, 우리가 집에 도착하기 직전에, 요한이 썰매의 끈을 놓더니 내 어깨를 붙잡아 나를 자기 쪽으로 돌려세운다.

요한은 입술에 손가락을 대더니 이상한 독일어로 천천히 말한다. "난 요한이 아니라 야넥이야. 독일인이 아니라 폴란드인이고, 입양된 게 아니라 납치됐어. 부모님은 슈체친에 살아 계셔. 난 납치된 거고, 가짜 크리스티나, 너도 마찬가지야."

그날 밤 이후, 나에게는 새로운 삶이 시작된다. 그림자와 비밀, 야넥-요한과의 공모로 이루어진 새 삶이 펼쳐진 것이다. 입술에 댄 그의 손가락은 영원히 유효하다. 이 세상 그 누구도 우리가 나눈 이야기를 알면 안 된다.

우리는 거의 매일 몇 분씩 만나 우리가 누구인지 작은 소리로 토론해본다. 작은 소리로 얘기하다 보니 모든 게 중요하게 느껴진다. 요한은 내 진짜 이름이 아이i가 아니라 와이y로 쓰여 있었을 거라고 생각한다. 크리스티나가 아니라 크리스트카일 수도 있다는 것이다. 그 이름을 발음하면서 요한은 알r 발음을 굴리는데, 그 소리를 들으면 뱃속이 간지럽다는 느낌이 든다. 요한은 또 앞으로 절대 "히틀러 만세"를 하지 말라면서, 하는 것처럼 보이게 입만 달싹이라고 한다. 그는 독일인들은 우리의 적이고, 이 집 식구들이 아무리 잘해줘도 그들은 적일 뿐이며, 전쟁이 끝나서 진짜 가족에게 돌아갔는데 모국어를 다 잊어버려서 얘기를 못하면 정말 끔찍할 거라면서 매일 폴란드어를 조금씩 가르쳐준다. 엄마는 마트카, 아빠는 오즈시엑, 오빠는 브랏, 언니는 시오스트라, 사랑해는 코샴 바스, 꿈은 센, 노래는 스퓨 등이다.

"한 단어도 생각 안 나니?" 요한이 묻는다.

"안 나."

"엄마를 부르던 마트카라는 말도?"

"안 나, 하지만…… 기억나는 것 같기도 해."

"그렇다면 너는 아주 어릴 때, 말을 배우기도 전에 납치됐나보다. 네 엄마의 품에서 강제로 빼앗아왔을 거야. 크리스트카, 그런 장면을 여러 번 봤어……"

나는 요한이 가르쳐주는 단어를 모두 외운다. 그리고 부드러우면서도 확실하게 그의 독일어 발음을 고쳐준다. 요한의 발음은 나아지지만, 식탁이나 학교에서는 여전히 한 마디도 하지 않는다.

우리는 복도 끝에 있는 커다란 옷장 바닥에 앉아 있다. 옷장은 아주 크고 안에 등까지 달려 있어서 하나의 방 같은 느낌이다.

"우리 서류에 있는 내용은 다 가짜야. 우리 이름, 나이, 출생지, 다 거짓말이야." 요한이 말한다.

"우리 **나이**까지?"

"최소한 내 나이는 그래. 실제보다 두 살 적게 되어 있거든."

"그럼 오빠가 **열두 살**이란 말야?"

"맞아."

"그럼 나보다 두 배 많은 거네!"

"그리고 두 배 더 분개하고 있지. 하지만 너도 분개해야 돼. 생각해봐, 네 부모님은 몇 년씩이나 울면서 너를 찾아 이리저리 헤매셨을 거야. 지금쯤은 절망에 빠져 계실 수도 있지."

"그렇게 생각해?"

"물론이지."

"누가 오빠를 납치했는데?"

"브라운 자매들."

"그게 뭔데?"

그러자 요한은 어느 날 슈체친 거리에 나타난 나쁜 여자들에 대해 얘기해준다. 악몽 속의 아나벨라인 듯— 하얀 칼라와 하얀 소맷단이 달린 갈색 드레스를 입은 여자들이 요한의 학교 앞에 선 채 정오에 우르르 몰려나오는 아이들을 살펴보더니, 선택된 아이들에게 웃음 띤 얼굴로 사탕을 나눠주었다.

"그 사람들이 왜 오빠를 골랐을까?"

요한이 고개를 돌리며 턱을 움직인다.

"크리스트카, 그들은 내가 아니라 **우리**를 고른 거야. 금발 머리에 푸른 눈, 새하얀 피부를 갖고 있기 때문에 독일인처럼 보였던 거지."

"그럴 리 없어."

"그게 무슨 말이야?"

"내 피부는……"

나는 요한에게 다가가며 소매를 올리고 내 반점을 보여준다. 가슴이 쿵쿵 뛴다.

"난 이 반점 때문에 다른 사람과 달라. 내가 노래할 수 있는 것도 이 반점 덕분이야. 여기를 만지면 내 영혼 속으로 들어가서 그 안에 담긴 모든 아름다움을 모아 새처럼 입 밖으로 날아 나올 수 있어. 원하면 만져봐도 돼."

요한은 손가락 두 개로 내 반점을 살짝 덮더니 이마를 찡그린다. 나는 움찔한다. 반점이 보기 싫다는 걸까?

"무슨 문제 있어?"

"아니, 그게 아니라…… 놀라서 그래. 이보다 더 사소한 것 때문에 추방된 애들도 있거든."

"추방이라니……?"

"크리스트카, 너에 대해서 좀더 얘기해봐. 노래 말고 좋아하는 게 뭐니?"

"먹는 거. 특히 비계가 좋아. 난 나중에 서커스의 뚱보 여가수가 될 거야."

그러자 요한이 하하 웃더니 비쩍 마른 내 다리를 보며 말한다. "그럼 앞으로 아주 많이 쪄야겠네, 꼬마 아가씨."

이때 옷장 문이 확 열린다. 그레타 언니가 상처 받은 표정이면서도 그거 보라는 듯한 태도로 서 있다. 우리가 얘기하는 소리를 들은 것이다. 지금까지 요한은 그레타 언니에게 단 한 마디도 한 적이 없다. 둘이 나이도 더 비슷하고, 그렇게 예쁜 소녀가 바로 옆에 앉아 있는데 왜 그는 나같이 못생긴 애에게 관심을 가진 걸까? 이해하기 힘든 일이다. 그레타 언니는 질투심에 불타고 있다. 그녀는 내 팔을 붙잡고 침실로 끌고 가더니 문을 잠근다.

"니들 둘이 거기서 뭐 한 거야? 엄마한테 이를 거야!" 언니가 이를 악문 채 이렇게 묻는다.

나는 새로 알게 된 언어와 친구, 조국으로부터 용기를 얻어 입을 연다. "언니, 이를 건 아무것도 없어."

"둘이 속삭이는 소리 내가 다 들었어."

"속삭이는 게 죄야?"

"하지만 그건 요한이 말할 수 있다는 뜻이잖아! 왜 **우리**한테는 말을 안 하는 거지?"

"직접 물어보면 되잖아."

"물어봐도 대답 안 할걸?"

"그건 **언니** 문제지."

"크리스티나, 너 그거 아니?"

"뭐?" 내가 언니를 돌아보며 묻는다.

그러자 언니가 내 얼굴에 침을 뱉는다. "바로 이거야!"

이제 아무것도 내가 요한과 얘기하는 걸 막을 수 없다. 우리는 폴란드어를 섞어가며 대화를 나눈다. 요한은 내게, 괜찮다, 예, 아니요, 나는 당신의 딸입니다 같은 말을 가르쳐준다. 나는 모든 단어를 알고 싶다.

"브라운 자매들은 우리를 기차에 태워 칼리시라는 곳으로 데리고 간 뒤, 흰옷을 입은 남자들에게 넘겨줬어. 의사들이었을 수도 있고, 아닐 수도 있어. 여자애들과 남자애들을 나눠놓았지."

"그다음에는?"

"신체검사를 하더라고."

"키를 잰 거야?"

"아니, 아, 맞아. 키뿐 아니라 모든 것을 쟀지. 옷을 벗으라고 하더니 우리 몸의 모든 부분을 쟀거든. 머리, 귀, 코, 다리, 팔, 어깨, 손가락, 발가락, 이마, 턱과 이마 사이의 각도, 두 눈썹 사이의 거리. 눈썹 사이의 거리가 너무 가까운 애들은 추방되었어. 반점이 있는 애들도 마찬가지였지⋯⋯ 코가 크다든가, 음낭이 작다든가, 발바닥이 이상한 애들도 쫓겨났어. 그런 다음에는 건강 상태, 지구력, 유연성, 지능 등, 온갖 테스트를 했어. 거기서 낮은 점수를 받은 애들은 쫓겨났지."

"쫓겨났다고?"

"쉿, 크리스트카, 말해줄게⋯⋯ 그들은 우리에게 새 이름을 지어주고, 우리가 실은 오래전부터 독일인이었다고 했어. 우리 몸에 독일인의 피가 흐르고 있다는 거야. 폴란드인이라는 건 잘못된 거라면서 이제라도 바로잡을 수 있다고 했어. 우리 아버지들은 반역자여서 처형되었고, 우리 엄마들은 창녀라서 우리를 기를 자격이 없다는 거야. 그리고 우리는 이제부터 독일인으로 길러질 거라고 했지. 우리끼리 폴란드어로 얘기하면 벌을 준다고 했어. 그래도 우리는 폴란드어로 얘기했지. 그래서 벌도 받았고."

"아, 가엾은―"

"가엾다는 말 하지 마. 네가 그 말 하면 난 말 안 할 거야."

"미안해." 나는 얼른 폴란드어로 잘못했다고 사과한다.

"그들은 한밤중에 우리 머리를 때렸어."―요한이 눈을 감으며 손으로 허공을 세게 내려친다―"**탁**⋯⋯ **탁**⋯⋯ **탁**⋯⋯ **탁**⋯⋯ 우리는 몇 대나 맞았는지 세었다가 아침에 그 횟수를 비교하곤 했어. 대개 하룻밤에 백 대 이상이었지. **탁…… 탁…… 탁…… 탁……** 처음에는 아프지만 나중에는 그 리듬을 숲 속에서 나무를 내리치는 도끼 소리나 못을 때려 박는 망치 소리같이, 뭔가 다른 걸로 바꾸게 돼. **탁…… 탁…… 탁…… 탁……** 내리치는 충격은 느껴도 아픔은 못 느끼게 되지. 나중에는 현기증조차 느끼지 못하게 되거든. 그래도 나는 계속 폴란드어로 말했어. 그래서 어느 날 브라운 자매 중 한 사람이 나를 교회로 데리고 가서 돌바닥에 꿇어앉혔어. 겨울인데 이렇게 팔을 쳐든 채 몇 시간이고 꿇어앉아 있게 했지. 그러다가 조금이라도 팔을 내리면 그 여자는 미친 사람처럼 씩씩거리고, 채찍을 휘두를 때마다 흡족한 듯 쿵쿵거리며 내 등과 목, 머리를 내리쳤어. 그런데 어느 순간, 더 이상은 참을 수 없었지. 그래서 뒤돌아서서 그 채찍을 빼앗았어. 그 순간 그 여자 표정이 사악한 만족감에서 동물적인 공포로 바뀌더라구. 채찍을 쥐었으니 이제 내가 힘을 가진 쪽이 된 거지. 나는 폴란드어로 소리치며 그 여자를 후려치기 시작했어. 그 여자가 바닥에 웅크린 채 덜덜 떨고 꿈틀대는 동안 나는 그 여자를 모욕하고, 욕하면서 마구 때려줬어. 정말이지, 크리스트카, 죽일 수도 있을 것 같았어."

그가 말을 멈춘다. 나는 말없이 눈만 휘둥그레 뜨고 있다.

"그들은 내가 한 짓을 알고는 이틀 동안 먹을 것도, 마실 것도 주지 않고 캄캄한 청소도구함에 가두었어. 나 역시 그들만큼 강한 의지력을 갖고 있다는 걸 보여주고 싶어서 일부러 가만히 있었지. 그저 내 안으로 침잠해 기다리고 있었어. 이윽고 대장 의사가 날 사무실로 부르더니 이렇게 말하더라. '넌 훌륭한 독일인이 될 자질을 갖고 있어. 하지만 앞으로 더 이상의 기회는 없다. 한 번만 더 규칙을 어기면 추방이야.'"

요한은 말을 멈춘다.

"그 뒤로 나는 폴란드어를 하지 않았어. 그들이 내 혀를 뿌리째 뽑은 셈이지."

"내 혀도."

"맞아, 네 혀도."

꿈에 두건을 쓴 건장한 농촌 여성이 밭일을 하고 있다. 할머니 같아 보이는 그 여성은 힘든 나머지 얼굴이 상기된 채 뭐라고 두런대며 온 힘을 다해 뭔가를 뽑는다. 그러더니 그것을 바구니에 던진다―뭘 뽑고 있는 걸까? 이윽고 그녀가 숨을 몰아쉬고, 손등으로 이마를 닦으며 "아이구, 힘들다" 한다. 가까이 가보니 아까 그 바구니에는 사람들의 혀가 가득 담겨 꿈틀대고 있고, 혀의 뿌리 부분은 작은 가재들처럼 힘없이 허공을 치고 있다. "아, 뿌리째 뽑으면 말을 못하게 되는데!" 내가 이렇게 말하자 그 여자는 "바로 그거야!" 하더니 다시 허리를 구부리고 혀들을 뽑는다.

"우리는 1943년 크리스마스에 소집되었어." 요한이 말한다. "그때부터 일 년 동안 아침부터 밤까지 독일어를 배웠어. 그들은 머리를 때리는 것처럼 **탁**...... **탁**...... **탁**...... ― 독일어를 주입시켰지. 독일어 단어, 독일 역사, 독일의 시와 동화―그리고 겨울이 돌아오자 독일의 크리스마스 캐럴을 가르치더라구.「고요한 밤, 거룩한 밤」「참 반가운 신도여」「징글벨, 징글벨」**탁**...... **탁**...... **탁**...... **탁**...... 아, 나는 그 멍청한 크리스마스 캐럴들이 진절머리 나게 싫어, 가짜 크리스티나, 정말 싫어! 넌 안 그래?"

"으응, 나도 그런 것 같아."

나는 그 노래들을 좋아했다. 하지만 그건 내가 이 가족, 이 언어, 이 가정의 일부라고 생각했을 때의 일이다. 지금은 그것들을 대신할 게 몇 개 안 된다. 몇 개의 폴란드 단어, 요한에 대한 사랑, 그것이 전부다. 하지만 앞으로 더 많은 게 생기겠지. 나는 캐럴들을 머리 뒤로 돌려놓는다. 학교에서 새 단어의 철자를 배울 때면 그 단어들이 요한의 머릿속에 주입되고, 기억 속에 채찍처럼 갈겨지거나 새겨지고, 그가 원하지 않는데도 그의 몸에 들이박힌 것이 떠올라, 단어들 자체가 사악해 보이고 그것들을 배우는 것이 고통스럽게 느껴진다. 하지만 나는 스스로, 그 단어들은 곧 내 모국어의 단어들로 대체될 것이고, 변기의 물을 내리면 모든 오물이 씻겨 나가듯 이 단어들도 내 기억으로부터 완전히 내보낼 수 있게 될 거라고 생각한다. 할아버지는 지옥에 가는 사람들은 인류의 쓰레기라고 하시지만, 이제 나는 그분의 말을 인용하고 싶지 않다. 그분은 내게 잘해주시지만 내 친할아버지가 아니고, 그의 지혜가 얼마나 쓸모있는지, 알 수 없기 때문이다.

할아버지가 새 노래를 가르쳐주시려고 하면 학교 공부 때문에 바쁘고 노래할 시간이 없다고 둘러댄다. 그분이 우울한 표정을 지으면 이마에 입을 맞추며, "할아버지, 나중에 배우면 되잖아요" 한다.

그런데 문제는, 내가 독일어로 노래하지 않으면 어떤 언어로 노래할 수 있을까? 교회의 찬송가, 크리스마스 캐럴, 할아버지가 가르쳐주신 모든 아름다운 노래가 다 독일어로 되어 있는데, 이제 나는 그 곡들을 부를 수가 없다. 요한에게 이 문제에 대해 묻자 그는, "내가 폴란드어로 된 노래를 몇 곡 가르쳐줄게. 하지만 그 곡들을 부르면 우리의 비밀이 탄로 날 거야. 그렇다면 당분간 가사 없이 노래하는 수밖에 없겠다" 한다.

나는 가사 없이 노래하는 법을 배운다. 목 뒤쪽에서 소리를 만들고, 그 음이 하늘을 찌를 때까지 점점 더 높이 솟아오르게 한다. 그러고는 용암이 들끓는 내 마음속 가장 깊은 곳으로 내려가기도 한다.

"너랑 요한은 무슨 얘기를 하니?" 그레타 언니가 묻는다. 그녀는 아나벨라의 머리를 빗기고 있다. 인형은 살아 있는 세포들이 안에서 머리카락을 밀어내지 않기 때문에 사람 머리처럼 자라지도 않고, 일주일에 두 번씩 감을 필요도 없다.

"아...... 인생에 대해 얘기해."

"인생이라니, 그게 무슨 뜻이야?"

"사전에서 찾아봐." 나는 스스로의 대담함에 놀란다.

"크리스티나, 이제부터는 아무것도 안 가르쳐줄 거야."

"그래? 그럼 엄마한테 그날 언니가 얘기한 거 말할 거야."

"그래, 말해라. 말하라고!"

일월 말, 추위 때문에 휴교령이 내린다. 이제 공습경보가 밤낮으로 내려서, 하루에 반 이상을 감자 창고에서 지낸다. 창고는 교회보다 더 지루하다. 몇 시간씩 아무것도 못하고 사람들이 코 고는 소리, 한숨 쉬는 소리, 훌쩍이는 소리를 듣고 있어야 하고, 냄새 또한 지독하다. 뭔가 일어나고 있다는 걸 다들 느끼고 있다. 식탁에 둘러앉아 있을 때 이제 아무도 말을 하지 않는다. 그리고 그게 꼭 요한의 침묵 때문은 아니다. 뭔가 새롭고, 불투명하고, 무거운 것, 온 세상이 천천히 종말에 이르듯, 쇠뚜껑 같은 것이 우리를 짓누르고 으깨는 느낌이 든다. 우리는 아침에 옷 입고, 침대 정리하고, 상 차리고, 장작 패고, 은식기를 닦고, 침대 시트를 개는 등, 평소에 해온 일들을 해본다—하지만 이 모든 질서와 청결함, 단정함이 모두 일종의 연극이라는 느낌, 어른들이 애들을 위해서 그냥 그런 척하는 것 같다는 생각이 들고, 어른들의 눈을 들여다보면 두려움과 혼란이 깃들어 있다. 그들의 눈을 너무 오래 들여다보면 아마 그 속에 빠져 눈, 머리, 내장, 그리고 지옥 같은 암흑의 위장 속으로 흘러가게 될 것이다. 이 모든 게 우리가—아니지, 난 폴란드인이니까, 독일이— 전쟁에서 지고 있기 때문이다. 독일이 지금 그냥 패전을 받아들이고 이 모든 걸 끝내면 좋지 않을까? 대체 얼마나 더 져야 전쟁이 끝나는 걸까?

"그때 정말 엄마 드릴 잔돈으로 회전목마를 타려고 했어?" 내가 요한에게 묻는다.

"응, 독일은 우리나라를 훔치고, 나를 훔쳤어. 그거에 비하면 잔돈 몇 푼 훔치는 건 아무것도 아니지. 넌 누가 자기편인지 알아야 해, 가짜 크리스티나."

"난 오빠 편이야."

"증명해봐."

"어떻게?"

"다음번에 네 가짜 할머니 보석함을 갖고 놀 때 보석을 하나 훔쳐와."

"그건 안 돼!"

"그럼 넌 내 편이 아니야."

"할머니 보석으로 뭘 하려고?"

"훔쳐오면 알려줄게."

다음 날, 나는 빛나는 귀고리 한 쌍을 호주머니에서 꺼내 야넥의 눈앞에 흔들어 보인다. 그가 다이아몬드와 큐빅의 차이를 모르기를 바라면서.

그는 그 차이를 모르기 때문에, 귀고리를 보고 눈이 휘둥그레지더니 엄지손가락을 들어 보인다. 나는 정말 자랑스러운 기분이다.

"자, 이제 이걸로 뭐 할 건지 알려줘."

"가짜 크리스티나, 이건 시작에 불과해. 하지만 시작이 아주 좋아. 넌 뛰어난 도둑이 될 거야. 이제부터 가짜 할아버지의 지갑에서 매일 몇 푼씩 훔쳐와, 알았지?"

"하지만 그걸 뭐에 쓸 거냐고?"

그러자 그가 큰 손으로 내 작은 손을 감싸고 꼭 누른다.

"크리스트카, 너 내 편이지?"

"응."

"너 나 좋아하지?"

"이 세상 그 무엇보다 사랑해."

"그럼 잘 들어…… 우리는 같이 도망갈 거야. 보석을 비싼 값에

팔아서 폴란드로 돌아갈 거야. 가다가 돈이 떨어지면 네가 노래를 하면 돼. 그러면 사람들이 몰려들겠지. 그때 내가 모자를 돌리면 많은 돈을 벌 수 있어. 그러면 그 돈으로 여행을 계속할 수 있어."

관자놀이에서 맥박이 강하게 뛰는 게 느껴진다.

"하지만 오빠, 우리가 여행하는 걸 보면 사람들이 경찰을 부를 거야. 어린 도망자 두 명이라―너무 눈에 띌 거야."

요한이 하하 웃는다. "요즘은 난민 천지야. 못 봤어? 수천 명의 사람들이 어딘가로 가고 있어. 아이들, 노인들, 온갖 사람들이. 두 명이 더 가든 덜 가든, 무슨 차이가 있어⋯⋯ 경찰은 그것 말고도 할 일이 너무 많아. 아무도 우리한테 신경 안 쓸 거야."

"하지만 오빠⋯⋯ 우리가 적의 집에서 살고 있다는 건 알지만⋯⋯ 만약 내가⋯⋯ 무슨 말이냐면, 이 분늘은 나를 사랑해. 나한테 항상 잘해주셨어. 나는 못 가⋯⋯"

"크리스트카. 넌 네가 아기인지, 다 큰 아이인지, 독일인인지, 폴란드인인지, 마음을 정해야 해. 시간을 갖고 잘 생각해봐, 그건 네가 결정할 문제니까. 네가 오든 말든 난 여름에 떠날 거야."

요한이 없는 이 집에서 다시 살게 된다―그건 생각할 수 없는 일이다⋯⋯

할아버지가 코를 골기 시작하자, 그의 어깨를 밀며 "커트" 하는 대신 나는 침대에서 일어나 재킷을 걸어둔 의자로 살금살금 다가가 호주머니를 뒤진다. 할아버지의 지갑은 재킷 안주머니에 들어 있다. 진땀이

나고 손이 떨리는데, 그게 어떤 역할을 하는지 궁금해진다. 초조할 때는 손이 안정되고 차분하고 자기가 원하는 걸 그대로 할 수 있으면 좋을 텐데, 실제로는 정반대라는 게 이상하다. 지갑에는 지폐가 딱 세 장뿐이다. 그중 한 장을 빼기는 좀 그랬다. 나는 요한에게 할아버지 지갑에 돈이 하나도 없었다고 얘기할 생각이다. 지갑에 열 장이 들어 있었으면 한 장을 쉽게 빼왔을 것이다. 그 경우는 딱 십 퍼센트밖에 안 되기 때문이다. 그런데 세 장 중 하나면 삼십 퍼센트가 넘는다. 정확히 말하면 33.333333⋯⋯퍼센트가 되겠지. 그레타 언니에게 퍼센트에 대해 배운 적이 있다. 무한대로 이어지는 건 정말 어디에나 있는 것 같다.

하지만 동전 지갑에는 돈이 잔뜩 들어 있다. 나는 딸그락 소리가 나지 않게 조심하면서 작은 동전 여섯 개를 꺼내 내 신발에 넣은 다음 요한이 있는 이층으로 올라간다.

"좋았어, 크리스트카. 봐, 나도 먹을 걸 좀 훔쳐왔어."

우리는 방충제 냄새가 나는 코트와 드레스 밑을 통과해 옷장 저 안쪽으로 기어 들어간다. 요한이 낡은 부츠를 치운다. 할아버지가 지난번 전쟁 때 신으신 군화일 것이다. 그 군화 뒤 옷장 벽에 비스킷, 설탕, 대추 등이 쌓여 있다.

"하지만 오빠, 지금도 식구들이 먹을 게 모자란데⋯⋯."

"그들은 내 가족이 아니야. 난 우리 집으로 돌아가고 싶어. 여기에 담아—"

나는 그가 내민 작은 통에 동전을 집어넣는다.

밤에 자리에 누워 나는 폴란드에 있을 내 가족을 생각한다. 온갖 의문들이 벼룩쇼의 벼룩들처럼 머릿속을 누빈다. 할아버지가 젊은 시절 베를린에서 본 벼룩쇼에 대해 얘기해주신 적이 있다. 나는 형제가 몇 명이었을까? 그들은 나를 잊어버렸을까? 그들은 그레타 언니보다 내게 잘해줄까? 내 진짜 아빠가 지금도 살아 있을까? 우리 엄마는 여기 엄마만큼 다정할까? 엄마는 나를 알아볼까? 내 반점을 보면 알아보겠지. 내 왼팔의 안쪽을 보고 야넥처럼 알r 발음을 굴리면서 소리를 지르겠지. "크리스티나! 크리스티나! 드디어 돌아왔구나! 사랑하는 나의 크리스티나!" 그러고는 나를 꽉 껴안고 기뻐서 엉엉 울겠지.

그런데 제일 큰 걱정은 우리가 달아나면 엄마가 얼마나 슬퍼할까, 그것이다. 하지만 야넥은 그게 다 엄마가 자초한 것이라고 한다. 납치된 아이들을 집에 들인 게 잘못이었다는 것이다. 엄마 자신이 불행을 자초한 것이고, 우리로서는 어쩔 수 없다는 것이다.

"이제 저들에게 거짓말하는 법을 배워야 돼."
"안 돼, 오빠. 그게 무슨 소용이 있는데? 우리는 이미 저들에게 많은 걸 숨기고 있고, 훔쳐내고 있잖아. 그걸로 충분해."
"가짜 크리스티나, 마음을 더 굳게 먹어야 돼. 더 강해지지 않으면 집까지 돌아가는 먼 여행을 해낼 수가 없다고."
"오빠, 그것만은 안 돼."

다음 날, 학교에서 돌아온 그레타 언니가 속옷, 양말, 레깅스, 셔츠, 스웨터 등, 옷 서랍에 들어 있던 것들이 바닥에 쏟아진 채 어지럽게 흩어져 있는 걸 발견한다. 언니는 곧바로 계단참으로 달려가 소리친다.

"엄마! 이리 와서 크리스티나가 한 짓 좀 봐!"

나는 엄마를 따라 올라와 그 어지러운 장면을 보고 기절할 듯 놀란다.

"네가 이랬니?" 엄마가 애써 화를 참으며 내게 묻는다.

어떤 일이 벌어져도 요한을 불리하게 할 수는 없었으므로 나는 그렇다고 한다. 뱃속까지 떨리는 기분이다.

"**대체 왜?**" 엄마가 날카로운 어조로 묻는다.

"저…… 뭘 찾고 있었는데…… 나중에 다시 정리하는 걸 잊어버렸어."

"뭘 찾고 있었는데?"

"……"

"크리스티나, 뭘 찾고 있었냐구?"

"……내 곰인형."

"거짓말이야!" 그레타 언니가 소리친다. "걔 곰인형은 언제나 그랬듯이 저 선반 위에 있었어. **한 번도** 옷장에 넣은 적이 없다고."

엄마가 할아버지한테 이 일을 얘기한다. 할아버지가 나를 부르더니 서글픈 눈길로 바라보신다.

"요즘 무슨 일이 있는 거니?" 할아버지가 한숨을 내쉰다. "네가 요즘 변한 것 같아. 엄마 말로는 나쁜 아이로 변하고 있다는데, 네 방을 왜 그렇게 어지럽힌 거니?"

"그냥 그러고 싶어서요."

할아버지의 입꼬리가 내려간다. 슬픈 표정이 엄하게 바뀌더니, 커다란 손으로 내 두 손목을 움켜쥐고 나를 확 끌어당겨 억지로 무릎에 앉히신다. 나는 도망치려 애쓰지만 할아버지는 한 손으로 나를 누르고 다른 손으로 엉덩이를 때리기 시작한다. 탁 탁 탁 탁, 할아버지가 나를 때린 건 이번이 처음이다. 내가 아픔 때문에 화가 나서 소리를 지르고 몸부림치자, 그게 할아버지의 화를 더 돋우었는지, 아까보다 더 빠르고 세게 때리신다. 내 엉덩이가 빨갛게 되는 게 느껴진다. 몸속의 피가 무슨 일인지 궁금해 피부 표면으로 몰려들고 있는 것이다. 나는 엉엉 울면서 몸부림친다. 그리고 드디어 실컷 화를 푸셨는지 할아버지가 나를 밀어낸다. 바닥으로 떨어진 나는 온몸을 떨면서 엉엉 운다. 할아버지가 썩 꺼지라고 하신다.

나오면서 보니 그레타 언니가 아나벨라를 안고 문간에 선 채 모든 걸 지켜보고 있다. 내가 나오자 그녀는 싱긋 웃는다.

"축하해, 크리스트카. 시험을 무사히 통과했어. 얼마나 아팠는지 말해 봐."

"괜찮았어."

"그보다 더 아파도 견딜 수 있을까?"

"응."

"좋아. 이제 독일인들이 어떤지 알겠지?"

"응."

발렌타인데이가 돌아온다.

우리는 식탁에 앉아 마른 빵을 뜨거운 치커리차에 적셔 먹고 있다.

초콜릿, 버터, 치즈, 햄, 잼이 다 떨어졌기 때문이다. 말끔해 보이던 표면이 갈라지면서 우리 집 한가운데서 혼돈이 솟아나오고 있다. 할아버지가 자기 방에서 엉엉 울고 계신 것이다. 울음소리가 들려온 순간 우리는 멈춰! 게임을 할 때처럼 모든 동작을 멈춘다. 엄마가 식탁 맞은편에 앉으신 할머니를 바라본다. 두 사람의 눈길이 겁에 질려 있는 걸 보니 최악의 사태가 벌어진 것 같다. **그게 뭘까?** 울음소리가 점점 더 커지더니 할아버지가 방에서 뛰어나오시고, 라디오 소리가 들린다. 할아버지는 긴 내복 차림인데, 커다란 흰 공 같은 배가 늘어져 있다. 눈물로 흠뻑 젖은 얼굴에, 머리를 두 손으로 움켜쥐어 백발이 광대처럼 사방에 삐죽삐죽 솟아 있다. 자기가 얼마나 이상해 보이는지 할아버지는 모르시는 걸까? 어떻게 감히 내복 차림으로 사람들 앞에 뛰어나올 수 있을까?

"커트." 할머니가 자리에서 일어나 그쪽으로 가려고 하자 할아버지는 돌아서서 벽에 머리를 쿵쿵 찧으신다. 칼리시에서 요한이 그랬듯 할아버지는 지금 몇 번째 머리를 찧고 있는지 세고 계신 걸까?

이윽고 할아버지가 울음을 멈추고 이렇게 말씀하신다. "드레스덴, 드레스덴, 드레스덴, 드레스덴, 드레스덴." 어떤 말을 수백만 번 되풀이하면 그 의미가 사라질까?

엄마가 우리에게 이층으로 올라가라고 한다. 열두 시에 내려와보니 거실이 엉망이고, 점심도 차려져 있지 않다. 헬가가 증조할아버지가 만드셨다는 드레스덴 도자기의 파편들을 쓸어 모으고 있다. 아름다운 시계와 보석함도 마찬가지다. 보석함에 달렸던 작은 발레리나 인형은 헌

관에 떨어져 있다. **항상 앞을 봐**, 인형은 굴러가면서도 균형을 유지하려고 했는지 여전히 앞만 응시하고 있다. 낯선 사람들이 할아버지를 끌고 가려고 와 있지만, 할아버지는 방문을 잠근 채 나오시지 않고 있다. 그중 한 사람이 할아버지 방으로 가다가 인형을 밟아 머리가 똑 떨어지지만 그는 알아채지 못한다. 엄마와 할머니는 소파에 조각상처럼 앉아 계시고, 헬가가 우리를 보더니 도로 올라가라고 한다.

요한과 나는 창가에 서서 텅 빈 마당을 내다본다. 노는 아이가 하나도 없다. 쥐 죽은 듯한 침묵이 흐른다. 새소리도 없고, 앙상한 나무, 냉랭한 날씨.

"저렇게 당해도 싼 사람들이야." 요한이 말한다.

"누가?"

"전부 다. 누구 할 것 없이 독일인들은 모두 죽어 마땅해."

"오빠, 그런 소리 하지 마." 내가 폴란드어로 말한다. "제발 그렇게 말하지 마."

"상관없어. 크리스트카, 독일인들은 다 괴물이야. 내가 태어난 해, 독일인들은 어떤 괴물을 지도자로 뽑아놓고, 내가 살아오는 동안 계속 우리 민족인 폴란드인들을 죽이고, 우리나라를 침략하고, 우리 도시들을 파괴해왔어. 그거 아니? 우리나라의 수도인 바르샤바는 작년에 완전히 초토화되었어. 그거 알아?"

그의 목소리가 너무 낮아서 알아듣기가 힘들다.

"하지만 오빠, 어린이들은…… 아기들은……"

"그들이 폴란드 아이들을 살려줬을 것 같아? 크리스티나, 괴물의 자식들은 괴물이야."

"그럼 동물들은? **동물들도 죽어야 해?**"

야넥은 대답하지 않는다. 그가 다시 내게서 멀어지는 게 느껴진다.

이윽고 야넥이 입을 연다. "어쩌면 네 생각을 바꾸기에는 너무 늦었을 수도 있겠다. 넌 너무 어려서 납치되었기 때문에 그들이 너를 독일인으로 바꾸는 데 성공한 것일 수도 있지. 어쩌면 너랑 나는 친구가 아니라 적일 수도 있어."

그 말을 듣자 뒤통수의 머리카락이 곤두서는 느낌이다. 나는 엄지손가락으로 내 반점을 누른다.

나는 필사적인 기분으로 이렇게 속삭인다. "제발, 오빠, 제발 그러지 마. 나도 오빠랑 똑같은 폴란드 사람이야. 우리는 단결해야 돼."

"단결해서…… **적에 대항해야 해.**"

"맞아, 맞아."

야넥이 나를 한 팔로 감싸며 폴란드어로 말한다. "좋아, 잘했어."

*

"오빠, 드레스덴에 애완용 샐러맨더*를 기르는 사람들이 있었다면…… 그 동물들은 지금 살아 있지 않을까? 샐러맨더들은 불 속에서도 살 수 있잖아."

"아니, 그건 그냥 전설이야…… 슈체친에 있는 우리 집 근처 숲에는 샐러맨더들이 아주 많았어. 가까이서 본 적 있니?"

---

* 샐러맨더salamander: 서유럽 신화에 등장하는 전설상의 동물로 불 속에 살면서 불을 끌 수 있는 능력을 가지고 있다고 해서 화사(火蛇)라고도 불린다.

"아니."

"크리스트카, 넌 머릿속에 든 건 많지만 현실은 몰라. 숲 속을 걸어본 적도 없을걸?"

"없어."

"샐러맨더는 정말 멋진 동물이야. 검은 바탕에 주홍색 반점이 있고, 큰 입에 검은 눈, 그리고 따뜻한 느낌을 지닌 동물이거든. 형이랑 같이 그 녀석들을 지켜보곤 했어. 비 온 뒤에는 꼭 나와 돌아다니는데, 나무뿌리 밑이나 어둡고 습한 곳에 숨어 있어. 하루는 형이 한 마리를 잡아서 집으로 가져갔는데, 어항에 넣고 먹이를 줘도 먹질 않더라. 씨앗, 식물, 지렁이, 벌레 등, 무엇을 갖다줘도 건드리질 않는 거야. 몇 주 동안 아무것도 안 먹는데도 동작만 느려지지 죽지는 않더라고…… 반년이 지난 후에는 살이 다 빠지고 뼈와 가죽만 남아서 안이 다 들여다보이는데도 여전히 움직이더라…… 그런데 드디어 어느 날 하얀 분비물이 온몸을 덮더니…… 완전히 습기가 빠지면서 썩어들어갔어…… 며칠 후, 어떻게 됐나 보러 갔더니 작은 아교 덩어리같이 되어 있었어."

우리는 티타임에 점심을 먹는다.

할아버지는 잠혀갔고, 헬가가 내놓는 점심은 찐 감자뿐이다. 엄마와 할머니는 식탁에 앉지도 않으신다. 그래서 그레타 언니가 식전 기도를 하는데, 마지막 부분에 이르자 요한이 처음으로 "아멘" 한다. 그렇게 되게 하소서.

그날 밤 꿈에, 드레스덴의 조각상 수천 개가 땅바닥에 흩어져 있다. 십자가에 달린 예수, 수염 난 철학자, 아름다운 여신상, 머리 없는 남성상, 몸 없는 두상, 안쓰럽게 부서진 성인상, 비스듬히 기대앉은 남성 나신상을 바라보는 부서진 성모상, 바닥에 굴러다니는 머리, 번쩍이는 석상의 눈, 옆구리에 큰 상처가 난 돌로 된 말, 손발이 잘린 흑인 노예상, 팔다리가 잘린 요정과 반인반수, 대포알들처럼 차곡차곡 쌓여 있는 천사들의 두상이 보인다. "크리스티나, 이것 보렴!" 할아버지가 손가락으로 뭔가를 가리키신다. 그쪽을 보니 츠빙거 궁전의 돌기둥 위에 이제 진짜 아기들의 머리가 얹힌 채 요란하게 울고 있다. 가서 달래주고 싶지만 할아버지가 내 손을 끌고 계속 걸어가신다. "저 위를 보렴, 크리스티나!" 고개를 들자 음악당, 오페라극장, 법정 벽에 살아 있는 사람들이 못 박혀 있고, 그들의 피가 벽을 따라 흐르고 있다. 진짜 손과 얼굴이 건물 전면을 장식하고 있고, 우리가 지나가자 윙크도 하고, 손도 흔들어준다. 공원과 정원에서는 진짜 젖가슴이 우유를 내뿜고 있다. 새로 생긴 분수들이다. "크리스티나, 자 보렴." 할아버지가 도시 전체를 품듯 두 팔을 넓게 벌리며 말씀하신다. "우리가 전쟁에서 이겼어."

꿈이 낮으로 이어지고 낮과 밤이 바뀌고 사람과 조각상이 바뀌고 모든 게 혼란스럽다 지금은 삼월이다 추위가 세상을 옥죄고 경적이 끊임없이 울리고 하늘이 핏빛이다 지금은 사월이다 방학이 끝나고 학기가 시작된다 마당에 있는 나무에 꽃들이 피고 새들이 노래한다 우리가 사는 도시가 폭격을 맞는다 폭탄이 시내 한가운데 떨어진다 다음 날 아침 나가보니 시청과 우리 교회가 완전히 파괴된 채 연기만 모락모락 피어

오르고 있다 회전목마의 기둥이 이리저리 쓰러져 있고 목마들은 땅바닥에 나동그라진 채 구부러진 다리를 허공에 뻗고 있다 반으로 쪼개진 나무들이 땅에서 들려오는 어떤 진실에 귀를 기울이는 듯 한쪽으로 위태롭게 기울어져 있다 라디오에서는 히틀러가 죽었다고 한다 이제 오월이다 공원에 꽃들이 만발해 있다 휴교령이 내리고 동쪽에서 온 피난민들이 학교 운동장을 가득 메우고 있다 피난민들은 시내 곳곳을 헤매고 다닌다 그들은 가방과 짐 보따리, 아이들을 안고 먼 거리를 걸어왔다 그들은 얼룩진 얼굴로, 아직 충격에 휩싸인 채 굶주리고 있다 우리는 집 안에 모여 뭔가를 기다리고 있다 그러던 어느 날 길에서 비명 소리가 들린다 무슨 일인가 해서 열린 창문으로 내다보니 어떤 여자가 죽은 아기를 안고 절대로 놓지 않겠다고 버티고 있다 사람들이 아기를 빼앗으려 하면 여자는 고래고래 소리를 지른다 이윽고 그 여자가 수북이 쌓인 여행가방 하나를 잡더니 안에 담긴 물건을 다 쏟은 다음 거기에 아기를 넣고 군중 속으로 사라진다 이제 유월이다 요한 말로는 승전국들이 독일을 케이크처럼 네 조각으로 나누었는데 우리 도시는 미국이 차지한 조각에 들어 있다고 한다

지금은 굶주리면서 모든 걸 기다리는 시기다. 러시아의 포로로 잡혀 계신지, 전쟁터에서나 돌아오는 길에 돌아가셨는지 전혀 모른 채 우리는 아빠가 돌아오길 기다리고 있다. 여름 더위가 시작되고 사람들은 다른 사람의 입에서 빵을 가로채고 병을 전염시키며 고통받고 있다. 식량이 떨어지자 요한이 할머니의 보석, 깨지지 않은 드레스덴 컵과 접시를 들고 나가 어른들과 흥정을 한다. 그러던 어느 날 피아노를 사

겠다는 사람이 나선다. 그러더니 트럭이 와서 피아노를 실은 뒤 감자 한 포대를 주고 간다. 이건 눈속임이 아니라 기적이고, 요한은 영웅 대접을 받는다. 그는 사람들이 수군대는 소리를 들으며 그들이 무엇을 피해 도망치는지, 지금껏 무엇을 보고 잃고 견디었는지, 무엇을 두고 왔는지 알아낸 다음 내게 알려준다.

"그레타, 요한에게 그 인형을 주렴." 엄마가 그레타 언니에게 말한다. "팔아서 베이컨이나 빵을 얻어올 수도 있잖아." 하지만 언니는 고개를 저으며 아나벨라를 꼭 안고 절대 내놓지 않는다. 그러자 엄마가 낮은 소리로 말한다. "그럼 요한, 뭐든 훔쳐와. 뭐라도 훔쳐오지 않으면 우리는 굶어야 돼." 요한은 먹을 것을 훔쳐온다. 하지만 엄마가 부끄럽고 고마운 마음에 눈물을 흘려도 요한은 엄마를 쳐다보지 않는다.

으스름 저녁, 요한과 나는 공원 한쪽 구석에 있는 부서진 벤치에 앉아 있다. 누더기를 걸친 피난민들이 짐을 베개 삼아 땅바닥에 누워 자고 있다. 나는 눈을 감고 아기들의 칭얼대는 소리, 노인들의 한숨 소리, 할머니들의 기도 소리, 우리의 배에서 나는 꼬르륵 소리가 어우러져 내는 묘한 음악을 듣고 있다. 그런데 요한이 이렇게 속삭인다.

"가짜 크리스티나, 드디어 때가 왔어."

"무슨 때?"

"여름에 떠난다고 했었잖아. 나랑 같이 갈 거니?"

"오빠, **지금** 떠날 수는 없어…… 식구들을 버리고……"

"벌써 팔월이야. 조금 있으면 너무 추워서 밖에서 잘 수가 없다고. 나랑 같이 갈 거니?" 요한이 폴란드어로 다시 묻는다. 나는 울음을 터뜨린다.

운다는 건 정말 신기한 일이다. 할아버지는 눈물선이 우리의 안구를 촉촉하게 지켜주고 약하고 섬세하고 놀라운 기계인 눈을 보호해준다고 말씀하셨다. 하지만 우리가 슬플 때 왜 저절로 눈물이 나오는지, 슬픔과 눈물 사이에 어떤 연관이 있는지는 아무도 설명하지 못한다. 그런데 갑자기 할아버지가 너무 보고 싶고, 울수록 더 보고 싶어진다. 사람이 울 때는 생각하는 모든 게 슬픔의 원인이 되는 것 같다. 울다 보니 할아버지, 아빠, 로타르 오빠가 모두 보고 싶고, 가족이 다시 모여 살게 되면, 엄마가 다시 행복해지면 얼마나 좋을까 하는 생각이 든다.

"크리스트카, 같이 갈 거야, 말 거야?"

나는 요한의 품에 몸을 맡긴다. 그가 세상에 하나밖에 없는 남자가 된 느낌이다. 그의 가슴에 얼굴을 묻고 흐느껴 울자 요한은 팔로 나를 감싸 안고 어색하게 내 머리를 토닥여준다. 사람들이 우리를 흘깃 보며 지나간다. 그동안 너무 많은 걸 본 사람들이다. 자기들이 살던 도시가 불타고, 사람들이 불에 타서 체구가 삼분의 일로 줄어든 채 등에 불꽃과 인광이 번쩍이고, 사람들의 시신이 붉은색, 보라색, 갈색으로 얼어붙은 광경, 전차의 승객들이 완전히 불타버린 모습, 땅바닥에 떨어진 여자의 손, 인간의 머리가 불에 타서 테니스공 크기로 줄어든 모습, 사람들의 몸이 불에 타 잿더미로 변한 모습, 보일러가 터지는 바람에 사람들이 뼈까지 익어버린 모습을 보았으니 어린 소녀가 훌쩍이는 모습은 그들에게는 정말 아무것도 아니다.

"내일 말해줘. 크리스트카, 내일이 내 생일이거든. 내일 난 열세 살이 될 거고, 자정에 출발할 거야."

할아버지는 내일은 절대 오지 않는다고 말씀하시곤 했다. "내일은 공짜로 면도해드려요"라는 광고를 붙이고 그다음 날 손님들이 공짜 면도를 하러 오면 사람들 앞에서 "저기 보세요, 내일이라고 써 있잖아요. 글씨 못 읽어요?" 하며 비웃고 면도 값을 받아 챙겨 드레스덴에서 제일 돈 많은 이발사가 된 사람 이야기를 해주곤 하셨다.

내일은 절대 오지 않지만 그다음 날은 온다

다음 날 가족들이 식탁에 앉아 차를 마시며 감자 껍질을 씹고 있는데 초인종이 울린다. 엄마는 아빠가 온 줄 알고 깜짝 놀라 일어선다. 하지만 아빠는 집 열쇠를 갖고 계실 테니 자기 집 초인종을 누르지는 않을 거라는 생각을 한다. 그렇지만 전투 중에 열쇠를 잃어버렸을 수도 있다. 어쨌든 초인종을 누른 사람은 아빠가 아니다. 헬가가 문을 열더니 어떤 여자를 데리고 들어온다.

마치 다른 별에서 온 것처럼 우아하게 차려입은 여자다. 그렇게 잘 차려입고, 영양 상태가 좋고, 맵시 좋은 사람을 본 게 언제였던가. 진갈색 머리를 매끈하게 뒤로 넘겨 쪽을 지고, 유니폼에 가죽 구두를 신고, 서류 가방을 든 그녀는 자기 이름이 뮬릭이라면서 식사 중에 그렇게 들이닥쳐서 정말 미안하다고 사과한다. 그녀가 입을 여는 순간 우리는 그녀가 외국인임을 알아차린다. 엄마는 우리에게 나가 있으라고 한다.

우리는 거실에 앉아 기다린다. 할 일이 아무것도 없기 때문에 그냥 가만히 앉아 기다릴 수밖에 없다. 똑딱거리며 시간을 알려줄 시계는 없지만 하늘빛이 천천히 변하는 걸 보면 시간이 지나가고 있는 건 사실이다. 오늘이 야넥의 생일이라는 게 기억났지만 지금은 그걸 얘기할 때가 아닌 것 같다. 주방에서 얘기 중인 네 사람이 언성을 높이는 소리가 들린다. 할머니가 소리 지르는 게 들리지만 내용은 알아들을 수 없고 고통스러워하시는 것만 느껴진다. 드디어 헬가가 거실 문간으로 오더니 요한과 나를 부른다. "그레타 너는 빼고 요한과 크리스티나만 오래." 그레타 언니가 따라오려고 일어서자 헬가가 이렇게 말한다. 언니와 나는 눈길을 주고받으며 오늘이 힘들었던 우리 관계의 마지막 날임을 깨닫는다.

식탁에는 온갖 서류와 사진이 널려 있고, 엄마가 헬가와 할머니 사이에 앉아 있다. 나는 탁자 밑에 나란히 놓인 세 사람의 발을 보지만, 차마 그들의 얼굴을 바라보지는 못한다. 엄마의 눈이 울어서 빨개진 걸 알기 때문에 마주보고 싶지 않은 것이다.

그 낯선 여자가 머뭇거리다가 폴란드어로 요한에게 몇 마디 건넨다.

"네." 요한이 대답하자 엄마가 신음 소리를 낸다.

이윽고 그 여자가 나를 본다. 나는 그녀가 폴란드어로 얘기할 줄 알고 오랫동안 안 써서 많이 잊어버렸다고 얘기할 참이었는데, 그녀는 손을 내밀며 독일어로 "이리 와볼래?" 한다.

"**안 돼!**" 엄마가 전에 한 번도 들은 적 없는, 저 뱃속에서 울려나오는, 거름만큼이나 시커먼 고통의 비명을 지른다. "**크리스티나는 안 돼!**"

그 여자는 엄마에게 제발 고정하라고 한다. "이게 얼마나 힘든 일인지 알아요." 그러면서 헬가에게 물을 갖다드리라고 한다. 하지만 헬가는 움직이지 않는다. 그 여자가 또다시 내게 손을 내밀자 엄마는 울음을 터뜨리며 식탁에 엎어져버린다.

나는 천천히 주방을 가로질러 가 그녀의 옷을 잡은 다음 폴란드어로 엄숙하게 "저도 폴란드 사람이에요" 한다.

그러자 그 여자가 눈썹을 치켜세운다. "아냐, 그렇지 않아." 그러면서 그녀는 내 오른손을 놓고 왼손을 잡더니 부드럽게 돌린다. 왼팔의 안쪽을 살펴보려는 것이다. 더운 날씨라 민소매 옷을 입고 있기 때문에 그녀는 쉽게 내 반점을 볼 수 있다. 반점을 본 뒤 그녀는 "내 생각에 너는 확실히 우크라이나 사람이야. 그리고 네 진짜 이름은 클라리사야."

내가 딛고 선 마룻바닥이 꺼져버린 듯한 충격 속에 나는 요한을 바라본다. 마주 보는 요한의 눈이 혼란에 빠져 있다. **그럼 넌 누구니?** 요한의 눈이 이렇게 묻고 있다. 하지만 나도 내가 누군지 모른다. 이 몇 달 동안 나는 폴란드에 사는 엄마, 아빠와 다시 만날 날을 위해 폴란드어를 배워왔는데, **그분들이 폴란드인이 아니라면** 대체 어느 나라 사람들이란 말일까? 우크라이나는 무엇이고, 어디에 있는 걸까? 배가 꼬이면서, 내가 입양아라는 걸 알게 된 날처럼 토할 것 같은 기분이다. 하지만 그건 요한을 만나기 전, 내가 혼자였을 때 일어난 일이다. 나는 그의 눈을 바라본다. **어떤 일이 일어나든 너와 나는 함께할 거야.** 그의 눈이 이렇게 말하고 있다.

뮬릭이 떠난 뒤 나는 혼자 노래할 수 있는 유일한 장소인 화장실로 들어가 아무도 내 목소리를 들을 수 없도록 수도꼭지를 최대한 튼다. 나는 내가 폴란드 사람인 줄 알았는데, 내가 정말 우크라이나인이라는 게 확실히 밝혀지면 과연 독일어로 다시 노래할 수 있을까? 나는 반점을 어루만지며, 할아버지가 이 집에서 가르쳐주신 그 모든 것에 감사하는 마음으로 아주 부드럽게 「에델바이스」를 노래한다.

그날 밤, 어둠 속에서 그레타 언니가 아나벨라를 안고 내 침대 옆에 와 서더니 이렇게 묻는다. "크리스티나, 그 미국 여자가 너를 데려간다는데, 정말이야?"
"그럴 것 같아." 내가 속삭인다.
"우크라이나에 있는 네 진짜 부모님한테 보내줄 거라며?"
"그러겠지."
"그렇다면 내 말 잘 들어. 지난 일 년 동안 우리는 별로 친하게 지내지 못했지만, 난 네가 보고 싶을 거야. 네가 없으면 이 집이 텅 빈 것처럼 느껴질 것 같아. 그리고 더 나쁜 건, 이제 앞으로는 괴롭힐 동생이 없을 거라는 사실이지." 그러더니 잠시 망설이다가 이렇게 말한다. "오늘은 내가 이 인형을 안고 잘 거야…… 하지만 네가 떠날 때…… 그날은 네가 갖고 가도 좋아. 그러면 이 인형을 보면서 우리 가족을…… 기억할 수 있잖아."

나는 그레타 언니의 목을 껴안는다. 전에 한 번도 안아본 적 없고, 앞으로도 다시는 그러지 않을 것 같아 안고 있는 게 이상하게 느껴진다. "언니, 정말 고마워. 이 일은 절대 잊지 않을게."

헬가는 오전 내내 우리 짐을 싼다. 열두 시경, 침대에 놓인 가방을 보니 칫솔부터 곰인형까지, 이 세상에서 내가 가진 모든 게 여행가방 안에 들어 있다. 하지만 그중에서 제일 좋은 건 아나벨라가 빨간 벨벳 드레스를 펼친 채 그 위에 앉아 있었다는 것이다. 이른 오후, 야넥과 나는 창가에 서서 뮬릭의 차가 우리 집 길 건너에 서는 것을 지켜본다. 두 사람이 같이 왔는데, 그중 한 사람은 흑인이다. 야넥 말로는 그걸 보면 세 사람이 모두 미국인일 거라고 한다. 엄마는 종일 자기 방에 틀어박혀 점심 먹으러 내려오지도 않았지만, 초인종이 울리자 머리를 단정히 빗고 립스틱도 칠한 모습으로 내려온다. 엄마가 차분해 보이려고 애쓰는 게 느껴진다. 하지만 헬가와 요한이 여행가방을 갖고 내려오는 걸 본 순간 엄마는 다시 무너지더니 지난번처럼 깊은 슬픔의 비명을 지른다. 그 무서운 소리는 정말 땅속 깊은 곳으로부터 치밀어 오르는 것 같다. 엄마는 내게 달려오더니 휙 들어 올려 꽉 껴안고 "크리스티나, 크리스티나" 한다. 남자들이 여행가방을 들고 나가자 요한이 말없이 그 뒤를 따른다. 엄마나 그레타, 헬가에게 고맙다든지, 잘 있으라든지, 그런 말 한마디 없이 떠난 것이다. 이윽고 뮬릭이 부드럽지만 확고한 어조로 엄마에게 나를 놔주라고 한다. 엄마가 너무 꽉 껴안고 있어 숨쉬기 어려웠던 내게는 다행스러운 일이다.

  현관문이 닫히는 순간 엄마의 날카로운 비명 소리가 현관에 울려 퍼진다. 동네 사람들이 문을 빠끔히 열고 무슨 일인지 내다본다. 베베른 부인은 문 뒤에 숨지 않고 그 앞에 서서 팔짱을 낀 채 불타는 듯한 눈으로 우리를 지켜본다. 하지만 뮬릭은 발레리나처럼 앞을 똑바로 주시하며 나지막이 속삭인다. "클라리사, 용기를 내."

두 남자가 앞에 타고, 나는 야넥과 뮬릭 사이에 끼여 뒷자리에 앉아 있다. 무더운 팔월 오후, 끝없이 긴 여행 동안 나는 땀을 뻘뻘 흘리고 있다. 할아버지 말씀으로는, 땀은 우리 몸의 자동 냉각장치라고 한다. 이마와 겨드랑이 같은 데 있는 땀샘에서 땀이 나와 우리 몸을 식혀주는데, 오늘 나는 땀이 증발하는 게 아니라 그냥 계속 쏟아져 나오는 느낌이다. 다들 아무 말 없지만 야넥의 턱이 다시 움직이고 있다. 나는 눈을 감은 채 잠든 척하고 있다. 얼마 후, 속눈썹 사이로 뮬릭을 보니 놀랍게도 눈물을 훔치고 있다. **그 여자**는 왜 울었을까? 하긴 요즘은 모든 사람이, 심지어 미국인들조차도 울 일이 있을 것 같기도 하다. 이윽고 나는 요한의 어깨에 머리를 기대고 잠이 든다.

차가 어느 집 앞에 나를 내려준다. 계단을 올라가서 손잡이를 돌리자 그냥 열린다. 나는 기대에 찬 마음으로 안으로 들어가 긴 복도를 걸어간다. 아주 밝은 불이 켜진 큰 방에 들어가니 어떤 여자가 등을 돌리고 방 저쪽에 서 있다. 나는 드디어! 드디어! 드디어 진짜 엄마를 찾았다…… 라고 혼잣말을 한다. "엄마?" 그런데 그녀는 대답도 하지 않고, 돌아보지도 않는다. 그래서 그녀에게 다가가 손을 잡으며 "엄마?" 하고 불러본다. 하지만 그녀는 석상일 뿐이다.

잠에서 깨어보니 목적지에 도착해 있다. 머리가 무겁고, 오줌도 마렵다. 벌써 날이 저물었다.
    차에서 내리는데 야넥이 속삭인다. "이리 들어오면서 보니까 수녀들이 보이더라. 수녀들하고는 나쁜 기억이 많아서 난 여기 오래 못 있을 것 같아."

"브라운 자매들이야?" 내가 조그맣게 묻는다.

"아니, 흰색과 검은색 제복인데, 그래도 독일인들이야."

두 남자가 우리 여행가방을 어디론가 들고 간다.

"이 센터에서 한동안 있게 될 거야." 입구로 통하는 계단을 올라가는 동안 뮬릭이 설명한다. "서류 작업을 하려면 시간이 좀 걸리거든. 여자 숙소는 건물 왼쪽, 남자 숙소는 오른쪽인데, 날마다 식사 시간에 만나게 될 거야. 적어도 너희들을 받아줄 가족을 찾을 때까지는 그렇지."

"우리를 받아줄 가족이라니요?" 요한이 날카로운 어조로 묻는다. "우리 가족을 찾을 때까지라는 말이겠죠!"

"그래, 그래…… 아쉽게도 일을 하는 데는 시간이 좀 걸려." 뮬릭이 모호한 말로 야넥의 질문에 대답한다. "자, 가서 가방 정리하고, 저녁 먹으러 내려와. 식당은 저기야."

뮬릭이 서둘러 들어간다. 그녀가 너무 빠르게 사라져서 혹시 또 눈물이 나와서 그러는 건가 하는 생각이 든다.

대체 무슨 일이 일어나고 있는 걸까?

여자 숙소에 가보니 어떤 침대 위에 내 가방이 놓여 있다.

나는 얼른 달려가 가방을 연다.

그런데 아무리 뒤져도 아나벨라가 보이지 않는다. 옷들을 다 들쳐봐도 소용없다. 나는 몸을 공처럼 동그랗게 만 채, 그럼 이제 뭐가 남았지, 싶어 주먹으로 눈을 누른다. 이 세상에서 내게 남은 사람은 야넥

뿐인데, 이제 그들은 그조차도 내게서 빼앗아갈 참이다.

야넥 말로는 우리는 지금 수녀원에 있다고 한다. 그래서 건물들이 교회같이 생겼다는 것이다. 이곳에서 독일 수녀들이 미국인들을 돕고 있다고 한다. 센터에서 다른 아이들을 만났지만 별로 좋아 보이지 않는다. 네 살부터 열네 살 사이의 여자애 열일곱 명, 남자애 스물아홉 명인데, 다들 이곳에 있는 게 싫어 불행한 표정들이다. 이곳은 과거와 미래 사이에 잠시 머물다 가는 곳이지, 진짜 살 곳은 아니다. 우리는 모두 과거를 생각하고 있다. 나는 시계탑, 놀이기구, 색색의 작은 풍차, 교회, 회전목마, 보석함, 피아노, 드레스덴 그림엽서가 있는 과거로 돌아가고 싶다. 그리고 미래는 거대한 물음표일 뿐이다.

"뮬릭은 내 반점을 보고 어떻게 나를 알아봤을까?"
　"어딘가에 너에 대한 서류가 있을 거야. 그 여자가 그 서류를 본 거지."
　"그런데 그게 무슨 **뜻일까?**"
　"나도 몰라."

새로운 일상이 시작되고 시간이 빨리 흘러가고 있다.
　아침에 일어나면 침대를 정리하고 운동을 한 뒤 시골로 산책을 간다. 오후에는 작은 그룹들로 나뉘어 수업을 받는데, 동갑인 애들이 글자도 못 읽기 때문에 알파벳부터 배운다. 나는 지겨워서 눈물이 날 지경이다. 그래서 수업을 무시하고 백일몽에 빠지고 싶지만, 생각할 주제를 찾을 수가 없다. 어떤 생각을 하든 금세 막다른 골목에 도달하기 때문이다. 나는 내가 생각했던 사람이 아니고, 지금도 내가 누군지 모르기 때문이다. 독서 시간이 끝나고 여자애들 둘이 있는 영어반으로 가게 됐는데, 우습게도 화이트라는 이름의 흑인 선생님이 가르치는 반이다. 미국 흑인인데 분홍빛이 도는 갈색, 또는 갈색이 도는 분홍색인 손바닥과 입술만 빼고 온몸의 피부가 초콜릿 같은 갈색이다. 우리는 그에게서 "엄마" "아빠" "제발" "고맙습니다" "날씨가 정말 좋네요" "저는 당신의 딸이에요" 같은 말들을 배운다. 그는 내가 완벽한 귀를 갖고 있고 발음도 완벽하다고 한다.

"오빠도 영어 배우고 있어?"
"아니."
"왜 나한테 영어를 가르치는 거지?"
"모르겠어, 동생."

내가 폴란드 사람이 아니기 때문에 야넥은 이제 나를 동생이라고 부른다. 하지만 내 이름이 클라리사라는 뮬릭의 말도 사실이 아닐 수 있다.

내 일곱번째 생일이 지나간다. 하지만 나는 그것에 대해 아무 말도 하지 않는다.

밤에 침대에 누운 채 나는 내 몸을 친구 삼아 논다. 할아버지가 가르쳐준 대로 손가락, 발가락이 열한 개인 척해보지만 아무리 여러 번 세어도 쉽지 않다. 아무도 안 볼 때 할 수 있는 일, 즉 코 파기도 해본다.

배꼽의 때도 빼고, 두 다리 사이를 문지른 다음 그 손가락의 냄새를 맡고 빨기도 한다. 어떤 때는 새끼를 핥는 어미 고양이처럼 내 자신의 몸을 핥아보기도 한다. 하지만 우리 몸에는 혀가 닿을 수 없는 부분이 너무 많다. 내가 뽀로통해 있을 때 할아버지가 "크리스티나, 조심해. 자꾸 그러면 입술이 뒤집어진다!" 하시던 일이 생각나 아랫입술을 뒤집어보기도 한다. 그러다 보면 "혀 내밀고 코 만질 수 있니?" 게임이 생각난다. 사람들이 두 눈을 모으고 혀를 내밀어 코에 닿게 하려고 애쓰는 모습을 보면서 할아버지와 나는 배꼽을 쥐고 웃곤 했다. 할아버지는 그러다가, "봐, 아주 쉬운데!" 하면서 순식간에 혀를 조금 내밀고 손가락으로 코를 만지곤 하셨다.

나는 이불을 둘러쓰고 반점을 만지며 작은 소리로 노래를 부른다. 그리고 한 주에 한 번, 정확한 순서로 가사를 기억하며 마음속으로 내가 아는 노래들을 전부 불러본다. 그 노래들을 잊어버리고 싶지 않기 때문이다. 다른 애들이 어둠 속에서 울먹이고, 코를 훌쩍이는 소리를 들으면 너무 짜증이 나서 나는 몇 시간씩 소리 없이 노래를 부른다. 아는 노래를 다 부르고 나면 구구단을 외우거나 알파벳을 거꾸로 외우기도 한다. 나는 알파벳을 거꾸로도 원래 순서만큼 빠르게 외울 수 있지만, 이게 나중에 무슨 도움이 될지는 잘 모르겠다.

나뭇잎들이 가을빛으로 물들더니, 낙엽이 되어 바닥에 구른다. 살면서 이렇게 우울해보긴 처음이다. 숙소 창가에 선 채 나뭇잎들이 색을 잃고 한 잎씩 천천히 땅으로 떨어지는 것을 보고 있으면 내 삶도 색깔을 잃은 것 같다. 그런 때는 나도 그렇게 시들어서 차가운 땅바닥에 떨어진 뒤 머리를 두 팔에 기댄 채 죽고 싶어진다.

이곳에 온 지 두 달이 넘은 시월 십팔일, 드디어 그날이 다가온다. 그동안 꽤 많은 아이들이 사라지고 새로운 애들이 들어왔다. 그리고 이제 우리가 사라질 순서가 된 것이다.

"그래서……" 저녁 먹은 뒤 야넥과 만났을 때 그가 이렇게 말한다.
 우리는 센터 앞 계단에 서로 딱 붙어 앉아 있다. 밖이 아주 어둡고 추운데 코트를 안 입고 와서 나는 덜덜 떨고 있다. 그렇게 떨고 싶은 기분이라서 날씨가 추운 게 차라리 다행이다.
 "그래서……" 야넥이 아무것도 없는 자신의 두 발 사이를 뚫어지게 내려다보며 아까 한 말을 되풀이한다. "네가 어디로 갈 건지 얘기하든?"
 "응. 오빠는?"
 "응."
 "그럼 말해줘."
 "먼저 말해."
 "싫어, 오빠 먼저 말해."
 그의 턱이 다시 움직이기 시작한다. 하지만 한마디도 빠져나오게 하고 싶지 않은지 이를 악문다.
 "오빠, 말해봐……"
 그는 아주 많은 공기를 내쉬듯 한숨과 울음이 뒤섞인 소리를 낸 뒤, 다시 공기를 들이마시고 아주 오랫동안 숨을 참더니 마침내 이렇게 말한다. "우리 부모님은 돌아가셨대. 형도 죽었고. 온 가족이 사라진 거야. 확실한 정보래. 나는 이제 돌아갈 가족이 없어…… 그래서 나를 기숙학교에 보내겠네."

"**뭐?** 어딘데?"

그는 무릎을 꽉 쥐고 있다. 하지만 너무 어두워서 손마디가 하얗게 되었는지는 보이지 않는다. 뭔가를 꽉 잡을 때 손마디가 하얗게 되는 것은 마디뼈가 피부에 딱 닿아서 혈관이 납작해지기 때문일 것이다.

"그게 어디야, 오빠?"

"포즈난. 거기 작은아버지가 사시기 때문에 다음 주에 그리 보낸대."

"그런데 오빠 부모님은 어떻게 돌아가셨대?"

"안 가르쳐줬어. 증거가 있다고 하면서도 그 증거를 보여주지는 않더라고. 지금은 일단 자기들 말을 믿고 이 기숙사로 가래. 그게 나를 위해 제일 좋은 길이라고 생각한다는 거지."

나는 긴 침묵으로 그의 말을 감싼 채 가만히 안고 있다.

"너는?" 침묵이 얼마 되지는 않지만 그래도 그것이 할 수 있는 역할을 다 했을 때, 야넥이 입을 연다. 내가 하려는 말도 아주 많은 침묵을 요할 것이다.

"캐나다로 보낸대."

"**캐나다?** 왜? 네 부모님을 찾은 줄 알았는데!"

"그게 이상해, 오빠. 사무실 밖에 서 있는데 원장실에서 큰 소리로 얘기를 하고 있어서 들어봤거든. 영어로 얘기하는데, 같은 말을 여러 번 해서 다 알아들을 수 있었어. 원장이 '그 아이의 엄마가 보낸 편지는 뭐고?' 하자 뮬릭이 '우크라이나는 공산당이 접수할 거예요!' 하더라고. 그러니까 원장이 '하지만 그 편지는……' 하자 뮬릭이 '그 편지는 없었던 것으로 해요, 알았죠? 난 클라리사를 공산국가로 보내고 싶지 않아요!' 하더라고. ……그런데 그게 대체 무슨 말일까?"

"그건…… 그건 러시아 사람들이라는 뜻 아닐까? 그래서?"

"나를 사무실로 들어오라고 하더니, 원장은 나가더라고. 그러고 나서 뮬릭이, 자기도 우크라이나 사람이라 나에 대해 특별한 애정을 갖고 있다면서, 캐나다에 자기가 아는 우크라이나 사람들 얘기를 해줬어. 크리스와티라는 의사 부분데, 애가 없어서 나를 입양하게 되면 아주 기뻐할 거래. 그렇게 되면 나는 돈 많고 살기 좋은 나라에서 같은 나라 사람들과 살게 될 것이고, 크리스와티라는 성을 갖게 될 거라는 거지."

야넥이 내게 필요한 침묵을 선물해준다.

그러더니 이렇게 말한다. "포즈난, 토론토."

그가 이 도시들의 이름을 말하는 순간, 무거운 것이 나를 짓눌러서는 우리가 앉아 있는 차가운 시멘트로 변화시켜 다시는 이 자리에서 일어날 수 없을 것만 같다.

"그럴 수는 없어." 내가 속삭인다.

그러자 야넥이 이쪽으로 몸을 돌리더니 내 머리카락을 쓸어 넘기고 이목구비를 기억하려는 듯 두 손으로 부드럽게 내 얼굴을 어루만진다.

"좋아, 크리스와티 양. 그들이 나를 포즈난으로, 너를 토론토로 보내고, 이름을 바꾸고, 가짜 서류와 가짜 이름, 가짜 국적을 주어도 좋아. 하지만 한 가지는 절대 못할 거야. **저들은 우리를 떼어놓을 수 없**

어, 알았니? 우리는 우리가 누군지 알고 있고, **바로 이 순간 우리의 진짜 이름을 지을 거거든.** 그리고 이제부터는 그게 우리의 진짜 모습이야. 준비됐니, 동생?"

나는 힘없이 고개를 끄덕인다.

"좋아."

그는 내 왼팔을 잡더니 스웨터의 소매를 걷어 올리고 내 반점에 입을 맞춘다. 그의 입술이 차갑다. 그의 몸 전체가 덜덜 떨고 있다.

"나는 너와 같이 있을 거야―**여기서**. 그리고 이제부터 내 진짜 이름은 루트가 될 거야. 우리 아버지가 슈체친에서 현악기 가게를 하셨거든. 우리가 어느 나라 말을 하게 되든, 이 악기 이름이 내 이름이 될 거야. 네가 이 반점을 만지거나 생각만 해도, 나는 루트의 현처럼 네 안에서 울리며 네 노래의 반주를 할 거야. 루트, 루트, 루트. 발음해봐."

"루트. 루트. 루트." 내가 속삭인다.

"자 이제 네 이름을 골라."

그러자 갑자기 한 이름이 떠오른다. "에라."

"에라. 에라. 그래, 좋아. 나는 에라를 포즈난으로 데려가고, 너는 루트를 토론토로 데려가는 거야. 됐지? 에라와 루트."

"루트와 에라."

"그리고 나중에…… 내가 너한테 갈게. 우리가 어른이 된 다음에. 가능한 한 빨리. 네 노래로 너를 찾을 거야."

"그러고 나서는 영원히 같이 있어."

"그래, 맹세하자."

그가 손가락 두 개를 내 반점에 대고 이렇게 말한다. "나 루트는 에라를 사랑하고, 다시 찾아서 영원히 같이할 것을 맹세한다. 자 이제 네 차례."

"나 에라는 루트를 사랑하고, 다시 찾아서 영원히 같이할 것을 맹세한다."

우리는 그렇게 엄숙하고 진지하게 다시 만날 것을 맹세한다. 그리고 다음 날 야넥이 사라진다. 그 때문에 센터가 발칵 뒤집힌다. 그리고 일주일 뒤, 나는 원양선에 탄 채 끝없이 일렁이는 대서양의 잿빛 파도를 보고 있다.

작가 노트

1940년에서 1945년 사이, 독일 방위군(Wehrmacht)은 폴란드, 우크라이나, 발트 해 연안국 등 점령 지역에서 20만 명의 어린이를 납치했다. 이 '게르만화' 프로그램은 전사로 인한 인구 감소를 해결하기 위해 히틀러가 직접 지시해 시행된 것이다. 납치된 아이들 중 조금 큰 애들은 특별 센터에 수용되어 아리안 교육을 받았고, 수천 명의 영아를 비롯한 좀더 어린 애들은 생명의 샘(Lebensborn)이라는 이름의 유아원을 거쳐 독일 가정에 넘겨졌다. 종전 후 몇 년 동안, 유엔의 자립지원부(UNRRA)를 비롯한 몇 개의 난민 단체들이 약 4만 명의 피랍 어린이를 원래의 가족에게 돌려보내주었다.

자료 출처

기타 세레니Gitta Sereny, 『독일의 상처: 경험과 반성 1938~2001 *The German Trauma: Experiences and Reflections 1938~2001*』(런던: 펭귄, 2001).

페르낭 뱅상Fernande Vincent, 『히틀러, 그대는 아는가? *Hitler, tu connai?*』(브장송: L'Amitie par le Livre, 출판일 미상).

에바 와셔위억Eva Warchawiak, 『나는 어떻게 민주주의자가 되었나 *Comment je suis devenue democrate*』(Aigues-Vives Gard: HB Editions, 1999).

클라리사 헨리Clarissa Henry · 마크 힐렐Marc Hillel, 에릭 모사바커 옮김, 『순수 혈통 *Of Pure Blood*』(뉴욕: 맥그로우 힐, 1975).

샹탈 라스바트Chantal Lasbat의 다큐멘터리 영화, 「생명의 샘Lebensborn」(1994)
그 밖에 수많은 인터넷 사이트들……

가사 출처

「지붕 위의 바이올린Fiddler on the Roof」, 각본 조셉 스타인, 음악 제리 복, 가사 셸던 하닉, 숄럼 알리켐의 단편소설에 기초한 뮤지컬(아널드 펄의 승인), 해럴드 프린스 제작, 1964년. 「내가 만약 부자라면」의 가사 일부가 인용되어 있음.

「오즈의 마법사The Wizard of Oz」, L. 프랭크 바움과 윌리엄 W. 덴슬로우가 제작한 뮤지컬, 1902년. 빅터 플레밍이 영화로 각색, 대본 L. 프랭크 바움·노엘 랭글리·플로렌스 라이어슨·에드거 앨런 울프, 음악 해럴드 알렌·조지 배스먼·조지 스톨·허버트 스톳하트, 제작 머빈 르로이·메트로-골드윈-메이어, 1939년. 1998년 이후는 워너브러더스. 「노란 벽돌길을 따라」와 「우리는 마법사를 보러 가요」의 가사 일부가 인용되어 있음.

「포기와 베스Porgy and Bess」, 작곡 조지 거슈인, 가사 아이라 거슈인과 두보스 헤이워드, 1935년. 「반드시 그렇지는 않아요」의 가사 일부가 인용되어 있음.

「온 더 타운On the Town」, 감독 진 켈리와 스탠리 도넌, 대본과 가사 아돌프 그린과 베티 캠던, 음악 레너드 번스타인, 제작 아서 프리드, 메트로-골드윈-메이어, 1949년. 「뉴욕, 뉴욕」의 가사 일부가 인용되어 있음.

「앨라배마 송」의 일부가 인용되어 있음. 가사 베르톨트 브레히트, 음악 커트 베일, 1927년 작, 뮤지컬 「마호가니 시의 흥망Aufstieg und Fall der Stadt Mahogany」에 사용되었음.

「싱잉 인 더 레인Singin' in the Rain」, 감독 스탠리 도넌과 진 켈리, 대본 아돌프 그린과 베티 캠던, 제작 아서 프리드, 메트로-골드윈-메이어, 1952년. 「모세의 생각」의 일부가 인용되어 있음.

「사운드 오브 뮤직Sound of Music」, 리처드 르저스와 오스카 해머스타인 2세의 뮤지컬, 원작은 마리아 폰 트랩의 『트랩 가족 합창단 이야기』, 가사 하워드 린지, 러셀 크로즈, 1959년. 감독 및 제작 로버트 와이즈, 20세기 폭스 사, 1965년. 「에델바이스」의 가사 일부가 인용되어 있음.

옮긴이의 말

어린이의 생활이나 느낌을 다룬 작품은 많지만, 어린 주인공이 직접 자기 얘기를 하는 경우는 드물다. 우리나라에서는 주요섭의 「사랑손님과 어머니」(1935)가 그 흔치 않은 예가 되겠지만, 화자인 옥희는 자신의 경험보다는 엄마의 애틋한 사랑 이야기를 여섯 살 꼬마의 눈으로 보고 그리는 입장이기 때문에 주인공이라기보다는 작품에 재미와 신비를 더해주는 장식적 역할을 수행하고 있다. 논픽션 중 『안네의 일기』(1950)도 일견 어린 주인공이 자신의 삶을 묘사한 작품으로 보일 수 있으나, 1942년 6월 12일, 안네가 생일선물로 받은 노트에 일기를 쓰기 시작했을 때 이미 13세였고, 미국에서는 그 책에 담긴 성적인 내용 때문에 다수의 학교 도서관에서 금서로 분류될 정도로 숙성한 소녀의 이야기이다. 그렇게 보면, 우리 모두 거쳐 왔지만 정확히 기억할 수 없고, 그래서 더욱 모호하고 불가해하게 느껴지는 유년 시절의 경험과 감정을 명확히 묘사한 책, 특히 어린이 자신의 목소리로 그린 책은 정말 드물다.

여기에는 두 가지 이유가 있다. 첫째, 어린이들은 자신의 경험을 객관적 맥락에서 이해하기도 힘들지만, 설사 그럴 수 있다 해도 그것을 정확히 전달할 폭넓은 어휘력이나 개념을 갖고 있지 않기 때문에, 그들이 만들어내는 이야기나 그림은 일종의 코드처럼 일련의 해독 작업이 필요하다. 그리고 그 과정에서 아이들의 느낌이나 감정은 축소, 왜곡, 지나친 확대 해석 등 변형을 거칠 수밖에 없다. 그보다 더 근본적인 이유는 바로 어른들의 사고방식이다. 우리는 흔히 어린이를 불완전한 어른 또는 아직 완성되지 않은 존재로 보고, 어린이만이 갖는 독특한 시각이나 느낌을 간과하기 때문에, 그들이 설사 상상하기 어려운 고통이나 고난을 겪더라도 그것을 아이의 입장에서 이해하기보다는 어른들의 삶에 따라오는 부산물로 치부하기 쉽다.

뿐만 아니라, 그 일이 어둡고 잔인할수록 자신들의 결정이나 방관으로 인해 아이들이 그토록 심대한 고통을 겪었다는 걸 인정하거나 받아들이기 힘들기 때문에, 어린이가 겪은 비극은 오랜 세월이 흘러도 재조명되지 못한 채 묻혀버리는 경우가 많다. 세계 도처에서 벌어진 전쟁이나 기아, 폭력, 자연재해 관련 통계에서 어린 희생자들의 수가 대부분 밝혀지지 않는다는 사실은 어른들의 그런 태도를 단적으로 보여준다.

그렇다면 우리가 방금 거쳐온 20세기에는 어린이들에게 어떤 일이 벌어졌을까? 유명한 예를 몇 개만 들어보자.

* 제2차 세계대전 당시 유럽에 거주하던 약 900만 명의 유대인 중 600만이 희생되었고, 거기에는 100만 명 이상의 어린이가 포함되어 있었다(http://en.wikipedia.org/wiki/The_Holocaust).
* 2차대전 중인 1940년 5월, 영국 정부는 나치의 공습으로부터 어린이들을 보호하기 위해 '해외 어린이 수용 위원회(Children's Overseas Reception Board)'를 조직하고, 캐나다, 남아프리카, 오스트레일리아, 뉴질랜드로 보낼 신청자들을 모집한 결과 7월까지 무려 21만 명이 신청했다. 그 후 운반선 침몰 등 몇 가지 이유로 이 사업은 취소되었지만, 총 2,664명의 어린이가 소개(疏開)되었고, 1만 3천 명의 어린이가 부모들에 의해 해외로 보내졌다. 일부 어린이들은 영국의 다른 지역으로 소개되었는데, 『아내를 모자로 착각한 남자』(1985), 『색맹의 섬』(1997)으로 유명한 올리버 색스Oliver Sacks는 1939년 당시 6세의 나이로 미들랜즈의 기숙학교로 보내진 후 무려 4년 동안 철저히 비인간적인 환경 속에서 악몽 같은 어린 시절을 보냈음을 자서전 『엉클 텅스텐』(2001)에서 밝힌 바 있다.
* 1869~1969년 동안 호주에서는 2만에서 2만 5천 명의 원주민 어린이가 정부 기관 및 종교단체에 의해 납치되어 별도의 시설에서 성장한 후, 남자아이들은 농업노동자, 여자아이들은 하녀로 고용된 경우가 많았고, 대부분 부모의 언어와 문화로부터 철저히 격리된 채 일생을 보냈다.
* 1950년대 한국 전쟁 당시 10만여 명의 어린이가 고아가 되었고, 이 중 많은 수가 해외로 입양되었다.

* 1940~45년 사이 독일방위군은 전쟁으로 감소한 인구를 보충하라는 히틀러의 지시에 따라 폴란드, 우크라이나, 발트 해 연안국 등 점령 지역에서 20만 명의 어린이를 납치, 이들을 '독일화'하기 위해 나치당원 가정과 '생명의 샘' 유아원에 배치했다. 전쟁이 끝난 후 이 중 약 4만 명만이 원래의 가족에게 돌려보내졌다('작가 노트' 참조).

『여섯 살』은 그때 나치가 납치한 20만 명 중 집으로 돌아가지 못한 나머지 16만 명의 어린이 중 하나인 가상의 인물 클라리사를 주인공으로 하는 소설이다. 우크라이나에서 태어난 클라리사는 전형적인 아리안적 용모 때문에 팔에 큰 반점이 있음에도 불구하고 고위 나치당원 집에 입양되고, 크리스티나라는 이름으로 행복한 어린 시절을 보낸다. 젊고 다정한 아빠, 아름답고 세심한 엄마, 우아하고 다감한 할머니, 언니, 오빠, 어린 손녀의 탁월한 음악적 재능을 무엇보다도 아끼고 사랑하는 아끼고 사랑하는 가족들 곁에서 주인공은 여섯 살이라는 어린 나이에도 불구하고 놀라운 지적 호기심과 예민한 감성을 갖춘 소녀로 성장한다.

그런데 패전의 그늘이 깊어가던 1944년 겨울, 이 단란한 나치 가정에 야넥이라는 폴란드 소년이 입양된다. 언니 그레타는 크리스티나와 싸우다 크리스티나가 친동생이 아니라 입양아임을 발설하고, 자신이 입양아란 사실을 알게 된 크리스티나는 자신 역시 폴란드에서 납치된 아이라고 믿고 야넥으로부터 폴란드어를 배우며 고향으로 돌아갈 준비를 한다. 그런데 둘이 폴란드로 떠나기 직전 독일은 패망하고 한 미국 구호 단체가 납치된 어린이들을 조국으로 돌려보내는 작업을 시작한다. 두 아이는 임시 수용소에 보내지고, 야넥은 크리스티나에게 영원한 사랑과 재회를 약속하고 몰래 수용소를 빠져 나간다. 그로부터 일주일 후 크리스티나는 우크라이나가 공산화되었다는 이유로, 엄마가 기다리는 조국이 아니라 캐나다의 우크라이나 이민자 가정에 보내진다.

*

『여섯 살』은 1945년 클라리사-크리스티나가 겪은 감당하기 힘든 비극을 시작으로, 그녀의 딸, 손자, 증손자에게 일어나는 시대적·개인적 상처들을 다루고 있다. 경이로운 목소리와 놀라운 영특함을 지닌 크리스티나는 지식과 아름다움을 중시하고 북돋우는 교양 있는 할아버지 밑에서 온 가족의 사랑을 받으며 행복하고 충만한 어린 시절을 보낸다. 새로운 것을 배울 때마다 크나큰 지적 성취감을 느끼고, 빼어난 목소리로 노래를 부를 때면 깊은 황홀감에 빠지는 소녀를 할아버지와 가족들은 친딸, 친손녀인 그레타보다 더 애지중지 돌본다. 그러나 독일이 패망하면서 이 교양 있는 나치 가정의 조화로운 표면은 여지없이 깨지고, 두 번씩이나 사랑하는 가족들을 잃게 된 소녀의 유년 시절도 끝이 난다.

그보다 더 큰 비극은 야넥과의 이별이다. 불과 여섯 살의 어린이지만 크리스티나는 자신처럼 지적이고 예술적인 야넥을 처음 본 순간부터 깊이 연모하게 되고, 자신이 그토록 사랑했던 입양 가족을 버리는 한이 있어도 그와 함께 떠나기로 결정한다. 하지만 독일의 패전으로 그녀의 사랑은 끝이 나고, 어른이 되면 그녀를 "다시 찾아서 영원히 함께할 것을 맹세"했던 야넥이 그녀의 음반을 보고 18년 만에 미국으로 건너오지만, 두 사람의 사랑은 결국 야넥의 권총 자살로 끝이 난다. 두 아이의 사랑과 약속이 아무리 진솔하고 간절해도 거대한 역사의 수레바퀴를 피할 수는 없었던 것이다.

소설은 2004년 여섯 살 솔의 내레이션을 시작으로, 1982년 솔의 아빠 랜돌의 이야기, 1962년 역시 여섯 살인 랜돌의 엄마 세이디의 이야기, 그리고 1944년 세이디의 엄마 클라리사-크리스티나의 이야기 순으로 시간을 거슬러 가며 진행된다. 여섯 살에서 일곱 살로 넘어가는 한 집안 네 아이의 이야기는 각 시대를 특징짓는 엄청난 역사적 사건들과, 그것들이 특별히 예민하고 영특한 이 아이들의 삶에 미치는 치명적인 결과들을 중심으로 전개된다.

크리스티나가 십대에 낳은 딸 세이디는 외할머니의 조용하지만 극단적인 엄격함과 무관심 때문에 "아침에 잠에서 깨면 하루하루 그날 느껴지는 슬픔의 맛이 다르다"고 할 만큼 불행한 유년 시절을 보낸 뒤, 엄마의 연인인 피터 덕분에 잠시 밝고 자유로운 시간을 보낸다. 하지만 새롭게 싹튼 그녀의 삶에 대한 기대와 믿음은 야넥의 등장과 자살로 인해 여지없이 무너지고 만다.

엄마 크리스티나의 부재와 이기심, 외할머니의 냉정함 때문에 지옥 같은 어린 시절을 보낸 세이디는 엄마가 되었을 때, 그 두 사람 못지않게 차갑고 자기중심적인 모습을 보인다. 따뜻하고 상식적인 아빠의 노력에도 불구하고 랜돌은 아름답지만 너무도 이기적인 엄마에 대한 그리움과 원망, 연민으로 괴로운 나날을 보내고, 급기야는 엄마의 연구 때문에 정든 뉴욕을 떠나 낯선 이스라엘의 하이파로 이주하게 된다. 새로운 언어와 학교에 적응해 겨우 안정을 찾을 무렵, 사브라와 샤틸라에서 벌어진 학살 사건으로 이스라엘과 팔레스타인의 불안정한 공존은 순식간에 깨지고, 자기가 유대인인 줄도 몰랐던 랜돌은 사랑하는 팔레스타인 소녀 누자를 잃게 된다. 독일인(크리스티나)의 손자라는 이유로 사랑하고 존경하는 히브리어 교사 대니얼을 잃었던 소년은 이번에는 유대인이라는 이유로 소중한 첫사랑을 잃게 된 것이다.

어린 시절 팔레스타인 전쟁, 사브라와 샤틸라 학살, 부모의 불화 때문에 고통 받았던 랜돌은 어른이 된 후 방위 산업에 종사하면서 아들 솔이나 아내 테사와 겉으로는 가정적이지만 실은 극히 가부장적이고 의례적인 관계를 유지하는 가장으로 살아간다. 나치의 만행으로 영원히 지워지지 않을 상처를 받은 외할머니와 그 만행을 연구하고 파헤치느라 자신을 방치했던 엄마, 상상할 수 없는 폭력과 파괴의 이미지들로 얼룩진 어린 시절을 보낸 랜돌은 더 많은 돈을 벌기 위해 치명적인 전투용 로봇 '검'의 개발에 참여하고, 그 무기에 대한 설명을 들은 외할머니 크리스티나는 그 로봇이 바로 전형적인 나치당원과 똑같다고 소리친다.

문제는 랜돌이 만들고 있는 전투용 로봇뿐 아니라 그의 아들 솔 역시 나치의 특징을 고루 갖추고 있다는 사실이다. 나이는 여섯 살에 불과하지만 솔의 선민의식, 자신의 능력과 소명에 대한 확신, 성과 폭력에 대한 흥미와 집착은 어른들의 상상을 초월한다. TV와 인터넷을 통해 전 미국인들의 일상이 되어 버린 아부 그라이브 수감자 학대 사건, 9·11 테러, 이라크 전쟁의 장면들은 어린 솔의 머릿속을 심각하게 교란하고, 자신의 부모를 비롯한 어른들의 세계에 대해 철저한 불신과 냉소적 태도를 갖게 만든다.

*

『여섯 살』에 등장하는 네 주인공은 모두 몸 어딘가에 반점을 갖고 있다. 팔 안쪽에 둥근 반점을 가진 크리스티나는 어린 시절 자신의 음악적 재능이 반점에서 나온다고 믿었고, 야넥과 이별할 때는 바로 그 반점에 소년의 사랑이 깃들어 자신을 지켜줄 거라고 생각했고, 유명한 가수가 되어 행복한 삶을 살 때는 자신을 되찾기 위해 루트라고 이름까지 바꾸었던 그의 사랑을 기억하면서 거기 남아 있는 그를 유일한 반주자라고 생각한다. 자신의 아름다움과 재능을 믿은 크리스티나와 달리 세이디는 스스로를 추하고 더러운 존재라고 생각하고, 자신의 반점에 악마가 들어 있다고 믿으며, 어떤 이유로든 불행하거나 죄책감에 사로잡히면 그 악마의 속삭임에 따라 벽에 머리를 백 번씩 찧는 극단적인 행동을 한다.

반점에 대한 랜돌과 솔의 태도도 대조적이다. 따뜻하고 넉넉한 성격을 지닌 아빠 아론과 많은 시간을 보낸 소년답게 랜돌은 자기 어깨에 있는 반점을 친근한 존재, 자기에게 영감을 주고 위로가 되는 친구라고 생각하는 반면, 그의 아들 솔은 관자놀이에 있는 자신의 반점을 완벽한 자신의 유일한 흠, 어떤 희생을 치르더라도 반드시 제거해야 할 오점이라고 생각하고, 그걸 없애려다 수술의 실패로 더 크고 깊은 상처를 평생 갖고 살게 된다. 같은 반점이지만 각자의 시각과 성격에 따라 특별한 표지가 되기도 하고 저주받은 얼룩이 되기도 하는 것이다.

2차대전부터 이라크 전쟁에 이르는 긴 세월 동안 크리스티나와 그녀의 후손들은 독일-캐나다-뉴욕-이스라엘-캘리포니아를 거치며 일견 서로 무관한 삶을 살아가지만, 이 반점처럼 면면히 이어지는 요소들을 공유하며 그 어떤 가족보다 끈끈하고 유기적인 하나의 공동체를 만들어간다. 시대와 장소는 다르지만 네 아이는 그들을 이어주는 노래, 인형, 이야기, 농담, 이미지, 심지어는 행동을 통해 진정 하나의 유기체를 형성하고 있다.

어린 크리스티나가 여섯 살 크리스마스에 받은 마빈 인형은 나중에 손자 랜돌이 열렬히 사랑한 소녀 누자를 잃고 슬픔과 절망에 빠져 가위로 조각조각 파괴할 때까지 자손들의 옆을 지킨다. 같은 날 크리스티나가 갖고 싶었으나 받지 못했던 아나벨라 인형은 그녀가 입양되었던 바로 그 집에 60년 동안 그대로 남아 있다가 그것을 받았던 그레타 언니의 직접적인 사인(死因)으로 작용한다.

동물원 역시 중요한 소재다. 몇 번이고 동물원에 데려가주겠다고 말했지만 결국 한 번도 그 약속을 지키지 않은 세이디나 크리스티나와 달리 피터는 어린 세이디의 일곱 번째 생일에 그녀를 무등 태워서 동물들을 구경시켜 준다. 아론 역시 어린 랜돌을 데리고 뉴욕 동물원에 놀러간다. 이밖에도 네 주인공은 햄버거나 혀 내밀고 코 만지기에 대한 농담, 어린 삼보 이야기, "에델바이스"에 얽힌 크리스티나와 세이디의 추억 등, 수많은 공통 요소들을 통해 비극적이면서 애틋하고, 어두우면서도 기억과 그리움으로 가득한 그들만의 가족사를 만들어가고 있다.

60년이라는 시간 동안 네 명의 아이들이 겪는 비극은 끝이 없다. 그것이 20세기만의 일이 아니라는 사실을 생각하면 가슴이 먹먹해진다. 하지만 그처럼 파란만장하고 고통스러운 시간 속에서도 아이들은 놀라운 사랑을 하고, 자신들을 방기하거나 학대하는 부모를 그리워하고, 온갖 역경 속에서도 자신의 재능을 꽃피우고, 참담한 어린 시절의 경험을 자양분으로 하여 더욱 아름답고 풍요로운 삶을 개척해가기도 한다.

네 아이의 삶을 통해 보는 『여섯 살』의 세상은 한없이 파괴적이고 비참하지만, 그중 어떤 아이들은 "이 곳에 들어오는 자 모든 희망을 버리라"고 쓰인 지옥의 문을 통과한 후에도 인간적인 삶에 대한 꿈과 갈망의 끈을 놓지 않고, 만신창이가 된 자신과 세상에게 또 한 번 새로운 기회를 주고 있다. 희망의 치유력, 사랑의 기적은 20세기라는 아주 긴 악몽조차도 적어도 잠깐씩은 천국의 순간들로 변용시킬 수 있음을 이 소설은 아이들의 이야기를 통해 보여주고 있다.